名著课程化·整本书阅读丛书

9 年级 上

唐诗三百首

详细注析本

人民文学出版社编辑部 注析

人民文学出版社

图书在版编目（CIP）数据

唐诗三百首：详细注析本/人民文学出版社编辑部注析. —北京：人民文学出版社，2021

（名著课程化·整本书阅读丛书）

ISBN 978-7-02-015608-5

I.①唐… II.①人… III.①唐诗—青少年读物 IV.①I222.742

中国版本图书馆 CIP 数据核字（2021）第 095190 号

责任编辑　胡文骏
装帧设计　陶　雷
责任印制　任　祎

出版发行　人民文学出版社
社　　址　北京市朝内大街 166 号
邮政编码　100705

印　　刷　三河市鑫金马印装有限公司
经　　销　全国新华书店等

字　　数　378 千字
开　　本　710 毫米×1000 毫米　1/16
印　　张　34　插页 1
印　　数　1—20000
版　　次　2014 年 8 月北京第 1 版
印　　次　2021 年 6 月第 1 次印刷

书　　号　978-7-02-015608-5
定　　价　43.50 元

如有印装质量问题，请与本社图书销售中心调换。电话：010-65233595

出版说明

阅读是语文学习的重要组成部分,是帮助人获取知识、培养正确的价值观、提高审美水平和增强表达能力的重要手段。中小学时期正值人生的成长阶段,培养良好的阅读习惯,保证一定的阅读量,会让每一个孩子受益无穷。为此,教育部制定的《义务教育语文课程标准》和《普通高中语文课程标准》,均对中小学生课内外阅读做了安排。2017年9月起,全国中小学陆续启用统编语文教材,"快乐读书吧""名著导读""自主阅读""整本书阅读"等栏目或单元的设置,使得阅读尤其是整本书阅读的理念和实践有了更切实的依托。

课程标准和统编教材建议阅读的多种图书系经典名著,读之可涵养情性、启迪人生。然而,时代变迁、语言疏隔加上其他一些原因,阅读过程中,很多孩子不同程度地面临着"不愿读""不会读""读不下去"的问题。为切实解决这一难题,让孩子们能够轻松读、读懂、读通、读有所获,我们充分发挥自身在文学图书和语文读物出版方面的优势,推出了这套"名著课程化·整本书阅读丛书"。

丛书收录图书三十余种,以我社多年沉淀、打磨而成的优质版本为底本,精编精校。另延请有丰富教研经验的教研员及一线名师进行课程化的整本书阅读设计,以精炼的阅读导入语、有趣的阅读任务、实用的阅读链接材料,与原著相呼应。力争尽我们所能,与孩子们一起扫除阅读过程中的路障,帮助他们养成良好的阅读习惯,学会阅读,享受阅读,读有所思、有所得。

统编语文教材总主编温儒敏教授说:"整个语文教育的改革,可以归纳为四个字——读书为要。培养学生读书的兴趣、读书的习惯,使之成为一种良性的生活方式,提升各方面素养。"希望这套书常伴孩子们左右,对丰富他们的精神世界、提升语文素养、提高阅读能力,能有切实的帮助。

人民文学出版社编辑部

2021 年 5 月

名著课程化·整本书阅读丛书
编委会

主　　编	孙荻芬
执行主编	姚守梅　吴　东
编　　委	（以姓氏笔画为序）

马东杰　王　丹　王屏萍　尹　伊　叶楚炎　田　圆
边　晔　刘春芳　刘晓静　闫　明　李　媛　李　蕾
杨　华　杨海威　汪家发　张　卫　张　婷　陈　楠
孟　岳　殷　毅　黄　娟　葛小峰　蒋红梅　路　莎
樊　颖　潘　霞

本书课程化　　张　卫
设计与编写

扫码开启预习课

目 次

编者的话 …………………………………………… 1

蘅塘退士原序 ……………………………………… 1

卷一　五言古诗

张九龄
　感遇(二首) ……………………………………… 3

李　白
　下终南山过斛斯山人宿置酒 …………………… 6
　月下独酌 ………………………………………… 7
　春思 ……………………………………………… 8

杜　甫
　望岳 ……………………………………………… 10
　赠卫八处士 ……………………………………… 11
　佳人 ……………………………………………… 13
　梦李白(二首) …………………………………… 15

王　维
　送綦毋潜落第还乡 ……………………………… 18
　送别 ……………………………………………… 20
　青溪 ……………………………………………… 21

渭川田家 …………………………………… 22
　　西施咏 ……………………………………… 23
孟浩然
　　秋登兰山寄张五 …………………………… 25
　　夏日南亭怀辛大 …………………………… 26
　　宿业师山房待丁大不至 …………………… 27
王昌龄
　　同从弟南斋玩月忆山阴崔少府 …………… 29
丘　为
　　寻西山隐者不遇 …………………………… 31
綦毋潜
　　春泛若耶溪 ………………………………… 33
常　建
　　宿王昌龄隐居 ……………………………… 35
岑　参
　　与高适薛据登慈恩寺浮图 ………………… 36
元　结
　　贼退示官吏 ………………………………… 38
韦应物
　　郡斋雨中与诸文士燕集 …………………… 41
　　初发扬子寄元大校书 ……………………… 43
　　寄全椒山中道士 …………………………… 44
　　长安遇冯著 ………………………………… 45
　　夕次盱眙县 ………………………………… 46
　　东郊 ………………………………………… 47
　　送杨氏女 …………………………………… 48
柳宗元
　　晨诣超师院读禅经 ………………………… 51

溪居 ··· 52
乐　府
　王昌龄
　　塞上曲 ··· 54
　　塞下曲 ··· 55
　李　白
　　关山月 ··· 57
　　子夜吴歌 ··· 58
　　长干行 ··· 59
　孟　郊
　　列女操 ··· 62
　　游子吟 ··· 63

卷二　七言古诗

陈子昂
　　登幽州台歌 ··· 69
李　颀
　　古意 ··· 71
　　送陈章甫 ··· 72
　　琴歌 ··· 73
　　听董大弹胡笳声兼寄语弄房给事 ······················· 74
　　听安万善吹觱篥歌 ··································· 76
孟浩然
　　夜归鹿门歌 ··· 78
李　白
　　庐山谣寄卢侍御虚舟 ································· 80
　　梦游天姥吟留别 ····································· 81
　　金陵酒肆留别 ··· 83
　　宣州谢朓楼饯别校书叔云 ····························· 84

3

岑 参
　走马川行奉送封大夫出师西征 ………… 86
　轮台歌奉送封大夫出师西征 ………… 87
　白雪歌送武判官归京 ………………… 88

杜 甫
　韦讽录事宅观曹将军画马图 ………… 91
　丹青引 ………………………………… 93
　寄韩谏议注 …………………………… 95
　古柏行 ………………………………… 96
　观公孙大娘弟子舞剑器行并序 ……… 97

元 结
　石鱼湖上醉歌并序 …………………… 101

韩 愈
　山石 …………………………………… 103
　八月十五夜赠张功曹 ………………… 104
　谒衡岳庙遂宿岳寺题门楼 …………… 106
　石鼓歌 ………………………………… 107

柳宗元
　渔翁 …………………………………… 112

卷三　七言古诗

白居易
　长恨歌 ………………………………… 117
　琵琶行并序 …………………………… 121

李商隐
　韩碑 …………………………………… 126

乐 府

高 适
　燕歌行并序 …………………………… 129

李 颀
　　古从军行 ·················· 132
王 维
　　洛阳女儿行 ················ 134
　　老将行 ··················· 135
　　桃源行 ··················· 137
李 白
　　蜀道难 ··················· 140
　　长相思(二首) ·············· 142
　　行路难 ··················· 144
　　将进酒 ··················· 145
杜 甫
　　兵车行 ··················· 147
　　丽人行 ··················· 148
　　哀江头 ··················· 150
　　哀王孙 ··················· 151

卷四　五言律诗

唐玄宗
　　经鲁祭孔子而叹之 ··········· 157
张九龄
　　望月怀远 ················· 159
王 勃
　　杜少府之任蜀川 ············ 160
骆宾王
　　在狱咏蝉并序 ·············· 162
杜审言
　　和晋陵陆丞早春游望 ·········· 165

5

沈佺期
　　杂诗 ·· *168*
宋之问
　　题大庾岭北驿 ································ *170*
王　湾
　　次北固山下 ···································· *172*
常　建
　　破山寺后禅院 ································ *174*
岑　参
　　寄左省杜拾遗 ································ *175*
李　白
　　赠孟浩然 ······································ *177*
　　渡荆门送别 ···································· *178*
　　送友人 ·· *179*
　　听蜀僧濬弹琴 ································ *180*
　　夜泊牛渚怀古 ································ *181*
杜　甫
　　春望 ·· *182*
　　月夜 ·· *183*
　　春宿左省 ······································ *184*
　　至德二载，甫自京金光门出，间道归凤翔。
　　　乾元初，从左拾遗移华州掾，与亲故别，
　　　因出此门，有悲往事 ······················ *185*
　　月夜忆舍弟 ···································· *186*
　　天末怀李白 ···································· *186*
　　奉济驿重送严公四韵 ························ *187*
　　别房太尉墓 ···································· *188*

旅夜书怀…………………………………189
　　登岳阳楼…………………………………190
王　维
　　辋川闲居赠裴秀才迪………………………192
　　山居秋暝…………………………………193
　　归嵩山作…………………………………193
　　终南山……………………………………194
　　酬张少府…………………………………195
　　过香积寺…………………………………196
　　送梓州李使君……………………………197
　　汉江临眺…………………………………198
　　终南别业…………………………………199
孟浩然
　　临洞庭上张丞相…………………………200
　　与诸子登岘山……………………………201
　　宴梅道士山房……………………………202
　　岁暮归南山………………………………203
　　过故人庄…………………………………204
　　秦中寄远上人……………………………204
　　宿桐庐江寄广陵旧游……………………205
　　留别王维…………………………………207
　　早寒有怀…………………………………207
刘长卿
　　秋日登吴公台上寺远眺…………………209
　　送李中丞归汉阳别业……………………210
　　饯别王十一南游…………………………211
　　寻南溪常道士……………………………212

新年作 ………………………………………… 213
钱　起
　　送僧归日本 …………………………………… 214
　　谷口书斋寄杨补阙 …………………………… 215
韦应物
　　淮上喜会梁州故人 …………………………… 217
　　赋得暮雨送李胄 ……………………………… 218
韩　翃
　　酬程延秋夜即事见赠 ………………………… 219
刘眘虚
　　阙题 …………………………………………… 221
戴叔伦
　　江乡故人偶集客舍 …………………………… 223
卢　纶
　　送李端 ………………………………………… 225
李　益
　　喜见外弟又言别 ……………………………… 227
司空曙
　　云阳馆与韩绅宿别 …………………………… 229
　　喜外弟卢纶见宿 ……………………………… 230
　　贼平后送人北归 ……………………………… 231
刘禹锡
　　蜀先主庙 ……………………………………… 233
张　籍
　　没蕃故人 ……………………………………… 235
白居易
　　草 ……………………………………………… 237

杜牧
　旅宿 …………………………………………… 239
许浑
　秋日赴阙题潼关驿楼 ………………………… 241
　早秋 …………………………………………… 242
李商隐
　蝉 ……………………………………………… 244
　风雨 …………………………………………… 246
　落花 …………………………………………… 247
　凉思 …………………………………………… 248
　北青萝 ………………………………………… 249
温庭筠
　送人东游 ……………………………………… 250
马戴
　灞上秋居 ……………………………………… 252
　楚江怀古 ……………………………………… 253
张乔
　书边事 ………………………………………… 255
崔涂
　除夜有怀 ……………………………………… 257
　孤雁 …………………………………………… 258
杜荀鹤
　春宫怨 ………………………………………… 260
韦庄
　章台夜思 ……………………………………… 262
僧皎然
　寻陆鸿渐不遇 ………………………………… 264

卷五　七言律诗

崔颢
　黄鹤楼 ………………………………………… 269

行经华阴 …………………………………… 270

祖　咏

　　望蓟门 ……………………………………… 272

崔　曙

　　九日登望仙台呈刘明府 …………………… 274

李　颀

　　送魏万之京 ………………………………… 276

李　白

　　登金陵凤凰台 ……………………………… 278

高　适

　　送李少府贬峡中王少府贬长沙 …………… 280

岑　参

　　和贾至舍人早朝大明宫之作 ……………… 282

王　维

　　和贾至舍人早朝大明宫之作 ……………… 284

　　奉和圣制从蓬莱向兴庆阁道中留春雨中

　　　　春望之作应制 ………………………… 285

　　积雨辋川庄作 ……………………………… 286

　　酬郭给事 …………………………………… 287

杜　甫

　　蜀相 ………………………………………… 289

　　客至 ………………………………………… 290

　　野望 ………………………………………… 291

　　闻官军收河南河北 ………………………… 292

　　登高 ………………………………………… 293

　　登楼 ………………………………………… 294

　　宿府 ………………………………………… 295

阁夜 …………………………………………………… 296
　　咏怀古迹(五首) ……………………………………… 297
刘长卿
　　江州重别薛六柳八二员外 …………………………… 303
　　长沙过贾谊宅 ………………………………………… 304
　　自夏口至鹦鹉洲夕望岳阳寄元中丞 ………………… 305
钱　起
　　赠阙下裴舍人 ………………………………………… 307
韦应物
　　寄李儋元锡 …………………………………………… 309
韩　翃
　　题仙游观 ……………………………………………… 311
皇甫冉
　　春思 …………………………………………………… 313
卢　纶
　　晚次鄂州 ……………………………………………… 315
柳宗元
　　登柳州城楼寄漳汀封连四州刺史 …………………… 317
刘禹锡
　　西塞山怀古 …………………………………………… 319
元　稹
　　遣悲怀(三首) ………………………………………… 321
白居易
　　自河南经乱,关内阻饥,兄弟离散,各在一处。因
　　　望月有感,聊书所怀,寄上浮梁大兄、於潜七兄、
　　　乌江十五兄,兼示符离及下邽弟妹 ……………… 325
李商隐
　　锦瑟 …………………………………………………… 327
　　无题 …………………………………………………… 328

隋宫 ·· 329
　　无题(二首) ···································· 331
　　筹笔驿 ··· 333
　　无题 ··· 334
　　春雨 ··· 336
　　无题(二首) ···································· 337
温庭筠
　　利州南渡 ······································ 340
　　苏武庙 ··· 341
薛　逢
　　宫词 ··· 343
秦韬玉
　　贫女 ··· 345
乐　府
沈佺期
　　独不见 ··· 347

卷六　五言绝句　七言绝句

五言绝句

王　维
　　鹿柴 ··· 353
　　竹里馆 ··· 354
　　送别 ··· 354
　　相思 ··· 355
　　杂诗 ··· 356
裴　迪
　　送崔九 ··· 358
祖　咏
　　终南望馀雪 ··································· 359

孟浩然
　　宿建德江 ……………………………… *360*
　　春晓 …………………………………… *361*
李　白
　　夜思 …………………………………… *362*
　　怨情 …………………………………… *362*
杜　甫
　　八阵图 ………………………………… *364*
王之涣
　　登鹳雀楼 ……………………………… *366*
刘长卿
　　送灵澈 ………………………………… *368*
　　弹琴 …………………………………… *369*
　　送上人 ………………………………… *369*
韦应物
　　秋夜寄丘员外 ………………………… *371*
李　端
　　听筝 …………………………………… *372*
王　建
　　新嫁娘 ………………………………… *374*
权德舆
　　玉台体 ………………………………… *376*
柳宗元
　　江雪 …………………………………… *378*
元　稹
　　行宫 …………………………………… *380*
白居易
　　问刘十九 ……………………………… *381*

13

张　祜
　　何满子 ……………………………………… *382*

李商隐
　　登乐游原 ……………………………………… *384*

贾　岛
　　寻隐者不遇 …………………………………… *385*

李　频
　　渡汉江 ………………………………………… *387*

金昌绪
　　春怨 …………………………………………… *389*

西鄙人
　　哥舒歌 ………………………………………… *390*

乐　府
崔　颢
　　长干行(二首) ………………………………… *391*

李　白
　　玉阶怨 ………………………………………… *393*

卢　纶
　　塞下曲(四首) ………………………………… *394*

李　益
　　江南曲 ………………………………………… *398*

七言绝句
贺知章
　　回乡偶书 ……………………………………… *399*

张　旭
　　桃花溪 ………………………………………… *401*

王　维
　　九月九日忆山东兄弟 ………………………… *402*

王昌龄
　　芙蓉楼送辛渐 …………………… *404*
　　闺怨 ………………………………… *405*
　　春宫曲 ……………………………… *405*
王　翰
　　凉州词 ……………………………… *407*
李　白
　　黄鹤楼送孟浩然之广陵 …………… *409*
　　早发白帝城 ………………………… *410*
岑　参
　　逢入京使 …………………………… *411*
杜　甫
　　江南逢李龟年 ……………………… *412*
韦应物
　　滁州西涧 …………………………… *413*
张　继
　　枫桥夜泊 …………………………… *414*
韩　翃
　　寒食 ………………………………… *415*
刘方平
　　月夜 ………………………………… *416*
　　春怨 ………………………………… *417*
柳中庸
　　征人怨 ……………………………… *418*
顾　况
　　宫词 ………………………………… *420*
李　益
　　夜上受降城闻笛 …………………… *421*

刘禹锡

　乌衣巷 …………………………………… 422

　春词 ……………………………………… 423

白居易

　宫词 ……………………………………… 424

张　祜

　赠内人 …………………………………… 425

　集灵台(二首) …………………………… 426

　题金陵渡 ………………………………… 427

朱庆馀

　宫中词 …………………………………… 429

　近试上张水部 …………………………… 430

杜　牧

　将赴吴兴登乐游原 ……………………… 432

　赤壁 ……………………………………… 433

　泊秦淮 …………………………………… 434

　寄扬州韩绰判官 ………………………… 434

　遣怀 ……………………………………… 435

　秋夕 ……………………………………… 436

　赠别(二首) ……………………………… 437

　金谷园 …………………………………… 439

李商隐

　夜雨寄北 ………………………………… 440

　寄令狐郎中 ……………………………… 441

　为有 ……………………………………… 442

　隋宫 ……………………………………… 442

　瑶池 ……………………………………… 443

嫦娥 …………………………………… *444*

　　贾生 …………………………………… *445*

温庭筠

　　瑶瑟怨 ………………………………… *447*

郑　畋

　　马嵬坡 ………………………………… *448*

韩　偓

　　已凉 …………………………………… *450*

韦　庄

　　金陵图 ………………………………… *452*

陈　陶

　　陇西行 ………………………………… *454*

张　泌

　　寄人 …………………………………… *456*

无名氏

　　杂诗 …………………………………… *458*

乐　府

王　维

　　渭城曲 ………………………………… *459*

　　秋夜曲 ………………………………… *460*

王昌龄

　　长信怨 ………………………………… *461*

　　出塞 …………………………………… *462*

李　白

　　清平调(三首) ………………………… *464*

王之涣

　　出塞 …………………………………… *467*

杜秋娘
　　金缕衣 ·· 469

出版后记 ·· 473

阅读链接 ·· 474

附录一：《唐诗三百首》中教材入选篇目及近五年中、高考
　　　试题部分样题举隅 ·································· 481
附录二：《唐诗三百首》中非教材篇目近五年中、高考部分
　　　试题举隅 ·· 504
附录三：主题阅读变视角　品味赏析缘蹊径——我们也可
　　　以这样品读唐诗 ····································· 509

编者的话

　　唐代是继汉代之后的大一统中原王朝，是当时世界上最强大的政权之一，在文化、政治、经济、外交等方面都取得了举世瞩目的成就。唐代（618—907）几近三百年，一般划分为四个时期：初唐、盛唐、中唐、晚唐，在不同的时期，因为国家时政的变化，都呈现了不同的色彩。作为这个时代最具有特色的文学样式——唐诗，也自然带有时代的烙印，丰富多样、色彩斑斓……

　　唐代诗人创作自由，诗人们个性鲜明，所写诗歌风格迥异，也产生了许多跟诗有关的绰号，例如：诗仙、诗圣、诗佛、诗豪、诗鬼、诗骨、诗杰、诗囚、诗奴、诗狂、诗魔、五言长城、七绝圣手……每个绰号均从不同角度彰显诗人风采，结合绰号，联系诗歌，也可以更真切地感受诗人诗作的特色，窥见时代魅力。

　　唐诗数量巨大，《全唐诗》中收录将近五万首；选本众多，历经各代，传世的唐诗选本六百种以上。"乱花渐欲迷人眼"，如何在唐诗的万花丛中采撷最美的花朵？如何在有限的诗歌中窥见最具个性的诗人风采？如何系统了解学习不同体裁的诗歌作品……清代蘅塘退士孙洙编选的《唐诗三百首》在众多选本中较好地解决了这些问题。孙洙在其序中说道："因专就唐诗中脍炙人口之作，择其尤要者……为家塾课本……"他以体裁为经，以时间为纬，于清乾隆年间编辑完成此书。

　　《唐诗三百首》是为儿童开蒙所选的"家塾课本"，入选诗歌易于背诵，且多为唐诗中杰出诗篇。编者按照体裁分为六卷，包括五言古诗、七言古诗、五言律诗、七言律诗、五言绝句、七言绝句，以及分布在各卷的乐府诗。分体编排，兼顾吟诵欣赏和创作，为学诗者仿效作诗提供了范本。

　　因为所选唐诗体裁完备，风格各异，富有代表性，又通俗易懂，《唐诗三百首》在刊行后广为流传，"几至家置一编"。不仅成为了流传不废的家塾课本，而且登上大雅之堂，成为两百年来刊印最多、传播最广，在各种选本中影响较大的一部诗歌集。直至今日，已经被世界纪录协会收录为中国流传最广的诗词选集。"熟读唐诗三百首，不会吟诗也会吟"，已经成为推介《唐诗三百首》的最佳广告语。自孙洙编成此书，很多唐诗佳作得以广泛流传，对普及唐诗知识、传承唐诗文化起到了极为重要的作用。

　　今日，再读《唐诗三百首》，不仅要从中领略"开元盛世""盛唐气象"，更要通过学习唐诗传承中华传统文化。读者既可以从中寻找绝美的风景，也可以感受人生的哲理。"大漠孤烟直，长河落日圆"的画面让人震撼；"沉舟侧畔千帆过，病树前头万木春"则给失败者带来希望。

　　通过按照题材或写法归类阅读（思乡怀人、赠友送别、咏物言志、即事感怀、怀古咏史、边塞征战、山水田园等），可以系统研究相关主题；进行同题或同内容诗歌比较阅读，更易深入体会经典作品之妙，如骆宾王《在狱咏蝉》与李商隐《蝉》比较赏析；结合生活实际，在相关场景中引用或化用唐诗，更可丰富语言积累，帮助语言表达。如：回头望着还站在路口的母亲，我不禁深切体会到了"临行密密缝"中的那份深情，"双袖龙钟泪不干"里的那种感伤。遥想别后，在辗转难眠之夜，年迈的父母也定然会絮絮地说着远行之人……在学习的过程中，我们可以让唐诗与生活相融，让唐诗成为滋养生命的土壤。

　　在阅读每首诗时，对诗人的介绍能够让我们大致了解诗人生平，为知人论诗作准备。诗歌正文之后的注释与解析，不仅有针对诗歌难解字词进行的释意，还有对诗歌写作背景、艺术风格等内容的具体分析。另外，还会有对重点诗人和诗歌进行评点的"诗坛佳话"，如"边塞歌者""杜甫印象"

等,希望能够帮助读者领略诗人风采,感受诗歌文化。

"归纳探究"中还设置了不同的学习任务。在完成任务的过程中,或许就能触发你的情思,从而让你喜欢上某位诗人,寻到一位隔代知音……

不同的学习任务可以让学习之旅变得更加有趣。在学习《唐诗三百首》的过程中,可以组织一个主体任务"唐诗嘉年华"。"唐诗嘉年华"可以分为不同的单元,既可以有朗诵会、唐诗故事会,也可以进行诗剧编演,还可以做诗歌游戏、编诗歌小报……每个单元的主题亦可由学习者自行设计,发挥创意,编者在书中会有相关的提示,仅为帮助读者更好地理解和学习。

在唐诗的国度里,让我们尽情遨游,用唐诗照亮生活,为生活增添色彩!

蘅塘退士原序

　　世俗儿童就学，即授《千家诗》，取其易于成诵，故流传不废。但其诗随手掇拾，工拙莫辨，且止五七律绝二体，而唐、宋人又杂出其间，殊乖体制。因专就唐诗中脍炙人口之作，择其尤要者，每体得数十首，共三百馀首，录成一编，为家塾课本，俾童而习之，白首亦莫能废，较《千家诗》不远胜耶？谚云："熟读唐诗三百首，不会吟诗也会吟。"请以是编验之。

卷一　五言古诗

【导读】

  本卷为五言古诗,选录 14 位诗人的 40 首诗(其中包括五言乐府 7 首)。古体诗不受近体诗格律束缚,不强调用韵、平仄和对仗。因为其限制较少,所以抒发情感更自由,更灵活。五言古诗即为每五字一句,篇幅长短不限,本卷中篇幅最短的仅有 6 句,为李白的《春思》《子夜吴歌》、孟郊的《列女操》《游子吟》;最长的则有 30 句,为李白的《长干行》。

  在本卷中,我们将与许多诗人初遇,并将通过诗歌,感受他们丰富多彩的生活。李白在月下独酌,杜甫与故友卫八处士重逢;綦毋潜初春之际泛舟若耶溪,王维想在青溪盘石上垂钓;常建徘徊在王昌龄隐居之处,孟浩然在萝径旁操琴等候丁大;岑参与高适、薛据登慈恩寺佛塔,柳宗元在清晨就到超师院里读禅经……

  我们会为元结《贼退示官吏》的悯时伤怀而唏嘘不已,也会为王昌龄"莫学游侠儿,矜夸紫骝好"的谆谆告诫而感慨万千,更会为丘为《寻西山隐者不遇》而倍感遗憾;我们能够领略九龄风度,感受诗仙风采,形成杜甫印象,也将初步了解诗佛摩诘,为韦应物能够以"瓢酒慰风雨"而眼潮心热,为孟郊用寸草春晖歌咏母爱而心神激荡。

  学习本卷诗歌,可以采用以诗解诗的方法,用充满诗意的解句去还原并触摸诗人的情愫,由此与诗人产生共鸣,找到畅叙心怀的途径;还可以运用名句赏析的方式精读某些诗句,在反复吟咏品析中体会诗歌的内涵……

张九龄

张九龄(678—740),字子寿,韶州曲江(今广东韶关)人。唐中宗景龙初中进士,玄宗朝应"道侔伊吕科",策试高第,位至宰相。在位直言敢谏,举贤任能,为一代名相。曾预言安禄山狼子野心,宜早诛灭,未被采纳。他守正不阿,为奸臣李林甫所害,被贬为荆州长史。开元末年,告假南归,卒于曲江私第。他七岁能文,终以诗名。其诗由雅淡清丽,转趋朴素遒劲,运用比兴,寄托讽喻,对初唐诗风的转变,起了推动的作用。

感 遇[1](二首)

其 一

兰叶春葳蕤,桂华秋皎洁。[2]
欣欣此生意,自尔为佳节。[3]
谁知林栖者,闻风坐相悦。[4]
草木有本心,何求美人折。[5]

注释

〔1〕感遇:对生活中的某些事物有所感触。

〔2〕兰:指属兰科的兰草或泽兰。葳蕤:枝叶纷披的样子。桂华:即桂花。

〔3〕自尔:因此,以此。

〔4〕闻风:从风中闻到兰、桂的芬芳香气。坐:殊,极。程度副词。

〔5〕本心:草木的根干心蕊,借喻本性和本愿。折:采摘。

解析

"兰叶""桂华"两种植物,一为春之首,一为秋之冠。它们能够在属于自己的最佳时节,自然地生长,欣欣地吐露茂盛、透明的生之意趣,这便是它们的"此生之意"了。作者如此开篇,便有了一种拟人的感觉:它们称魁于春秋,默默倾吐生命的芬芳,让生命中的一切"自尔"而为,随性地生长,不求得到赞赏,也不为任何功利。此番心意,只为一己之本心而已。但是,谁知道来到山林中的游人,闻到风中兰、桂的芬芳,非常地喜悦。这一句,悠悠然地化出游人驻足嗅赏花香的场景。林栖之人的喜悦,是对风中之香的真诚叹赏,是人与花无意中的知己之遇。草木对此,又有如何之感呢?想必是复杂的。在深山中寂寞已久,忽然传来一声美丽的叹息,任是最孤冷的心都是要有所触动的。然而,当初的本心就如此放弃了么?诗写到这里,出现了一个小小的波澜:草木的"本心"是充满坚持的,它们在山林之中自在地生长,外界偶尔的褒扬品评也不能改变它们"自尔"状态中的"本心",依旧选择孤守山林,不求让人折往显达处。

其 二

江南有丹橘, 经冬犹绿林。
岂伊地气暖, 自有岁寒心。[1]
可以荐嘉客,[2] 奈何阻重深。
运命唯所遇, 循环不可寻。
徒言树桃李,[3] 此木岂无阴。

注释

[1] 岂:难道。反诘词。岁寒心:耐寒的品性。

[2] 荐:贡献,呈献。

[3] 树:动词,种植。

解析

  在江南,有种植物叫丹橘,它经冬不凋,在寒冷的季节碧绿依旧。这难道是因为地气很温暖的缘故么?不是,而是因为它有一颗坚守于岁寒的心。这种美好坚强的植物,可以用来送给那些优秀的朋友。可无奈的是朋友和自己隔得很远,漫长的路途充满重重险阻。这么好的植物,在远方的朋友却无缘得见。诗中由此生发出一种"无法相遇"的运命之感。可遇而不可求的现实,是无论怎样地循环往复、探寻挣扎都无法去改变的。一般认为,作者是自比为丹橘,而嘉客就是远在天门的皇帝。但是,本诗又有一个奇怪的结局,打破了这种惋惜情绪已经具备的平衡感——"徒言树桃李,此木岂无阴?"像是在怨责,在不满,而怨责的对象,仿佛不应该是自己牵挂的嘉客,而是一个爱慕桃李、不肯接受丹橘这种高贵植物的人。这个人会是谁呢?作者没有说出来。而"此木岂无阴"只是一句微弱而收敛的争辩,因为凡木皆有阴,与平庸的桃李相比,丹橘本该有更多可为人称道之处。作者如此争辩,仿佛他内心并不想赢得这场争辩,他的内心有许多不敢过分散发的怨气,有许多不堪言的苦衷。

诗坛佳话

  九龄风度:张九龄是一代名相,忠直不阿、风骨凛然,因直言进谏为唐玄宗不喜,受奸臣李林甫谗言被贬。即便如此,其超然风度仍让玄宗念念不忘,每有人荐引宰相;玄宗总不禁要问一句:"风度得如九龄否?"张九龄目光如炬,曾预言安禄山狼子野心,宜早诛杀,玄宗未听忠告,终酿安史之乱。当玄宗逃亡蜀地途中时,想起故相警醒之语,不禁追悔莫及,后来还派人到曲江祭拜张九龄。对于此事,有后人感慨:"蜀道铃声,此际念公真晚矣;曲江风度,他年卜相孰如之。"

李 白

　　李白(701—762),字太白,自称与李唐皇室同宗,祖籍陇西成纪(今甘肃天水)。少居蜀中,读书学道。二十五岁出川远游,酒隐安陆,客居鲁郡。这期间曾西入长安,求取功名,却失意东归;至天宝初,以玉真公主之荐,奉诏入京,供奉翰林。不久便被谗出京,漫游各地。安史乱起,为了平叛,入永王李璘军幕;及永王为肃宗所杀,因受牵连,身陷囹圄,长流夜郎。遇赦东归,往依族叔当涂(今属安徽)令李阳冰,不久病逝。他以诗名于当世,为时人所激赏,谓其诗可以"泣鬼神"。他以富于浪漫主义的诗歌反映现实,描写山川,抒发壮志,吟咏豪情,因而成为光照古今的伟大诗人。

下终南山过斛斯山人宿置酒[1]

暮从碧山下,山月随人归。
却顾所来径,苍苍横翠微。[2]
相携及田家,童稚开荆扉。[3]
绿竹入幽径,青萝拂行衣。[4]
欢言得所憩,美酒聊共挥。[5]
长歌吟松风,曲尽河星稀。[6]
我醉君复乐,陶然共忘机。[7]

注释

〔1〕终南山:一称南山,在今西安市南。过:拜访。斛斯山人:复姓斛斯的一位隐士。山人,指隐士。

〔2〕却顾:回头望。翠微:轻淡青葱的山色。

〔3〕相携:手拉着手。此犹言相伴。及:到达。田家:指斛斯山人家。荆扉:柴门。

〔4〕青萝:即女萝,地衣类植物。行衣:行人的衣服。

〔5〕憩:休息。挥:此处为尽情饮酒之意。

〔6〕松风:乐府琴曲有《风入松》。河星稀:银河中星辰稀少,说明夜将尽。

〔7〕忘机:忘却世俗的机巧。与世无争。

解析

  暮色沉醉,碧色的终南山,一轮山月初上。而人从山上下来,在山林中身影晃荡,走在归去的山径上。时时回头看看自己走过的那条小山道,已经被暮色影影绰绰地披上了翠微之色。"相携"之语,说明作者与友人情谊深密。终南山下的"田家",不是一般的田家,而是隐士的居所。随着童稚开启荆扉的动作,这居所的别致就展现出来了:绿竹滴翠,幽径清凉,青萝曼妙。行之其间,虽然尚沉醉于暮色带来的人间暖意,但是诗人马上换了心情:此处的宁静与清凉,带着一种隐士情怀,让一切情绪都安顿下来了。从暮色山景到隐士之居,这其中场景的轮换极为自然,而作者的心情始终是很流畅的。他与友人有美酒在手,有松风之曲在喉,供自己挥洒心情。曲尽之处,天河星辰正依稀,这无声之处,更让人感验到友情的种种心通意达,无限美好。于是,一种对此情此景的满足感再次生发:醉乐之外,忘却世事心机,惟有自然与恬适。

月下独酌

花间一壶酒,　独酌无相亲。
举杯邀明月,　对影成三人。
月既不解饮,　影徒随我身。

7

暂伴月将影,[1]行乐须及春。
我歌月徘徊,　我舞影零乱。
醒时同交欢,　醉后各分散。
永结无情游,　相期邈云汉。[2]

注释

〔1〕将:与,和。

〔2〕相期:互相约会。邈:遥远。云汉:银河。

解析

"花间一壶酒,独酌无相亲"是天下最孤独的景象:被繁华的花木包裹其中的人,眼睁睁地独陷于他人的繁华,更觉落寞,只好以酒来赎救内心的孤单与苍茫。但诗人不甘于在这种孤独中沉沦下去,他举杯邀月,顾影自答,以月为友,以影相慰。"我""月""影"三者虽然拼凑成群,可是月、影之虚,只会让人更为伤怀。月不解饮,影徒随身:这比繁华花木与孤单之人的对比更让人难过,因为眼睫之下看似可以亲近的事物,原来并不能与自己心意相通。这其中的失望,该有多深呢? 只好叹息一声,继续安慰自己:月与影只不过是可以暂时做伴之物,在春天的行乐事件中,就尽情地与短暂的光阴聊为相守吧。我歌唱的时候,月在空中徘徊,我起舞的时候,影被舞成一地零乱。这月与影,在我清醒的时候与我同欢乐,在我醉过去后就彼此分散,不再相关。如此短暂无情的影月之聚,让人伤感。而诗人自有他童话般的期待:倘能处在深邈的云汉之中,自己定能与影、月结下永远的忘情之娱。

春　思

燕草如碧丝,秦桑低绿枝。[1]
当君怀归日,是妾断肠时。[2]

春风不相识，何事入罗帷？[3]

注释

〔1〕燕:指古燕地,即今河北、辽宁一带。秦:指古秦地,即今陕西关中一带。

〔2〕妾:旧时女子对自己的谦称。

〔3〕罗帷:丝织的帐幕。

解析

　　春草新碧,桑枝新绿,又是一年春光。燕地春如是,秦地亦如是。但是离愁是和春色一样滋长。于是作者如此慨叹:在你想念回家的时候,我又何尝不是因为思念你而柔肠寸断呢？你在彼处,我在此处,此刻我们两人共有的,是春天的时光,和这无限的离愁。

　　春风不识我的容颜,它为何频频吹入我的罗帏呢？——这最后一句,最是悠远,以无情的春风,来写自己满怀的思念柔情。她盼望的是这春风如她的郎君一样,识得她的容颜,代替他来相聚。

　　李白这种题材的五言古诗,节奏轻快,主题简单但是意蕴悠长。经典的思妇题材之所以总是能够感动人,是因为这种题材具有古今互通性,离别是人们普遍拥有的一种生活样式。

杜 甫

杜甫(712—770),字子美,祖籍襄阳(在今湖北),出生于巩县(今河南巩义)。早年南游吴越,北游齐赵,裘马清狂而科场失利,未能考中进士。后入长安,困顿十年,以献三大礼赋,始博得看管兵器的小官。安史乱起,为叛军所俘,脱险后赴灵武,麻鞋见天子,被任为左拾遗,又贬为华州司功参军。后弃官西行,客秦州,寓同谷,入蜀定居成都浣花草堂。严武镇蜀,荐授检校工部员外郎。次年严武死,即移居夔州。后携家出峡,漂泊鄂湘,死于舟中。诗人迭经盛衰离乱,饱受艰难困苦,写出了许多反映现实忧国忧民的诗篇,被称为"诗史";他集诗歌艺术之大成,是继往开来的伟大现实主义诗人。

望 岳 [1]

岱宗夫如何？ 齐鲁青未了。[2]
造化钟神秀，[3] 阴阳割昏晓。
荡胸生层云， 决眦入归鸟。[4]
会当凌绝顶，[5] 一览众山小。

注释

〔1〕岳:指泰山。在今山东泰安。

〔2〕岱宗:即泰山。古代尊为五岳之首,故称。齐鲁:春秋国名。齐在泰山北,鲁在泰山南。

〔3〕造化:大自然。钟:集中。

〔4〕决眦:张大眼眶。
〔5〕会当:终当。含有定将的意思。凌:登上。

解析

唐玄宗开元二十三年(735),二十四岁的杜甫在洛阳参加了进士考试,落第,次年东游齐鲁,本篇大概是这个时间所作,也是杜甫现存诗作中最早的一篇,诗从"望"字落笔,描写望中的视觉感受,再现出泰山巍峨磅礴的气势,诗末两句,表现了攀登绝顶的向往和俯视万物的气概,具有鲜明的浪漫主义色彩。

赠卫八处士〔1〕

人生不相见,　动如参与商。〔2〕
今夕复何夕,　共此灯烛光。
少壮能几时,　鬓发各已苍。〔3〕
访旧半为鬼,　惊呼热中肠。〔4〕
焉知二十载,　重上君子堂。〔5〕
昔别君未婚,　儿女忽成行。
怡然敬父执,〔6〕问我来何方。
问答未及已,　驱儿罗酒浆。
夜雨剪春韭,　新炊间黄粱。〔7〕
主称会面难,　一举累十觞。〔8〕
十觞亦不醉,　感子故意长。〔9〕
明日隔山岳,　世事两茫茫。

注释

〔1〕卫八:名不详。八是其在兄弟中的排行。处士:隐者。

〔2〕动:往往。参与商:二星名,东西相对,此出彼没。

〔3〕苍:鬓发斑白。

〔4〕访旧:打听故旧亲友的消息。热中肠:心中火辣辣的,形容情绪极为激动。

〔5〕君子:指卫八处士。

〔6〕怡然:和悦的样子。父执:父亲的好友。

〔7〕间:夹杂。黄粱:粟米名,即黄小米。

〔8〕累:接连。觞:酒杯。

〔9〕故意:老友念旧的情意。

解析

　　这首诗大概是公元759年(唐肃宗乾元二年)春天,杜甫任华州司功参军时所作。公元758年(乾元元年),杜甫因上疏救房琯,被贬为华州司功参军,冬天曾告假回东都洛阳探望旧居陆浑庄。次年三月,九节度之师溃于邺城,杜甫自洛阳经潼关回华州,卫八的家就在杜甫回转时经过的奉先县。在奉先县,杜甫访问了居住在乡间的少年时代的友人卫八处士。一夕相会,又匆匆告别,产生了乱离时代一般人所共有的人生离多聚少和世事沧桑的感叹,于是写下这动情之作赠给卫八处士。

　　人生世间,动辄便如参、商二星一样,永不得重逢。而这个晚上又是个什么日子,竟然可以对坐在一盏烛光之下。青春少壮之时,倏忽短暂,如今你我已经是鬓发苍白。去寻找过去的老朋友,已经有一半往生隔世了。惊讶之馀,心肠为之一热。而谁料二十年之后,我竟然还能出现在你的府上。曾经离别时,你尚未婚配,而如今儿女成行。孩子问我是从何而来,对答尚未结束,便让父亲吩咐去张罗酒饭。夜雨潇潇之中,剪来春韭;新煮开的黄粱饭香气弥漫。主人说见上一面不容易,一口气竟然喝下十杯酒。十杯酒也没有产生醉意,深深感受到这番恋旧之意。明天远行,与你又隔着重重山岳,这世间之事又是渺茫无知。

　　这首诗充满了时空的辗转叠换之感。开头第一句就是将人间的聚散,和空中星辰的各在天角相联系。而长期分别之后,又回到共对烛光的近距离之中。在这烛光之下,又回忆起二十年前的光景,以及近年寻访故旧的感受。

待到举觞饮酒,共同怀旧,却又感叹明日之别,相见之日难期。这种倏忽于多个时空之中的感受,不是寻常人有的,它正代表了一种乱离之殇,生死离别在此时,难以预料。

佳 人

绝代有佳人， 幽居在空谷。[1]
自云良家子,[2]零落依草木。
关中昔丧乱,[3]兄弟遭杀戮。
官高何足论， 不得收骨肉。[4]
世情恶衰歇， 万事随转烛。[5]
夫婿轻薄儿,[6]新人美如玉。
合昏尚知时,[7]鸳鸯不独宿。
但见新人笑， 那闻旧人哭。
在山泉水清， 出山泉水浊。
侍婢卖珠回， 牵萝补茅屋。[8]
摘花不插发， 采柏动盈掬。[9]
天寒翠袖薄， 日暮倚修竹。[10]

注释

〔1〕幽居:幽静的居处。

〔2〕良家子:清白人家的子女。

〔3〕关中:今陕西潼关以西。

〔4〕收:收殓。

〔5〕转烛:烛光随风摇动,喻世态反复无常。

〔6〕轻薄儿:轻浮放荡的青年。

〔7〕合昏:即夜合花,朝开夜合。

〔8〕萝:女萝,为松萝科植物。

〔9〕掬:两手捧东西。

〔10〕修竹:修长的竹子。

解析

唐肃宗乾元元年(758)六月,杜甫由左拾遗降为华州司功参军。第二年七月,他毅然弃官,拖家带口,客居秦州,在那里负薪采栗,自给度日,《佳人》就写于这一年的秋季。

这个乱世佳人,独自幽居在空谷之中。自称本是良家女子,乱世之中,无所依傍,故而只能零落孤苦,托付于此间草木。关中丧乱,导致兄弟们惨遭乱兵杀戮。虽然他们曾经身居高官,但战乱之中,尸骨都不得收取。世情冷淡,诸般事也就随之急转而下了,仿佛飘摇之烛光。夫婿是一个轻薄的人,纳娶如花似玉的新人,从此如鸳鸯双栖,但见那新人之笑,哪闻我这旧人之哭。佳人住在空谷之中的独守,如山中泉水般清澈,而一旦这泉水出山去往世间,就必然会转为浑浊。等着婢女卖珠而返,自己牵来藤萝修补茅屋。摘来许多花朵,而不将之插在发髻之上;采来很多松柏,满满掬捧在怀中。天气渐渐寒冷,衣袖显薄。日暮之时,独自倚在挺拔的竹林之畔,站成风景。

由于"佳人"这种意象,在中国传统的诗文中常有隐喻的作用,比如《离骚》之中有"香草美人"之喻。因此,关于这首诗的作意,一向有争论。有人认为全是寄托,有人则认为是写实,但大部分折中于二者之间,也就是说,可能的确存在这样一位佳人,杜甫是借她的故事来道尽自己乱离之辛酸。杜甫身逢安史之乱,身陷贼手而不忘君国;对大唐朝廷,竭尽忠诚,竟落得降职弃官,漂泊流离。但他在关山难越、生计困窘的情况下,也始终不忘国忧。这样的不平遭际,这样的精神气节,可嘉可叹,与这首诗的女主人公很有些相像。从某种程度上说,杜甫的《佳人》也不妨看作是一篇客观反映与主观寄托相结合的诗作。

梦 李 白（二首）

其 一

死别已吞声，生别常恻恻。[1]
江南瘴疠地，逐客无消息。[2]
故人入我梦，明我长相忆。
恐非平生魂，路远不可测。
魂来枫林青，魂返关塞黑。[3]
君今在罗网，何以有羽翼？
落月满屋梁，犹疑照颜色。[4]
水深波浪阔，无使蛟龙得。

注释

〔1〕吞声：失声痛哭。恻恻：伤痛。
〔2〕江南：泛指长江以南地区。瘴疠：南方湿热地区流行的恶性疾病。逐客：贬谪流放远地的人。时李白因事流放夜郎。
〔3〕枫林：指李白流放的江南地区，其地多枫林。典出楚辞《招魂》。关塞：指秦陇关塞。时杜甫在秦州。
〔4〕颜色：指梦中所见李白的面容。

其 二

浮云终日行，游子久不至。
三夜频梦君，情亲见君意。
告归常局促，苦道来不易。[1]
江湖多风波，舟楫恐失坠。

出门搔白首,若负平生志。
冠盖满京华,斯人独憔悴。[2]
孰云网恢恢,将老身反累?[3]
千秋万岁名,寂寞身后事。[4]

注释

〔1〕告归:谓魂告辞归去。苦道:反复说道。
〔2〕冠盖:帽子和车盖。代指京城的达官贵人。斯人:此人。指李白。
〔3〕网恢恢:语出《老子》:"天网恢恢,疏而不漏。"身反累:指被流放。
〔4〕"千秋"二句:阮籍《咏怀》:"千秋万岁后,荣名安所之。"

解析

　　这两首诗是公元759年(乾元二年)秋杜甫流寓秦州时所作。李白与杜甫于公元745年(天宝四载)秋,在山东兖州石门分手后,就再没见面。公元757年(至德二载),李白因曾参与永王李璘的幕府受到牵连,下狱浔阳(今江西省九江市)。公元758年(乾元元年)初,又被定罪长流夜郎(今贵州省桐梓县)。759年(乾元二年)二月,在三峡流放途中,遇赦放还,回到江陵。杜甫这时流寓秦州,地方僻远,消息隔绝,只闻李白流放,不知已被赦还,仍在为李白忧虑,不时梦中思念,竟然达到了连续三天频繁梦见的地步,心内狐疑、难过,于是写成这两首诗。

　　生离不如死别,死别之事,已经放下了悬心,是吞声之哭,而生离则是无止尽的担忧,是夜夜的辗转反侧。江南瘴疠之地,李白流放在那里之后再无消息。今夜入梦,是要我想起他吗?不知道这是生魂否,路途遥远,很多事情难以预料。魂魄来来去去于黑暗的枫林、关塞。如今你已经身在罗网之中,哪里还有能够逃脱的羽翼?落月照在屋梁之上,照出我一脸的疑虑。你身在那么险恶水深的江湖之中,希望你不会为蛟龙所得。

　　每日的浮云照旧行于空中,而游子却很久都没有来过了。连续三天晚上频繁地梦到你,可见我们二人感情之深厚。在梦中,你总是匆匆而来,就马上仓促告别,并且说来一趟特别不容易。江湖之上,风波险恶,最担心的是小舟翻覆。出门之时搔动头上的白发,似乎已经辜负了平生的志向。京华之中,满是冠盖,而独有你是憔悴的。谁说天网恢恢?到了迟暮之年,还要为身名所累。千秋万岁之名,不过是寂寞的身后之事罢了。

  为什么梦李白,要写成二首,而不是放在一首之中呢?这是因为杜甫对于李白所怀有的情感,有着不同的层次。第一首的情感十分激烈,是对于李白之生死的深刻担忧,而第二首的情感则是十分深郁,对李白之生平做了苍凉的回顾。从情感表达上说,后者的感情更为浑厚。

王 维

王维(701—761),字摩诘,原籍太原祁县(今属山西),父辈迁居于蒲州(今山西永济)。进士及第,任大乐丞,因事贬为济州司仓参军。曾奉使出塞,回朝官尚书右丞。安史之乱,身陷叛军,接受伪职。受降官处分。其名字取自维摩诘居士,心向佛门。虽为朝廷命官,却常隐居蓝田辋川别业,过着亦官亦隐的居士生活。多才多艺,能书善画,诗歌成就以山水诗见长,描摹细致,富于禅趣。苏轼谓其"诗中有画","画中有诗",正指出其诗画的特色和造诣。他是唐代山水田园诗派的代表。

送綦毋潜落第还乡[1]

圣代无隐者, 英灵尽来归。[2]
遂令东山客, 不得顾采薇。[3]
既至金门远,[4]孰云吾道非?
江淮度寒食, 京洛缝春衣。[5]
置酒长安道, 同心与我违。[6]
行当浮桂棹,[7]未几拂荆扉。
远树带行客, 孤城当落晖。[8]
吾谋适不用,[9]勿谓知音稀。

注释

〔1〕落第:未考取进士。
〔2〕圣代:圣明之世。英灵:英俊灵秀的人才。

〔3〕东山客:指隐居之士。东晋谢安曾隐居东山。采薇:殷末伯夷、叔齐曾采薇于首阳山下。后世即以"采薇"代称隐居。

〔4〕金门:汉宫有金马门。此指朝廷。

〔5〕寒食:节令名。清明前一日或二日。京洛:指长安与洛阳。

〔6〕同心:朋友。违:分离。

〔7〕桂棹:用桂树做的划船工具。此代指船。

〔8〕行客:指綦毋潜。落晖:落日。

〔9〕适:偶然。

解析

　　作为一首安慰、勉励之诗,本诗通篇没有戚戚之感,只有亲切的抚慰、真诚的解劝。在这种感情的传递中,交织着粗细、隐显不等的情感线条。这个圣明的时代没有隐士,英俊灵秀的贤才都来归服。于是让东山隐客般的你,也不能顾上采薇。既然已经远至金门,选择了这场考试,那谁能说这样的选择是错的呢?这是劝慰綦毋潜,让他不要因自己的选择而后悔。而失败的原因,是因为没有碰上合适的时机,计谋没有得到采用,并不能说这世上知音太稀少。这种宽慰,也是希望綦毋潜不至于怨世,不至于在失败后从此消沉。慰人之诗,勉人之诗,正当如此给人以光明之感。

　　但是仅仅如此粗线劝慰,便不是贴心之友了,而不过是说表面大道理的普通路人。王维理解綦毋潜内心的遗憾和悲伤,于是又有两句看似琐屑的闲笔,载着淡淡的伤感和哀愁,深入到落第者心中,一起品尝那不可抹去的苦味:"江淮度寒食,京洛缝春衣。"应试一年,春去秋来,时间过往,不知不觉。而如今看到江淮人过寒食节,洛阳人在缝制春衣,思乡之情、沉浮之感,就自然而来了。仅此句,便写到落第者的心里去了,那种在时光流逝面前的怅惘,无可回避。同心相违,因此在长安道上的置酒送别,也是很伤感的。作者的惋惜和体谅,便轻柔地传递给了友人。

　　诗到此,情感似乎已经表达得很完整了。但是,诗人仿佛还有些放心不下的东西,他还想象着綦毋潜还乡的行程。美好、飘逸的景致中,他想象着那个归去的背影是洒脱的。先前的惋惜情绪,在这里向上蜿蜒,变成了祝福和期待,顿时回到了最初劝慰时的昂扬情绪。因此,最后一句,劝綦毋潜不要因此消沉,不要认为世上没有知音。这种劝慰,带着浓浓的长者气息,让人为之感动。

送 别

下马饮君酒,问君何所之?[1]
君言不得意,归卧南山陲。[2]
但去莫复问,白云无尽时。

注释

〔1〕饮君酒:劝君饮酒。何所之:往何处去。
〔2〕归卧:隐居。南山:指终南山。秦岭山峰之一。陲:边。

解析

　　这首诗表现了一个两人偶遇的场景,诗人下马赠酒,关切地询问友人要去哪里,反映了他对这个朋友的敬重。这个朋友说自己人生不得意,因此要归隐到终南山。他显然受到了命运的伤害,所以让人"莫复问",让他孤独地离开。而"白云无尽时"是一声悲愤悠长的叹息,不仅表现了这个朋友的去志之坚,更是他对人生"不得意"的愤慨与报复。而作者始终自愿在这个场景中居于一个配角的位置,从表面上看,他只是个记录者。而实际上,从下马饮酒开始,关切的询问已经表现出这个配角的不一般,他对友人的"所之"之处是极为关心的,而且在知道其归隐的决定后,还想再问,但是被友人的"莫复问"阻挠了。

　　"白云无尽时"这声叹息,不是那友人一个人发出来的,而是他们共同的慨叹。这种平淡的叙述,是作者对友人遭遇的同情、安慰,也透露着友人今后人生的祝福。归隐并不代表消沉,离去也许反而是种解脱。这场送别,是作者与友人一起,对友人过去的生活挥手告别。所以诗的结尾,给人的感觉很复杂,有悲伤无尽、遗憾深深之感,同时也像一道投向远方的眼神,意味深长。

青　溪[1]

言入黄花川,[2]每逐青溪水。
随山将万转,　趣途无百里。[3]
声喧乱石中,　色静深松里。
漾漾泛菱荇,　澄澄映葭苇。[4]
我心素已闲,　清川澹如此。[5]
请留盘石上,　垂钓将已矣。[6]

注释

〔1〕青溪:在今陕西沔县东。
〔2〕黄花川:在今陕西凤县东北。
〔3〕趣:同"趋",奔走。
〔4〕漾漾:水波动荡的样子。菱荇:两种水草名。葭苇:芦苇。
〔5〕澹:恬静。
〔6〕盘石:又大又平的石头。将已矣:意谓从此隐居结束此生。

解析

　　和孟浩然、綦毋潜相比,王维的山水诗,脱卸了思想的负担,更为单纯明快。这首名诗,就可以做个例证。"言入黄花川,每逐青溪水",是说青溪之景在黄花川中是对人最有吸引力的部分,说要入黄花川游览的人,往往会去青溪之畔逐水嬉戏。而之所以如此,还有一个原因,那就是随山势行走的话会千回万转,路途遥遥,而沿溪水而行则百里不到。这些话,写得如同家常之语,诗人似乎在谈及再熟悉不过的旅途经验,而青溪的可爱之处,从一开始就用这种朴素的方式得到了呈现。接下来写青溪之美。流水穿过乱石,喧哗而来;青溪杳杳流去,又沉静于深深的松林中。动静对比之下,青溪给人的感觉是既有欣悦的生趣,又有宁静悠远的恬适。而溪水表面,不乏菱荇、葭苇为其增色,在青溪或活泼单纯、或静如淑女的面容上笼上一层艳媚之感。面对这景色,诗人的心竟然闲素如此处之清流了。

于是,为了延续难得的心神之会,诗人想在此处多停留一会。对同行欲归的友人说,请你在盘石上坐一小会,我这垂钓马上就要结束了。诗人在结尾加上一个闲逸的场景,甚至还将之写得很有对话感,"闲素"之心是在这种潇洒脱漫的实际场景中悠悠然地体现出来。

王维的山水诗,是对山水最真诚的观赏,没有加入庞杂的人事——他在诗中不直接提起有关解脱、分享、怀念等种种东西。只有山水和一己之心的情意之会。这种情感的清空和洗练,以及它的有落脚处,是使王维这类诗较之孟诗更为炉火纯青的主要原因。

渭川田家[1]

斜阳照墟落, 穷巷牛羊归。[2]
野老念牧童, 倚杖候荆扉。
雉雊麦苗秀,[3] 蚕眠桑叶稀。
田夫荷锄至, 相见语依依。
即此羡闲逸, 怅然吟式微。[4]

注释

[1] 渭川:即渭水,源于甘肃鸟鼠山,经陕西,流入黄河。
[2] 墟落:村庄。穷巷:深巷。
[3] 雉雊:野鸡鸣叫。
[4] 式微:《诗经》篇名,诗写归隐之思,其中有"式微,式微,胡不归"之句。

解析

　　这首诗所写的,其实就是一个"归"字。

　　林庚先生曾经说过,中国古代的诗人都有一种朴素的乡土感情。所以,乡野的景象总能唤起人们对它的忆念和回归之想。黄昏时分,斜阳照在村子的墟落之上,小而短的巷子里是回来的牛羊。老人牵挂着在外放牧未归的牧童,倚着拐杖在门口等候。这种情形,自然而美好,回归是一种牵挂,伴随着温馨的等候。野鸡啼叫,麦苗挺秀,春蚕卧在桑叶上。田夫荷锄归来了,与人相遇时是依依的问候,絮絮的交谈。这些寻常的人事,在这回归之景中,因其浓浓的人间烟火气息,反而透出一种悠远的诗意。

　　这些景象,似乎完成了对陶渊明式的田园生活图景的还原。但是实质上还是没有达到,因为作者仍然只是这图景的观赏者,不可身入其中。来看最后一句:诗人一边说"羡"此悠然,一方面却逃不开徒有羡慕、不能融入的"怅然"。心理上的矛盾,正是所拥有的生活与所向往的生活之间的距离。所以,王维是归不去的。唐人对陶渊明式田园情调的体认,是停留在欣赏层面的,不可能做到彻底实现一种生活选择上的替换。田园的风光,在唐人笔下,只是一种心情,不是一种实在的生活。

西　施　咏[1]

艳色天下重,　西施宁久微?[2]
朝为越溪女,[3]暮作吴宫妃。
贱日岂殊众,　贵来方悟稀。[4]
邀人傅香粉,　不自著罗衣。[5]
君宠益娇态,　君怜无是非。[6]
当时浣纱伴,　莫得同车归。
持谢邻家子,　效颦安可希?[7]

注释

〔1〕西施:春秋时越国美女,后由越王勾践献给吴王夫差。

〔2〕宁:哪会。微:卑贱。

〔3〕越溪:指若耶溪,在今浙江绍兴东南。相传西施曾在此浣纱。

〔4〕悟:发觉。

〔5〕傅:通"敷",搽抹。罗:丝织品。

〔6〕君:指吴王夫差。娇态:做出娇媚的样子。怜:爱。

〔7〕持谢:奉告。效颦:模仿西施皱眉头。此用"东施效颦"典故,见《庄子·天运》。

解析

这首诗借古讽今,虽是叙咏古人西施,其实是喻指诗人所处时代的世态炎凉。诗歌开首直切主题,写西施既有如此艳丽的姿色,怎会长久地处于低微的身份?果然很快就由浣纱溪头的贫家之女,跃身为吴王宫中的妃子。接下来八句以辛辣的讽刺笔法写西施一旦得到君王宠爱,就身价百倍:她贫贱时哪里有什么与众不同?得宠显贵了人们才惊艳她的容貌天下少有。从前她要在溪边劳作,而现在众多宫女为她涂脂敷粉,为她穿着罗衣,她从来不用自己动手。有君王的宠幸,她姿态更加娇媚;有君王的怜爱,她不会被计较是非。以前和她一起浣纱的伙伴,再也没有机会与她同车而行了。联系到诗人所处的时代,盛唐繁华的外衣下隐藏着危机:那些由于偶然机遇受到恩宠的人立刻就趾高气扬、不可一世,而世人也只见显贵,趋奉势利。最后二句奉劝那些姿色不佳又追逐权贵者,效颦西施是不自量力,即劝告世人不要为了博取别人赏识而故作姿态,弄巧成拙。

孟浩然

孟浩然(689—740),字浩然,襄州襄阳(今湖北襄樊)人。早年隐居鹿门山,四十岁入长安应进士考落第,失意东归,自洛阳东游吴越,即所谓"山水寻吴越,风尘厌洛京"。张九龄出镇荆州,引为从事,后病疽卒。他是不甘隐沦而以隐沦终老的诗人。其诗多写山水田园的幽清境界,却不时流露出一种失意情绪,所以诗虽冲淡而有壮逸之气,为当世诗坛所推崇。

秋登兰山寄张五[1]

北山白云里,隐者自怡悦。[2]
相望试登高,心随雁飞灭。
愁因薄暮起,兴是清秋发。
时见归村人,沙行渡头歇。
天边树若荠,江畔洲如月。[3]
何当载酒来,共醉重阳节。[4]

注释

〔1〕兰山:一作"万山"。在今湖北襄樊西北。
〔2〕隐者:诗人自称。
〔3〕荠:荠菜。洲:水中陆地。
〔4〕何当:何时。重阳节:阴历九月九日为重阳节。

解析

　　隐者的感情，起于"怡悦"二字。因此，这首诗虽为怀人之作，却没有感伤和沉郁的情绪。隐者居于北山的白云之间，因为那天来了兴致，忽然想起住在对面山中的朋友，于是，就试着爬上这座山，想象自己此刻是和那山上的朋友相互对望的。

　　处在山顶上，心和天空一样辽阔，涌入心中的东西很多，种种意念仿佛在闪烁，如那些在云朵之间飞翔、时现时藏的大雁。而自己的心情因为对友人的牵挂起伏着，这美好的薄暮，这惬意的清秋，让人反倒生出一种愁。这种愁是清淡的、雅致的，是因为缺少友朋来与自己分享这种登高之际获得的美景和快乐而生发的。

　　而想要与友人分享的，还有更多：站在山顶，看见归人在渡头上歇脚，这是暮中小村的那缕人间烟火的温馨之景；而天边树色苍茫，矮如荠菜，江畔横舟，弯如月牙。这些让人怡悦的人物与风景，让人生情，也让人生盼。情自是对人间烟火、自然风景的爱慕和怡悦，而盼的是有人能与自己分享这种怡悦。于是问问友人：你带着酒来我这里怎么样，我们可以在重阳节一起醉倒在这美好的时节。

夏日南亭怀辛大

　　山光忽西落，池月渐东上。[1]
　　散发乘夕凉，开轩卧闲敞。[2]
　　荷风送香气，竹露滴清响。
　　欲取鸣琴弹，恨无知音赏。
　　感此怀故人，中宵劳梦想。

注释

〔1〕山光:照山的阳光。池月:映池的月亮。

〔2〕散发:古人平时束发,散发表示闲放不拘。轩:窗。

解析

这首诗,和前面一首一样,都是面对一些情景,怀念友人,但是情感上,几乎是完全不同的。前篇的情感,是建立在希冀与友人分享"怡悦"的基础上的,整篇诗的节奏是快乐的,轻扬的。但是这一篇却充满了忧郁和清愁。

忽然之间,红日已经西沉,而月光从池塘中渐渐升起,夜晚悄无声息地蔓延而来了。诗人散开自己的发髻,躺在水亭中宽敞的地方,沐浴夜凉。荷花摇摆,送来丝丝的香气;夜风微微,吹下竹间的凉露,发出细小的声响。这是寂寞之人,在没有依托时,才感受得到的东西。这样的场景不会有背景音乐,只有一片低沉的宁静。但是,诗人还是希望更热闹一点,这种宁静处得太久了,其实让人心慌。他想找个琴来弹,但是马上又打消了这个想法,自己弹琴给谁听呢？如此深不可测的寂寞之夜,没有知音的欣赏。

想到这里,就更加怀念那位老朋友了,想得太久了,连梦中也在苦苦地忆念他。"恨""劳"二字,将怀念写得何其辛苦。而作者对重逢也没有很自信的期待,不会像前篇那样许下重阳节相聚的心愿:这片忆念竟然是没有终点的。

宿业师山房待丁大不至[1]

夕阳度西岭,群壑倏已暝。[2]
松月生夜凉,风泉满清听。
樵人归欲尽,烟鸟栖初定。[3]
之子期宿来,孤琴候萝径。[4]

注释

〔1〕业师:名叫业的和尚。师是对和尚的尊称。山房:指寺宇。丁大:丁凤。大是其排行。

〔2〕壑:山谷。倏:忽然。暝:昏暗。

〔3〕烟鸟:暮烟中的归鸟。

〔4〕之子:指丁大。宿:隔夜。萝径:长满地衣类植物的山路。

解析

　　这是一首候人之诗。等候是从傍晚黄昏时分开始的,诗人看见夕阳从西边的山岭上越过,而暮色迅速地包裹起座座山峰,远处只剩下一片暝色。"度"字说明了作者的视线一直在关注着夕阳去往西山的脚步,在心中数着等待的时光。这时候,诗人还有心情来欣赏这山中的夜色:松际的月亮布下一片清凉,风声泉流之响盈耳。"樵人归欲尽,烟鸟栖初定。"人也散了,鸟也静了,一切都已经安顿下来了,而自己要等的那个人还没有来。诗人用旁人的归去和安歇来反衬自己等待中略微开始焦躁的心情。但是马上又想起自己的初衷:到这里来夜宿就是为了见我所要见的人,那就持一把孤琴,在女萝幽径旁继续等待吧。这首诗的起承转合,其实就是情绪的生、发、波、定。不求有太高深的思想,也不求诗法上有多么奇特,着力表现一种雅趣,一种如泉水般幽凉淡雅的清愁。

王昌龄

王昌龄(约690—约756),字少伯,京兆长安(今陕西西安)人。早年贫贱,困于农耕,年近不惑,始中进士。初任秘书省校书郎,又中博学宏辞,授汜水尉,因事贬岭南。开元末返长安,改授江宁丞。被谤谪龙标尉。安史乱起,为刺史闾丘晓所杀。其诗以七绝见长,尤以登第之前赴西北边塞所作边塞诗最著名,有"诗家夫子王江宁"之誉。

同从弟南斋玩月忆山阴崔少府[1]

高卧南斋时, 开帷月初吐。[2]
清辉澹水木, 演漾在窗户。[3]
苒苒几盈虚,[4] 澄澄变今古。
美人清江畔, 是夜越吟苦。[5]
千里共如何, 微风吹兰杜。[6]

注释

〔1〕从弟:堂弟。山阴:今浙江绍兴。少府:即县尉。

〔2〕帷:帐幕。

〔3〕澹:水波摇动。演漾:荡漾。

〔4〕苒苒:形容时间推移。盈虚:指月圆月缺。

〔5〕美人:指崔少府。越吟:唱越地之歌。

〔6〕千里共:指虽相隔遥远,但却共赏一轮明月。兰杜:兰草、杜若,均香草名。

解析

  诗人与从弟,曾高卧南斋,掀开窗帷,欣赏那初升的清月。月光的清辉,让流水和树木的颜色笼上迷蒙的淡光,这种潋滟的波光,又映照到窗户。光阴荏苒,月亮盈虚,这澄明的光辉,变换了古今。今夜,"美人"崔少府身在清江之畔,必定有如古时在楚国做官的庄舄思念故乡越国之苦。相隔千里,而共有此月,彼此的情状是如何呢?此时微风正吹拂着清香四溢的兰杜。

  玩月思友,由月忆人。感慨清光依旧、人生聚散。这首诗特别有意思的地方是将崔少府称为"美人",这绝非是谐谑之语,而是将之视作品德高洁之人,这也是一种《离骚》的意象传统,即所谓"香草美人"。

丘 为

丘为(生卒年不详),字不详,苏州嘉兴(今属浙江)人。累举不第,归里苦读。至天宝初始登进士,与王维、刘长卿友善,尝相唱和。官至太子右庶子,致仕归,时年八十馀,继母健在,给俸禄之半,以孝称。年九十六,以寿终。诗擅五言,善摹湖山景色。

寻西山隐者不遇

绝顶一茅茨,[1]直上三十里。
扣关无僮仆,[2]窥室唯案几。
若非巾柴车,[3]应是钓秋水。
差池不相见, 黾勉空仰止。[4]
草色新雨中, 松声晚窗里。
及兹契幽绝,[5]自足荡心耳。
虽无宾主意, 颇得清净理。
兴尽方下山, 何必待之子![6]

注释

〔1〕茅茨:茅草屋。

〔2〕扣关:敲门。

〔3〕巾:用巾覆盖。

〔4〕差池:参差不齐。此指你来我往,未得见面。黾勉:努力。

〔5〕契:融洽,接触。

〔6〕之子:此人,指隐者。

解析

　　诗人丘为所交往者多为田园山水诗派诗人,故而其诗大多为五言,多写田园风物。这首《寻西山隐者不遇》就是这一类诗歌。

　　山顶之上,有一座茅屋,离山底下有三十里之遥。走到茅屋外面叩门,并无僮仆开门,从门缝窥进去,只有桌案茶几。此中主人,如果不是去山中取樵,那就是去独钓秋水了。因为这样的不凑巧和小差池,而没有见到隐者,有点遗憾。那青草的颜色,在新雨之中,显得格外碧绿。松涛的声音,起伏在晚间的窗棂之中。这里如此幽绝,已经足够涤荡干净一己之心情。虽然没有宾主对面,表达心意,但这番寻觅、静驻,已经能让我颇得清静之道理。因此,觉得已经没必要再等待这位主人,而是兴尽下山了。

　　这首诗写法朴实,寻人不遇,却因为登高而遇到了隔绝在尘世之外的景致,照样获得了一番方外之理。全诗平淡、舒徐和自然,正是盛唐山水田园诗派的作风。

綦毋潜

綦毋潜(692—约749),字孝通(一作季通),荆南(今湖北荆州)人。开元中登进士第,授宜寿尉,迁右拾遗,入集贤院待制,终著作郎。后见兵乱,乃弃冠归隐江东别业。其诗多写山林幽寂之境与方外隐逸之情。

春泛若耶溪[1]

幽意无断绝,　此去随所偶。[2]
晚风吹行舟,　花路入溪口。
际夜转西壑,　隔山望南斗。[3]
潭烟飞溶溶,[4]林月低向后。
生事且弥漫,[5]愿为持竿叟。

注释

〔1〕若耶溪:在今绍兴南若耶山下。

〔2〕偶:遇。

〔3〕际夜:傍晚。南斗:即斗宿。位置在南,为越之分野。

〔4〕潭烟:指夜晚潭上的雾气。溶溶:广大的样子。

〔5〕生事:生计。且:正。弥漫:犹言渺茫。

解析

这首诗的起句如峭壁,如海浪,诗人一开始就把自己内心压抑已久的感情喷发出来:我那寻幽探奇的兴致,从来没有断绝过。这种直接的表白,让人感觉到诗人的心中天生有片对山水的热忱,而这种热忱在被世事压抑太久后,反而更强烈了。

诗人所乘的小舟被晚风轻轻摇漾,轻轻推行。所到之处,看见繁花之路向小溪蔓延而来。在夜晚来临之际,小舟绕过西山之壑,而隔着这山,可以遥望到南山上的星斗。这些景物,在诗人的视野中不断地轮换,而其中一转一望,更是顾盼美景不暇,流露出一种心情被山水释放时的喜悦。在诗的结尾,作者再次表达了自己的心愿,那就是愿意远离弥漫复杂的谋生之事,而选择做个垂钓人,在此幽意深深之处栖息。整首诗,充满的是盼望解脱的渴望、得到解脱的喜悦,和对永久性解脱的企盼。

常　建

常建(生卒年不详),字号籍贯均不详。或说长安人,不确。开元中与王昌龄同榜进士。曾任盱眙尉,后隐居鄂渚,陶醉于山水之间。其诗多写山水田园,以及边塞题材,风格接近王孟诗派。

宿王昌龄隐居

清溪深不测,隐处惟孤云。
松际露微月,清光犹为君。
茅亭宿花影,药院滋苔纹。[1]
余亦谢时去,西山鸾鹤群。[2]

注释

〔1〕宿:止,停留。药院:种药草的院落。滋:生长。
〔2〕谢时去:谢绝时人,远离现实。鸾鹤:古代常指仙人骑乘的鸟。

解析

溪水杳杳远去,所向之处不可猜测;隐居的处所,只有孤独的云朵徘徊流连。诗人在写完隐居之所的背景氛围之后,终于写到了亭院内的小景致。亭院正在"宿花影""滋苔纹",花影苔纹的暗影,仍然交织成一片幽邃。

诗末,诗人用典故来表明自己归隐于世外的心意。"西山"是诗人曾经寓居过的地方,"鸾鹤群"一句是借江淹《登庐山香炉峰》"此山具鸾鹤,往来尽仙灵"之语,正是因此地之隐居,勾起对过去之隐居的怀念,更有对此后之隐居的无限期待。

岑 参

岑参(715？—770)，原籍南阳，移居江陵(今湖北荆州)。少时读书于嵩山，后游京洛河朔，隐居终南别业。天宝三年进士及第，授右内率府兵曹参军。后赴安西高仙芝幕掌书记，复赴北庭封常清幕任职。对边塞生活深有体验。肃宗朝拜右补阙。长安收复后，转起居舍人，以上书指斥权佞，出为虢州长史。代宗朝入蜀，两任嘉州刺史。罢官后客居成都。其诗以边塞诗著称，写边塞风光及将士生活，气势磅礴，昂扬奔放，因而成为边塞诗派的代表。

与高适薛据登慈恩寺浮图[1]

塔势如涌出，　孤高耸天宫。
登临出世界，　磴道盘虚空。[2]
突兀压神州，　峥嵘如鬼工。[3]
四角碍白日，　七层摩苍穹。[4]
下窥指高鸟，　俯听闻惊风。
连山若波涛，　奔凑似朝东。
青槐夹驰道，　宫馆何玲珑。[5]
秋色从西来，　苍然满关中。[6]
五陵北原上，[7]万古青蒙蒙。
净理了可悟，　胜因夙所宗。[8]
誓将挂冠去，　觉道资无穷。[9]

注释

〔1〕慈恩寺:唐高宗李治当太子时为其母文德皇后修建的寺院,故名"慈恩"。浮图:即佛塔。

〔2〕磴道:指塔中石阶。

〔3〕突兀:高耸的样子。峥嵘:高峻的样子。鬼工:指神力,非人力所能为。

〔4〕摩:迫近。苍穹:即苍天。

〔5〕驰道:皇帝乘辇经行之道。玲珑:空明貌。

〔6〕关中:指今陕西中部地区。

〔7〕五陵:汉代五个皇帝的陵墓。均在长安城北。

〔8〕净理:即佛理。佛性清净无垢,故云。胜因:佛家语,指一种殊妙的善因。

〔9〕挂冠:挂起官帽,表示辞去官职。觉道:使人觉悟的佛理。资:用。

解析

诗的开头,"塔势如涌出"有着极强的速度感,这是岑参式的"奇语"。接下来从"登临出世界"到"七层摩苍穹",都是写塔势极高,极突兀。秋色西来,将关中染上苍苍之色。北原上的五陵,千百年来依然是青翠一片。今昔之感,古今之情,暗含在这两句之中,它们不仅仅是景物而已,内部还有一层历史感情和自然感情的东西。而在朴素的景致对比中——此今之秋色与万古之青蒙,登塔者舒放的心胸,澎湃的情感,自然而然地得到了体现。

最后四句谈玄论道,也许是为了应景,也许是为了让这寺里的和尚看到这些话开心吧。

元 结

元结(719—772),字次山,鲁县(今河南鲁山)人。鲜卑族后代。少居商余山,著《元子》十篇。天宝中进士及第。安史乱起,举族南奔,先后避居于猗(今湖北大冶)与瀼溪(今江西瑞昌),以耕钓自全。肃宗朝以右金吾兵曹参军摄监察御史衔,充山南东道节度参谋,招募义军,抗击叛军。代宗朝拜著作郎,后任道州刺史,转容州刺史,兼御史中丞。母丧守制于祁阳浯溪。奉命入京,病逝于旅舍。其诗一反浮华文风,以救时劝俗为宗旨。他是新乐府运动的先行者。

贼退示官吏

癸卯岁,西原贼入道州,[1]焚烧杀掠,几尽而去。明年,贼又攻永破邵,[2]不犯此州边鄙而退。[3]岂力能制敌欤?盖蒙其伤怜而已。诸使何为忍苦征敛,[4]故作诗一篇,以示官吏。

昔年逢太平,　山林二十年。
泉源在庭户,　洞壑当门前。
井税有常期,　日晏犹得眠。[5]
忽然遭世变,　数岁亲戎旃。[6]
今来典斯郡,　山夷又纷然。[7]
城小贼不屠,　人贫伤可怜。
是以陷邻境,　此州独见全。

使臣将王命，　岂不如贼焉。
今彼征敛者，　迫之如火煎。
谁能绝人命，　以作时世贤。
思欲委符节，　引竿自刺船。[8]
将家就鱼麦，[9]归老江湖边。

注释

〔1〕西原：西原蛮，指在今广西的唐代少数民族。道州：今湖南道县。

〔2〕永：永州，今属湖南。邵：今湖南邵阳。

〔3〕边鄙：边境。

〔4〕诸使：指收赋税的官吏。

〔5〕井：井田，古代的一种土地制度。晏：晚。

〔6〕戎旃：军帐。旃，通"毡"。

〔7〕典：掌管。山夷：指居住在山里的少数民族。即指序文中的"西原贼"。

〔8〕委：弃去。符节：代指朝廷任命的官衔。刺船：用篙撑船。

〔9〕将家：携带家人。鱼麦：指富饶的鱼米之乡。

解析

　　此诗作于公元764年(唐代宗广德二年)，时元结任道州刺史。小序交代了此诗的创作原委。癸卯年(763)旧历十二月，广西境内的少数民族"西原蛮"发动了反对唐王朝的武装起义，曾攻占道州(州治在今湖南道县)达一月余。次年五月，元结任道州刺史，七月"西原蛮"又攻破了邻近的永州(州治在今湖南永州)和邵州(州治在今湖南邵阳)，却没有再攻道州。诗人认为，这并不是官府"力能制敌"，而是出于"西原蛮"对战乱中道州人民的"伤怜"。朝廷派到地方上的租庸使却不能体恤人民，仍旧残酷征敛，有感于此，作者写下了这首诗以警示征敛租税的官吏。

　　这首诗并没有开门见山地写道州的情况，而是从自己二十年来的不同经历说起，显得其中的沧桑变化，更为引人唏嘘。他想来想去，似乎要回到过去的安然状态，只能是通过隐居、避世来实现，而无力改变人民生活在水深火热之中的现实。这种悲凉的选择，更能体现诗人对于自身渺小，无力扭转现实的沉痛和郁愤。在中唐之后，诗坛出现了大量这样悯时伤怀的诗人，他们对于百姓生活十分关注，并将之写进诗歌，导致了与盛唐时期完全不同的诗歌风格，那就是语言素朴、境界深远。

韦应物

韦应物(737—792?),京兆万年(今陕西西安)人。系贵胄出身,少为皇帝侍卫。后入太学,折节读书。代宗朝入仕途,历任洛阳丞、鄠县令、滁州刺史、江州刺史、苏州刺史,罢官后,闲居苏州诸佛寺,直至终年。其诗多写山水田园,清丽闲淡,和平之中时露幽愤之情。反映民间疾苦的诗,颇富于同情心。是中唐艺术成就较高的诗人。

郡斋雨中与诸文士燕集[1]

兵卫森画戟, 燕寝凝清香。[2]
海上风雨至, 逍遥池阁凉。[3]
烦疴近消散,[4]嘉宾复满堂。
自惭居处崇,[5]未睹斯民康。
理会是非遣, 性达形迹忘。[6]
鲜肥属时禁, 蔬果幸见尝。
俯饮一杯酒, 仰聆金玉章。[7]
神欢体自轻, 意欲凌风翔。
吴中盛文史, 群彦今汪洋。[8]
方知大藩地,[9]岂曰财赋强!

注释

〔1〕郡斋:州郡衙门的休息之室。燕集:举行宴会。
〔2〕画戟:加彩画的戟。戟,古代的一种兵器。燕:通"宴",饮酒。

〔3〕海:此指东海。逍遥:自由自在的样子。

〔4〕烦疴:烦闷与疾病。

〔5〕崇:高贵。

〔6〕形迹:指礼仪的约束。

〔7〕金玉章:声韵铿锵悦耳的诗篇。

〔8〕吴中:指今苏州地区。群彦:群英。指"诸文士"。汪洋:喻指诸文士气度不凡。

〔9〕大藩:指大郡,即苏州。藩,本指王侯的封地。

解析

  这首诗歌是韦应物晚年任苏州刺史时所作。开头六句,皆是指宴集的环境,突出"郡斋雨中"四字。此处兵卫禁严,宴厅凝香,体现出刺史府上的庄重、威严之感。从第二句开始,一句轻盈的"海上风雨至,逍遥池阁凉"抽离了这种肃穆之感。海风带来的这一场雨,褪去了案牍之烦闷、疲倦,池阁一时甚是清凉。宾客恰逢在雨水降落之时,云集于堂上。沉闷的刺史府邸,刺史本人之案牍劳形,都因为这场雨以及它带来的满堂宾客而忽然消散了。"嘉宾复满堂"之"复"字,体现了刺史一种久别重逢的愉悦感。

  但是,在这短暂的欣喜过后,刺史却感到了"自惭",他觉得自己所居住的府邸是在庙堂之上,而并不能亲近平民百姓之生活。这是一种源于责任感的焦虑和不安。但他消解这种情绪,却是采用了"老庄"之法,会老庄之理而遣送是非,达乐天知命之性而忘乎形迹。新鲜蔬果、杯中之酒、耳中之乐章,都让这次宴会十分欢洽。

  在全诗的收束之句上,作者又转为大赞苏州不仅是财赋强盛的大藩,更是"群彦今汪洋"的人才荟萃之地,以回应题目上"诸文士燕集"的盛况。这些是宴集之诗的惯用套路。

初发扬子寄元大校书[1]

凄凄去亲爱,泛泛入烟雾。[2]
归棹洛阳人,残钟广陵树。[3]
今朝为此别,何处还相遇?
世事波上舟,沿洄安得住?[4]

注释

〔1〕扬子:津名,在今江苏扬州南。校书:官名,即校书郎。
〔2〕亲爱:指亲戚朋友。泛泛:指行船。
〔3〕广陵:今江苏扬州。
〔4〕沿洄:顺流而下,逆流而上。

解析

　　这首诗写于韦应物离开广陵(今江苏扬州)回洛阳去的途中。韦应物曾客游广陵,元大(大是排行,其人名字已不可考)是他在广陵的朋友,诗中用"亲爱"相称,可见彼此感情颇深。公元763年(代宗广德元年),韦氏被任命为洛阳丞,在乘船离开广陵赴任洛阳的时候,对元大校书非常怀念,于是写了这首诗寄给他。

　　与亲爱友人的离别,甚是凄然。自己渐行渐远,消失于迷蒙的烟雾之中。这驾舟归去的洛阳人,那残破钟声之中的广陵树木,都是离别的风景。如今我们就此分别,谁能知道再次相遇会是什么时候?世事难料,就好比江波上的不系之舟,来回飘荡,不能停住。

　　这首诗以离人自己的身份写出,而离别的场景和心境,和送别他人时完全不同。看似是五律,其实也采用了五古的一些写法,例如它仍然使用了仄声韵,能够有助于抒发悲慨。

寄全椒山中道士[1]

今朝郡斋冷,忽念山中客。
涧底束荆薪,归来煮白石。[2]
欲持一瓢酒,远慰风雨夕。
落叶满空山,何处寻行迹。

注释

〔1〕全椒:县名,今属安徽。
〔2〕涧:两山之间的水沟。荆薪:柴草。白石:古代有仙人煮石为粮的传说。

解析

在一个秋雨飘飞之夕,郡斋之中忽然有一丝寒意,这让诗人想念住在全椒县山中的朋友。他此时此刻,必将是在山涧之下捆扎自己砍伐好的樵薪,而归来之后又开始烧煮一些清苦简单的食物。在道教的文化语境里面,"白石"是一种"石英",正是道教隐士服食之物。

这首诗乍看没什么惊人之句,平平常常,颇有陶渊明的风格,向来被称为韦诗中的名篇。但其中甚有可资品味者。如第一句中的"冷"字,既写出郡斋气候的冷,更是写出诗人心头的冷,诗人由于这两种冷而忽然想起山中的道士,其实正是因为一种精神上的寂寞,而想起了曾经可以互为知己的友谊。山中的道士在这寒冷气候中到涧底去打柴,他崇尚这样清苦的生活,与我这个坐在郡斋之中的人,十分不同。因此这里面也暗藏了一种境况的对比。也惟有这样的对比,能够体现出作者虽然身在红尘之中,却心系方外。

诗坛佳话

瓢酒慰风雨:"欲持一瓢酒,远慰风雨夕",韦应物对全椒山中道士的殷殷情意朴素无华。虽然一瓢酒用来慰藉风雨艰辛尚嫌不足,但在得意失落之后,失意困顿之中,在风雨交加之时,这一瓢酒,仍有着生活的温度、友情的热度。这一瓢珍贵的酒,会为那些惶惶度日的人们带来一丝温情;同样,诗中的暖意,也会帮着朋友把心里的坎坷褶皱轻轻抚平,使之舒展。如果能有这一瓢酒等在人生的某一时刻,让你饮之而眼潮心热,你也会觉得生命不负期待。

长安遇冯著[1]

客从东方来,衣上灞陵雨。[2]
问客何为来,采山因买斧。
冥冥花正开,飏飏燕新乳。[3]
昨别今已春,鬓丝生几缕?

注释

〔1〕长安:唐京城,今陕西西安。

〔2〕灞陵:即灞上。在长安东,汉文帝葬于此。

〔3〕冥冥:形容花繁的样子。飏(yáng 羊)飏:鸟飞翔的样子。

解析

韦应物于大历四年(769)至十三年(778)在长安,而冯著在大历四年离长安赴广州,约在大历十二年(777)再到长安。这首诗可能作于大历四年或十二年。冯著是韦应物的朋友,韦应物赠冯著诗今存四首。据韦诗所写,冯著是一位有才有德而失志不遇的名士。

这首诗平淡之句中寓有深意。作者讲述道:我的这位朋友,从东方而来,风尘仆仆,衣服上还沾着灞陵的雨点。我问他所来为何,为什么本是想来开采山中铜铁,最后只落得买了一把斧子回去。其寓意即说冯著谋仕不遇,心中不快。诗人在这里设问自答,诙谐打趣,其实是为了以轻快的情绪冲淡友人的不快,所以下文便转入慰勉。此时,百花正在悄悄盛开,雏燕也刚开始长出乳喙。这个世界其实仍然是一派生机。这种繁华更能对比出冯著的失意。所以末二句,诗人以十分理解和同情的态度说:昨日分别,如今已经又是欣欣向荣的春天,而你的鬓间又长出了几缕白发。并没有昂扬、空洞的劝勉之意,而是满怀同情之意,深深为这位经历坎坷曲折的朋友感到不平。

夕次盱眙县[1]

落帆逗淮镇,停舫临孤驿。[2]
浩浩风起波,冥冥日沉夕。
人归山郭暗,雁下芦洲白。[3]
独夜忆秦关,听钟未眠客。[4]

注释

〔1〕次:止宿。盱眙:今属江苏。
〔2〕逗:停留。淮镇:淮水旁的市镇,指盱眙。舫:船。临:靠近。驿:供邮差和官员旅宿的水陆交通站。
〔3〕芦洲:芦苇丛生的水中陆地。
〔4〕秦:今陕西的别称。因战国时为秦地而得名。客:诗人自称。

解析

　　这首诗写旅途中的客思。诗人因路遇风波而夕次孤驿,在孤驿中所见全是秋日傍晚的一片萧索的景象,夜听寒钟思念故乡,彻夜未眠。一片思乡之情和愁绪全在景物的描写之中。诗的妙处,在寓情于景,情景交融。本诗对旷野苍凉凄清的夜景极尽渲染,把风尘漂泊、羁旅愁思烘托得强烈感人。首联"落帆""停舫"意为黄昏时分船要泊岸停靠。颔联"风起波""日沉夕"描写夜晚江边的景象。颈联"山郭暗""芦洲白"写夜色降临之景;"人归""雁下"意为随着夜色降临,在外的人们回到家,高飞的大雁也停下休息。尾联"独夜""听钟""未眠"也处处点"夕",处处写夜。

东　郊

吏舍跼终年，　出郭旷清曙。[1]
杨柳散和风，　青山澹吾虑。[2]
依丛适自憩，　缘涧还复去。[3]
微雨霭芳原，[4]春鸠鸣何处。
乐幽心屡止，　遵事迹犹遽。[5]
终罢斯结庐，　慕陶直可庶。[6]

注释

〔1〕跼:拘束,限制。旷清曙:清晨阳光映照下心旷神怡。

〔2〕澹:安定。此作动词。虑:杂念。

〔3〕缘:沿着。还复去:徘徊往来。

〔4〕霭:迷蒙。作动词,有使然之意。

〔5〕心屡止:多次想隐居于此。事:公事。遽:恐慌。

〔6〕结庐:指隐居。陶:指陶渊明。庶:庶几,接近。

解析

　　这首诗的意思十分浅近。首句是说平时自己拘束于公务,案牍劳形,因而在清晨走到郊外,呼吸清新的空气而心旷神怡。在这东郊之外,杨柳拂动其和煦的风,远处的青山如此美好,可以去除种种忧虑。自己站在灌木丛旁休憩,或者沿着河边来回踱步。在这春日的迷蒙细雨之中,带着青草香味的原野,披上了一层暮霭,春日的斑鸠不知道此时正在何处啼唤。我这向往幽深的心,总是每次生发,又马上被我抑止,我即便走到这样的地方,一旦有事还是要抽身快快离去。作者晚年对陶渊明极为向往,所以末句之中的"结庐"二字即化用陶诗著名的句子"结庐在人境",意思其实就是隐居,作者这里直接道出自己"慕陶"而又不可实现的无奈之情,意味深长。

送杨氏女[1]

永日方戚戚, 出行复悠悠。[2]
女子今有行, 大江溯轻舟。[3]
尔辈苦无恃, 抚念益慈柔。[4]
幼为长所育,[5] 两别泣不休。
对此结中肠, 义往难复留。
自小阙内训, 事姑贻我忧。[6]
赖兹托令门, 仁恤庶无尤。[7]
贫俭诚所尚, 资从岂待周?[8]
孝恭遵妇道, 容止顺其猷。[9]
别离在今晨, 见尔当何秋?[10]
居闲始自遣, 临感忽难收。[11]
归来视幼女, 零泪缘缨流。[12]

注释

〔1〕杨氏女:杨氏抚育的女儿。

〔2〕永日:整天。戚戚:悲伤。出行:指出嫁。悠悠:忧思的样子。

〔3〕溯:逆流而上。

〔4〕无恃:失去母亲。慈柔:慈祥柔和。

〔5〕此句题下原注:"幼女为杨氏所抚育。"

〔6〕内训:母亲的教诲。姑:婆婆。贻我忧:使我烦忧。

〔7〕托:倚靠。令门:对其夫家的尊称。仁恤:爱怜。尤:过失。

〔8〕资从:指嫁妆。周:完备。

〔9〕容止:仪容与行为。猷:规矩,法度。

〔10〕何秋:何年。

〔11〕临感:临到有感触的时候。收:控制。

〔12〕缨:帽带。

解析

  这首诗是韦应物诗中的一首名作,体现了一位父亲对女儿的深情。

  诗人早年丧妻,留下两小女相依为命,父女感情颇为深厚。此时大女儿要嫁的夫家路途遥远,当此离别之际,心中自然无限感伤。

  在临行前,诗人万千叮咛,谆谆告诫:要遵从礼仪、孝道,要勤俭持家等等。其殷殷之情,溢于言表。

  诗人对女儿说,我整天犹豫不安,悲戚难止,是因为你行将出嫁到遥远的地方。今日是一个你远行的重要日子,你将乘坐轻舟沿江逆流而上。你们姐妹自幼就饱尝丧母之苦,每念及此,我对你们就加倍慈爱,慎重抚养。妹妹从小全靠姐姐带大,今日告别,两人相对而泣,泪水成行。面对这样的情景,我的内心忧郁难止,但是,女儿出嫁是必然之理,不可能永远留在家中。你自幼缺少慈母的训导,所以,我很担心你将来不懂得如何侍奉婆母。幸好你的夫家是一个门第很好的人家,不会计较这些,而且也会十分怜恤你。我一贯崇尚节俭,安贫乐道,所以给你的嫁妆,恐怕也是很不周全的。盼望你去了那里之后,安贫乐俭,遵守妇道,在仪容举止方面随分从时。在这个早晨,我们父女分别,再见到你不知道是几时。我平日独自闲居,尚可排遣自己的郁闷心情,但是这个离别时刻,我心中的感伤再也不能收起。送完长女的迎亲队伍,回到家中看到小女儿,悲伤的泪水,就沿着帽带点点滴落。

  这首诗中的情绪,一直是呈现压抑、极力控制之态,比如诗人是强忍住泪水说完那些告诫之语。而到诗歌的末尾,送走女儿才发现自己还是控制不了自己,只能与幼女相对而泣。一个情感复杂、无可奈何的慈父形象,十分鲜明地呈现在人们面前。

柳宗元

柳宗元(773—819),字子厚,河东(今山西永济)人。贞元年间进士及第,复中博学宏辞,授集贤院正字。调蓝田尉,迁监察御史里行。顺宗即位,任礼部员外郎,参与政治革新。不久宪宗继位,废新政,打击革新派,被贬为永州司马,十年后召还长安,复出为柳州刺史。病逝于柳州。与韩愈发起古文运动,为一代古文大家,世称"韩柳"。其诗得《离骚》馀意,常于自然景物之中寄托幽思,纤秾而归于淡泊,简古而含有至味,成就不及散文,却能独具特色。

晨诣超师院读禅经[1]

汲井漱寒齿,[2]清心拂尘服。
闲持贝叶书,[3]步出东斋读。
真源了无取, 妄迹世所逐。[4]
遗言冀可冥, 缮性何由熟?[5]
道人庭宇静,[6]苔色连深竹。
日出雾露馀, 青松如膏沐。[7]
澹然离言说, 悟悦心自足。[8]

注释

〔1〕诣:到。超师:名字叫超的和尚。

〔2〕汲井:从井里打水。

〔3〕贝叶书:指佛经。古印度用贝多罗树叶写经。

〔4〕真源:真正的本源。妄迹:虚妄之事。逐:追求。

〔5〕冥:暗合。缮性:修心养性。

〔6〕道人:指诗题中的超师。

〔7〕膏沐:古时妇女用来润发的油脂。

〔8〕澹然:恬静的样子。离言说:无适当的语言来表达。悟悦:悟道的乐趣。

解析

　　清晨早起,诗人到住地附近一个名叫"超"的僧人(师)的寺院里去读佛经。他手中拿着贝叶经书,一直踱步到东斋中区阅读。经书中的一些佛理,颇可咂摸。诗人深深感到,佛经真谛世人并无领悟,荒诞之事却总是为人们所追逐。诗人本来寄希望于在冥冥之中,以自己的思想去暗合佛理之中的精义,修养的本性,不知道从何种方式之中实现精熟之态。此时此刻,道人禅院多么幽雅清静,绿色藓苔连接竹林深处。太阳出来照着晨雾和残留的露水,苍翠松树宛若沐浴在阳光之中。这一番清静的情景,使他倍感恬然,却又无从言说,可能是因为悟出了佛理而内心畅快满足吧。

　　此诗为柳宗元被贬永州时所作,约写于元和元年(806)。当时,柳宗元住永州龙兴寺,这首诗歌表达了他壮志未已而身遭贬谪,欲于佛经中寻求治世之道的心境,又流露出寻求一种超越尘世,流连于冲淡宁静的闲适佳境的复杂心情。

溪　居

久为簪组束,幸此南夷谪。[1]

闲依农圃邻,偶似山林客。

晓耕翻露草,夜榜响溪石。[2]

来往不逢人,长歌楚天碧。[3]

注释

〔1〕簪组:古代官吏的服饰。此指官职。南夷:古代对南方少数民族的称呼。谪:被降职或调往边远地区。时作者被贬为永州司马。

〔2〕夜榜:夜里行船。

〔3〕楚天:指楚地。永州古属楚国。

解析

这首诗也是写于柳宗元贬居在永州期间,同样是一首排遣遭到贬谪之后所产生的精神郁闷的诗。唐元和五年(810),柳宗元在零陵西南游览时,发现了曾为冉氏所居的冉溪,因爱其风景秀丽,便迁居是地,并改名为愚溪。

第一句中的"簪组"是借代用法,其实是指公务。簪组本是古代官吏的服饰,在有些场合又被称为簪缨。南夷是古代对南方少数民族的称呼。作者认为自己很久以来为公务所累,幸好被贬谪到南方少数民族地区,稍获休息。平日闲静无事,自己与农人的菜圃为邻,有的时候,觉得自己就像个山林中的隐士。早晨耕田,翻锄带着露水的野草,晚上撑船游玩回来,船触到溪石发出声响。独来独往,碰不到其他的人,眼望楚天一片碧绿,放声高歌。

这首诗表面上似乎写溪居生活的闲适,然而字里行间隐含着孤独的忧愤。因为柳宗元有济世之愿,是不甘于荒疏在南方蛮夷之地的。诗中的"闲依"包含着投闲置散的无聊,"偶似"说明他并不真正具有隐士的淡泊、闲适,这是一种强作潇洒的自我宽慰。

乐　府

王昌龄

塞上曲[1]

蝉鸣空桑林，八月萧关道。[2]
出塞复入塞，处处黄芦草。
从来幽并客，皆共尘沙老。[3]
莫学游侠儿，矜夸紫骝好。[4]

注释

〔1〕塞上曲：唐代《塞上曲》《塞下曲》，由汉代乐府《入塞曲》《出塞曲》演变而来，内容多写边塞战事。

〔2〕萧关：关名，在今宁夏固原东南。

〔3〕幽并：二州名，辖今京、冀、晋一部分地区。尘沙：幽并二州边缘连接沙漠。

〔4〕游侠儿：好交游而富于侠义的人。矜夸：自夸。紫骝：骏马名。

解析

"乐府"本是汉武帝设立的音乐机构，用来训练乐工、制定乐谱和采集歌词，采集了大量民歌，后来，"乐府"成为一种带有音乐性的诗体名称。汉乐府掌管的诗歌按作用主要分为两部分，一部分是供执政者祭祀祖先神明使用的郊庙歌辞，其性质与《诗经》中"颂"相同；另一部分则是采集民间流传的无主名的俗乐,世称之为乐府民歌。到了唐宋时期,乐府开始失去音乐的形式,向徒诗发生转变,也就是说,这个时期的乐府诗,其实只是在乐府古题之下撰写的文人诗。

　　王昌龄的这首《塞上曲》就和汉乐府中战争题材的作品中一贯的反战主题,有着极为密切的联系。行走在八月的边塞大道,听见空无一人的桑树林中传来的蝉鸣声。秋日已至,在边塞道上感受到了秋天的寒冷,处处都是黄芦的衰草。历来都是如此:那些远征到幽州、并州的游子,都是和这里的尘沙一起老去的。那些游侠少年,却因为对这种生活的蒙昧不知而平生向往之情,常常矜夸自己的紫骝马是多么精壮。千万不要学他们。

　　诗歌由征戍边塞庶几不回,而告诫少年莫夸武力,抒发非战之情。写边塞秋景,无限萧煞悲凉,写戍边征人,寄寓深切同情;劝世上少年,声声实在,句句真情。这类边塞题材的乐府诗,往往语言简赅,意思明朗,而气贯长虹,气概非凡。

塞　下　曲

饮马渡秋水,水寒风似刀。
平沙日未没,黯黯见临洮。[1]
昔日长城战,咸言意气高。[2]
黄尘足今古,白骨乱蓬蒿。

注释

　　〔1〕平沙:广漠的沙原。黯黯:模糊不清。临洮:今甘肃岷县。秦筑长城,西起临洮。
　　〔2〕咸言:都说。

解析

　　这首诗是承上一首而来。诗歌中的反战思想,也是一以贯之的。

这一首写行客,更具有清晰的画面感。在苍茫的大漠之上,一条河流蜿蜒、平静向前。一个征人牵着他的马匹,到这条河流之畔饮水。水是那么寒冷,而大漠上的风像刀一样割着面庞。平坦的沙漠之上,夕阳还没有完全落下,尚能暗暗见到临洮城。昨日在长城这里的战斗,都说是十分激烈悲壮的。而如今望去,黄色的尘沙仍然古今不变,只是那战死将士的森森白骨,静静散乱在蓬蒿之中。这些景象,经诗人用平稳苍凉的笔调写出,仿佛一切就在眼前。而唯有如此触目惊心,才能更好地表达其反战思想。

李 白

关 山 月[1]

明月出天山,[2]苍茫云海间。
长风几万里, 吹度玉门关。[3]
汉下白登道, 胡窥青海湾。[4]
由来征战地, 不见有人还。
戍客望边邑,[5]思归多苦颜。
高楼当此夜,[6]叹息未应闲。

注释

〔1〕关山月:古乐府旧题,多写离别之哀伤。

〔2〕天山:指祁连山。在今青海、甘肃两省边界。

〔3〕玉门关:在今甘肃敦煌西,为通往西域要道。

〔4〕白登:在今大同东北。匈奴曾困刘邦于此。胡:此指吐蕃。

〔5〕戍客:指戍边的士兵。

〔6〕高楼:此指住在高楼里的士兵妻室。

解析

　　这首诗和前面的《塞上曲》《塞下曲》一样,也是为征戍之人而作。李白登上高楼,眺望远方,想象了这样一个关山玉门之外的边塞月夜:冷而白的月亮从关山的山脊背后忽然冒出来,在云海之中闪烁着苍茫的冷光。漫天遍野的大漠朔风,犹如虎啸狼嗥,吹遍玉门关内关外。诗人通过对边塞凄苦场景的描绘,为下文将士翘首故里编织了"思乡"的情结。

这番想象之后,诗人的思维又回到了汉代。那时,汉高祖曾在白登征战,胡人曾经一度窥视青海湾,险些掠夺此地。如今,数百年过去,明月依旧、关隘依旧,而历代的长征远戍的男儿却都一去不再生还。没完没了的战争,何时才能停息?征戍之人远望边邑,因为思念故里而脸色愁苦。征人家中的妻子家人,一定也在这清冷的茫茫月夜里或站立楼头,或折柳门前,向西眺望,思念着"我"这个也许永不能生还故里的征人,也许此时正在发出一声声揪人心肺的叹息声。

综观全诗,李白用广阔苍茫、深沉磅礴的图景抒发戍人思乡的意境,其实就是诗人博大的胸怀的自然流露,读来哀婉凄凉而又雄浑悲壮。

子夜吴歌[1]

长安一片月,万户捣衣声。[2]
秋风吹不尽,总是玉关情。[3]
何日平胡虏,良人罢远征?[4]

注释

[1] 子夜吴歌:六朝乐府有《子夜歌》,因产生于吴地,亦称《子夜吴歌》,多写男女恋情。

[2] 捣衣:在砧石上捣衣料,是制寒衣的工序。

[3] 玉关:指玉门关。

[4] 胡虏:对敌人的蔑称。良人:古代妇女对丈夫的称呼。

解析

《子夜吴歌》是六朝乐府吴声歌曲,也是一种乐府民歌。本诗是李白《子夜四时歌》组诗中的一首,题咏的是思妇。秋风渐寒,又是思妇开始为游子缝制冬衣的时节。月色如银的京城,表面上一片平静,但捣衣声中却蕴含着千家万户的痛苦;秋风不息,也寄托着对边关思念的深情。结句是写闺妇的期待,也是征人的心声:何日能够停止战争,男子不必再出发远征。诗中千里月色、万户捣声,雄阔明丽之景与怀远之思、罢征之冀,两相结合,构成了感人至深的意境。从内容上看,正如沈德潜指出的"本闺情语而忽冀罢征"(《说诗晬语》),使诗歌思想内容大大深化,更具社会意义,表现出古代劳动人民冀求能过和平生活的善良愿望。

长 干 行[1]

妾发初覆额,　折花门前剧。[2]
郎骑竹马来,　绕床弄青梅。[3]
同居长干里,　两小无嫌猜。[4]
十四为君妇,　羞颜未尝开。
低头向暗壁,　千唤不一回。
十五始展眉,[5]　愿同尘与灰。
常存抱柱信,[6]　岂上望夫台?
十六君远行,　瞿塘滟滪堆。[7]
五月不可触,　猿声天上哀。
门前迟行迹,[8]　一一生绿苔。
苔深不能扫,　落叶秋风早。
八月蝴蝶来,　双飞西园草。
感此伤妾心,　坐愁红颜老。[9]
早晚下三巴,[10]　预将书报家。
相迎不道远,　直至长风沙。[11]

注释

〔1〕长干行:晋代乐府古辞有《长干曲》。长干,古地名,故址在今南京秦淮河之东。

〔2〕初覆额:头发刚盖着前额。谓年幼。剧:游戏。

〔3〕骑竹马:跨着竹竿当马骑的儿童游戏。床:此指坐具。

〔4〕无嫌猜:没有嫌疑猜忌,指男女年幼无防。

〔5〕展眉:情感从眉宇间流露出来。

〔6〕抱柱信:用尾生守信等待,抱桥柱淹死故事。

〔7〕滟滪堆:长江瞿塘峡口一块突起江面的巨大礁石。今已炸掉。

〔8〕迟:徐行。

〔9〕坐:因。

〔10〕三巴:指巴郡、巴东、巴西。均在四川东部。

〔11〕长风沙:在今安徽怀宁东长江边上。

解析

　　李白青年时代出三峡之后,曾有相当长时期漫游于汉水流域和长江中下游一带。这些地区自六朝以来,就是商业要道,因此经济发达、城市繁荣、商人们来往频繁。六朝乐府中的"吴声""西曲"即产生于这一地区,其中不少篇章就是表现商妇与丈夫离别的悲思的。李白是一位非常重视学习优秀文学遗产的作家,对于"吴声""西曲"非常熟悉;他的生活经历又使他对商妇们的思想感情有相当的了解:这些正是他写作《长干行》的基础。

　　这首诗通过一个女主人的口吻,写她对经商在外的丈夫的怀恋。全篇通过人物的独白,按照时间叙述,从回忆二人青梅竹马的童年生活开始,到结婚之后的离别,将妇人对丈夫过去的深情和如今的思念写得十分深刻。前面六句着笔于双方天真无邪、活泼可爱的童稚形象。表明商妇和她的丈夫在童年时代就有着亲密无间的友谊。出嫁之时,尚是十分羞涩。"低头向暗壁,千唤不一回"写出了这位新娘情窦初开的少女情态,十分生动。"十五"之后的四句写出了婚后的亲昵美满、如胶似漆,又表达了妻子坚贞不渝的真挚心愿,"愿同尘与灰"正是一番生死相依的誓言。"十六"四句为丈夫远行而日夜挂心,并寄以叮嘱。按年龄序数写少妇的生活历程,使人想起《孔雀东南飞》开头"十三能织素,十四学裁衣,十五弹箜篌,十六诵诗书,十七为君妇,心中常苦悲"一段。这说明《长干行》在艺术上明显地受到古乐府诗歌的影响。

因为特别担心丈夫在外的安全,分别五个月中,每当听到猿猴凄惨的啼叫,心中都要十分不安。"门前"八句,写妻子在家中的守候,她时时在庭院中徘徊、踱步,一一踏过那里的青苔。每当看到苔深叶落,蝴蝶双飞,不禁为自己的青春而感触,也更盼望丈夫早日归来。末四句是全诗的归宿:只要一接到丈夫预报回家的信,哪怕远至七百里的有急流的长风沙,她也不顾一切前往接取。

这首诗是李白诗中的名篇,并且产生了很多典故,比如"青梅竹马""两小无猜"这样的成语,已成描摹幼男幼女天真无邪之情谊的佳语。从这首诗来看,李白不但善于描写壮丽的气象,也善于描写小儿女的情态。这种在儿女情事方面的长处,其实得益于李白长期身处市井生活之中,对于普通百姓的生活是十分关切并且善于观察的。

孟 郊

孟郊(751—814),字东野,湖州武康(今浙江德清)人。早年屡试不第,漫游南北,流寓苏州。及过中年,始中进士,五十岁应东都选,授溧阳尉,以吟诗废务,被罚半俸。河南尹郑馀庆辟为水陆转运判官,定居洛阳。郑馀庆移镇兴元军,任为参军。赴镇途中暴疾而卒。其为诗惨淡经营,苦心孤诣,多穷愁之词,即苏轼所谓"诗从肺腑出,出辄愁肺腑",属苦吟诗派,继承杜甫而别开蹊径。

列 女 操[1]

梧桐相待老, 鸳鸯会双死。[2]
贞妇贵殉夫,[3] 舍生亦如此。
波澜誓不起, 妾心古井水。

注释

〔1〕列女:同"烈女",古代有节操的妇女。操:琴曲的一种体裁。
〔2〕梧桐:落叶乔木,传说梧为雄树,桐为雌树。会:终究。
〔3〕殉:以死相从。

解析

"操"也是一种乐府体裁,是指琴操曲。文人以琴曲为题的创作,总是取其用他物起兴本意,有着深刻的寄寓。这是一首颂扬贞妇烈女的诗,意思十分简明。

梧桐有雄、雌，它们会相守终老，鸳鸯水鸟成双成对，至死相随。贞洁的妇女贵在为丈夫殉节，为此舍生才称得上至善至美。我的誓愿也是如此，忠贞不渝，就像清净不起波澜的古井水。妇女守节不嫁，其实只是诗人用来比喻自己对节操的坚守，不肯违背自己的道德准则。这种以"妾"的口吻道出守节志向的诗歌，多半有这样的寄寓，这是文人诗自《离骚》"香草美人"之喻以来常见的一种抒情方式。我们在阅读诗歌的时候，应该加以辨别，而不应将之看作真的只是在称颂贞妇的诗而已。

游子吟[1]

慈母手中线，游子身上衣。
临行密密缝，意恐迟迟归。
谁言寸草心，报得三春晖?[2]

注释

〔1〕题下原注："迎母溧水上。"
〔2〕寸草：小草。喻子女。三春：指春天的三个月。晖：阳光。喻慈母的爱。

解析

这是一篇伟大母爱的赞歌。也不知儿子这一离家何时才能回还，母亲在给他缝制行装时，只是千针万线地缝呀，缝呀！她怕的是针脚早早地绽开，让久游在外的儿子遭受风寒！看着母亲密密地飞针走线，穿着母亲缝制的衣衫，母亲的爱心给他带来无限的温暖，让他激动万分。他感到永远无法报答这伟大的母爱。全诗以"密密缝"这一典型化的细节，展现慈母的形象，又以"寸草心"和"三春晖"的比喻作结，抒情斩截有力，唱出了人们心中共有的对母爱的深情感激和眷恋，成为历代传诵不衰的名篇。

诗坛佳话

寸草春晖:"谁言寸草心,报得三春晖",通俗形象的比兴,加以悬绝的对比,寄托的正是诗人孟郊的赤子之情。他在反躬自问告诫天下子女:对于春天阳光般厚博的母爱,区区小草似的儿女怎能报答于万一呢?这浓郁自然的真情在不加藻饰的诗歌中流淌,世间最伟大的母爱在这朴素流畅、淳朴素淡的语言中更具色彩,光芒四射。正如苏轼在《读孟郊诗》中所言:"诗从肺腑出,出辄愁肺腑。"

【归纳探究】

一、鉴赏点评

1."千里共如何,微风吹兰杜"是否能够让你想起"但愿人长久,千里共婵娟",把二者进行比较,说说它们的异同点。

2.选录自己喜欢的一首诗,仿写"寸草春晖"或"瓢酒慰风雨"(诗坛佳话),做一个自己喜欢的书签。

二、读诗配画

1.读了张九龄的《感遇》两首,你能够为张九龄画像吗?把你的九龄画像上传到班级读诗群中,说说你这样画的理由。

2.苏轼评王维"诗中有画,画中有诗",请选择《青溪》或《渭川田家》,为其配一幅画,上传到班级读诗群中,并说说这样画的用意。

3.《游子吟》感动了千万人,是因为它的诗歌颇具画面感,且定位在最朴素的生活细节上。请为诗配画,并把画上传至班级读诗群,请同学们根据诗歌内容做评点。

三、我思我写

1.用现代诗的形式帮李白写封简短的回信,回应杜甫的《梦李白》。

2.把韦应物《送杨氏女》改编为一个小话剧,根据诗歌内容写出剧本,发到班级读诗群中请同学们评点。

四、专题学习

1.辑录杜甫诗中的名句,做成小报,请同学们欣赏。

2.李白的诗中,"风""月"对传递人的情感有着不同的效果。请再找找他其他作品中的"风""月",做"李白诗中的风"或"李白诗中的月"专题分享。

3.五古诗中关涉地点颇多,请选择你喜欢的几首诗,做个考察,看看今日这些地点都叫作什么?有何特色?

卷二　七言古诗

【导读】

　　本卷为七言古诗，选录9位诗人的25首诗。"七言古诗"句式以七言为主，长短变化自由，句式参差，发挥自由，最能展现诗人才情。本卷诗作更多慷慨悲壮之风，既有陈子昂的诗骨留香，也有李颀的唐音铿锵，还有边塞歌者岑参带给我们的几首颇具塞外风情的出征或送别诗。自然，也少不了最具诗仙风采的《梦游天姥吟留别》《宣州谢朓楼饯别校书叔云》；诗圣会为我们呈现《丹青引》《观公孙大娘弟子舞剑器行》等诗，他热情地为画家立传，为剑侠放歌……以诗摹写画意，用诗再现剑气，为我们勾勒出大唐各行曾有的卓伟风华。在这卷里，我们还会邂逅有"匹夫百世师"之称的韩愈、江上渔翁柳宗元、田园诗人孟浩然、卓有政声的漫叟元结，聆听他们的心曲，感受时代风情……

陈子昂

陈子昂(661—702),字伯玉,梓州射洪(今属四川)人。世为豪族,少以侠知名。后入长安游太学。文明初进士及第,拜麟台正字。从征西域,至张掖而返。后转右拾遗。又随军东征契丹,参谋军事。返京后,仍为右拾遗。谏议多不合,因解官还乡。为县令诬陷,入狱,被迫害致死。其为诗力主恢复汉魏风骨,一变初唐浮靡诗风,或讽谏朝政,或感怀身世,落地作金石声。他是唐代诗歌革新的先驱。

登幽州台歌[1]

前不见古人,后不见来者。
念天地之悠悠,独怆然而涕下。[2]

注释

〔1〕幽州台:即蓟州北城楼,故址在今北京。
〔2〕悠悠:形容地久天长。怆然:悲伤的样子。涕:眼泪。

解析

万岁通天元年(696),陈子昂随军参谋至东北边塞,曾针对武攸宜为人轻率、少谋略,致使兵败的情况,一再积极建议,在军事上作了一些策划。结果意见不被采纳,武攸宜反将他降为兵曹。怀才不遇的悲愤和孑然独立的忧郁积压在陈子昂的心头,终于在他登临幽州台时发为吟咏。登台远眺,放眼北国辽阔的土地,缅怀古代君臣际会,作者不禁感慨万端,吊古伤今,悲叹自己胸怀大志而报国无门。诗的句法长短不齐,在抑扬变化的节奏中直抒雄视宇宙、俯仰千古的激情,虽不着眼于写景状物、精雕细刻,却像洪钟巨响一般,震撼着千百年来读者的心灵。

诵读指津

　　本诗在句式方面,采取了长短参错的句法。前两句每句五字,三个停顿,其句式为:

　　　　前——不见——古人,后——不见——来者;

后两句每句六字,四个停顿,其句式为:

　　　　念——天地——之——悠悠,独——怆然——而——涕下。

在读的时候,要读出停顿,通过适当的停顿,读出其中的情感。前两句音节比较急促,传达了诗人生不逢时、抑郁不平之气;后两句各增加了一个虚字("之"和"而"),多了一个停顿,音节就比较舒徐流畅,表现了他无可奈何、曼声长叹的情景。

　　全篇前后句法长短不齐,音节抑扬变化,互相配合,增强了艺术感染力。

　　前人评价整首诗"其辞简质,有汉魏之风"。前二句从时间角度着眼,用"古人"和"来者"拉开时间的卷轴,俯仰古今,写出时间漫长。所以在读"古人""来者"时,要停顿长一些,以突出时空感。第三句登楼眺望,用"悠悠"二字极写空间辽阔。这个词也要读得长一些,以增强其在广阔无垠的时空中的感觉。一个"独"字,直击人心,曾引发多少具有同样遭遇的知识分子的共鸣。所以,这个字要加强,要强调出来,读出孤独的味道,使前面蕴蓄的情感能够一泻千里。

诗坛佳话

　　诗骨留香:你伫行于幽州台上,放眼山河,眉头紧蹙。心中是忧虑大唐的社稷还是在感伤文化的萧条?你或许想到了大破齐军的燕国上将军乐毅,或许想到了北征乌桓临碣石观沧海的三国枭雄曹操,或许又想到自己在武攸宜帐下,不被重用反而屡遭申斥……英雄已远而前途渺茫,你用这份旷世孤独,凝就了震撼千古的力作名篇,把汉魏的慷慨悲壮之风标举,用峥嵘的诗骨为一个王朝开辟诗歌革新之路,至今留有余香。

李 颀

李颀(690?—751?),赵郡(今河北赵县)人,长期居颖水之阴的东川别业(在今河南登封)。偶尔出游东西两京,结交当代文士。开元二十三年进士及第,不久任新乡尉。经五次考绩,未得迁调,因辞官归东川。其诗以边塞诗著称,可与高适、岑参、王昌龄等相颉颃;描写音乐的诗篇,亦具特色。他在唐代诗坛地位颇高。

古 意[1]

男儿事长征,少小幽燕客。[2]
赌胜马蹄下,由来轻七尺。[3]
杀人莫敢前,须如猬毛磔。[4]
黄云陇坻白云飞,[5]未得报恩不得归。
辽东小妇年十五,[6]惯弹琵琶解歌舞。
今为羌笛出塞声,[7]使我三军泪如雨。

注释

〔1〕古意:即拟古、效古。

〔2〕事长征:指从军。幽燕:在今河北、辽宁一带。

〔3〕赌胜:决胜负。轻七尺:不怕死。七尺,指身躯。

〔4〕磔(zhé折):开张的样子。

〔5〕黄云:指黄色尘埃。陇坻:即陇阪,今甘肃陇山。

〔6〕小妇:少妇。

〔7〕羌:古代西北地区的一个少数民族。

解析

　　这可以看作一首游侠诗。唐诗中号称"幽燕客"的游侠往往是虚拟的,用来寄托男儿建功疆场的抱负和慷慨勇武、奋不顾身的精神。诗中用"须如猬毛磔"一句描写这位游侠的形象,用了桓温的典故。《晋书·桓温传》说这位乱世枭雄"须作猬毛磔",坚硬的胡须张开像刺猬一样,用来写游侠的威猛,可谓形神兼备。"黄云陇坻"就是战场,游侠从军为的是建立军功以报效朝廷,这个目的尚未实现,即"未得报恩",所以他还得在战场上拼杀。诗的结尾四句忽然转折,听了"辽东小妇"(也是虚拟的人物)的"羌笛出塞声",本来豪气冲天的游侠顿时陷入矛盾与痛苦之中,"使我三军泪如雨"一句概括了包括游侠在内的征人共同的心理,他们一方面满怀报国的豪情,另一方面又得直接承受战争的牺牲和苦难。诗歌写出了战争的两面性,这正是它的思想深度。

送陈章甫

四月南风大麦黄，　　枣花未落桐叶长。
青山朝别暮还见，　　嘶马出门思旧乡。
陈侯立身何坦荡，　　虬须虎眉仍大颡。[1]
腹中贮书一万卷，　　不肯低头在草莽。[2]
东门沽酒饮我曹，　　心轻万事如鸿毛。
醉卧不知白日暮，　　有时空望孤云高。
长河浪头连天黑，　　津吏停舟渡不得。[3]
郑国游人未及家，　　洛阳行子空叹息。[4]
闻道故林相识多，[5]　罢官昨日今如何！

注释

〔1〕陈侯:对陈章甫的尊称。虬须:如虬龙一样拳曲的须。仍:况且。大颡(sǎng嗓):宽阔的额头。

〔2〕草莽:草野。

〔3〕津吏:管渡口的小吏。

〔4〕郑国游人:指陈章甫。洛阳行子:作者自称。

〔5〕故林:故园,故乡。

解析

诗题中的"送"字实有两重含义:一是作诗送给陈,二是以此诗送别陈。诗的结尾一句已经说清楚了:这位陈章甫是"罢官"之人,将要回故乡去。史料记载,陈章甫是一位奇士,入仕前长期在嵩山隐居,制科登第后曾官太常博士。诗写了他威风凛凛的外貌,写了他丰富的学识,还写了他高傲的心志,但最令人叫绝的是写饮酒送别场景的四句:"东门沽酒饮我曹,心轻万事如鸿毛。醉卧不知白日暮,有时空望孤云高。"虽然遭遇罢官,但陈章甫却把它看得如鸿毛一样轻,痛饮醉卧,心事就像空中那片孤云一样,高蹈物外,放荡不羁。这实际上是包括诗人在内的盛唐士人的群体精神面貌,倜傥潇洒,意气高扬,始终充满着生活的热情。这样的诗句,读来真令人神旺!

琴　歌

主人有酒欢今夕，　请奏鸣琴广陵客。[1]
月照城头乌半飞，[2]霜凄万木风入衣。
铜炉华烛烛增辉，　初弹渌水后楚妃。[3]
一声已动物皆静，　四座无言星欲稀。
清淮奉使千馀里，　敢告云山从此始。

注释

〔1〕广陵客:指善弹琴的人。琴曲有《广陵散》。

〔2〕半飞:分飞。

〔3〕华烛:花烛。渌水:古曲名。楚妃:即《楚妃叹》。乐府吟叹曲。

解析

题为《琴歌》,写一次宴会上的奏琴、听琴。开头说"主人有酒欢今夕",显然诗人是做客的身份。结尾处又交代"清淮奉使千馀里",原来诗人要出使清淮,主人为此举行了送别的晚宴。诗写奏琴,其实只用了"初弹渌水后楚妃"一句点出曲名,并没有对演奏之事作具体描写,而是着力写听琴的效果:"一声已动物皆静,四座无言星欲稀。"琴声初起,周围便一片肃静,所谓"物皆静",即万物皆静,室内室外只有琴声飞扬。不仅四座宾客被琴声陶醉,就连天上的星星都被琴声震落了许多,"星欲稀"的夜空显得十分空旷。以气氛渲染来显示音乐的效果,手段十分高明。末句写诗人自己内心的感动,"敢告云山从此始",打算告别官场,回归自然。诗人李颀中过进士,但只做过新乡尉的小官,后来就隐退了,是不是这次听琴影响了他的人生选择呢?

听董大弹胡笳声兼寄语弄房给事[1]

蔡女昔造胡笳声, 一弹一十有八拍。[2]
胡人落泪沾边草, 汉使断肠对归客。[3]
古戍苍苍烽火寒, 大荒沉沉飞雪白。[4]
先拂商弦后角羽, 四郊秋叶惊摵摵。[5]
董夫子,通神明, 深山窃听来妖精。
言迟更速皆应手, 将往复旋如有情。
空山百鸟散还合, 万里浮云阴且晴。

嘶酸雏雁失群夜， 断绝胡儿恋母声。
川为净其波， 鸟亦罢其鸣。
乌孙部落家乡远， 逻娑沙尘哀怨生。〔6〕
幽音变调忽飘洒， 长风吹林雨堕瓦。
迸泉飒飒飞木末， 野鹿呦呦走堂下。〔7〕
长安城连东掖垣， 凤凰池对青琐门。〔8〕
高才脱略名与利，〔9〕日夕望君抱琴至。

注释

〔1〕董大:指董庭兰。善弹琴。弄:一种音乐体裁。房给事:房琯,唐肃宗时曾为宰相。

〔2〕蔡女:蔡琰,字文姬。世传作有《胡笳十八拍》。拍:乐曲的段落。

〔3〕归客:指蔡文姬。她曾入南匈奴,后归汉。

〔4〕古戍:古代边地戍守的哨所。大荒:指边地辽阔的荒野。

〔5〕商弦:商音之弦。古代以宫商角徵羽为五音。角羽:古代五音中的两个音。摵摵:落叶声。

〔6〕乌孙:汉西域国名。武帝以江都公主嫁其主。逻娑:唐时吐蕃首都,即今西藏拉萨。

〔7〕飒飒:雨声。此处形容泉水的迸射声。呦呦:鹿鸣声。

〔8〕东掖垣:指皇宫东边的门下省。凤凰池:指中书省。因接近皇帝之故得此名。

〔9〕脱略:不受拘束。

解析

流传的这首诗题目有误,正确的诗题应该是《听董大弹胡笳弄兼寄语房给事》。胡笳弄,琴曲名,来源于东汉末年才女蔡文姬的《胡笳十八拍》,其声悲凉,诗的开头八句对此作了交代,而后切入正题,着力写董大弹奏这支曲子的情景。"董夫子"三句,演奏开始,居然有深山妖精前来偷听,这是先声夺人的写法,突出了琴声不但感人,而且能感动鬼神的魅力。以下写琴声,分做三层:"言迟更速皆应手"四句写琴声迟速变化,往复回环,像空山百鸟忽散忽合,像万里浮云乍阴乍晴;"嘶酸雏雁失群夜"六句连用六个比喻,传达琴声的悲凄;"幽音变调忽飘洒"四句,出现另一境界,琴声如长风吹林,如雨打屋瓦,如树梢泉飞,如堂下鹿鸣。结尾四句回应诗题"寄语房给事",点明他对听琴的期盼。琴声是很难用文字表现的,这首诗用了一系列比喻,把听觉具象化,造成了如闻其声的表达效果。

听安万善吹觱篥歌[1]

南山截竹为觱篥, 此乐本是龟兹出。[2]
流传汉地曲转奇, 凉州胡人为我吹。[3]
傍邻闻者多叹息, 远客思乡皆泪垂。
世人解听不解赏, 长飙风中自来往。[4]
枯桑老柏寒飕飗,[5]九雏鸣凤乱啾啾。
龙吟虎啸一时发, 万籁百泉相与秋。[6]
忽然更作《渔阳掺》,黄云萧条白日暗。[7]
变调如闻《杨柳》春,上林繁花照眼新。[8]
岁夜高堂列明烛,[9]美酒一杯声一曲。

注释

〔1〕觱篥(bì lì 必栗):一种由龟兹传入的管乐器。

〔2〕龟兹:古国名,在今新疆库车。

〔3〕凉州:今甘肃武威。

〔4〕长飙:暴风。喻乐声急骤。

〔5〕飕飗:风声。

〔6〕万籁:自然界发出的各种声响。

〔7〕《渔阳掺》:即《渔阳掺挝》,鼓调名,音调悲壮。黄云:云色昏暗。

〔8〕《杨柳》:即《折杨柳》,古曲名。上林:古苑名,旧址在今陕西西安。

〔9〕岁夜:阴历除夕。

解析

  这首诗与前面二首如姊妹篇,都是用七言歌行描写音乐的佳作。诗先写音乐的感人效果,有人叹息,有人泪垂。但在诗人看来,听众并没有充分领略音乐的美妙,所以他要用诗来再现音乐之美。接下来的描写用了两种手法:"枯桑老柏寒飕飗"四句诉诸听觉,"忽然更作《渔阳掺》"四句诉诸视觉。听觉靠的是比喻,较容易感知;视觉靠的是通感,需要读者在想象中把"黄云萧条白日暗"的景色转化为悲凉的乐声,又把"上林繁花照眼新"的景色转化为欢快的乐声。通感虽然不如比喻那样具体,但给读者留下了更多"再创造"的空间,也更能显出诗人高超的语言艺术。

诗坛佳话

  唐音铿锵:李颀的生活总与音乐相伴。看,"有酒欢今夕"的主人"请奏鸣琴广陵客","初弹渌水后楚妃"(《琴歌》)。董大弹的胡笳,能使"空山百鸟散还合,万里浮云阴且晴"(《听董大弹胡笳声兼寄语弄房给事》),何其神妙绝伦!安万善吹的觱篥歌,能让"傍邻闻者多叹息,远客思乡皆泪垂"(《听安万善吹觱篥歌》),何等动人心魄!在他的七律诗《送魏万之京》中,他"朝闻游子唱离歌",在满怀惆怅中慨叹"鸿雁不堪愁里听",想到这时的京城,一定是"御苑砧声向晚多"(《送魏万之京》)。他笔下的羌笛出塞声能使三军泪下如雨,行人的刁斗声把风沙卷起暗淡了天宇,公主的琵琶声把幽怨写满了大漠……这些铿锵的音乐交织在他的诗篇中,合奏出辉煌的命运交响曲。

孟浩然

夜归鹿门歌[1]

山寺鸣钟昼已昏,渔梁渡头争渡喧。[2]

人随沙岸向江村,余亦乘舟归鹿门。

鹿门月照开烟树,忽到庞公栖隐处。[3]

岩扉松径长寂寥,唯有幽人自来去。[4]

注释

〔1〕鹿门:山名,在今湖北襄樊。

〔2〕昼已昏:天已昏暗。渔梁:渡口名。在襄阳城外汉水之滨。

〔3〕庞公:庞德公。汉末隐士,曾隐居鹿门。

〔4〕岩扉:石门。幽人:隐士。作者自称。

解析

  孟浩然早年求仕遭遇挫折,便选择了终身不仕,隐于故乡襄阳。鹿门山是他隐居的地方,山中有鹿门寺。诗以平淡的笔调写来,叙事、写景都有很强的记实性。这天,诗人外出了,黄昏时乘着一叶小舟回到鹿门山,他听到寺里的晚钟声,又听到渡口上人声喧闹,当他看到人们向江边的村子走去时,自己也到家了。诗人把自己完全融汇在了平民百姓之中,与他们过着同样平静而闲适的生活。后四句进入另一境界,诗人想到了曾在鹿门山隐居的东汉高士庞德公,在这月光下的"岩扉松径"间,他与庞公踪迹相接,精神相通,同为高蹈世外的"幽人"。他们的处境是"寂寥"的,内心却是充实的。诗是孟浩然隐居生活及心境的真实写照。

李　白

庐山谣寄卢侍御虚舟[1]

我本楚狂人,凤歌笑孔丘。[2]手持绿玉杖,[3]朝别黄鹤楼。五岳寻仙不辞远,一生好入名山游。庐山秀出南斗傍,屏风九叠云锦张,影落明湖青黛光。[4]金阙前开二峰长,银河倒挂三石梁。[5]香炉瀑布遥相望,回崖沓嶂凌苍苍。[6]翠影红霞映朝日,鸟飞不到吴天长。[7]登高壮观天地间,大江茫茫去不还。黄云万里动风色,白波九道流雪山。[8]好为庐山谣,兴因庐山发。闲窥石镜清我心,谢公行处苍苔没。[9]早服还丹无世情,琴心三叠道初成。[10]遥见仙人彩云里,手把芙蓉朝玉京。[11]先期汗漫九垓上,愿接卢敖游太清。[12]

注释

〔1〕谣:古代唱歌不用乐器伴奏叫谣。侍御:官名,即侍御史。

〔2〕"我本"二句:指春秋时楚国人陆通,曾作歌劝孔子不要出仕;歌曰:"凤兮,凤兮,何德之衰也?"称作"凤歌"。

〔3〕绿玉杖:传为仙人所用的手杖。

〔4〕南斗:星名。古人认为庐山是它的分野。屏风九叠:九叠屏。其峰多重,如九叠屏风。影:指映入鄱阳湖的庐山倒影。明湖:指鄱阳湖。古称彭蠡湖。青黛:青黑色。

〔5〕金阙:指金阙岩。在香炉峰西南。二峰:指香炉峰和双剑峰。三石梁:三座石梁。石梁,如桥梁般的山石。

〔6〕香炉:指庐山香炉峰。回崖:曲折的悬崖。沓嶂:重叠的山峰。苍苍:青天。

〔7〕吴天:春秋时,庐山一带属吴国。

〔8〕九道:古代传说,长江流至浔阳分为九派。雪山:指江中波浪。

〔9〕石镜:庐山东南有圆石,明净如镜。谢公:指南朝宋代诗人谢灵运。他曾游庐山。

〔10〕还丹:道家炼丹烧成水银,再还原成丹砂。琴心三叠:道家术语,指心神安静的境界。

〔11〕玉京:道家认为大神元始天尊居住在玉京。

〔12〕先期:预先约会。汗漫:传说中的神仙。九垓(gāi 该):九天之上。卢敖:战国时燕国人,秦始皇召为博士,后派他去求神仙,因此他也成了神仙一类人物。此处代指卢侍御。太清:道家称天的最高处为太清。

解析

　　这是一首风景诗,写了庐山与长江;这又是一首游仙诗,写了对仙界的向往,还写了服食丹药之事。对于李白来说,追逐自然风景与游仙往往是一回事,所以诗中写道:"五岳寻仙不辞远,一生好入名山游。"二者的相通之处,在于引导人"出世",即到现实世界之外去追求一种自由自在的精神生活。既然要"出世",势必否定"入世",所以诗开首就说:"我本楚狂人,凤歌笑孔丘。"孔丘代表儒家,引导人"入世";诗人的"出世"倾向则属于道家。以上是对此诗内在思想倾向的分析,我们读诗的时候不一定这样深究,最吸引我们的是诗的写景:"登高壮观天地间,大江茫茫去不还。黄云万里动风色,白波九道流雪山。"壮美的山川与诗人壮阔的心胸相表里,足可澡雪人的襟怀,提振人的精神。

梦游天姥吟留别[1]

　　海客谈瀛洲,烟涛微茫信难求。[2]越人语天姥,云霞明灭或可睹。天姥连天向天横,势拔五岳掩赤城。[3]天台四万八千丈,[4]对此欲倒东南倾。我欲因之梦吴越,一夜飞度镜湖月。[5]湖月照我影,送我至剡溪。[6]谢公宿处今尚在,[7]渌水荡漾清猿啼。脚著谢公屐,身登青云梯。[8]半壁见海日,空中闻天鸡。千岩万转路不定,迷花倚石忽已暝。[9]熊咆龙吟殷岩泉,栗深林兮惊层巅。[10]云青青兮欲雨,水澹澹兮生烟。列缺霹雳,[11]丘峦崩摧。洞天石扉,訇然中开。[12]青冥浩荡不见底,日月照耀金银台。[13]霓为衣兮风为马,云之君兮纷纷而来下。[14]虎鼓瑟兮鸾回车,仙之人兮列如麻。[15]忽魂悸以魄动,恍惊起而长嗟。[16]惟觉时之枕席,失向来之烟霞。[17]世间行乐亦如此,古来万事东流水。别君去兮何时还?且放白鹿青崖间,[18]须行即骑访名山。安能摧眉折腰事权贵,[19]使我不得开心颜!

注释

〔1〕天姥(mǔ 母):山名,在今浙江新昌之东。

〔2〕海客:从海上来的客人。瀛洲:传说中海上三仙山之一。信:诚然,确实。

〔3〕拔:超拔。赤城:山名,在今浙江天台城北。

〔4〕天台:浙东名山。上应台星,故名天台。

〔5〕越:指今浙江一带。镜湖:即鉴湖,在今浙江绍兴之南。

〔6〕剡溪:水名,在今浙江嵊州市南。

〔7〕谢公:指南北朝宋代诗人谢灵运,他曾游天姥山。

〔8〕谢公屐:谢灵运特制的一种专供登山用的木鞋。青云梯:山路高峻陡峭,如攀登青天的梯子。

〔9〕暝:天色昏暗。

〔10〕殷:雷声。层巅:重叠的山峰。

〔11〕列缺:闪电。

〔12〕洞天:道家称神仙居住的地方。扉:门。一作"扇"。訇(hōng 轰)然:巨响。

〔13〕青冥:青天。金银台:传说为神仙居住的地方。

〔14〕云之君:云神。

〔15〕回车:拉车。仙之人:仙人。列如麻:极言仙人之多。

〔16〕悸:惊怕。恍:失意的样子。

〔17〕觉:醒来。向来:刚才,指梦中。

〔18〕白鹿:传说中的神兽,为仙人之坐骑。

〔19〕摧眉:低眉。事:侍奉。

解析

  此诗完整题目作《梦游天姥吟留别东鲁诸公》。诗写于李白离开翰林院后。出朝之初,由于人生理想的破灭,李白一度沉溺于游仙学道。后来,他深感求仙的虚妄,便转向自然山水中寻找精神寄托,于是往游天姥山。由东鲁动身时,写了这首诗,借"梦游天姥"向友人表白自己的心志。天姥山在越中,山水诗的开创者谢灵运曾经登临。李白在梦中追踪谢公,经历了惊心动魄的场景,忽然进入一个神奇的仙境。这仙境其实是供奉翰林生活的返照,突然来临,又转眼消失,就像一场好梦。梦醒后,诗人彻底觉悟了:"世间行乐亦如此,古来万事东流水。"他不再依恋世俗,而要骑白鹿,访名山,寻找属于自己的世界。"安能摧眉折腰事权贵,使我不得开心颜!"结尾二句,正是诗人为了坚持精神自由而向龌龊现实告别的宣言。

金陵酒肆留别〔1〕

风吹柳花满店香,吴姬压酒劝客尝。〔2〕
金陵子弟来相送,欲行不行各尽觞。〔3〕
请君试问东流水,别意与之谁短长?

注释

〔1〕金陵:今南京。酒肆:酒店。

〔2〕吴姬:吴地女子。此指酒店侍女。压酒:酒酿成时,压酒糟取酒。

〔3〕子弟:年轻人。尽觞:干杯。

解析

  本诗抒写在金陵酒馆告别友人的情景。首句写酒馆门前柳絮飘香,点明暮春时节,结尾问长江流水,比悠悠别情,情与景和谐交融,优美的语言脱口而出,眼前的景物似信手拈来。格调畅朗,情韵深长,最能体现李白诗歌行云流水的艺术特色。南唐李后主(李煜)词中有"问君能有几多愁?恰似一江春水向东流"(《虞美人》),以江水长流喻愁恨绵长不绝,构思与李白诗相似,也是历代广为传诵的名句。

宣州谢朓楼饯别校书叔云[1]

  弃我去者,昨日之日不可留。乱我心者,今日之日多烦忧。长风万里送秋雁,对此可以酣高楼。[2]蓬莱文章建安骨,中间小谢又清发。[3]俱怀逸兴壮思飞,欲上青天览明月。[4]抽刀断水水更流,举杯消愁愁更愁。人生在世不称意,明朝散发弄扁舟。

注释

  [1]宣州:今安徽宣城。谢朓楼:南齐诗人谢朓所建的楼阁,在宣城陵阳山上。校书:官名,即校书郎。
  [2]酣:畅饮。
  [3]蓬莱:传说中海上仙山,相传仙府难得的典籍俱存于此,汉时称官家藏书之东观为蓬莱山。此指唐代的秘书省。建安:东汉末献帝的年号,当时曹操、曹丕及建安七子诗风遒劲,后人称之为"建安风骨"。小谢:指谢朓。此处作者自指。
  [4]览:通"揽",摘取之意。

解析

  酒可以消愁,实际就是麻醉人的心灵,使人暂时忘却现实的痛苦。这首借酒消愁的诗,写于诗人晚年流寓宣城时。"弃我去者,昨日之日不可留",岁月不居而功业无成，诗人心中充满了遗憾；"乱我心者，今日之日多烦忧"，眼前又看不到任何出路，心绪更加恶劣。劈头而起的排偶句加上"日"字的多次重复，使我们痛切感受到诗人深陷愁城的精神危机。"长风万里送秋雁"至"欲上青天览明月"数句，是酒在一时间产生了消愁效果，李白想到自己的诗歌成就可以上承最仰慕的诗人谢朓，不禁兴奋起来。但好心情转瞬即逝，诗歌改变不了他的命运，也替代不了他宏大的人生理想。结果是"抽刀断水水更流，举杯消愁愁更愁"，以酒消愁产生了负效应。无奈之下，诗人只有选择出世，即被迫放弃自己的人生理想。李白之愁很有代表性，能够引起现实中许多失意之士的共鸣。

诗坛佳话

　　诗仙风采：你袭一领白衫，在风中飘扬成一面辉煌的旗帜；仗一柄长剑，"十步杀一人，千里不留行"（《侠客行》）。你用如椽巨笔，在华夏的万里江山上刻下了一个不朽的名字，庐山因你的到来而飞珠溅玉，流光溢彩；天姥山因入你的梦境而更加神秘，引无数人探访。你以月为友，用三千丈的白发丈量烦愁；在漫天的酒香中，你高歌不绝，用一腔豪情书写了时代的传奇。

岑参

走马川行奉送封大夫出师西征[1]

君不见走马川行雪海边,平沙莽莽黄入天。轮台九月风夜吼,[2]一川碎石大如斗,随风满地石乱走。匈奴草黄马正肥,金山西见烟尘飞,汉家大将西出师。[3]将军金甲夜不脱,半夜军行戈相拨,[4]风头如刀面如割。马毛带雪汗气蒸,五花连钱旋作冰,幕中草檄砚水凝。[5]虏骑闻之应胆慑,料知短兵不敢接,车师西门伫献捷。[6]

注释

〔1〕走马川:地名,即今新疆境内的车尔臣河。封大夫:封常清,时为北庭都护、伊西节度、瀚海军使。

〔2〕轮台:古轮台当在今新疆乌鲁木齐郊外。

〔3〕匈奴:汉朝对北方部族的统称。金山:即新疆西南部的阿尔泰山。汉家:实指唐朝。

〔4〕金甲:铁甲。拨:碰撞。

〔5〕五花:将马颈上的毛剪成五瓣花的式样。连钱:指马身上的花纹。草檄:起草军用文书。

〔6〕虏骑:敌方的骑兵。慑:恐惧。短兵:指刀剑等短兵器。车师:唐安西都护府治所。

解析

　　岑参是盛唐首屈一指的边塞诗人,他的优秀边塞诗大都作于天宝十三载(754)进入北庭都护、伊西节度使封常清军幕,在军中任判官的三年间。这首《走马川行》与下面的《轮台歌》《白雪歌》,是岑参边塞诗的代表作,被称为"轮台三部曲",如同气势宏大的交响乐章,谱成了盛唐边塞诗的最强音。岑参写边塞诗,有两副笔墨:写实的与喻指的。这首诗的前半表现西域自然风光和军旅生活景况,为写实。西域自然风光最突出的特点,如"轮台九月风夜吼"三句所写,是新险奇峭;军旅生活最突出的特点,如"将军金甲夜不脱"三句所写,是紧张艰苦。这些写实的诗句给人强烈的感官刺激,令人惊心动魄。诗的后半歌颂主将,为喻指。诗人并不着意为战争留下历史的真实记录,所以,他只是用唐诗中常见的"以汉代唐"的笔法歌颂主将出征,以致我们无法确知诗中所写到底是哪一次战事,但这并不会减弱诗篇对人的精神震撼。适应着内容表达的需要,此诗三句成一小节,读之如闻千军万马急驰而来,排山倒海,势不可当!

轮台歌奉送封大夫出师西征[1]

轮台城头夜吹角,　轮台城北旄头落。[2]
羽书昨夜过渠黎,　单于已在金山西。[3]
戍楼西望烟尘黑,[4] 汉兵屯在轮台北。
上将拥旄西出征,　平明吹笛大军行。[5]
四边伐鼓雪海涌,　三军大呼阴山动。[6]
虏塞兵气连云屯,[7] 战场白骨缠草根。
剑河风急云片阔,[8] 沙口石冻马蹄脱。
亚相勤王甘苦辛,[9] 誓将报主静边尘。
古来青史谁不见,[10] 今见功名胜古人。

注释

〔1〕轮台:古轮台当在今新疆乌鲁木齐郊外。

〔2〕角:古代军中用以报时的一种吹器。旄头落:胡星落,意谓胡人将要覆灭。

〔3〕羽书:紧急军用文书。渠黎:当时西域军事重镇,在轮台东南。单于:匈奴的首领。

〔4〕戍楼:边境用以瞭望敌情的哨楼。

〔5〕旄:旗杆饰物。皇帝赐给大将出师的凭证。吹笛:此指出兵时吹奏军笛。

〔6〕阴山:在今内蒙古中部,此泛指西北边地的山。

〔7〕虏塞:敌方要塞。

〔8〕剑河:水名,在今新疆境内。

〔9〕亚相:唐代对御史大夫的称呼。此指封常清。勤王:为皇帝出力,指平定叛乱。

〔10〕青史:古代用竹简记事,故称史书为"青史"。

解析

　　此诗与上诗为同一战事而作,都是送主将出征,一首未能尽意,乃有第二首。此诗的着力点,一是渲染主将出征的军威,即前十四句;二是颂扬主将勤王报主的功勋,即结末四句。诗的韵律节奏与之相适应,正如清代诗论家李锳所说:"此诗前十四句,句句用韵,两韵一换,节拍甚紧。后一韵衍作四句,以舒其气,声调悠扬有馀音矣。"(《诗法易简录》)七言歌行(即七言古体)的韵律节奏自由变换,最适于表现雄劲勃发、大气盘旋的豪情,诗人着意运用这种诗体来歌颂大将出征,真可谓把七言歌行的功能发挥到了极致,又如另一位清代诗论家施补华所说:"岑嘉州七古劲骨奇翼,如霜天一鹗,故施之边塞最宜。"(《岘佣说诗》)读此篇及《走马川行》,可知诗人并未亲身参加这次西征,他只是以军中文士的身份为主将唱赞歌,但他毕竟亲历了"平明吹笛大军行"的场面,感受了"四边伐鼓雪海涌,三军大呼阴山动"的军威,有了这样的生活经历,形诸诗篇,便成绝唱。

白雪歌送武判官归京〔1〕

　　北风卷地白草折,　胡天八月即飞雪。〔2〕

忽如一夜春风来， 千树万树梨花开。
散入珠帘湿罗幕， 狐裘不暖锦衾薄。[3]
将军角弓不得控， 都护铁衣冷犹著。[4]
瀚海阑干百丈冰，[5]愁云惨淡万里凝。
中军置酒饮归客，[6]胡琴琵琶与羌笛。
纷纷暮雪下辕门， 风掣红旗冻不翻。[7]
轮台东门送君去， 去时雪满天山路。
山回路转不见君， 雪上空留马行处。

注释

〔1〕判官:官名,是节度使的僚属。

〔2〕白草:西北草原上的野草,入秋干枯变白。胡天:此指西北地区。

〔3〕狐裘:狐皮裘衣。锦衾:锦缎被子。

〔4〕角弓:用兽角装饰的弓。控:拉开。都护:边地武将。

〔5〕瀚海:大沙漠。阑干:纵横的样子。

〔6〕中军:指主帅的营帐。归客:指武判官。

〔7〕辕门:军营的外门。立车辕为门,故名。掣(chè彻):牵动。

解析

　　与《走马川行》和《轮台歌》赞颂主将的诗旨不同,《白雪歌》是记录诗人自己在轮台军中一段极富特色的生活经历,所以"纯写实"是其唯一的笔法。诗中场景,随着韵脚的转换逐次展开:开首二句用仄韵,写第一天傍晚天气乍变,风雪骤来。次二句转用平韵,写第二天清晨所见雪中奇景。因为八月树木并未凋零,所以雪压枝头才有"千树万树梨花开"的景象。这两个句子成了西域风光的"名片"。接下来四句复用仄韵,诗人转身回到帐幕之中,感到无法抵御的寒冷。"瀚海"二句进入叙事,改用平韵,诗人要去参加为武判官送行的宴会,他再次走出帐幕,远望天山,似见百丈阴崖一片冰雪;抬头看天,只见阴云密布,知道这场雪还要继续下。"中军"二句又改用仄韵,渲染出宴会

89

上热闹嘈杂的气氛,音乐充满了西域风情。一整天下来,诗人可能感到疲倦了,他独自踱出帐外,也许要舒展一下筋骨,换口新鲜空气,诗改用平韵,他看到雪还在飘洒,但是起风了,强劲的风把杆头的红旗"掣"得不能翻动,好像"冻"住了一样。末四句再改用仄韵,写第三天放晴了,送武判官上路,送者与行者一起驱马出轮台东门,向山边进发,一直把行人送上蜿蜒的山路。行者的身影渐渐消失,雪地上只见一行马踏的蹄痕。诗的叙事悄然结束,诗人心头似萦绕着一缕拂之不去的怅惘,留下了不尽的馀味。

诗坛佳话

　　边塞歌者:早岁孤贫,遍览史籍,两次从军边塞……这些经历把岑参的人生酿成一坛好酒。他用夸张的手法和奇妙的比喻点染想象,虽"迥拔孤秀,出于常情",却又"奇而入理"。"忽如一夜春风来,千树万树梨花开"(《白雪歌送武判官归京》),不是雪花变梨花的错觉,而是他的奇情逸发于笔端。好奇的个性气质、敏锐的感受力使他笔下的塞外之景格外雄奇瑰丽。"君不见走马川行雪海边,平沙莽莽黄入天"(《走马川行奉送封大夫出师西征》),这种神来之笔在他的诗中比比皆是,为他高亢的歌咏张本,使他的诗如黄钟大吕,在诗坛上久久回响。

杜 甫

韦讽录事宅观曹将军画马图[1]

国初已来画鞍马，　神妙独数江都王。[2]
将军得名三十载，　人间又见真乘黄。[3]
曾貌先帝照夜白，　龙池十日飞霹雳。[4]
内府殷红玛瑙盘，　婕妤传诏才人索。[5]
盘赐将军拜舞归，　轻纨细绮相追飞。[6]
贵戚权门得笔迹，　始觉屏障生光辉。
昔日太宗拳毛䯄，　近时郭家狮子花。[7]
今之新图有二马，　复令识者久叹嗟。
此皆战骑一敌万，　缟素漠漠开风沙。[8]
其馀七匹亦殊绝，　迥若寒空杂烟雪。
霜蹄蹴踏长楸间，　马官厮养森成列。[9]
可怜九马争神骏，　顾视清高气深稳。[10]
借问苦心爱者谁？　后有韦讽前支遁。[11]
忆昔巡幸新丰宫，　翠华拂天来向东。[12]
腾骧磊落三万匹，　皆与此图筋骨同。[13]
自从献宝朝河宗，[14]无复射蛟江水中。
君不见金粟堆前松柏里，龙媒去尽鸟呼风。[15]

注释

〔1〕录事：官名，即录事参军，为州郡佐吏。曹将军：曹霸，善画马。

〔2〕国初：指唐朝开国之初。已来：以来。江都王：指唐太宗的侄子李绪。

〔3〕真乘黄：真的神马。乘黄，传说中的神马。

〔4〕貌：作动词，描绘之意。先帝：指唐玄宗李隆基。照夜白：玄宗的马名。龙池：在唐宫南内（兴庆宫），南薰殿北。

〔5〕婕妤（jié yú 捷余）：宫中女官的名称。

〔6〕轻纨细绮：精美的丝织品。

〔7〕拳毛䯄：唐太宗骏马名。郭家：郭子仪。狮子花：代宗骏马名。

〔8〕缟素：白色画绢。

〔9〕蹴踏：踩踏。长楸间：大道上。森成列：言马匹极多。

〔10〕顾视清高：形容昂首的神情。

〔11〕支遁：东晋名僧，本姓关，字道林。爱养马。

〔12〕新丰宫：指华清宫。翠华：皇帝仪仗中用翠羽装饰的旗帜。

〔13〕腾骧：跳跃，奔驰。磊落：众多的样子。筋骨：指筋骨挺硬。

〔14〕献宝朝河宗：据载周穆王西行至阳纡之山，河伯来朝献宝，穆王不久便死了。此指玄宗死去。

〔15〕金粟堆：玄宗的陵墓。在今陕西蒲城金粟山上。龙媒：指良马。

解析

　　关心国家命运是诗人杜甫突出的政治品质。他写诗常借题发挥，评说国运兴衰，用意十分深微。此诗作于"安史之乱"后诗人寓居成都时。他在韦录事（名讽）宅中看到著名画家曹霸（曾官左武卫将军）一幅画马的作品，引发无限感慨，遂写了这首观画诗。诗从开国之初江都王擅于画马说起，引出曹将军霸，接下来分三层展开对曹霸画马的追忆，抒写自己的感慨。先写开元年间曹霸画过玄宗皇帝的宝马"照夜白"，在朝廷上赢得巨大声誉；再写今天看到的这幅九马图，赞叹"神骏"的英姿和高贵气质，并联想起当年玄宗巡幸新丰宫时，三万骏马奔腾的气象。最后感叹玄宗已逝，那些骏马也都一去不复返了。诗的实际意义是慨叹大唐王朝昔日的辉煌已经不再，表达对盛世的怀念之情。

丹青引[1]

赠曹将军霸

将军魏武之子孙，　于今为庶为清门。[2]
英雄割据虽已矣，[3]文采风流今尚存。
学书初学卫夫人，　但恨无过王右军。[4]
丹青不知老将至，　富贵于我如浮云。
开元之中常引见，　承恩数上南薰殿。[5]
凌烟功臣少颜色，　将军下笔开生面。[6]
良相头上进贤冠，[7]猛将腰间大羽箭。
褒公鄂公毛发动，　英姿飒爽犹酣战。[8]
先帝天马玉花骢，[9]画工如山貌不同。
是日牵来赤墀下，　迥立阊阖生长风。[10]
诏谓将军拂绢素，　意匠惨淡经营中。[11]
须臾九重真龙出，　一洗万古凡马空！
玉花却在御榻上，　榻上庭前屹相向。[12]
至尊含笑催赐金，　圉人太仆皆惆怅。[13]
弟子韩幹早入室，　亦能画马穷殊相。[14]
幹惟画肉不画骨，　忍使骅骝气凋丧。[15]
将军画善盖有神，　偶逢佳士亦写真。[16]
即今飘泊干戈际，　屡貌寻常行路人。[17]
途穷反遭俗眼白，　世上未有如公贫。
但看古来盛名下，　终日坎壈缠其身。[18]

93

注释

〔1〕丹青:绘画用的材料,后用为绘画的代称。引:乐府诗体的一种。

〔2〕魏武:魏武帝的省称,即曹操。为庶为清门:谓曹霸曾为庶民,出身寒素。

〔3〕英雄割据:曹操平定中原,与蜀吴三足鼎立。

〔4〕卫夫人:名铄,王羲之曾在她门下学习书法。王右军:指王羲之。曾任右军将军。

〔5〕南薰殿:长安南内兴庆宫的内殿。

〔6〕凌烟功臣:指凌烟阁上的功臣画像。开生面:又有了新面目、新形象。

〔7〕进贤冠:文官戴的帽子。

〔8〕褒公:褒国公段志玄。鄂公:鄂国公尉迟敬德。飒爽:英武飞动的样子。

〔9〕天马:一作"御马"。玉花骢:骏马名。

〔10〕赤墀:宫殿的红色台阶。迥:远。阊阖:神话中的天门,此指宫门。

〔11〕意匠:指构思。

〔12〕玉花:指画中的玉花骢。榻:指坐具。屹相向:即屹立相对。

〔13〕至尊:指皇帝。圉人:养马的人。太仆:掌管皇帝车马的官。惆怅:此谓惊讶赞叹。

〔14〕韩幹:唐代画家,善画马。入室:得到真传。穷殊相:能穷尽各种形态。

〔15〕骅骝:骏马名。

〔16〕写真:画像。

〔17〕干戈:指战乱。貌:描摹。

〔18〕坎壈(kǎn lǎn 砍览):穷困失意。

解析

　　此诗与上诗有联系,都写于"安史之乱"后寓居成都时,但上诗只是写曹将军霸的一幅画,此诗则写曹将军本人。先写曹将军高贵的身世,再写曹将军辉煌的过去:开元年间他是玄宗皇帝的座上客,曾在朝堂之上为文武大臣画像,还画过玄宗的坐骑玉花骢。结尾写战乱后曹将军穷困潦倒,漂泊于市井间,居然要靠给路人画像来谋生,还要遭人白眼。诗人从曹将军身上悟出了人生的某种规律:"但看古来盛名下,终日坎壈缠其身。"为天才的不幸命运而悲哀,感慨十分深沉。诗的艺术处理别具心裁,用了十六句详写曹将军画马,不但突出了曹将军的画技,而且表达了诗人的艺术观:画马要画骨,要画出骅骝之"气",即要形神兼备。诗中创造了"英姿飒爽""惨淡经营"等语词,显示了诗人高超的语言艺术。

寄韩谏议注[1]

我今不乐思岳阳,　身欲奋飞病在床。
美人娟娟隔秋水,　濯足洞庭望八荒。[2]
鸿飞冥冥日月白,[3]青枫叶赤天雨霜。
玉京群帝集北斗,　或骑麒麟翳凤凰。[4]
芙蓉旌旗烟雾落,　影动倒景摇潇湘。[5]
星宫之君醉琼浆,　羽人稀少不在旁。[6]
似闻昨者赤松子,　恐是汉代韩张良。[7]
昔随刘氏定长安,　帷幄未改神惨伤。[8]
国家成败我岂敢,　色难腥腐餐枫香。
周南留滞古所惜,　南极老人应寿昌。[9]
美人胡为隔秋水,　焉得置之贡玉堂?[10]

注释

〔1〕谏议:官名,即谏议大夫。

〔2〕美人:指韩注。古人常以美人比君子。濯足:洗脚。八荒:八方荒远之地。

〔3〕鸿飞冥冥:指贤人远去。

〔4〕玉京:道教称元始天尊所居之处为玉京。群帝:指众天神。翳:遮蔽。此处为骑乘之意。

〔5〕潇湘:二水名,在今湖南零陵境合流。

〔6〕星宫之君:指仙人。羽人:穿羽衣的仙人,即飞仙。

〔7〕赤松子:古代仙人名。韩张良:张良为汉韩人,传说曾从赤松子游。

〔8〕帷幄未改:言韩注运筹帷幄之谋仍起作用。

〔9〕南极:指老人星。传说天下太平此星才出现。

〔10〕玉堂:指朝廷。

解析

寄诗的对象韩谏议(名注),不可详考,据诗中透露,曾在朝任谏议大夫,后远离朝廷,避居湖南岳阳。杜甫晚年寓居夔州,疾病缠身,但仍然关心着朝廷内外的时事。获知韩谏议消息后,为之惋惜不平,寄诗表达自己的心意。诗的开头就说:"今我不乐思岳阳,身欲奋飞病在床。"关切之情溢于言表。接着通过仙界想象,营造出洞庭、潇湘凄迷朦胧的景色,借以表达对韩谏议处境的系念。进而用汉代的张良来比拟韩,说他"昔随刘氏定长安,帷幄未改神惨伤",突出了他对朝廷的贡献,并为他的政治才能不得施展而抱憾。诗人也表明了自己的政治态度:"国家成败吾岂敢?色难腥腐餐枫香。"虽然心系国事,但无力参与,又不愿到官场上追逐腥腐,只能选择洁身自好。同时,他深切希望国运昌隆,又希望韩谏议被朝廷起用,这份心意也是很真挚的。

古柏行

孔明庙前有老柏,　柯如青铜根如石。[1]
霜皮溜雨四十围,　黛色参天二千尺。[2]
君臣已与时际会,　树木犹为人爱惜。
云来气接巫峡长,　月出寒通雪山白。
忆昨路绕锦亭东,　先主武侯同閟宫。[3]
崔嵬枝干郊原古,　窈窕丹青户牖空。[4]
落落盘踞虽得地,[5]冥冥孤高多烈风。
扶持自是神明力,　正直原因造化功。
大厦如倾要梁栋,　万牛回首丘山重。
不露文章世已惊,[6]未辞剪伐谁能送。

苦心岂免容蝼蚁， 香叶终经宿鸾凤。
志士幽人莫怨嗟， 古来材大难为用。

注释

〔1〕孔明庙:在夔州,今四川奉节。柯:树枝。

〔2〕霜皮溜雨:指古柏树皮经霜经雨而变得苍老。黛色:青黑色。

〔3〕先主:指刘备。蜀之开国君主。武侯:诸葛亮曾封武乡侯。閟宫:深闭之宫。指武侯祠庙。

〔4〕崔嵬:高大的样子。窈窕:幽深、深远的样子。户牖:指孔明庙门窗。

〔5〕落落:独立出群的样子。

〔6〕不露文章:言古柏不以花叶之美自炫。

解析

　　这是一首以夔州孔明庙前古柏为对象的咏物诗。诗的特点是以物喻人,表达对人生的感受与看法。开头八句,先写古柏高大伟岸的形体,再点出这株古树因为见证了刘备与孔明之间的君臣际会,所以受到后世人们的保护,它东接巫峡,西通雪山,气象真是不凡。接着八句,将成都武侯祠前的古柏与眼前的夔州古柏联系起来,两株树都因为与刘备、孔明相关而得到神明、造化的扶持。最后八句以树喻人,以古柏难为世用寄寓人生不得志的感慨。"苦心岂免容蝼蚁,香叶终经宿鸾凤"二句,实际上是诗人的自我表白:柏心味苦,仍不免遭受蝼蚁的伤害;柏叶气香,能引来鸾凤停宿。这正是诗人身世遭遇及内在精神的写照。"志士幽人莫怨嗟,古来材大难为用。"诗的结尾已经超越了对孔明的赞颂,升华为人生规律的总结,代表了古往今来一切志士幽人、即怀才不遇者的心声。

观公孙大娘弟子舞剑器行[1]并序

大历二年十月十九日,夔州别驾元持宅,[2]见临颍李十二娘舞剑器,[3]

壮其蔚跂,[4]问其所师,曰:"余公孙大娘弟子也。"开元三载,余尚童稚,记于郾城观公孙氏舞《剑器浑脱》,[5]浏漓顿挫,[6]独出冠时。自高头宜春梨园二伎坊内人,洎外供奉舞女,[7]晓是舞者,圣文神武皇帝初,[8]公孙一人而已。玉貌锦衣,况余白首;今兹弟子,亦匪盛颜。既辨其由来,知波澜莫二。[9]抚事慷慨,[10]聊为《剑器行》。[11]往者吴人张旭,[12]善草书书帖,数尝于邺县见公孙大娘舞西河《剑器》,自此草书长进,豪荡感激,[13]即公孙可知矣。

昔有佳人公孙氏,　　一舞《剑器》动四方。
观者如山色沮丧,[14]天地为之久低昂。
㸌如羿射九日落,　　矫如群帝骖龙翔。[15]
来如雷霆收震怒,　　罢如江海凝清光。[16]
绛唇珠袖两寂寞,[17]晚有弟子传芬芳。
临颍美人在白帝,[18]妙舞此曲神扬扬。
与余问答既有以,　　感时抚事增惋伤。
先帝侍女八千人,　　公孙《剑器》初第一。[19]
五十年间似反掌,　　风尘澒洞昏王室。[20]
梨园弟子散如烟,　　女乐馀姿映寒日。[21]
金粟堆南木已拱,[22]瞿塘石城草萧瑟。
玳筵急管曲复终,[23]乐极哀来月东出。
老夫不知其所往,　　足茧荒山转愁疾。[24]

注释

〔1〕公孙大娘:唐玄宗时的舞蹈家。弟子:指李十二娘。剑器:唐代流行的武舞。

〔2〕别驾:官名,州刺史的辅佐。

〔3〕临颍:唐县名,故址在今河南临颍西北。

〔4〕蔚跂:豪放雄浑的样子。

〔5〕郾城:唐县名,今属河南。

〔6〕浏漓顿挫:舞姿活泼而又起伏不定。

〔7〕泊:及,到。外供奉:居住于宫外的艺人。

〔8〕圣文神武皇帝:唐玄宗的尊号。

〔9〕波澜莫二:一脉相承,师徒舞技相仿。

〔10〕慷慨:激昂感叹。

〔11〕聊:姑且。

〔12〕张旭:当时著名书法家。

〔13〕感激:受到鼓舞,情绪奋发。

〔14〕色沮丧:脸色为之一变。

〔15〕爗:光芒闪烁的样子。羿:传说他射下九个太阳。见《淮南子·本经训》。群帝:指天神。骖龙:驾龙。

〔16〕来:指剑舞开场。清光:平静的波光。

〔17〕绛唇珠袖:指公孙大娘的容颜和舞姿。寂寞:谓公孙大娘亡后,其容貌舞姿皆消逝。

〔18〕白帝:指夔州。

〔19〕初第一:本是第一。

〔20〕颂洞:形容浩大无际。

〔21〕女乐:指擅长乐舞的女子。馀姿:指李十二娘犹存开元盛世的歌舞风貌。寒日:冬日。此诗作于十月。

〔22〕金粟堆:在今陕西蒲城,唐玄宗的陵墓在此。拱:合抱。

〔23〕玳筵:华盛的宴席。一作"玳弦"。

〔24〕老夫:杜甫自指。

解析

  诗的长序详细交代了写诗缘起,抒发了盛颜白首的人生感慨。诗歌对《序》的内容有复述回应,但重点转为对国家命运的感伤。诗的前八句,回忆自己童稚时观看公孙大娘舞《剑器》的情景,"观者"和"天地"两个视角,一实一虚,互相映衬,又连用四个精妙比喻,活现了公孙大娘出神入化的技艺。中间六句是过渡,完成"感时抚事增惋伤"的转折。接下来八句,回顾"安史之乱"以来国家经历的巨大变化,所谓"昏王室"即国家蒙受了空前的灾难。"瞿

99

塘石城草萧瑟"一句又将思绪拉回眼前，用结尾四句抒写自己当时的意绪情怀，"老夫不知其所往，足茧荒山转愁疾"，在无尽的悲凉中结束咏唱。这首诗具有"史诗"性的思想价值，艺术造诣也极高，如写《剑器》舞的四个比喻，承接"天地为之久低昂"的想象，横空而起，出人意表，具有震撼人心的效果。

诗坛佳话

杜甫印象：有着丰富人生经历的行者，在思考中酿出了风格多样的华章；59岁的人生并不很长，却以超高的密度为后人勾勒出一个朝代的历史。他在焦虑时浩叹，把苦难细细描画，那些光耀千古的诗篇，带着温暖人心的光芒，为挣扎在生计中的人们传送着难以估计的能量。他用诗歌拓展着良知与美感的空间，让每一个阅读者从中获得共鸣。在阅读中，我们渐渐向他靠拢：修炼韧性，思录并行！

元 结

石鱼湖上醉歌[1] 并序

漫叟以公田米酿酒,[2]因休暇则载酒于湖上,时取一醉。欢醉中,据湖岸引臂向鱼取酒,使舫载之,遍饮坐者。意疑倚巴丘酌于君山之上,[3]诸子环洞庭而坐,酒舫泛泛然触波涛而往来者,乃作歌以长之。[4]

石鱼湖,似洞庭,夏水欲满君山青。
山为樽,水为沼,酒徒历历坐洲岛。[5]
长风连日作大浪,不能废人运酒舫。[6]
我持长瓢坐巴丘,酌饮四座以散愁。

注释

〔1〕石鱼湖:在今湖南道县东。

〔2〕漫叟:元结自号。

〔3〕巴丘:山名,在今湖南岳阳洞庭湖边。君山:山名,在洞庭湖中。

〔4〕长:助兴。

〔5〕樽:酒器。沼:池。历历:分明可数。

〔6〕废人运酒舫:阻止酒船在湖上往来。

解析

诗人元结(号漫叟)做道州(今湖南道县)刺史时,在城外发现了一个独特的景点,这是一块水中独石,形状如鱼,鱼背凹处,可以储酒,就把这里叫作石鱼湖。石鱼四周,能荡小舟,湖边是高高低低的石头,可以坐许多人。他常常招朋友来此欢饮,诗的序记述了当时情景:酒是用公田(官府自种的田,收获归官府)产的米酿成,欢醉中,人在船上伸长手臂向石鱼中取酒,大家喝个遍。这感觉好像是泛舟于洞庭湖上,在湖中心的君山上酌酒为乐,于是写了这首诗来歌唱。诗有记实性质,语言明白晓畅,两句换韵,朗朗上口,读起来很轻快,像一首民歌。诗表现了文人雅士的生活情趣,末句所谓"散愁",不过是习惯说法,并没有实际内容。

韩 愈

韩愈(768—824),字退之,郡望昌黎(今属河北),籍贯河阳(今河南孟州市)。三岁丧父,由嫂氏抚养成人。贞元进士,先后赴宣武节度、徐泗濠节度幕中任职,入朝任国子监四门博士,迁监察御史,贬山阳令。宪宗朝还京官国子博士、史馆修撰、中书舍人知制诰,随裴度征淮西平叛有功,迁刑部侍郎,以谏迎佛骨,触怒宪宗,贬为潮州刺史。穆宗朝调任吏部侍郎。病逝长安。与柳宗元倡导古文运动,反对骈文,提倡散文;诗歌创作亦力求独创,不避险僻,以文为诗,形成宏伟奇崛的特点。

山 石

山石荦确行径微,[1]黄昏到寺蝙蝠飞。
升堂坐阶新雨足, 芭蕉叶大支子肥。[2]
僧言古壁佛画好, 以火来照所见稀。
铺床拂席置羹饭, 疏粝亦足饱我饥。[3]
夜深静卧百虫绝,[4]清月出岭光入扉。
天明独去无道路, 出入高下穷烟霏。
山红涧碧纷烂漫, 时见松枥皆十围。[5]
当流赤足踏涧石, 水声激激风生衣。
人生如此自可乐, 岂必局促为人鞿。[6]
嗟哉吾党二三子,[7]安得至老不更归!

注释

〔1〕荦确:山石不平的样子。微:狭窄。

〔2〕支子:即栀子,夏天开花,色白而香。

〔3〕疏粝:简便的饭食。粝,指糙米。

〔4〕百虫绝:各种虫声均息。

〔5〕枥:同"栎",一种落叶乔木。

〔6〕羁(jī基):马缰绳。此作动词,指被人控制。

〔7〕吾党二三子:指志趣相同的几个朋友。

解析

本诗取首句二字为题,并非专咏山石。诗中记述了与友人同游洛阳以北的惠林寺之行。约作于唐德宗贞元十六年或十七年(800或801)。诗的结构是先写游踪,从黄昏投宿山寺写到天明游山,绘声绘色,有景有情。诗中没有韩诗常见的奇崛险拗,而是全用素描式的散文笔调,一句一个境界,逐层展开,具有鲜明的南方风土色彩,清淡的笔触中,有时点染了极浓丽的色彩,给人一种非常新鲜的感觉。是韩愈诗歌散文化的代表作。

八月十五夜赠张功曹[1]

纤云四卷天无河,[2]清风吹空月舒波。
沙平水息声影绝,　一杯相属君当歌。[3]
君歌声酸辞正苦,　不能听终泪如雨。
洞庭连天九疑高,　蛟龙出没猩鼯号。[4]
十生九死到官所,　幽居默默如藏逃。
下床畏蛇食畏药,　海气湿蛰熏腥臊。[5]
昨者州前捶大鼓,　嗣皇继圣登夔皋。[6]
赦书一日行千里,　罪从大辟皆除死。[7]

迁者追回流者还，　涤瑕荡垢清朝班。[8]
州家申名使家抑，　坎坷只得移荆蛮。[9]
判司官卑不堪说，　未免捶楚尘埃间。[10]
同时流辈多上道，　天路幽险难追攀。[11]
君歌且休听我歌，　我今与君岂殊科。[12]
一年月明今宵多，　人生由命非由他，
有酒不饮奈明何！

注释

〔1〕张功曹：张署。功曹，官名，即功曹参军，刺史的属官。

〔2〕纤云：微云。河：指银河。

〔3〕属：劝酒。

〔4〕九疑：亦作"九嶷"，即苍梧山，在今湖南宁远。鼯：形似松鼠的一种动物。

〔5〕湿蛰：蛰伏在潮湿之处的蛇虫。

〔6〕嗣皇：指唐宪宗。夔皋：夔和皋，均为舜的忠臣。

〔7〕大辟：死刑。

〔8〕迁者：迁谪的人。流者：被流放的人。瑕：瑕疵。垢：污垢。朝班：朝中的官员。

〔9〕州家：州刺史。使家：观察使。坎坷：困顿的意思。

〔10〕捶楚：鞭打。

〔11〕天路：指进身朝廷的途径。

〔12〕殊科：不同类，不一样。

解析

唐德宗贞元十九年（803），三十六岁的韩愈因为上书言长安旱情，被贬到僻远的阳山（在广东）做县令。两年后，宪宗即位，韩愈遇赦返至郴州（在湖南）待命。他一心准备返回长安，没想到秋天却被派往江陵府（在湖北）任法曹参军。八月十五日夜，韩愈写了这首诗赠给友人张署。张署与韩愈命运相同，同遭贬南方，又同时被派往江陵府，张任功曹参军。他们真可谓患难之交，所以互相成为倾诉的对象。诗开首六句写景兼叙事，在这风清月明的中秋之夜,两人对酒而歌。张功曹之歌声酸辞苦,使韩愈不忍卒听,泪如雨下。接下来十八句,是张歌的内容(其实也是韩愈要一吐为快的话),诉说了在贬所的艰难处境,又诉说了遇赦后不得回长安,被派往江陵做参军的无奈。最后五句,韩愈才把话接过去,"君歌且休听我歌",他主张人生由命,有酒当饮,以达观的态度面对生活。人生难免遇到逆境,韩愈的心态能给人有益启发。

谒衡岳庙遂宿岳寺题门楼[1]

五岳祭秩皆三公,　四方环镇嵩当中。[2]
火维地荒足妖怪,　天假神柄专其雄。[3]
喷云泄雾藏半腹,[4]　虽有绝顶谁能穷?
我来正逢秋雨节,　阴气晦昧无清风。
潜心默祷若有应,　岂非正直能感通?[5]
须臾静扫众峰出,[6]　仰见突兀撑青空。
紫盖连延接天柱,　石廪腾掷堆祝融。[7]
森然魄动下马拜,　松柏一径趋灵宫。[8]
粉墙丹柱动光彩,　鬼物图画填青红。
升阶伛偻荐脯酒,　欲以菲薄明其衷。[9]
庙令老人识神意,　睢盱侦伺能鞠躬。[10]
手持杯珓导我掷,[11]云此最吉馀难同。
窜逐蛮荒幸不死,　衣食才足甘长终。
侯王将相望久绝,　神纵欲福难为功。
夜投佛寺上高阁,　星月掩映云朣胧。
猿鸣钟动不知曙,　杲杲寒日生于东。[12]

注释

〔1〕谒:朝拜。衡岳:即衡山,在今湖南境内。

〔2〕祭秩:祭祀时的等次。三公:朝廷高官的通称。嵩:嵩山。

〔3〕火维:谓衡岳在南方,古以五行分方位,南方属火。假:授予。神柄:神的权力。

〔4〕半腹:指衡岳的山腰。

〔5〕正直:正心诚意。

〔6〕须臾:一会儿。静扫:指清风悄悄地将阴云吹走。

〔7〕紫盖、天柱、石廪、祝融:均为衡山峰名。腾掷:形容山势逶迤起伏。

〔8〕魄动:敬畏的意思。灵宫:指衡岳庙。

〔9〕伛偻:躬着腰,指向神表示崇敬。脯:干肉。菲薄:微薄。

〔10〕睢盱:凝视。

〔11〕杯珓:一种极简便的占卜工具。

〔12〕不知曙:不知不觉中已天亮。杲杲:光明的样子。

解析

此诗与上诗相衔接,写作的时间在九月二十日前后。诗是韩愈谒衡岳庙时题写在门楼上的。这首诗如同一篇散文,将抒情融于叙事与写景中,娓娓道来,线索十分清晰。开头六句,总写衡岳山势的雄奇。继而八句,实写自己来谒衡岳的亲身经历,正是秋雨时节,阴气晦昧,但一番潜心默祷之后,似乎感动了神灵,天气转晴,群峰在青空下一一出现。"森然魄动下马拜"以下十四句是谒庙的情景,诗人在庙令老人的导引下,用杯珓掷出一个最吉利的结果,但有了窜逐蛮荒的人生经历,诗人对未来已经无所期望。结尾四句写夜宿佛寺,一觉睡到寒日东升。谒庙结束,诗也到此收煞。诗写得从容不迫,映照出诗人心境的豁达与平静。

石 鼓 歌

张生手持石鼓文,[1]劝我试作石鼓歌。
少陵无人谪仙死,[2]才薄将奈石鼓何。
周纲陵迟四海沸, 宣王愤起挥天戈。[3]

107

大开明堂受朝贺，　　诸侯剑珮鸣相磨。
蒐于岐阳骋雄俊，　　万里禽兽皆遮罗。[4]
镌功勒成告万世，　　凿石作鼓隳嵯峨。[5]
从臣才艺咸第一，　　拣选撰刻留山阿。[6]
雨淋日炙野火燎，　　鬼物守护烦㧸呵。[7]
公从何处得纸本，　　毫发尽备无差讹。
辞严义密读难晓，　　字体不类隶与蝌。[8]
年深岂免有缺画，　　快剑斫断生蛟鼍。[9]
鸾翔凤翥众仙下，[10]　珊瑚碧树交枝柯。
金绳铁索锁纽壮，　　古鼎跃水龙腾梭。
陋儒编诗不得入，　　二雅褊迫无委蛇。[11]
孔子西行不到秦，　　掎摭星宿遗羲娥。[12]
嗟余好古生苦晚，　　对此涕泪双滂沱。
忆昔初蒙博士征，　　其年始改称元和。
故人从军在右辅，　　为我度量掘臼科。[13]
濯冠沐浴告祭酒，[14]　如此至宝存岂多？
毡包席裹可立致，[15]　十鼓只载数骆驼。
荐诸太庙比郜鼎，　　光价岂止百倍过？[16]
圣恩若许留太学，[17]　诸生讲解得切磋。
观经鸿都尚填咽，　　坐见举国来奔波。[18]
剜苔剔藓露节角，　　安置妥帖平不颇。[19]
大厦深檐与覆盖，　　经历久远期无佗。[20]
中朝大官老于事，　　讵肯感激徒媕婀！[21]
牧童敲火牛砺角，　　谁复着手为摩挲？[22]
日销月铄就埋没，[23]　六年西顾空吟哦。
羲之俗书趁姿媚，　　数纸尚可博白鹅。[24]
继周八代争战罢，　　无人收拾理则那！[25]

方今太平日无事， 柄任儒术崇丘轲。[26]
安能以此尚论列， 愿借辩口如悬河。[27]
石鼓之歌止于此， 呜呼吾意其蹉跎![28]

注释

〔1〕张生:指张彻,韩愈的学生。石鼓文:指从石鼓上拓下来的文字。

〔2〕少陵:指杜甫。杜甫曾居于长安少陵原。谪仙:指李白。贺知章称李白为"谪仙人"。

〔3〕周纲:周朝的政治制度。陵迟:衰败。宣王:周宣王。挥天戈:指南北征战。

〔4〕遮罗:拦捕。

〔5〕镌功:在石鼓上铭刻功勋。隳:毁坏。

〔6〕山阿:山中曲处。

〔7〕㧑呵:护持。㧑,同"挥"。

〔8〕蝌:周时所用之蝌蚪文。

〔9〕缺画:谓石鼓文笔画残缺。斫:用刀剑砍。蛟鼍:蛟龙与鼍鼍。

〔10〕翥:飞。

〔11〕诗:指《诗经》。委蛇:宽大之意。

〔12〕掎摭:采取。羲娥:羲和与嫦娥。代指日月。

〔13〕度量:计划。臼科:坑坎,指埋石鼓的坑穴。

〔14〕濯冠沐浴:洗帽洗澡,表示虔敬。祭酒:官名,唐朝国子监有祭酒一人。

〔15〕立致:立刻便运到。

〔16〕荐:进献。郜(gào 告)鼎:郜国所造的鼎。光价:犹声价。

〔17〕太学:指国子监。

〔18〕填咽:阻塞,拥挤。坐:即将。时间副词。

〔19〕节角:指石鼓文字的笔画有棱角。颇:歪斜。

〔20〕无佗:无他,指无损坏。

〔21〕中朝:犹朝中。老于事:处理事情很老练。有讽刺之意。讵肯:哪肯。嫜妸:没有主见,犹豫不决。

〔22〕敲火:敲石取火。言石鼓被儿童随意玩弄。摩挲:用手抚摩,表示爱惜。

〔23〕铄:熔化。就:归于。

109

〔24〕趁姿媚:追求字体的美观。博白鹅:换白鹅,此用王羲之以自己写的《黄庭经》换道士白鹅的典故。

〔25〕八代:泛指唐以前的八个朝代。则那:又奈何。

〔26〕柄任:重用。丘轲:指孔丘、孟轲。

〔27〕论列:议论。悬河:喻善于辞令。

〔28〕蹉跎:枉废之意。

解析

  这也是一首咏物诗,作于唐宪宗元和六年(811)诗人在洛阳任县令时。与杜甫《古柏行》的以物喻人不同,这首诗纯就石鼓而咏之,并无其他寓意。诗分四段。首段十六句,说明写诗的缘起,是应张生之劝,就石鼓文作石鼓歌。石鼓镌刻于周宣王时,经历了"雨淋日炙野火燎",幸有鬼神守护,才存留下来。第二段十六句,写观看石鼓文纸本时的感受。"鸾翔凤翥众仙下,珊瑚碧树交枝柯。金绳铁索锁纽壮,古鼎跃水龙腾梭"四句以神奇的想象和比喻来形容石鼓文的形体笔画,有千钧之力。孔子当年编《诗经》未收入石鼓上的诗,令韩愈十分遗憾,以至于涕泪滂沱。"忆昔初蒙博士征"以下二十四句,回忆元和元年自己初任国子监博士时,曾向国子祭酒提出收藏石鼓的建议,但未被采纳,石鼓仍在野外蒙受着"日销月铄"的损耗,诗人只能"六年西顾空吟哦"。结尾十句,再发感慨,希望石鼓得到妥善安置收藏。全诗一韵到底,议论风生,充分展现了韩愈奇崛劲健的诗风。

诗坛佳话

  匹夫百世师:一封讨鳄檄文,居然让潮州恶溪中的鳄鱼就此掩匿行迹,无影无踪;这种不可思议出现在韩愈身上不足为奇。因为他连佛骨都要拒迎,哪怕因此被杀被贬亦无所惧。在这个充满正气、英勇无畏的斗士面前,神佛都要避让,何况区区虫兽。在潮汕,他驱鳄除害、赎放奴婢、延师兴学、兴修水利……他把光芒照遍潮汕,践行了"君子居其位,则思死其官"(《争臣论》)的人生信念,"不虚南谪八千里,赢得江山都姓韩"。一纸诏书,让他成为诏安节度使,此时的他已年过半百,满面风霜。面对生死未卜的命运,他没有些许的退缩与胆怯,他孤身犯险,用一腔正气震慑镇州杀人魔王王廷凑,用忠勇撑起了一个大写的人字。难怪苏轼在为他撰写的碑文中感慨:"匹夫而为百世师,一言而为天下法。……文起八代之衰,而道济天下之溺;忠犯人主之怒,而勇夺三军之帅。"

柳宗元

渔 翁

渔翁夜傍西岩宿,晓汲清湘燃楚竹。[1]
烟销日出不见人,欸乃一声山水绿。[2]
回望天际下中流,岩上无心云相逐。[3]

注释

〔1〕西岩:指湖南永州西山。清湘:清澈的湘江水。
〔2〕欸乃(ǎi nǎi 矮奶):摇橹声。
〔3〕无心:晋陶潜《归去来兮辞》:"云无心以出岫。"

解析

柳宗元在唐顺宗朝积极参与"永贞革新"的政治活动,随着皇帝很快改换,这场政治革新宣告失败,柳宗元被贬为永州(在湖南)司马。这首诗即作于永州。诗中的"渔翁",是诗人臆造的人物形象,用来寄托自己的精神怀抱。渔翁夜来并不归家,而是露宿在西岩之下。第二天拂晓起身,汲来清清的江水,点燃青青的竹子,似要准备早饭,但却给人以"不食人间烟火"的感觉。转眼间青烟散去,太阳出山,渔翁不见了身影,只听到摇橹的声音从青山绿水间传来。渔翁的小船向天际远去,回头看,西岩上留下几片白云在飘动,就像"无心"的人一样。诗中的渔翁清峻高洁,远离喧嚣的尘世,正是诗人坚守自我、不向现实低头的文士精神的外化。

【归纳探究】

一、鉴赏点评

1. 仿照《白雪歌送武判官归京》解析文字,选择自己喜欢的两句诗作赏析。

2. 有人认为《渔翁》最后两句去掉更好,你是怎么理解的?说说理由。

二、读诗配乐(画)

1. 请选择一首诗进行配乐朗读并发到诗歌朗读群共享,说说这样配乐的理由是什么。

2. 为《白雪歌送武判官归京》配一幅插图,结合与之相合的诗句,阐释一下你所画的内容。

三、我思我写

1. 选录自己喜欢的诗句设计一个书签,上传到班级读诗群请大家评点。

2. 结合杜甫相关诗歌,仿照"诗坛佳话"中的"杜甫印象",选择写"曹霸印象"或"公孙大娘印象"。(200字左右)

3. 选择一首诗,仿照《登幽州台歌》"诵读指津",作一个关于朗读的赏析。并把它读出来,发到班级诗歌朗读群与同学们共享,请大家评析。

四、专题学习

做一张小报,自由选择主题(音乐、边塞、诗人),拍照上传到班级读诗群请大家欣赏。

卷三　七言古诗

【导读】

　　本卷仍为七言古诗，选录7位诗人的17首诗，其中包括14首乐府。本卷诗歌从篇幅上来看，均相对较长，内容丰富。在这一卷，我们会更加强烈地感受到诗人在作品中注入的炽烈情感。

　　在这一卷中，我们将与诗魔白居易相遇，拜读他的《长恨歌》与《琵琶行》。要知道，唐宣宗李忱都曾哀悼他："童子解吟长恨曲，胡儿能唱琵琶篇。文章已满行人耳，一度思卿一怆然。"(《吊白居易》)我们也会通过李商隐的《韩碑》更加深入地了解韩愈，还会认识诗坛封侯第一人高适。这卷诗中，容易引发人们旷古幽思的还会有李颀的《古从军行》、王维的《老将行》、李白的《蜀道难》、杜甫的《兵车行》等系列乐府诗。

　　读这卷古诗，我们可以结合诗歌内容进行改编，用改诗成剧的方式进一步理解诗歌内容，也可以为古诗配乐，通过配乐朗读来更好解读诗歌情感。当然，也可以用自己喜欢的其他方式来进一步进行解读，读出更绵长的诗韵来。

白居易

白居易（772—846），字乐天，原籍太原（今属山西），祖上迁居下邽（今陕西渭南），出生于新郑（今属河南）。少经离乱，避难越中，历尽困苦。贞元进士，为秘书省校书郎。宪宗朝为翰林学士，授左拾遗。上疏求追捕刺杀宰相武元衡凶手，被贬为江州司马。后历任忠州、杭州、苏州诸州刺史。文宗朝任太子宾客分司东都、太子少傅分司东都，定居洛阳，以刑部尚书致仕。晚居香山寺，号香山居士。与元稹、张籍等人倡导新乐府运动，致力于讽喻诗，而其闲适抒情之作，却博得当世与后人的喜爱与传诵。平易通俗，深入浅出，是其诗歌的最大特点。

长 恨 歌

汉皇重色思倾国， 御宇多年求不得。[1]
杨家有女初长成，[2] 养在深闺人未识。
天生丽质难自弃， 一朝选在君王侧。
回眸一笑百媚生， 六宫粉黛无颜色。
春寒赐浴华清池， 温泉水滑洗凝脂。[3]
侍儿扶起娇无力， 始是新承恩泽时。
云鬓花颜金步摇，[4] 芙蓉帐暖度春宵。
春宵苦短日高起， 从此君王不早朝。
承欢侍宴无闲暇， 春从春游夜专夜。
后宫佳丽三千人， 三千宠爱在一身。

金屋妆成娇侍夜，　玉楼宴罢醉和春。[5]
姊妹弟兄皆列土，　可怜光彩生门户。
遂令天下父母心，　不重生男重生女。
骊宫高处入青云，[6]　仙乐风飘处处闻。
缓歌慢舞凝丝竹，　尽日君王看不足。
渔阳鼙鼓动地来，　惊破霓裳羽衣曲。[7]
九重城阙烟尘生，　千乘万骑西南行。
翠华摇摇行复止，[8]　西出都门百馀里。
六军不发无奈何，　宛转蛾眉马前死。[9]
花钿委地无人收，　翠翘金雀玉搔头。
君王掩面救不得，　回看血泪相和流。
黄埃散漫风萧索，　云栈萦纡登剑阁。[10]
峨嵋山下少人行，　旌旗无光日色薄。[11]
蜀江水碧蜀山青，　圣主朝朝暮暮情。
行宫见月伤心色，　夜雨闻铃肠断声。
天旋地转回龙驭，[12]到此踌躇不能去。
马嵬坡下泥土中，　不见玉颜空死处。
君臣相顾尽沾衣，　东望都门信马归。
归来池苑皆依旧，　太液芙蓉未央柳。[13]
芙蓉如面柳如眉，　对此如何不泪垂？
春风桃李花开日，　秋雨梧桐叶落时。
西宫南内多秋草，　落叶满阶红不扫。
梨园弟子白发新，　椒房阿监青娥老。[14]
夕殿萤飞思悄然，[15]孤灯挑尽未成眠。
迟迟钟鼓初长夜，　耿耿星河欲曙天。[16]
鸳鸯瓦冷霜华重，[17]翡翠衾寒谁与共？
悠悠生死别经年，　魂魄不曾来入梦。

118

临邛道士鸿都客,[18] 能以精诚致魂魄。
为感君王辗转思, 遂教方士殷勤觅。
排云驭气奔如电, 升天入地求之遍。
上穷碧落下黄泉,[19] 两处茫茫皆不见。
忽闻海上有仙山, 山在虚无缥缈间。
楼阁玲珑五云起, 其中绰约多仙子。[20]
中有一人字太真, 雪肤花貌参差是。[21]
金阙西厢叩玉扃, 转教小玉报双成。[22]
闻道汉家天子使, 九华帐里梦魂惊。[23]
揽衣推枕起徘徊, 珠箔银屏迤逦开。[24]
云鬓半偏新睡觉,[25] 花冠不整下堂来。
风吹仙袂飘飘举,[26] 犹似《霓裳羽衣舞》。
玉容寂寞泪阑干,[27] 梨花一枝春带雨。
含情凝睇谢君王,[28] 一别音容两渺茫。
昭阳殿里恩爱绝, 蓬莱宫中日月长。
回头下望人寰处, 不见长安见尘雾。
惟将旧物表深情, 钿合金钗寄将去。[29]
钗留一股合一扇, 钗擘黄金合分钿。[30]
但教心似金钿坚, 天上人间会相见。
临别殷勤重寄词, 词中有誓两心知。
七月七日长生殿,[31] 夜半无人私语时。
在天愿作比翼鸟, 在地愿为连理枝。[32]
天长地久有时尽, 此恨绵绵无绝期。

注释

〔1〕汉皇:借指唐玄宗。倾国:指绝代美女。御宇:统治天下。

〔2〕杨家有女:指杨玄琰的女儿玉环。

〔3〕华清池:在陕西临潼骊山下,为华清宫的温泉浴池。凝脂:喻指白嫩柔滑的

皮肤。

〔4〕云鬓:乌云般的头发。金步摇:一种首饰。

〔5〕醉和春:醉意连着春意。

〔6〕骊宫:指骊山华清宫。

〔7〕渔阳鼙鼓:指安禄山在渔阳起兵叛乱。霓裳羽衣曲:唐代著名舞曲名。

〔8〕翠华:用翠羽装饰的旗,皇帝的仪仗。

〔9〕六军:指皇帝的禁卫军。蛾眉:指杨贵妃。

〔10〕萧索:风声。云栈:高入云端凿石架木筑成的栈道。剑阁:即剑门关。在大、小剑山之间。

〔11〕薄:暗淡。

〔12〕天旋地转:指形势好转。回龙驭:指玄宗由蜀返京。

〔13〕太液、未央:代指唐宫与池苑。

〔14〕梨园:唐玄宗亲自教习乐工的地方。椒房:后妃所住的宫殿。阿监:宫中女官。青娥:妙龄的少女。

〔15〕思悄然:情思凄凉寂寞。

〔16〕耿耿:明亮的样子。

〔17〕鸳鸯瓦:一俯一仰配合在一起构成双对的瓦。

〔18〕临邛:今四川邛崃市。鸿都:此指长安。

〔19〕碧落:道家对天的称呼。黄泉:指地下。

〔20〕绰约:美好轻盈的样子。

〔21〕太真:即杨贵妃。她当女道士时号太真。参差:仿佛。

〔22〕玉扃:指玉做的宫门。小玉、双成:指太真的侍女。

〔23〕九华帐:华美的帷帐。

〔24〕珠箔:用珠子穿成的帘子。迤逦:接连不断。

〔25〕半偏:不整齐。

〔26〕袂:袖。

〔27〕阑干:眼泪纵横的样子。

〔28〕凝睇:注视。

〔29〕钿合:镶嵌珠宝的盒子。

〔30〕擘:分开。

〔31〕长生殿:骊山华清宫内祭神的宫殿。

〔32〕比翼鸟:传说中一种雌雄并飞的鸟。连理枝:两树枝干连生在一起,用以喻爱情。

解析

　　本诗作于唐宪宗元和元年(806)冬十二月,白居易在盩厔(今陕西周至县)县尉任上。长诗通过对唐玄宗李隆基(685—762)和杨贵妃(719—756)爱情悲剧全过程的叙述,联系唐代社会由盛到衰的转折,概括了深刻、丰富的历史内容。纵观唐玄宗一生,他和历史上一些有名的封建帝王一样,是功过并见的。他早年任用贤相,励精图治,继唐太宗"贞观之治",开创了"开元之治"的局面,为广大人民创造物质和精神财富提供了一个和平安定的社会环境。"安史之乱"的爆发,又和玄宗晚年专宠杨贵妃、荒废朝政的昏庸腐朽的生活有重要关系。这种功过并见的事实,在《长恨歌》的意蕴中表现为批评与同情兼见的倾向。诗的前半部分对他荒淫误国的一面,加以微讽和谴责;后半部分对他在失去杨贵妃之后,孤独凄凉的晚景,寄予了同情,因而虚构了方士上蓬莱仙山去寻找杨贵妃的故事,又以仙山人寰烟雾长隔,终难团聚的遗憾结束全诗,点明"长恨"。全诗情节生动,波澜起伏,于舒捷有致的节奏中联系社会巨变展现历史人物的命运,叙事、抒情、写景水乳交融,语言优美,以律调参融入长篇歌行,显得格外和谐、流畅,令人听起来悦耳,读起来顺口,便于理解和传唱,成为千古以来国内外读者吟咏不衰的名篇。

琵琶行 并序

　　元和十年,余左迁九江郡司马。[1]明年秋,送客湓浦口,[2]闻舟中夜弹琵琶者。听其音,铮铮然有京都声。问其人,本长安倡女,尝学琵琶于穆、曹二善才,[3]年长色衰,委身为贾人妇。[4]遂命酒,使快弹数曲。曲罢悯然,自叙少小时欢乐事,今漂泊憔悴,转徙于江湖间。[5]余出官二年,恬然自安,[6]

感斯人言,是夕始觉有迁谪意。[7]因为长句,歌以赠之。凡六百一十二言,命曰《琵琶行》。

浔阳江头夜送客,[8]　枫叶荻花秋瑟瑟。
主人下马客在船,　　举酒欲饮无管弦。
醉不成欢惨将别,　　别时茫茫江浸月。
忽闻水上琵琶声,　　主人忘归客不发。
寻声暗问弹者谁,[9]　琵琶声停欲语迟。
移船相近邀相见,　　添酒回灯重开宴。
千呼万唤始出来,　　犹抱琵琶半遮面。
转轴拨弦三两声,[10]　未成曲调先有情。
弦弦掩抑声声思,[11]　似诉平生不得志。
低眉信手续续弹,　　说尽心中无限事。
轻拢慢捻抹复挑,　　初为《霓裳》后《六幺》。[12]
大弦嘈嘈如急雨,　　小弦切切如私语。[13]
嘈嘈切切错杂弹,　　大珠小珠落玉盘。
间关莺语花底滑,[14]　幽咽泉流水下滩。
水泉冷涩弦凝绝,　　凝绝不通声暂歇。
别有幽愁暗恨生,　　此时无声胜有声。
银瓶乍破水浆迸,　　铁骑突出刀枪鸣。
曲终收拨当心画,　　四弦一声如裂帛。[15]
东船西舫悄无言,　　惟见江心秋月白。
沉吟放拨插弦中,[16]　整顿衣裳起敛容。
自言本是京城女,　　家在虾蟆陵下住。[17]
十三学得琵琶成,　　名属教坊第一部。
曲罢曾教善才服,　　妆成每被秋娘妒。[18]
五陵少年争缠头,　　一曲红绡不知数。[19]

钿头银篦击节碎,[20]血色罗裙翻酒污。
今年欢笑复明年,　秋月春风等闲度。
弟走从军阿姨死,　暮去朝来颜色故。[21]
门前冷落车马稀,　老大嫁作商人妇。
商人重利轻别离,　前月浮梁买茶去。[22]
去来江口守空船,　绕船明月江水寒。
夜深忽梦少年事,　梦啼妆泪红阑干。
我闻琵琶已叹息,　又闻此语重唧唧。[23]
同是天涯沦落人,　相逢何必曾相识。
我从去年辞帝京,　谪居卧病浔阳城。
浔阳地僻无音乐,　终岁不闻丝竹声。[24]
住近湓江地低湿,　黄芦苦竹绕宅生。[25]
其间旦暮闻何物?　杜鹃啼血猿哀鸣。[26]
春江花朝秋月夜,　往往取酒还独倾。[27]
岂无山歌与村笛?　呕哑嘲哳难为听。[28]
今夜闻君琵琶语,　如听仙乐耳暂明。
莫辞更坐弹一曲,　为君翻作《琵琶行》。[29]
感我此言良久立,　却坐促弦弦转急。[30]
凄凄不似向前声,　满座重闻皆掩泣。
座中泣下谁最多?　江州司马青衫湿。[31]

注释

〔1〕左迁:贬官。古人以左为卑。

〔2〕湓浦口:湓水入江处,在今江西九江。

〔3〕善才:唐代对琵琶艺人和乐师的通称。

〔4〕贾人:商人。

〔5〕转徙:流浪。

〔6〕恬然自安:平静舒适,随遇而安。

〔7〕谪:降职外调。

〔8〕浔阳江:长江流经九江北面一段称浔阳江。

〔9〕暗问:悄悄地探问。

〔10〕轴:琵琶上收紧弦线的把手。

〔11〕掩抑:形容低沉郁闷。

〔12〕拢:抚弦。捻:揉弦。抹:顺手下拨。挑:反手回拨。《霓裳》《六幺》:曲名。

〔13〕切切:形容乐声细促急切。

〔14〕间关:鸟鸣声。

〔15〕拨:拨弦的工具。当心画:用拨在琵琶中心划过四弦。裂帛:撕裂丝织品。

〔16〕沉吟:欲语迟疑的样子。

〔17〕虾蟆陵:在长安东南,附近是歌女的聚居地。

〔18〕秋娘:唐代歌妓的通称。

〔19〕缠头:赠送歌妓的贵重丝织品。绡:生丝织的绸子。

〔20〕钿头银篦:镶嵌花钿饰物的发篦。

〔21〕颜色故:姿色衰老。

〔22〕浮梁:今江西景德镇。当时为茶叶集散地。

〔23〕唧唧:叹息声。

〔24〕丝:指弦乐器。竹:指管乐器。

〔25〕苦竹:竹的一种。

〔26〕杜鹃:子规鸟,其声凄厉,易动人哀思。

〔27〕独倾:独自酌酒。

〔28〕呕哑嘲哳:形容杂乱细碎的声音。

〔29〕翻作:按曲调写成歌词。

〔30〕促弦:把弦拧紧。

〔31〕江州司马:作者自指。青衫:唐时最低官职的服色。

解析

《琵琶行》与《长恨歌》一样,也是白居易长篇歌行的代表作,在社会上广为传诵,以至于唐宣宗皇帝在白居易的悼诗中写道:"童子解吟长恨曲,胡儿能唱琵琶篇。"《琵琶行》"序"明言,诗中所写是诗人的一段亲身经历(也有研究者认为出自虚构)。诗分四段:开首八句叙事,由琵琶声引出琵琶女;"寻声暗问弹者谁"以下三十句,写琵琶女的演奏;"沉吟放拨插弦中"以下二十四句,琵琶女自述身世;"我闻琵琶已叹息"至篇末诗人抒发感慨。诗中最精彩处是对音乐的描写,其艺术手法可归纳为两点:一是用一连串精妙而贴切的比喻,将乐声转化为可感的文字,如"大弦嘈嘈如急雨,小弦切切如私语。嘈嘈切切错杂弹,大珠小珠落玉盘""银瓶乍破水浆迸,铁骑突出刀枪鸣。曲终收拨当心画,四弦一声如裂帛";二是通过听者反应来显示音乐的感人力量,如"东船西舫悄无言,惟见江心秋月白""凄凄不似向前声,满座重闻皆掩泣"。诗中多有名句,如"千呼万唤始出来,犹抱琵琶半遮面""此时无声胜有声""相逢何必曾相识"等,都已化为成语,为丰富汉语词汇作出了独特贡献。

诗坛佳话

只笔御扶桑:白居易是现实主义巨擘,他用一支笔征服了扶桑(唐时称日本)。他还在世时,其诗就传入扶桑,引发追捧狂潮。因诗集稀缺,居然有官员因进献白诗而获提拔。嵯峨天皇把《白氏文集》当作宝贝,视为"枕秘"(枕头底下的秘密宝物),爱不释手。在宫中专门设立侍读官开讲《白氏文集》。文人创作也受其影响,日本古典文学史上的巅峰之作《源氏物语》在引用白诗时能够恰到好处,与文意贴合自然。通俗易懂、贴近生活的白诗拨动了当时日本各阶层民众的心弦,以至于有文人对白居易朝思暮想,在梦中与他相遇:"系情长望遐方月,如梦终踰万里波。"

李商隐

李商隐(约813—858),字义山,号玉溪生,又号樊南生,原籍怀州河内(今河南沁阳),祖迁居荥阳(今属河南)。少习骈文,游于幕府,又学道于济源玉阳山。开成年间进士及第,曾任秘书省校书郎,调弘农尉。宣宗朝先后入桂州、徐州、梓州幕府。复任盐铁推官。一生在牛李党争的夹缝中求生存,备受排挤,潦倒终身。晚年闲居郑州,病逝。其诗多抨击时政,不满藩镇割据、宦官擅权。以律绝见长,意境深邃,富于文采,独具特色。为晚唐杰出诗人。

韩　碑[1]

元和天子神武姿,　彼何人哉轩与羲。[2]
誓将上雪列圣耻,　坐法宫中朝四夷。[3]
淮西有贼五十载,　封狼生貙貙生罴。[4]
不据山河据平地,　长戈利矛日可麾。[5]
帝得圣相相曰度,　贼斫不死神扶持。
腰悬相印作都统,　阴风惨淡天王旗。
愬武古通作牙爪,　仪曹外郎载笔随。[6]
行军司马智且勇,　十四万众犹虎貔。[7]
入蔡缚贼献太庙,　功无与让恩不訾。[8]
帝曰汝度功第一,　汝从事愈宜为辞。[9]
愈拜稽首蹈且舞,[10]金石刻画臣能为。

古者世称大手笔，　此事不系于职司。
当仁自古有不让，　言讫屡颔天子颐。
公退斋戒坐小阁，[11]濡染大笔何淋漓。
点窜尧典舜典字，　涂改清庙生民诗。
文成破体书在纸，　清晨再拜铺丹墀。[12]
表曰臣愈昧死上，　咏神圣功书之碑。
碑高三丈字如斗，　负以灵鳌蟠以螭。[13]
句奇语重喻者少，　谗之天子言其私。
长绳百尺拽碑倒，　粗沙大石相磨治。
公之斯文若元气，[14]先时已入人肝脾。
汤盘孔鼎有述作，[15]今无其器存其辞。
呜呼圣王及圣相，　相与烜赫流淳熙。[16]
公之斯文不示后，　曷与三五相攀追！[17]
愿书万本诵万遍，　口角流沫右手胝。[18]
传之七十有二代，　以为封禅玉检明堂基。[19]

注释

〔1〕韩碑：指韩愈所撰《平淮西碑》。碑文记载唐宪宗元和十二年（817）宰相裴度率军讨平淮西藩镇吴元济叛军事。

〔2〕元和天子：指唐宪宗李纯。轩：轩辕氏，即黄帝。羲：伏羲氏，传说中的上古圣王。

〔3〕列圣：指宪宗之前诸帝。法宫：皇宫内皇帝主治政事的正殿。

〔4〕封狼：大狼。貙（chū出）：兽名。

〔5〕日可麾：谓挥日倒行，气焰嚣张。麾，同"挥"。

〔6〕愬：指李愬，唐邓随节度使。武：韩公武，淮西都统韩弘之子。古：李道古，鄂岳观察使。通：李文通，寿州团练使。仪曹外郎：指随裴度出征的李宗闵，任掌书记。

〔7〕行军司马：指韩愈。当时愈以御史中丞随军出征，充行军司马。貔：貔貅，传说中的猛兽。

〔8〕蔡：蔡州。贼：指吴元济。不訾：不可计量。

127

〔9〕从事:官名,刺史的佐吏。

〔10〕稽首:叩头。

〔11〕公:指韩愈。斋戒:祭祀前虔敬的仪式,喻写碑态度恭敬。

〔12〕破体:行书的变体。丹墀:宫内涂红漆的台阶。

〔13〕负以灵鳌:用鳌形基石负载韩碑。蟠以螭:以螭(无角龙)形花纹盘绕碑侧。

〔14〕斯文:此文。指韩愈所作碑文。

〔15〕汤盘:传为商汤沐浴之盆。孔鼎:指孔子先世正考父之鼎。鼎上有铭文。

〔16〕淳熙:淳正,光明。

〔17〕曷:怎能。三五:指上古三皇五帝。

〔18〕胝:手脚上的茧。

〔19〕封禅:古代帝王宣扬功业的一种隆重祭典。玉检:盛封禅书的玉盒盖。明堂基:大殿的基础。

解析

　　这是一首咏史诗,作于唐宣宗大中二年(848),所咏之事发生在三十年前的唐宪宗元和十二年(817),所以实际上兼有写时事的性质。诗分三段:先以十八句记述宪宗皇帝平定淮西贼(即割据的藩镇),受命都统大军的是宰相裴度。"帝曰汝度功第一"以下二十六句,记述"韩碑"始末:韩愈受皇帝之命撰成《平淮西碑》文,记载裴度的功劳,"碑高三丈字如斗,负以灵鳌蟠以螭"的"韩碑"树立起来后,却遭到谗言攻击,说碑文中有"私"情,于是碑被拽倒,字被磨去。然而碑上文字已经深入人心,就像"汤盘孔鼎"一样,器物虽然不存,但文辞却流传后世。"呜呼圣王及圣相"以下八句,是诗人的感慨,希望"韩碑"文字流传不朽,以巩固王朝的根基。此诗反映了诗人的政治观,即"圣王""圣相"是治理国家的根本,这是符合中国封建社会实际的。

乐　府

高　适

高适(约700—765),字达夫,渤海蓨(今河北景县)人。少孤贫,潦倒失意,长期客居梁宋,以耕钓为业。又北游燕赵,南下寓于淇上。后中有道科,授封丘尉。后弃官入陇右节度使哥舒翰幕府掌书记。安史之乱,升侍御史,拜谏议大夫。肃宗朝历官御史大夫、扬州长史、淮南节度使,又任彭州、蜀州刺史,转成都尹、剑南西川节度使。后为散骑常侍,封渤海县侯,病逝。其诗以写军旅生活最具特色,粗犷豪放,遒劲有力,是边塞诗派的代表之一,与岑参齐名,世称"高岑"。

燕 歌 行[1] 并序

开元二十六年,[2]客有从元戎出塞而还者,[3]作《燕歌行》以示适。感征戍之事,因而和焉。[4]

汉家烟尘在东北,[5]汉将辞家破残贼。
男儿本是重横行,　天子非常赐颜色。[6]
摐金伐鼓下榆关,　旌旗逶迤碣石间。[7]
校尉羽书飞瀚海,　单于猎火照狼山。[8]
山川萧条极边土,　胡骑凭陵杂风雨。[9]
战士军前半死生,　美人帐下犹歌舞。

大漠穷秋塞草衰，[10]孤城落日斗兵稀。
身当恩遇常轻敌，　力尽关山未解围。
铁衣远戍辛勤久，　玉箸应啼别离后。[11]
少妇城南欲断肠，　征人蓟北空回首。[12]
边风飘飘那可度，　绝域苍茫更何有！[13]
杀气三时作阵云，　寒声一夜传刁斗。[14]
相看白刃血纷纷，　死节从来岂顾勋？
君不见沙场争战苦，至今犹忆李将军！[15]

注释

〔1〕燕歌行:乐府旧题,多用来描写北方边地征戍之事和征人思妇的离情别绪。

〔2〕开元二十六年:公元738年。

〔3〕元戎:主帅。

〔4〕和:以诗酬答。

〔5〕汉家:借指唐朝。烟尘:边塞的烽烟和战尘,此指战争警报。

〔6〕赐颜色:给面子。

〔7〕摐:击,打。金:似铃,行军时用来节止步伐。榆关:山海关。在今河北秦皇岛。逶迤:形容军队在山上曲折行进。碣石:山名,在今河北昌黎之东。

〔8〕校尉:低于将军的武官,指边塞部队长官。羽书:紧急军情文书。瀚海:指大沙漠。单于:古代匈奴首领的称号。狼山:即狼居胥山,在今内蒙古境内。

〔9〕极边土:边境的尽头。凭陵:来势凶猛。

〔10〕穷秋:秋末,深秋。

〔11〕铁衣:铁甲,指远戍的士兵。玉箸:喻妇女的眼泪。

〔12〕蓟北:今天津蓟州区,这里泛指东北边地。

〔13〕绝域:极远的边地。更何有:什么也没有,极言其荒凉。

〔14〕三时:指早、中、晚。刁斗:古代军中煮饭和打更用的铜锅。

〔15〕李将军:指汉代名将李广。据《史记》载,李广爱护士兵,作战勇敢,屡立战功。

解析

　　《燕歌行》是乐府旧题，在《乐府诗集》中属《相和歌辞·平调曲》。"燕"是古代北方边地，征戍不断，所以这个题目大多用来描写北方边地征戍之事和征人思妇的离情别绪。作者曾两次漫游、从军出使幽燕，往来于北方边陲，对唐代开元年间(713—741)边塞战争生活比较熟悉，因而能够真实地写出错综复杂的矛盾。本篇既描写了战斗的艰苦激烈，士卒的英勇献身，思妇征人的离愁别绪，也揭露了边将骄奢腐化，轻敌松懈，不恤士卒的昏庸堕落。但这些内容都统一在浴血奋战、誓死保卫祖国边疆的崇高主题中。因此，不宜将这篇内容十分丰富、复杂的长诗笼统地说成反战诗。本篇语言圆润流畅，大量运用对偶句式，从不同角度将前线与后方联系在一起，将军与士卒、征人与思妇的生活、思想、感情无不展现在这一跳跃幅度巨大的画面上。无论是刀光剑影的白刃战，美人歌舞的帐下景，还是两地相思的心头恨，时而苍茫悲壮，时而苍劲愤慨，时而缠绵凄婉，在有声有色的形象描绘中，显示出跌宕有致的节奏旋律，笔法灵活多变，寓意深沉有力，堪称盛唐边塞诗中的力作。

诗坛佳话

　　诗坛封侯第一人：年少孤贫的高适携游侠之气漫游梁宋、燕赵等地，这样的经历造就了他豪爽正直的个性。在他授封丘尉后，虽因不忍"鞭笞黎庶"和不甘"拜迎官长"而辞官，但一腔热血仍然激发他为建业而奋斗。安史之乱后，他转任多处官职，直至"渤海县侯"，是唐代诗坛封侯第一人。他的诗直抒胸臆，豪气逼人。同样是送别，他没有在渡口迷津的一唱三叹，而是高歌"莫愁前路无知己，天下谁人不识君"。在亲赴疆场之后，他用"纷纷猎秋草，相向角弓鸣"展现了在大漠穷秋之上的军士冲锋之景。他的笔下，边塞苍茫而不凄凉，送别荒渺而不凄切。他为盛唐的诗坛贡献了别样的风景。

李颀

古从军行

白日登山望烽火,黄昏饮马傍交河。[1]
行人刁斗风沙暗,公主琵琶幽怨多。[2]
野营万里无城郭,雨雪纷纷连大漠。
胡雁哀鸣夜夜飞,胡儿眼泪双双落。
闻道玉门犹被遮,应将性命逐轻车。[3]
年年战骨埋荒外,空见蒲萄入汉家。[4]

注释

〔1〕交河:在今新疆吐鲁番西北。

〔2〕刁斗:古代军中煮饭和打更用的铜锅。公主琵琶:据载,汉武帝时,乌孙国王向汉朝求婚,武帝把江都王的女儿封为公主,嫁给乌孙王。出嫁途中,公主令人在马上弹奏琵琶,以抒思乡之情。

〔3〕遮:阻拦。逐:追随。轻车:战车,此指军队主将。

〔4〕蒲萄:即葡萄。汉代自西域传入中原。

解析

唐玄宗天宝年间,朝廷连年对吐蕃用兵,牺牲惨重。这首诗用"以汉喻唐"的写法表达反战观点,具有进步的思想意义。诗中充满阴冷惨愁的气氛,这是战争在人们心头布下的阴影。"胡雁哀鸣夜夜飞,胡儿眼泪双双落"两句,从敌方着眼来写战争的苦难,最值得肯定,因为战争这个人类社会的怪物本来就是制造牺牲和灾难的,敌、我双方的牺牲者都应该得到同情。诗的最后四句直接发表评论:玉门被遮,意味着朝廷要延续战争,将士们没有退路,只得豁出性命去拼杀。可悲的是,战争中牺牲了那么多生命,换来的不过是"蒲萄入汉家"这样的胜利果实,这个果实的受益者实际上只是皇家而已。诗的结句用了一个"空"字,叹惋中包含了冷峻的批判。

王　维

洛阳女儿行[1]

洛阳女儿对门居，　才可容颜十五馀。[2]
良人玉勒乘骢马，　侍女金盘脍鲤鱼。[3]
画阁朱楼尽相望，　红桃绿柳垂泪向。
罗帷送上七香车，　宝扇迎归九华帐。[4]
狂夫富贵在青春，　意气骄奢剧季伦。[5]
自怜碧玉亲教舞，[6]不惜珊瑚持与人。
春窗曙灭九微火，　九微片片飞花琐。[7]
戏罢曾无理曲时，　妆成只是薰香坐。
城中相识尽繁华，　日夜经过赵李家。[8]
谁怜越女颜如玉，[9]贫贱江头自浣纱。

注释

〔1〕洛阳女儿行：乐府古题。

〔2〕才可：恰好，刚够。

〔3〕良人：古代妻子对丈夫的尊称。骢马：毛色黑白相间的良马。脍鲤鱼：细切的鲤鱼片。

〔4〕罗帷：丝织的帐幕。七香车：华贵的车子。九华帐：绣有华丽图案的彩帐。

〔5〕狂夫：犹言拙夫，古代妇女自称丈夫的谦辞。剧：胜于。季伦：晋石崇字季伦，家甚富豪。

〔6〕碧玉:指洛阳女儿。

〔7〕九微:灯名。花琐:指雕花的窗格。

〔8〕赵李家:汉代国戚,此泛指达官贵人之家。

〔9〕越女:原指春秋时越国美女西施,此处泛指贫贱的浣纱女。

解析

　　这是一首典型的七言歌行,四句成一小节,每节换韵,平声韵与仄声韵交替使用,读来十分上口。诗歌用华美的语言,极力铺排"洛阳女儿"的荣华富贵。她有"良人"相伴,有侍女伺候;她住在"画阁朱楼",楼下是"红桃绿柳"的美景;她出门有七香车,入门有九华帐。她的丈夫富贵骄奢,又十分爱怜她,亲自教她歌舞,并且随手把珍贵的珊瑚赐给舞女们。这个富贵人家每晚都要寻欢作乐,直到曙光照上窗户才熄灭灯火。生活在如此优越的家庭,"洛阳女儿"整日闲暇无事,梳妆打扮了只是拥着熏香炉而坐,打发时光。有时出门走动,她的交际圈子也全是繁华富贵之家。诗的最后两句兜转:"谁怜越女颜如玉,贫贱江头自浣纱。"越女与洛阳女儿形成鲜明对比,也揭破了诗的用意:越女代表有才华的读书人,他们处于低层,得不到施展的机会。这首诗应该作于诗人尚未出仕的时候。王维集此诗题下注:"时年十八。"诗作可能反映了青年诗人对人生富贵的向往。

老 将 行

少年十五二十时，　步行夺得胡马骑。
射杀山中白额虎，　肯数邺下黄须儿?[1]
一身转战三千里，　一剑曾当百万师。
汉兵奋迅如霹雳，　虏骑奔腾畏蒺藜。[2]
卫青不败由天幸，　李广无功缘数奇。[3]
自从弃置便衰朽，　世事蹉跎成白首。[4]

昔时飞箭无全目， 今日垂杨生左肘。[5]
路旁时卖故侯瓜， 门前学种先生柳。[6]
苍茫古木连穷巷， 寥落寒山对虚牖。[7]
誓令疏勒出飞泉， 不似颍川空使酒。[8]
贺兰山下阵如云， 羽檄交驰日夕闻。[9]
节使三河募年少， 诏书五道出将军。[10]
试拂铁衣如雪色， 聊持宝剑动星文。[11]
愿得燕弓射大将， 耻令越甲鸣吾君。[12]
莫嫌旧日云中守，[13] 犹堪一战立功勋。

注释

〔1〕肯数:岂肯只推许。邺下:曹操为魏王时都邺。故城在河北临漳北。黄须儿:曹彰。曹操第二子,须黄色,性刚猛。

〔2〕房骑:对敌人骑兵的蔑称。蒺藜:行军障碍物,用木或金属制成。

〔3〕卫青:汉名将。以征伐匈奴有功,官至大将军。由天幸:卫青曾先后六次出击匈奴,从未失败,如有天助。李广:汉名将,与匈奴大小七十馀战,匈奴畏而呼之为"飞将军"。数奇:命运不好。李广与匈奴作战功勋卓著,却终未封侯,最后还因失道后至被处分而自杀。

〔4〕蹉跎:喻失足或失时。

〔5〕垂杨生左肘:谓久不见用,武功都生疏了。典出《庄子·至乐》。

〔6〕故侯瓜:汉邵平秦时为东陵侯,秦亡沦为布衣,种瓜于长安东,瓜美,世称"东陵瓜"。先生柳:晋代诗人陶渊明作《五柳先生传》,表达自己超世的情怀。

〔7〕穷巷:深僻的里巷。虚牖:空寂的窗。

〔8〕疏勒出飞泉:汉耿恭戍守疏勒(今属新疆),匈奴阻绝涧水。耿恭于城中穿井十五丈而水不可得。恭仰天长叹,向井拜祷,泉水涌出。颍川空使酒:汉灌夫,颍川人,为人刚直,因借酒使性,于武安侯座上骂临川侯,罪至族。

〔9〕贺兰山:在今宁夏西北与内蒙古交界处。羽檄:上插羽毛的军中文书,插羽表示紧急。

〔10〕三河:指今河南洛阳黄河南北一带。五道出将军:将军分五路出兵。

〔11〕铁衣:用铁片连缀成的护身铠甲。星文:指古宝剑上的七星图文。

〔12〕燕弓:燕地产的弓,以坚劲著称。越甲鸣吾君:谓以君主烦忧或受惊扰为耻。典出《说苑·立节篇》。

〔13〕云中守:汉魏尚曾为云中(今内蒙古托克托)守,匈奴惧之,因小有错失,即被革职不用。后由冯唐力荐,才从新获得任用。

解析

这是一首代言体的诗,诗人把自己化为"老将",通篇用老将的口吻写成。诗分三段:开头十句,老将回忆当年之勇,"卫青不败由天幸,李广无功缘数奇"二句揭露了朝廷中的不公:卫青代表那些受到恩宠的幸运者,李广则代表被埋没被压抑的不幸者。"自从弃置便衰朽"以下十句,写老将被弃后的寂寞状况,但他并不消极,仍然怀有"誓令疏勒出飞泉,不似颍川空使酒"的雄心。"贺兰山下阵如云"十句,边境又发生战事,老将摩拳擦掌,期待着被朝廷起用,"莫嫌旧日云中守,犹堪一战立功勋",真可谓老当益壮,宝刀不老。诗歌反映了一种社会现象,但主要是张扬一种在逆境中积极向上的精神。诗中用了许多对偶句,这是七言歌行受到律诗影响的结果。

桃 源 行

渔舟逐水爱山春, 两岸桃花夹古津。[1]
坐看红树不知远, 行尽青溪忽值人。
山口潜行始隈隩, 山开旷望旋平陆。[2]
遥看一处攒云树,[3] 近入千家散花竹。
樵客初传汉姓名, 居人未改秦衣服。
居人共住武陵源, 还从物外起田园。[4]
月明松下房栊静,[5] 日出云中鸡犬喧。
惊闻俗客争来集, 竞引还家问都邑。[6]

平明闾巷扫花开,[7] 薄暮渔樵乘水入。
初因避地去人间, 更问神仙遂不还。
峡里谁知有人事, 世中遥望空云山。
不疑灵境难闻见,[8] 尘心未尽思乡县。
出洞无论隔山水, 辞家终拟长游衍。[9]
自谓经过旧不迷, 安知峰壑今来变!
当时只记入山深, 青溪几度到云林。
春来遍是桃花水,[10] 不辨仙源何处寻!

注释

〔1〕逐水:言沿水而行。古津:古渡口。

〔2〕隈隩:曲折幽深的山坳溪岸。旷望:视野开阔。旋:随即。

〔3〕攒云树:树木丛集,掩映在云中。

〔4〕武陵源:即桃花源。陶渊明《桃花源记》所拟设的理想世界。武陵郡治(今湖南桃源)有桃源,传即为《桃花源记》所写之处。物外:世外。

〔5〕房栊:窗棂。这里泛指房屋。

〔6〕俗客:指武陵渔人。都邑:国都城邑。代指朝政世事。

〔7〕平明:犹黎明。闾巷:里巷,乡里。扫花:打扫花径,以示对来客的欢迎。开:开门。

〔8〕灵境:犹仙境。这里指桃花源。

〔9〕游衍:从容恣意地游逛。

〔10〕桃花水:谓桃花开时化冰下雨交汇的春水。

解析

东晋诗人陶渊明作有《桃花源诗并记》,创造了一个与现实世界隔绝的"桃花源",其"记"后来作为一篇散文独立流传,就是著名的《桃花源记》。王维这首诗完全是《桃花源记》的拟作,欲读懂此诗,必须参读陶渊明原作。王维文集中,此诗题下注:"时年十九。"青年诗人可能是读书有感,对陶文极其喜爱,情不自禁地写了这首诗来复制前人创造的理想与艺术之美。诗的前二十二句,复述《桃花源记》内容,但将散文转化为诗,更增加了美感。诗中连续使用对偶句,尽情铺排桃花源中美境。"不疑灵境难闻见"以下十句,也是根据原文写成,但做了一定程度的改写,写了渔人因"尘心未尽思乡县"而归返,又写了他"辞家终拟长游衍"的心意,但却再也找不到仙境一样的桃花源了!人类社会充满矛盾与纷争,所以,桃花源始终是人们的美好向往。

李 白

蜀 道 难

噫吁嚱，危乎高哉！蜀道之难难于上青天。[1]蚕丛、鱼凫，开国何茫然？[2]尔来四万八千岁，[3]不与秦塞通人烟。西当太白有鸟道，可以横绝峨眉巅。[4]地崩山摧壮士死，然后天梯石栈方钩连。[5]上有六龙回日之高标，下有冲波逆折之回川。[6]黄鹤之飞尚不得过，猿猱欲度愁攀援。[7]青泥何盘盘，百步九折萦岩峦。[8]扪参历井仰胁息，以手抚膺坐长叹。[9]问君西游何时还，畏途巉岩不可攀。[10]但见悲鸟号古木，雄飞雌从绕林间。又闻子规啼夜月，[11]愁空山。蜀道之难难于上青天，使人听此凋朱颜。[12]连峰去天不盈尺，枯松倒挂倚绝壁。飞湍瀑流争喧豗，砯崖转石万壑雷。[13]其险也若此，嗟尔远道之人胡为乎来哉？剑阁峥嵘而崔嵬，[14]一夫当关，万夫莫开。所守或匪亲，化为狼与豺。朝避猛虎，夕避长蛇。磨牙吮血，杀人如麻。锦城虽云乐，[15]不如早还家。蜀道之难难于上青天，侧身西望长咨嗟！[16]

注释

〔1〕噫吁嚱：蜀人的惊叹声。蜀道：指由秦入蜀的道路。

〔2〕蚕丛、鱼凫：皆传说中的蜀王名。茫然：杳渺难寻。

〔3〕尔来：自那时起。指蜀开国以来。

〔4〕太白：秦岭主峰，在今陕西太白。鸟道：言山道险峻，只有飞鸟才能穿越。横绝：横渡，横越。

〔5〕"地崩"句:据《华阳国志》,蜀有五丁壮士,一日山崩同被压杀。石栈:栈道。在山崖凿石架木建成的通道。

〔6〕六龙:神话传说,日神所乘车驾以六龙。回日:使日神回车。高标:高耸的山峰。回川:曲折回旋的河流。

〔7〕猿猱:泛指猿类。

〔8〕青泥:指青泥岭。在陕西略阳西北。盘盘:山路盘旋迂曲的样子。萦岩峦:在山岩峰峦间萦绕。

〔9〕扪参历井:参、井皆星宿名,此形容山势高险,人在山上可以抚摸星辰。胁息:敛气屏息。抚膺:抚胸。

〔10〕西游:蜀在秦的西南,因称入蜀为西游。巉岩:险峻的山岩。

〔11〕子规:即杜鹃,传为蜀帝杜宇魂魄所化。

〔12〕此:代指杜鹃鸟的悲鸣。凋朱颜:使青春的容颜衰老。

〔13〕喧豗(huī 灰):形容轰响的水声。砯(pīng 乒):水击岩石的声音。

〔14〕峥嵘而崔嵬:形容高峻奇险。

〔15〕锦城:锦官城。今四川成都。

〔16〕咨嗟:叹息。

解析

《蜀道难》,乐府《相和歌辞·瑟调曲》名,歌词内容多写入蜀(今四川)道路的艰难。本诗描写由秦(今陕西)入蜀道路的崎岖和蜀地形势的险要。诗人运用浪漫主义的夸张手法,围绕"高""危"二字,淋漓尽致地描写了"蜀道之难难于上青天"的情景,意境雄奇,气势磅礴,音调激越而富于变化,令人一唱三叹。又于写景中融进远古神话传说,更添神奇幽谧的气氛,令人在充分领略奇险壮美的山川风物的同时,惊叹古代劳动人民征服自然的悲壮历程,具有很高的艺术性,为李白的代表作之一。

一开始诗人就把我们带入渺茫难寻的远古世界,通过蚕丛、鱼凫开国的历史传说,五丁力士拽蛇山崩的神话,写出蜀道天梯石栈,鬼斧神工,无比神奇。接下去的具体描写,极尽夸张、想象之能事,说山高则"六龙回日",连善飞、善攀的黄鹤和猿猱都过不去、攀不上。至于悬崖万仞、云雨泥淖、峰回路转、百步九折,则更令人屏气息胁,抚膺长叹。结尾一段除"一夫当关,万夫莫开"的夸张之外,则多用比喻,写出诗人对蜀地山川险要、易为军阀据险作乱的隐忧,诗人将叛乱分子比作"豺狼""猛虎""长蛇",不仅再一次突出了蜀道难行的主题,而且寓意警策,发人深省。总之,诗人这些夸张和想象都是出于他抒发内心强烈感情的需要,是以他豪放率真的性格为基础的,所以人们读后并不感到浮夸虚诞,只觉得不如此便不足以表现诗人炽烈的感情。

长 相 思(二首)

其 一

长相思,在长安。络纬秋啼金井阑,微霜凄凄簟色寒。[1]孤灯不明思欲绝,卷帷望月空长叹。[2]美人如花隔云端,上有青冥之高天,下有渌水之波澜。[3]天长路远魂飞苦,梦魂不到关山难。长相思,摧心肝。[4]

注释

〔1〕络纬:又名莎鸡,俗称纺织娘。金井阑:精美的水井围栏。簟色寒:谓竹席透着凉意。

〔2〕帷:指窗帘,门帘。

〔3〕青冥:形容天的高远,或代指天。渌水:清澈的水。

〔4〕摧:伤。

解析

《长相思》是乐府古题,使用同一乐府古题可以写出不同的诗,李白用《长相思》写下的就是内容差别很大的两首诗。"其一"开头就说:"长相思,在长安",可见诗是作于长安。李白一生两次到过长安,这首诗是开元十八年初入长安时所作,当年他三十岁。李白生逢唐王朝的盛世,由于时代精神的激励,加上自身条件优越,他怀有极为远大不凡的人生理想,自谓"奋其智能,愿为辅弼",就是要做宰相一类人物。为了实现这一理想,他设计了一条"一鸣惊人,一飞冲天"的途径,意欲通过干谒,惊动人主,直接跨进朝堂的中心。开元十八年初夏,李白满怀信心地来到长安,开始了干谒活动。实际情况令他大为失望,他遭到长安权贵的冷遇,根本找不到通向朝廷的路子。时令已经入秋,李白在一个晚上"卷帷望月空长叹",写下了这首乐府诗。诗中的"美人"指皇帝(唐诗中常有这种说法),美人远隔云端,中间有高天、波澜阻隔,诗人的梦魂都无法飞到那里,只有发出深重的叹息:"长相思,摧心肝!"要之,这不是一首思慕女性的作品,而是寄寓了诗人的另一种情怀。

其 二

日色欲尽花含烟,[1]月明如素愁不眠。赵瑟初停凤凰柱,蜀琴欲奏鸳鸯弦。[2]此曲有意无人传,愿随春风寄燕然,忆君迢迢隔青天。昔时横波目,今作流泪泉。不信妾肠断,归来看取明镜前。

注释

〔1〕花含烟:言暮色中花蒙水气,如在烟雾中。

〔2〕赵瑟:相传赵女善鼓瑟。沈约有《赵瑟曲》。凤凰柱:吴均诗:"赵瑟凤凰柱。"柱以附弦。蜀琴:蜀人善琴,以司马相如为著。

解析

用乐府古题写诗,叫"拟",一般要求关照原题的传统内容。《长相思》的传统主题是写男女思念之情,李白这首诗就属于"拟"作。古代最有代表性的男女相思,出现在被征戍边的男子与居家的女子之间,而且多以女子为主体。李白此诗也是以女子口气写成。诗写得很美,很符合女性的身份。开头二句,写女子夜以继日、缠绵无尽的思念。接下来四句,写女子弹琴抒发思念之情,她希望琴声能随着春风寄到边地的夫君身旁。"燕然"是北方边地的代称。结尾四句,写得非常悲苦,"横波目"是女子美丽的眼睛,因为天天啼哭,所以变成了"流泪泉"。"不信妾肠断,归来看取明镜前"是女子说给夫君听的,她对着镜子看自己哭红了的双眼,要夫君一起来看,在想象中夫君已经回到了身边!

行 路 难

金樽清酒斗十千,[1]玉盘珍馐值万钱。停杯投箸不能食,拔剑四顾心茫然。欲渡黄河冰塞川,将登太行雪满山。闲来垂钓碧溪上,忽复乘舟梦日边。行路难,行路难。多歧路,今安在?长风破浪会有时,[2]直挂云帆济沧海。

注释

〔1〕金樽:华美的酒器。斗十千:一斗酒价值万钱,极言酒的昂贵。

〔2〕长风破浪:据《宋书·宗悫传》,宗悫少,其叔父问其志,宗悫答曰:"愿乘长风破万里浪。"

解析

与《长相思》(其一)一样,这首《行路难》也是李白初入长安失意后所作。南朝刘宋时代的诗人鲍照,作有《拟行路难十八首》,李白之诗直接受到鲍照诗的影响。鲍照诗的开头是"对案不能食,拔剑击柱长叹息",李白将这两句放大成"金樽清酒斗十千,玉盘珍馐值万钱。停杯投箸不能食,拔剑四顾心茫然"四句,表现的情绪相同,都是在现实中遭遇挫折打击后,欲借酒浇愁而不得的状态。"欲渡黄河冰塞川,将登太行雪满山",比喻在现实中寸步难行,找不到出路。然而,初入长安毕竟是李白在求仕之途上的试步,虽然失败了,但诗人还年轻,对未来还抱有希望,所以,诗中峰回路转,好像做了一个好梦:"闲来垂钓碧溪上,忽复乘舟梦日边",他想到姜太公在磻溪垂钓而得到周文王赏识起用的故事,又想到伊挚将受到商汤任用时曾梦见乘船从日边经过的传说,于是对未来产生了信心。但出路到底何在？李白仍不免迷茫,所以又慨叹:"行路难,行路难。多歧路,今安在？"歧路,就是道路。诗人在急切地寻觅、呼唤中,似乎看到了光明前景,诗末发为满怀激情的豪言:"长风破浪会有时,直挂云帆济沧海!"这两句诗化作名言,给了后世之人无穷的激励和力量。

将 进 酒

君不见黄河之水天上来,奔流到海不复回。君不见高堂明镜悲白发,朝如青丝暮成雪。人生得意须尽欢,莫使金樽空对月。天生我材必有用,千金散尽还复来。烹羊宰牛且为乐,会须一饮三百杯。[1]岑夫子,丹丘生,[2]将进酒,君莫停。与君歌一曲,请君为我倾耳听。钟鼓馔玉不足贵,[3]但愿长醉不用醒。古来圣贤皆寂寞,惟有饮者留其名。陈王昔时宴平乐,[4]斗酒十千恣欢谑。主人何为言少钱,径须沽取对君酌。[5]五花马,千金裘,呼儿将出换美酒,与尔同销万古愁。[6]

注释

〔1〕会须:应当。

〔2〕岑夫子:诗人的一位隐居朋友。一说名勋。丹丘生:元丹丘,隐居不仕,与诗人交好。

〔3〕钟鼓:泛指音乐。馔玉:泛指美食。

〔4〕陈王:曹植。曹操子,曾被封为陈王。平乐:观名,故址在今河南洛阳城西。

〔5〕径须:直须,犹只管。沽取:指买酒,取字语词,无义。

〔6〕将出:拿出。

解析

李白写过许多著名的饮酒诗,《将进酒》是其首屈一指的代表作。杜甫说"李白一斗诗百篇"(《饮中八仙歌》),这首诗可能就是饮酒时所写,所以情绪极为亢奋,一落笔便爆发出惊人的想象力:"君不见,黄河之水天上来,奔流到海不复回。"接下来:"君不见,高堂明镜悲白发,朝如青丝暮成雪。"原来写黄河并不是他的本意,他是以黄河之水比喻岁月的流逝,而对岁月流逝的浩叹,正包含了无尽的人生感慨。诗从"人生得意须尽欢"开始,一波又一波地掀起饮酒的高潮,以至于圣贤都被"饮者"否定。写到结尾:"五花马,千金裘,呼儿将出换美酒,与尔同销万古愁!"诗人似已醉倒,醉后吐真言,他如此狂饮原来是要以酒销愁。"愁"以"万古"当之,论者称其为"强者之愁",我们读《将进酒》,所感受到的正是诗人精神力量的强大。诗中名句"人生得意须尽欢,莫使金樽空对月",能激发人对生活的热爱;"天生我材必有用"则能给人以自信和力量。

杜 甫

兵 车 行

车辚辚,马萧萧,行人弓箭各在腰。[1]爷娘妻子走相送,尘埃不见咸阳桥。[2]牵衣顿足拦道哭,哭声直上干云霄。[3]道旁过者问行人,行人但云点行频。[4]或从十五北防河,便至四十西营田。[5]去时里正与裹头,[6]归来头白还戍边。边庭流血成海水,武皇开边意未已。[7]君不闻汉家山东二百州,千村万落生荆杞。[8]纵有健妇把锄犁,禾生陇亩无东西。况复秦兵耐苦战,[9]被驱不异犬与鸡。长者虽有问,[10]役夫敢申恨?且如今年冬,[11]未休关西卒。县官急索租,租税从何出?信知生男恶,反是生女好。生女犹得嫁比邻,生男埋没随百草。君不见青海头,古来白骨无人收。新鬼烦冤旧鬼哭,天阴雨湿声啾啾。[12]

注释

〔1〕辚辚:车行的声音。萧萧:马鸣的声音。行人:此指征发的士兵。

〔2〕咸阳桥:故址在今咸阳南。

〔3〕干:犹冲。

〔4〕点行:按名册强征服役。

〔5〕四十:与上"十五"皆指年龄。营田:即屯田。利用士兵耕种,以供军饷。

〔6〕里正:里长。古时乡官。与裹头:言其以巾束发。言征人年少。

〔7〕武皇:汉武帝刘彻。此借指唐玄宗。

〔8〕山东:指华山以东地区。二百州:犹言众多州县。二百是约数。荆杞:野生灌

木。言田园荒芜。

〔9〕秦兵:与下"关西卒"皆指关中征发的士卒。

〔10〕长者:征夫对诗人的尊称。

〔11〕且如:就像。

〔12〕啾啾:象声词。状凄切尖细的鬼哭声。

解析

　　杜甫关心时政,多写政治诗加以干预。天宝年间,玄宗多次发动对吐蕃的战争,连年用兵,士卒牺牲无数,《兵车行》就是缘此而发,对朝廷的黩武政策进行批判。诗中先写征兵场面,"行人"与"爷娘妻子"生离死别,哭声震天,引起"道旁过者"实即诗人的强烈关注。从"或从十五北防河"开始直至终篇,都是通过"行人"之口,诉说无休止的战争给百姓带来的巨大灾难、对农业生产造成的巨大破坏,以致颠覆了人们生男生女的传统观念。"边庭流血成海水,武皇开边意未已"二句,矛头直指皇帝,使我们不能不钦佩诗人的胆量!"县官急索租,租税从何出"二句,矛头所指也是最高统治者,县官即朝廷;这两句与"禾生陇亩无东西"联系起来,揭露了朝廷不恤民命的凶残面目。这首诗如同一篇纪实的新闻特写,充分显示了杜诗反映现实的巨大力量。

丽 人 行

　　三月三日天气新,长安水边多丽人。[1]态浓意远淑且贞,肌理细腻骨肉匀。[2]绣罗衣裳照暮春,蹙金孔雀银麒麟。[3]头上何所有?翠为㔩叶垂鬓唇。[4]背后何所见?珠压腰衱稳称身。[5]就中云幕椒房亲,赐名大国虢与秦。[6]紫驼之峰出翠釜,水精之盘行素鳞。[7]犀箸厌饫久未下,鸾刀缕切空纷纶。[8]黄门飞鞚不动尘,御厨络绎送八珍。[9]箫管哀吟感鬼神,宾从杂遝实要津。[10]后来鞍马何逡巡,当轩下马入锦茵。[11]杨花雪落覆白蘋,青鸟飞去衔红巾。[12]炙手可热势绝伦,慎莫近前丞相嗔。

注释

〔1〕三月三：上巳节。古俗以是日洁于水以祓除不祥。水边：指长安东南曲江边。丽人：这里指出游的贵妇人。

〔2〕态浓意远：姿色浓艳，神情高雅。骨肉匀：身材匀称，胖瘦适中。

〔3〕蹙：刺绣的一种，绣时抬紧线使紧密匀贴。

〔4〕翠为：用翡翠做成。一作"翠微"。匐(è厄)叶：古代妇女发髻上的花饰。鬓唇：鬓角边。

〔5〕腰衱：裙带。

〔6〕就中：其中。云幕：轻柔如云的帐幕。椒房：以花椒子和泥涂壁的房屋。后妃所居。虢与秦：杨贵妃两个姐姐的封号。

〔7〕紫驼：单峰骆驼，出西域。翠釜：华美的鼎锅。水精：水晶。行：排列着。素鳞：洁白的鱼片。

〔8〕犀箸：用犀牛角制成的筷子。厌饫：吃饱，吃腻。鸾刀：环上饰有小铃的刀，割肉时用。缕切：细切。空纷纶：白白忙碌一场。

〔9〕黄门：指宦官，太监。飞鞚：策马飞奔。八珍：泛指精美的饮食。

〔10〕哀吟：谓曲调缠绵婉转。宾从：宾客和随从。杂遝：纷乱众多的样子。

〔11〕后来鞍马：最后骑马来的人。指杨国忠。逶巡：急速的样子。锦茵：锦绣地毯。

〔12〕杨花雪落：此暗示杨国忠与虢国夫人堂兄妹淫乱事。暗用杨华魏太后事，见《梁书》。青鸟：传说中的神鸟，后用作信使的代称。红巾：红色巾帕，妇人所用。此亦隐示杨国忠与虢国夫人事。

解析

此诗针对朝廷中炙手可热的杨氏兄妹而发，其实锋芒也指向了玄宗皇帝，是一首政治讽刺诗。天宝年间，杨玉环得宠，被封贵妃；其姊三人被封为韩国夫人、虢国夫人、秦国夫人。天宝十一载十一月，其从兄杨国忠封为右丞相，在朝权倾一时。杜甫此诗作于天宝十二载春，诗歌抓住三月三日上巳节长安曲江游乐的典型场景，用"赋"法铺陈"丽人"：先写意态骨肉，再写穿着打扮，再写美食八珍，再写音乐宾从，无不极尽豪华奢侈之能事。接下来，杨国忠登场。"杨花雪落覆白蘋"二句，将杨氏兄妹间有乱伦之事的风闻采入诗中而略无顾忌。以上全是冷眼旁观式的客观描写。结尾处,本来一言不发的诗人忽然开口说话:"炙手可热势绝伦,慎莫近前丞相嗔",大概有个人想凑上去看热闹,诗人劝阻他不可近前,以免惹祸,这也反照出了杨国忠的可憎。

哀江头

少陵野老吞声哭,　春日潜行曲江曲。[1]
江头宫殿锁千门,　细柳新蒲为谁绿?
忆昔霓旌下南苑,[2]苑中万物生颜色。
昭阳殿里第一人,[3]同辇随君侍君侧。
辇前才人带弓箭,[4]白马嚼啮黄金勒。
翻身向天仰射云,　一笑正坠双飞翼。
明眸皓齿今何在?　血污游魂归不得。
清渭东流剑阁深,　去住彼此无消息。
人生有情泪沾臆,[5]江草江花岂终极?
黄昏胡骑尘满城,[6]欲往城南望城北。

注释

〔1〕少陵野老:诗人杜甫自称。曲江:苑名。即曲江池,在今陕西西安东南。

〔2〕霓旌:帝王仪仗中的五色羽毛旗。南苑:即芙蓉苑,故址在今陕西西安东南。

〔3〕昭阳殿:汉宫殿名,赵飞燕所居。

〔4〕才人:宫中女官名。

〔5〕臆:胸。

〔6〕胡骑:胡人骑兵,指安禄山的军队。

解析

　　唐玄宗天宝十四载(755)冬爆发的"安史之乱",使唐王朝的盛世戛然中断。唐肃宗至德元载(756)六月,长安沦陷。此前玄宗已到成都避难,杨贵妃在兵变中死于马嵬坡。至德二载春天,被困于长安的诗人杜甫又来到曲江,诗题中的"江头",指曲江之滨,也就是上首诗所说的"长安水边"。地点依旧,人事全非。诗用"少陵野老"即第一人称写成,见证了战乱造成的沧桑巨变。开头四句写景,引发"忆昔"以下八句对曲江旧事的回忆。"明眸皓齿今何在"句陡然转折,杨贵妃的美丽形象变成了"血污游魂归不得",历史真是无情!诗末四句是诗人的抒情与评论:"人生有情泪沾臆"是为国家的不幸而悲伤,"江草江花岂终极"是感慨于自然界永恒而人世变化不测。"黄昏胡骑尘满城"是沦陷区实景;"欲往城南望城北",是诗人在回归城南住处的途中,向着北方遥望,因为战乱中肃宗皇帝于灵武(今宁夏吴忠)即位,灵武正在长安的北方。国家有难时,诗人的心总是向着朝廷。

哀 王 孙

长安城头头白乌,　　夜飞延秋门上呼。[1]
又向人家啄大屋,　　屋底达官走避胡。[2]
金鞭折断九马死,　　骨肉不得同驰驱。[3]
腰下宝玦青珊瑚,[4]　可怜王孙泣路隅。
问之不肯道姓名,　　但道困苦乞为奴。[5]
已经百日窜荆棘,　　身上无有完肌肤。
高帝子孙尽隆准,[6]　龙种自与常人殊。
豺狼在邑龙在野,[7]　王孙善保千金躯。
不敢长语临交衢,　　且为王孙立斯须。[8]
昨夜东风吹血腥,　　东来橐驼满旧都。[9]
朔方健儿好身手,　　昔何勇锐今何愚!
窃闻天子已传位,　　圣德北服南单于。
花门剺面请雪耻,　　慎勿出口他人狙。[10]

哀哉王孙慎勿疏， 五陵佳气无时无。

注释

〔1〕延秋门:唐宫西城的南门。

〔2〕胡:指安禄山的军队。

〔3〕九马:汉文帝有九匹良马,后遂用以泛指良马。骨肉:喻指至亲的亲人。

〔4〕玦:环形而缺口的玉佩。

〔5〕但道:只说。

〔6〕隆准:高鼻梁。传汉高祖刘邦"隆准",有真龙天子像。

〔7〕豺狼在邑:指安禄山叛军盘踞长安。

〔8〕交衢:城外交通要道。斯须:须臾,一会儿。

〔9〕橐驼:骆驼。旧都:指长安。

〔10〕花门:山名。为回纥占领,因以为回纥的代称。剺(lí 离)面:以刀划面。回纥人习惯以此表示诚心。狙:伺察,窥伺。

解析

　　此诗也写于沦陷中的长安。与上诗不同处,在于上诗是缘曲江景色生哀,此诗则缘一位特殊人物的命运而哀。这是一位王孙,战乱中来不及逃走,流落在长安街头哭泣。王孙虽然体无完肤,但诗人见他"腰下宝玦青珊瑚",又见他相貌如"龙种",辨认出了他的身份,于是与他片时交谈。"豺狼在邑龙在野"以下,直至篇末,都是诗人说给王孙的话:一是分析形势,既有"昨夜东风吹血腥"的坏消息,又有"窃闻天子已传位"的好消息,总归是"五陵佳气无时无",前景是光明的。二是关心他的安全,嘱咐"王孙善保千金躯",又嘱咐"哀哉王孙慎勿疏"。在诗人眼中,王孙的命运是与国家命运联系在一起的,哀王孙也就是哀国家、哀朝廷,这正是诗的大义所在。

【归纳探究】

一、查询陈鸿《长恨歌传》，与白居易《长恨歌》结合起来阅读，与同学进行交流。

二、请根据白居易《琵琶行》和王维《老将行》诗歌内容，写"琵琶女印象"或"老将印象"。（200字左右）

三、白居易《琵琶行》与李颀的《听董大弹胡笳兼寄语弄房给事》均是写音乐的佳作，请说说二者各自的妙处。

四、为《桃源行》配一幅画，说说你画中的内容，找到与诗歌内容相合的诗句。

五、选择你喜欢的一首诗进行配乐朗读，并把它上传至班级读诗群，与同学们分享。

卷四　五言律诗

【导读】

　　本卷为五言律诗,选录36位诗人的80首诗。五言律诗,简称五律,属于近体诗范畴。发源于南朝齐永明时期,其雏形是沈约等创作的讲究声律、对偶的新体诗。至初唐沈佺期、宋之问时基本定型,成熟于盛唐时期。每首共八句,每句五个字,有仄起、平起两种基本形式,中间两联须对仗。五言律诗从五言古诗中继承了每句五个字、全篇两句为一组、总句数为偶数的基本特征,同时增加了对仗和平仄的规则。

　　很多人认为盛唐最能代表五律成就的是杜甫的作品。他的"随风潜入夜,润物细无声"(《春夜喜雨》)何等细腻!"吴楚东南坼,乾坤日夜浮"(《登岳阳楼》)又何等阔大!胡应麟《诗薮》中说:"唯工部诸作,气象巍峨,规模宏远,当其神来境诣,错综幻化,不可端倪。千古以还,一人而已。"其实,李白的五律创作成就也非常高。他的五律韵味天成,飘逸自然,其"月下飞天镜,云生结海楼"(《渡荆门送别》)何等神妙,"浮云游子意,落日故人情"(《送友人》)又何等缱绻!二者之外,王维的五律名篇也为人称道,他的笔下,"明月松间照,清泉石上流"(《山居秋暝》)是多么澄澈之景,"行到水穷处,坐看云起时"(《终南别业》)又是多么随性之举!盛唐五律佳作浩渺,孟浩然的《临洞庭上张丞相》《过故人庄》、王湾的《次北固山下》,都很著名。

　　当然,在初唐、中唐、晚唐,也有很多五律名篇,我们在阅读时也可体味不同时期五律诗的特点。

唐玄宗

唐玄宗(685—762),睿宗李旦之子,名隆基。始封楚王,后为临淄郡王,迁卫尉少卿潞州别驾。入朝平韦后之乱,拥立睿宗,为皇太子。继皇帝位。初任贤授能、革除弊政,发展经济,使唐朝进入全盛时期,号称"开元之治"。晚年任用权奸,沉溺声色,致有安史之乱,播迁入蜀,为肃宗所代,被尊太上皇。虽为国君,却多才多艺,善音乐,亦喜爱诗歌,所作诗多五言古体,富于文采。

经鲁祭孔子而叹之

夫子何为者? 栖栖一代中。[1]
地犹鄹氏邑, 宅即鲁王宫。[2]
叹凤嗟身否, 伤麟怨道穷。[3]
今看两楹奠,[4] 当与梦时同。

注释

〔1〕栖栖:奔走劳碌。指孔子以儒术游说诸侯。

〔2〕鄹:鲁邑,在今山东曲阜。孔子父定居于此。鲁王宫:传汉鲁共王刘馀曾坏孔子旧宅,以广其宫。

〔3〕叹凤:谓孔子感叹生不逢时。典出《论语·子罕》。否(pǐ痞):不通达,命运不好。伤麟:与"叹凤"意同。典出《孔丛子》。

〔4〕两楹:指殿堂中间。孔子曾梦坐奠于两楹之间。见《礼记·檀弓》。

解析

　　唐王朝实行儒、释、道三教并重的思想文化政策,但实际上仍是以儒家思想为主导,所以,帝王要对孔子顶礼膜拜,唐玄宗这首诗就是明证。难能的是此诗不仅表达了对孔子的敬重,而且写得颇为感人,诗题中的"叹"字就很动情。玄宗皇帝的着眼点,是孔子生前的不得志。首联用设问来概括孔子一生,得出"栖栖一代中"的结论,就是忙忙碌碌、又恓恓惶惶,一天好日子也没过过。"叹凤",是说楚国的狂人接舆遇见孔子,唱道:"凤兮凤兮,何德之衰?"把孔子比做凤,当面讽刺他,很看不上他到处奔走推行自己的政治主张的行为。"伤麟",是说孔子见到被人擒获而且受伤的麒麟,悲叹"麟也,胡为来哉!胡为来哉!"又说:"麟之至为明王,出非其时而见害,吾是以伤焉。"意思是麟的出现没遇上好时代。所以,孔子的一生就是"身否""道穷",理想不能实现,自身又遭受磨难。结尾二句,说孔子生前的梦身后终于实现,既是对孔子的告慰,也表达出祭孔时态度的虔诚。

张九龄

望月怀远

海上生明月，　天涯共此时。
情人怨遥夜，　竟夕起相思。[1]
灭烛怜光满，　披衣觉露滋。
不堪盈手赠，[2]还寝梦佳期。

注释

〔1〕竟夕：整夜。

〔2〕盈手：满握。

解析

　　当一轮明月从海上升起，诗人想到天涯四方的人们，今宵也共沐着月亮的清辉。远别的情人，更是望月相思，终宵不寐，只觉长夜漫漫，难以为情，故而生怨。在思绪万千之中，灭了红烛，凝神沉思吧，只见光华满室，更撩人爱怜的情思；披衣出户吧，又是深夜露滋，凉意袭人。徘徊骋想之际，于茫然中生发出揽月寄相思的痴情，可月光是可望而不可即的啊！因此，诗末很自然地以入梦作结：能够做一个和亲友相逢的好梦，倒也差强人意。全诗由近及远，由实到虚，写望月相思之情，曲尽情致。造语清丽，意绪绵绵，化用前人诗意，不着痕迹。

王 勃

王勃(650—676),字子安,绛州龙门(今山西河津)人。少有"神童"之称,博学多才。十五岁举幽素科,授朝散郎。后为沛王府侍读,因戏作斗英王鸡檄文,触怒高宗,斥逐出府。遂南游巴蜀,漂泊西南。返长安后,补虢州参军,因事免官,其父亦受累贬交趾令。赴交趾省亲,渡海堕水,受惊而死。善为文,与杨炯、卢照邻、骆宾王齐名,时称"四杰"。后人评其诗,亦列初唐四杰之首。所作诗清新流畅,质朴自然,是新旧诗风过渡的标志。

杜少府之任蜀川

城阙辅三秦,　风烟望五津。[1]
与君离别意,　同是宦游人。[2]
海内存知己,　天涯若比邻。
无为在歧路,[3]儿女共沾巾。

注释

〔1〕城阙:指长安的城郭宫阙。辅:卫护,屏藩。三秦:泛指当时长安附近京畿之地。五津:岷江的五大津渡。此借以指蜀地。

〔2〕宦游人:为仕宦而离家外出的人。

〔3〕歧路:岔路。指分手处。

解析

本诗是作者在长安为杜少府至蜀地赴任而作的送别诗。少府,指县尉。

南朝著名文学家江淹在《别赋》开篇称:"黯然销魂者,唯别而已矣!"古代许多送别诗,也大都表现了"黯然销魂"的情感。这首诗却别开生面,变感伤、眷恋为豪放、勉慰,境界开阔,格调健康,反映了诗人对友谊的珍惜和乐观开朗的胸怀,表现了一种积极进取的人生态度和昂扬向上的时代气息。"海内存知己,天涯若比邻",成为历代广为传诵的名句。

骆宾王

骆宾王(约 640—684 以后),婺州义乌(今属浙江)人。七岁能诗,号称"神童"。早年丧父,家境穷困。龙朔初,道王李元庆辟为府属。后拜奉礼郎,曾从军西域,又入蜀从征云南。返京后,任武功主簿,转明堂主簿,迁侍御史。被诬入狱,遇赦后出为临海丞。为徐敬业草讨武曌檄文,讨武兵败,逃亡不知所终。其为五律,精工整炼,不在沈、宋之下,尤擅七言长歌,排比铺陈,圆熟流转,或被誉为"绝唱"。

在狱咏蝉 并序

余禁所禁垣西,是法厅事也,[1]有槐数株焉。虽生意可知,同殷仲文之古树;[2]而听讼斯在,即周召伯之甘棠。[3]每至夕照低阴,秋蝉疏引,发声幽息,有切尝闻。[4]岂人心异于曩时,[5]将虫响悲于前听?嗟乎!声以动容,德以象贤。故洁其身也,禀君子达人之高行。蜕其皮也,有仙都羽化之灵姿。候时而来,顺阴阳之数;[6]应节为变,寄藏用之机。[7]有目斯开,不以道昏而昧其视;有翼自薄,不以俗厚而易其真。吟乔树之微风,[8]韵姿天纵;饮高秋之坠露,清畏人知。仆失路艰虞,遭时徽纆,[9]不哀伤而自怨,未摇落而先衰。闻蟪蛄之流声,悟平反之已奏;见螳螂之抱影,怯危机之未安。感而缀诗,贻诸知己。庶情沿物应,哀弱羽之飘零;道寄人知,悯余声之寂寞。非谓文墨,取代幽忧云尔。

西陆蝉声唱,南冠客思深。[10]
不堪玄鬓影,来对白头吟。[11]

露重飞难进，风多响易沉。

无人信高洁，谁为表予心？

注释

〔1〕禁所：被囚之处。厅事：指中庭，受案听讼的地方。

〔2〕殷仲文：东晋时人，尝见大司马桓温府中老槐树而感叹："此树婆娑，无复生意"，借以发抒不得志的喟叹。

〔3〕召伯：名奭，传他巡行听讼，就在甘棠树下办案。见《诗经·召南·甘棠》。

〔4〕有切尝闻：谓声音比曾经听过的更觉凄切。

〔5〕曩时：前时，从前。

〔6〕数：规律。

〔7〕藏用之机：古代士人有"用之则行，舍之则藏"的人生理想。语出《论语·述而》。此以蝉的生存状态的变化比拟士人的理想。

〔8〕乔树：高树。

〔9〕仆：第一人称的谦称。艰虞：艰难忧患。徽纆：绑囚犯的绳索。这里指遭囚禁。

〔10〕西陆：日行西方白道。代指秋。南冠：指楚囚，后作囚犯的代称。

〔11〕玄鬓：古代妇女有蝉鬓之式，因借喻蝉。白头：作者自称。

解析

唐高宗仪凤三年(678)，骆宾王在侍御史任上，因上书论政获罪入狱。本篇作于狱中。全诗借咏蝉以自喻，寄托心志，倾诉遭谗被害，无人理解的痛苦心情；在表达自己蒙受冤狱、愤慨不平的同时，揭露了世道的坎坷艰难，体现了一种志士仁人不肯媚世附俗的高洁襟怀。

本诗在写作手法上的特点是比喻明切，语多双关，处处咏蝉而又处处咏人，妙在似与不似之间，浑然一体，是唐诗中的咏物名篇之一。

诗坛佳话

初唐四杰："王杨卢骆"——初唐四杰，世人这样亲切地并称他们，是因为他们用健朗的诗歌扫平了宫体诗的羸弱与缠绵，为初唐的诗坛吹来了第一阵劲风。当王勃用"海内存知己,天涯若比邻"(《杜少府之任蜀川》)的昂扬气势召唤着胸襟阔大的盛唐时,杨炯把"宁为百夫长,胜作一书生"(《从军行》)的壮志刻在了文人的书案上。"不求生入塞,唯当死报君"(《从军行》),骆宾王用铿锵誓言为儒生的投笔从戎点燃了最高涨的热情;一首《长安古意》记录下卢照邻的绝世才思。他在着意铺写了长安的盛世繁华后,思考着生命最后的归属,那警示之语是何等的冷静而睿智。他们为迎接一个诗歌盛世的到来,吹响了战斗的号角,用健硕而高亢的声音奏响了生命的乐歌!

杜审言

杜审言(645？—708？),字必简,祖籍襄阳(今湖北襄樊),迁居洛州巩县(今属河南)。咸亨初进士及第,授隰城尉,迁洛阳丞,因事贬吉州司户参军。武后时拜著作佐郎,迁膳部员外郎。中宗复辟,以其交通张易之,流放峰州。不久召还,为国子监主簿,后为修文馆直学士,病逝。早年与李峤、崔融、苏味道一起被称为"文章四友"。其诗格律严谨,清新雄健,以此傲视同辈诗人,所以嫡孙杜甫自夸"吾祖诗冠古"。

和晋陵陆丞早春游望

独有宦游人，　偏惊物候新。
云霞出海曙,[1]梅柳渡江春。
淑气催黄鸟,[2]晴光转绿蘋。
忽闻歌古调,[3]归思欲沾巾。

注释

〔1〕海曙:海边曙色。

〔2〕淑气:春日和暖之气。

〔3〕古调:谓陆丞的《早春游望》典雅有古风。

解析

　　和，是他人先作了一首诗，自己跟着作一首来酬答、应和，这是唐人写诗常见的做法。首句自道身份"宦游人"，很有代表性，宦游就是离开家乡在外地做官。宦游人一般是读书人，情感丰富，对外界事物敏感，所以用了一个"独"字。次句说"偏惊物候新"，"偏"的意思是特别，与"独"相呼应。二、三联铺开写景，是"早春游望"所见，也是"物候新"的具体图景：海上日出，霞光灿烂；江南梅花开了，柳树绿了，春色正向江北扩展。暖风中鸟儿在歌唱，蘋草上阳光在闪烁。这一片生机勃勃的春日景色，本应带给人好心情，忽然间听到有人"歌古调"——就是陆丞唱他的《早春游望》诗，逗起了诗人的思乡之情，春日景色变成乡思的媒触，不免感伤起来。因此我们可以想见，陆丞所作也是一首思乡的诗。

读诗偶感

明丽的色彩　忧伤的情感
——读《和晋陵陆丞早春游望》

　　明代胡应麟称"初唐五言律'独有宦游人'第一"，这是对杜审言的《和晋陵陆丞早春游望》恰切的评价。多数人都欣赏他的首尾两联，因其起语角度新奇，一个"独有"强调了作者宦游人的身份和与众不同的感受；收束圆转自然，诗人用"忽闻"表示意外语气，既写出陆丞的诗在无意中触及他的思乡之情，又点出应和之意。起语结句的别致使得前人往往把目光凝注在首尾两联，其实，这首诗歌的中间两联写得也极其精彩，在作者精心的采撷之下，不同意象的组合呈现在我们面前的是一幅绚烂温暖的江南春景图。

　　且看颔联中的"云霞"和"梅柳"两个意象，这两个意象一出，呈现在读者眼前的就是灿烂明媚的春光图。云霞是红彤彤带着光亮的，"梅柳"是粉色红色绿色交错的，梅花绽放，柳树舒芽，春意盎然，都带有生命的颜色，给人以生命蓬勃向上的力量。更何况，"云霞"是"出海曙"，是从辽阔的海面上与太阳一起出现的，更让人的视野变得开阔起来。

然而，这些还不够，作者是一个出色的画家，他大笔一挥之后，就把放远的目光收回来，收放到近景中。颈联中，作者用了"黄鸟""绿蘋"继续进行细描。"和暖的春气催促着黄莺歌唱，晴朗的阳光下绿萍颜色转深。"这两句诗写得清新自然，黄色的小鸟被催着婉转，天气何其温暖；绿色的浮萍眼看着颜色慢慢变深，更显其水温的升高，使得万物呈现欣欣向荣的景象。这些色彩和谐地搭配在一起，融合为绚丽斑斓的江南春景，看到的人多会被此景所吸引而忘却心中烦忧，但作者恰恰相反。

其实，作者用首联中的"偏惊"二字早早定下了基调。这个"惊"字到底表达的是惊喜之情，还是触目惊心呢？这得从尾联中找寻答案。尾联中的"归思欲沾巾"把作者思乡的情怀表达得淋漓尽致。因为听到陆丞的诗，触发了作者的思乡之情：江南虽好，终非吾土，不如归去，但又思归不得，对景空叹，只有泪欲沾巾，这是典型的以乐景写哀情。明丽之景，忧伤之情，使得整首诗能穿越古今，直击人心。

沈佺期

沈佺期(656?—约714),字云卿,相州内黄(今属河南)人。青少年时代曾事漫游,到过巴蜀荆湘。上元中进士及第,后任考功员外郎,预修《三教珠英》,任通事舍人,转给事中。中宗复帝位,杀张易之,其幕僚被流放岭南。经儋州,过交趾,达驩州流放地。遇赦量移台州录事参军。景龙中入修文馆为学士,作文学侍从。其诗多属应制,带六朝绮靡文风,然前期模山范水之作,及流放中感时伤怀之章,尚有骨力。与宋之问齐名,世称"沈宋"。唐代五七言律体至沈宋而定型。

杂 诗

闻道黄龙戍,频年不解兵。[1]
可怜闺里月,长在汉家营。
少妇今春意,良人昨夜情。[2]
谁能将旗鼓,一为取龙城。[3]

注释

〔1〕闻道:听说。黄龙戍:即黄龙,在今辽宁朝阳。此指边地。解兵:解除武装,停止战争。
〔2〕良人:古时妻子对丈夫的称呼。
〔3〕一为:犹"一举"。龙城:匈奴祭天会盟处,在今蒙古境内。

解析

这首诗的题目《杂诗》,多见于汉魏以来的文人诗,其实就是没有特定题目的"无题"诗,诗的内容一般较为宽泛。此诗抒写的征夫思妇相互思念之情,就是古代诗歌中最常见的题材。诗中的地名"黄龙""龙城",不必确指,无非是北方边地的代称。诗写连年战争给普通家庭造成的分离之苦,反映了人民大众对和平生活的向往之情。"可怜闺里月,长在汉家营",是说夫妇分隔两地,不能相见,只有月光能跨越空间,同时照到思妇的闺房和征夫的营房。"少妇今春意,良人昨夜情",用了"互文"的写法,"今春意"和"昨夜情"即夫妇相互思念之情,同时属于双方,缠绵不可分。结尾一联,是思妇、征夫共同的心声,他们期盼着战争早日结束,生活回归正常,这实际代表了人民大众的心声,所以诗歌具有积极的思想意义。

宋之问

宋之问(约656—712),又名少连,字延清,汾州(今山西汾阳)人。一说虢州弘农(今河南灵宝)人。上元进士,任职于洛阳宫中习艺馆,改洛州参军,转尚方监丞。预修《三教珠英》。中宗复帝位,以其谄事张易之,贬为泷州参军。逃归洛阳,依附武三思,得鸿胪主簿。后迁考功员外郎,充修文馆直学士。因受贿贬为越州长史。睿宗即位,流放钦州,后赐死于流所。诗与沈佺期齐名,称"沈宋"。所作诗声律调谐,属对工整。初唐律体至沈宋渐成定格,故于诗歌形式的发展,有所贡献。

题大庾岭北驿

阳月南飞雁,[1]传闻至此回。
我行殊未已,　何日复归来。
江静潮初落,　林昏瘴不开。[2]
明朝望乡处,　应见陇头梅。[3]

注释

〔1〕阳月:阴历十月。
〔2〕瘴:瘴气,南方山林间湿热易致病之气。
〔3〕陇头梅:指大庾岭南头梅花。南暖故梅开。

解析

宋之问于武则天时代本来在朝廷中做官,因为依附权臣张易之,易之失势后,连带被贬为泷州(在今广东)参军。这首诗写自身遭遇和心事,是即时即景的抒情之作。题中的"大庾岭",是五岭之一,在江西与广东之间,越过岭就进入了"岭南"地区。诗人南行,住宿在大庾岭北面的驿站,夜不能寐,吟成这首诗,题写在墙壁上——当时人们发表诗作,常用这种办法。前两联的意思贯通一气:南飞雁到了大庾岭都要折回,自己却还得继续南行,又不知哪天才能北归,诗人心中一片凄苦茫然。第三联实写驿站的环境,具有南岭地方的特点,传达出诗人无法适应的内心感受。尾联想象明天行程:翻过岭去,再回望北方的家乡,就只能看见岭上的梅花了!诗的动人之处,全在其写景与抒情的真实性。

王 湾

王湾(生卒年不详),洛阳(今属河南)人。先天(712—713)进士,开元初任荥阳主簿。后入丽正院参与《群书四部录》集部编撰,书成后任洛阳尉。其诗流传不多,早年游吴,作《江南意》,有"海日生残夜,江春入旧年"警句,张燕公(说)手题于政事堂,引为楷式,足见于当世影响之大。

次北固山下

客路青山下,行舟绿水前。
潮平两岸阔,风正一帆悬。[1]
海日生残夜,江春入旧年。[2]
乡书何处达,归雁洛阳边。

注释

〔1〕风正:谓顺风。

〔2〕海日:太阳从海上升起,故称。残夜:夜色已残。指天将破晓。旧年:过去的一年。言年未尽春已到。

解析

北固山在今江苏镇江市北,下临长江,与焦山、金山并称京口三山。本诗写诗人夜泊大江的所见所感。诗题"次"字,是泊船的意思。行船从眼前的绿水中驶去,诗人要赶的旅程还远着呢,它远伸在绵绵青山之外。长江下游,江面开阔,在残夜未尽的黎明时分,一眼就能看到刚从地平线上升起的太阳。

江南春早,还没有过完旧年,人们就能感受到盎然的春意。在海日东升之际,北归的大雁掠过长空。作者触目感怀,顿生乡思之情。人说鸿雁传书,就托大雁给故乡洛阳的亲人捎个信吧,把游子的心意带给亲人。诗情画意,浑然交融。"海日生残夜,江春入旧年"两句,对仗精工,立意新颖,眼界开阔,气象宏大,为历代读者所激赏。

常 建

破山寺后禅院

清晨入古寺,初日照高林。
曲径通幽处,禅房花木深。
山光悦鸟性,潭影空人心。[1]
万籁此俱寂,惟闻钟磬音。[2]

注释

〔1〕人心:指人的各种欲念。
〔2〕万籁:泛指自然界各种声响。钟磬:佛教法器,念经时敲打。

解析

　　破山寺即兴福寺,故址在今江苏常熟市虞山北。本诗从清晨山寺的特定景色落笔,极写后禅院幽深、秀美、宁静、肃穆的环境。诗人在山光潭影构成的清幽环境中聆听古寺悠扬洪亮的钟磬之声,从而进入一种纯净恬悦的精神境界,十分出神入化,是唐诗中描写静景的名篇。

岑 参

寄左省杜拾遗

联步趋丹陛， 分曹限紫微。[1]
晓随天仗入，[2]暮惹御香归。
白发悲花落， 青云羡鸟飞。
圣朝无阙事，[3]自觉谏书稀。

注释

〔1〕趋:小步快行。古人用以示敬的动作。丹陛:宫殿前涂成红色的台阶。曹:官署。紫微:指中书省。诗人时为中书省属吏。

〔2〕天仗:天子的仪仗。

〔3〕阙:指朝政的过失。

解析

　　唐肃宗乾元元年(758),诗人岑参与杜甫同在朝廷中做官。岑是右补阙,属中书省;杜是左拾遗,属门下省。两个官职的品级及职责相同,都是谏官,皇帝处理朝政有什么不周之处,他们有责任提出意见。岑参把这首诗寄给作为同僚的杜甫,抒发做官的感受。前两联,写他们在朝做官的常规生活:每天早上,一起跟随皇帝的仪仗,迈上红色的台阶,进入朝堂,各在其部门值守。天晚时又一起下朝,衣服上沾带了朝堂的香气。后两联是诗人的心理活动:"白发"句有虚度光阴之感,"青云"句有不自由之感。总之是觉得这官做得无聊。为什么呢？因为圣明的皇帝处理朝政没有任何疏漏，我们这些做谏官的也就无事可做了！诗中所写，正是谏官的常态，他们真要给皇帝直言进谏，皇帝就不高兴了！杜甫后来就是为此而被贬出了朝廷。

李　白

赠孟浩然

吾爱孟夫子，风流天下闻。[1]
红颜弃轩冕，白首卧松云。[2]
醉月频中圣，迷花不事君。[3]
高山安可仰，徒此揖清芬。[4]

注释

〔1〕夫子:古时对男子的敬称。风流:超逸潇洒的品格风度。

〔2〕红颜:指青春年少时。轩冕:车乘冕服。借指官位爵禄。卧松云:卧于松下云间。指隐居。

〔3〕醉月:沉醉于月色之中。中圣:醉酒。古以清酒为圣人,浊酒为贤人。迷花:迷恋于花间。

〔4〕清芬:指高尚的风范、节操。

解析

　　孟浩然长李白十三岁,开元后期,当李白正在积极寻求入仕的时候,孟浩然经历了早年求仕的挫折,已经看透世事,回到故乡襄阳隐居了。李白这首诗作于来襄阳拜见孟浩然时。李白虽然热心于入仕以实现宏伟不凡的功业抱负,但从骨子里说,还是倾心于投向大自然的怀抱,他为自己设计的人生之路是"待吾尽节报明主,然后相携卧白云"(《驾去温泉宫后赠杨山人》)。所以,他内心深处对孟浩然充满仰慕,诗的开头两句,正是这种心情的由衷表白,"风流"指孟浩然屏弃尘俗、高卧松云的品节和风度。三、四句概括了孟浩然的人生,是对其"风流"的进一步展示。五、六句隐含了一个故事:襄阳的最高地方官韩朝宗曾约定携孟浩然入朝,为他谋求仕进,等到要动身时,孟浩然饮酒正在兴头上,说:"业已饮,遑恤他!"我开怀畅饮的时候,哪里还顾得上别的事情呢?"不事君",就是看不上做官。这当然更使李白倾倒,所以诗末感叹:"高山安可仰,徒此揖清芬。"李白说:孟夫子的风流我是学不到的,只能拜倒在他面前就是了!

渡荆门送别[1]

渡远荆门外,　　来从楚国游。
山随平野尽,　　江入大荒流。
月下飞天镜,　　云生结海楼。[2]
仍怜故乡水,[3]万里送行舟。

注释

〔1〕荆门:山名,在今湖北长江之滨。

〔2〕海楼:海市蜃楼。光折射产生的虚幻景象。

〔3〕故乡水:指长江水。诗人早年住在长江上游四川。

解析

　　大约在唐玄宗开元十三年(725)、李白二十五岁时,"仗剑去国,辞亲远游",经三峡出蜀,开始了漫游天下的生活。这一天的傍晚时分,船过荆门,进入辽阔的江汉平原,李白此刻心情无比激动,在行船途中吟成了这首诗。开头两句写行程,充满初次来到楚地的新鲜感。中间两联写景:两岸连绵不绝的山峦已经消失在身后,长江流入一望无际的平原,视野一下子开阔起来。

这时,一轮明月在东方的地平线上升起,好像从天上飞来一面镜子;天空的云彩变幻不定,结成了令人神往的玉宇琼楼。正当诗人沉浸在兴奋中时,一低头看到江水,游子刚刚离开故乡的眷恋之情忽然涌上心头:这江水依依不舍地陪伴在身边,一直把自己送到万里之外,这是如何地令人感动!读到这里,我们似乎触到了诗人心头的微微颤抖。李白的诗,抒情最为真切,因而具有内在的感染力量。

送 友 人

青山横北郭,[1]白水绕东城。
此地一为别, 孤蓬万里征。[2]
浮云游子意, 落日故人情。
挥手自兹去, 萧萧班马鸣。[3]

注释

〔1〕郭:外城,在城的外围加筑的一道城墙。
〔2〕一:助词,加强语气。蓬:一种枯后遇风飞旋的草。借指游人。
〔3〕兹:此,现在。班马:离别之马。

解析

　　这其实是一首向友人告别的诗。李白一生经历过的这种场面太多了,所以不能判定此诗写于何处。诗人在此地盘桓有日,就要离开了,友人为他送行,来到城外的青山白水间。"此地一为别,孤蓬万里征"二句,好像是叙事,又好像诗人所说的话,细读就能体会到其中包含的惜别之情。第三联堪称最佳对仗:一方面是游子,一方面是故人;游子就像天空的浮云,一颗心总在飘荡;故人就像天边的落日,迟迟不肯收敛余晖,把一片真情留给了诗人。尾联是动身的时刻到了,游子挥手告别,萧萧马鸣声更增添了惜别的气氛。诗结束了,诗人的身影渐行渐远,诗意却似乎没有完结,给人留下无穷的回味。

听蜀僧濬弹琴

蜀僧抱绿绮,[1]西下峨眉峰。
为我一挥手,[2]如听万壑松。
客心洗流水, 遗响入霜钟。[3]
不觉碧山暮, 秋云暗几重。

注释

〔1〕绿绮:古名琴,传为司马相如所有。
〔2〕挥手:指拨动琴弦。
〔3〕流水:古琴曲,传为伯牙所奏。霜钟:传丰山有钟,霜降则鸣,故称。

解析

　　这是李白晚年的作品,诗中流露了淡淡的乡思。乡思是由偶然听到一位来自蜀中的僧人弹琴而引动的。首联说这位僧人来自峨眉山。颔联写弹琴,用"万壑松"形容琴声,耳边响起阵阵松涛声,并且引人遐想:这松涛声是蜀僧从峨眉山上带来的吗?乡思由此产生。下文接着说"客心洗流水",自称为"客",是客居他乡的意思,隐含着对蜀中故乡的思念。"流水"二字用得极妙:可以将"流水"理解为琴曲名;也可以用"高山流水"的典故来解释,诗句表现了弹者与听者之间的相互理解与默契;还可理解为听了蜀僧弹琴,诗人心灵为之净化,就像在流水中洗过一样。"遗响入霜钟"是说弹琴虽然结束了,琴声还在回荡,好像融入了寺院的钟声。尾联写听琴使人忘记了时间的推移,又通过环境与氛围描写,强化了琴声经久不散的效果。

夜泊牛渚怀古

牛渚西江夜,[1]青天无片云。
登舟望秋月, 空忆谢将军。[2]
余亦能高咏, 斯人不可闻。
明朝挂帆去,[3]枫叶落纷纷。

注释

〔1〕西江:唐人多称西来长江为西江。

〔2〕谢将军:指东晋谢尚。镇守牛渚曾识拔袁宏。

〔3〕挂帆去:谓乘船而去。

解析

　　此诗表达了寻求知音的渴望,应是李白早期的作品。牛渚是长江边上的一座山峰,在今安徽马鞍山市,地形十分险要。《世说新语》记载了一个故事:东晋时,镇西将军谢尚驻守牛渚,一天夜里在江上乘月泛舟,听到一条运粮船中传来咏诗声,甚有情致,便去追问,才知道咏诗者名叫袁宏,家贫做佣工,但极有才气,他所咏唱是自己所作的五言《咏史诗》。于是谢尚大加叹赏。李白来游牛渚,也遇上这样一个月白风清的夜晚,自然联想到谢尚与袁宏的故事。"余亦能高咏,斯人不可闻",诗人满腹才华,却缺少谢将军这样的知遇之人,只能空自叹息。结尾说"明朝挂帆去,枫叶落纷纷",诗人不知又要飘荡到何方,前途竟是一片渺茫。这虽然是一首五律,但中间两联并没有遵守对仗的规定,读来如行云流水,显示了李白诗歌追求的天然之美。

杜 甫

春 望

国破山河在， 城春草木深。
感时花溅泪， 恨别鸟惊心。
烽火连三月，[1]家书抵万金。
白头搔更短， 浑欲不胜簪。[2]

注释

〔1〕烽火:古时报警的烟火。此指战争。三月:言时间很长,非确指。

〔2〕白头:指白发。浑:简直。不胜簪:言头发少得连簪子都插不上。

解析

此诗与卷三的《哀江头》《哀王孙》一样,都是至德二载春作于沦陷中的长安。起头二句,道出对这个春天的感受:长安陷于贼手,玄宗避难往成都去了,肃宗建立的新朝廷在灵武,首都长安没有皇帝,这国家等于破亡了。"山河"当然还在,然而却改换了主人。春天到来时,一眼望去,长安城全是深深的草木,一片荒凉。颔联写自己伤痛的心情:花、鸟本来是春日美景,但因为"感时"、"恨别",花、鸟反倒使人溅泪、惊心。诗的后四句写个人遭遇:去年的三月和今年的三月都是在战乱中度过,一家人分隔两地,消息难通,天天都在担心着家人的生命安全。"家书抵万金"这句诗,道出了乱世之人特有的心理。尾联说由于心理压力太重,头发掉了许多,稀疏得快要挽不起来了(古代男子蓄长发,挽成发髻用簪子别住)。诗将"国仇"与"家恨"打成一片,其感情分量远非一般抒情诗可比。

月　夜

今夜鄜州月,[1] 闺中只独看。
遥怜小儿女，　未解忆长安。
香雾云鬟湿，　清辉玉臂寒。[2]
何时倚虚幌，　双照泪痕干。[3]

注释

〔1〕鄜州:今陕西富县。诗人的妻子时在鄜州。

〔2〕云鬟:指妇女乌黑的发髻。清辉:清冷的月光。

〔3〕虚幌:薄可透光的帷帐。双照:谓月光同照诗人及妻子。

解析

　　此诗与上诗系同时之作。杜甫被叛军困于长安时,家小寄居长安北面的鄜州,诗人望月怀念妻子,用这首诗来寄托心中的悲感。诗用了"对面写法",即不写自己如何怀念妻子,而设想妻子如何怀念自己。首联是想象之辞,他猜想在这个夜晚,妻子一定在望月怀念自己。句中用"独"字,与颔联意思紧密关联:"遥怜小儿女,未解忆长安",因为儿女太小,还不懂得怀念父亲,大概已经酣睡,所以他们的母亲对着月亮只能"独看"。妻子因怀人久坐,头发被夜雾打湿了,手臂在月光下也增添了寒凉,但她好像一点没有感觉,可见怀念的深沉。尾联进一步想象:哪天一家人团聚了,再遇上这样的月夜,妻子一定是和我相互倚靠着床头的帏帐,今日相思的泪水,也就被月光照干了!"对面写法"能收到加倍的表达效果,但我们读诗时并不会感觉到这种手法的存在,而只是被诗中真情所深深打动。

春宿左省

花隐掖垣暮,[1]啾啾栖鸟过。

星临万户动,　月傍九霄多,

不寝听金钥,　因风想玉珂。[2]

明朝有封事,[3]数问夜如何?

注释

〔1〕掖垣:指门下省。在禁宫左,故称。

〔2〕金钥:此指用钥匙开启宫门的声音。珂:马勒上的饰物。马行相击则响,称鸣珂。

〔3〕封事:密封的奏章。

解析

　　此诗作于唐肃宗乾元元年(758)杜甫在朝中任左拾遗时,可与本卷岑参《寄左省杜拾遗》诗互参。左拾遗是朝官,要在宫中值夜,诗中所写就是这个夜晚的感受。前半写景,首联是暮色降临时的光景,宫院里的花木在黑暗中渐渐隐去,宿鸟鸣叫着从空中飞过。颔联是夜深时的光景,诗人仰望夜空,引起美妙的联想:"星临万户动,月傍九霄多。"上句写人间,满天闪烁的星斗,照临着长安城的万户人家;下句写天上,高高挂在九霄的一轮圆月,清辉格外明亮。后半实写自己值夜的情况:颈联说因为不能睡觉,夜深时分,四周的响动都听得清清楚楚,听到钥匙开门的声音,又听到玉珂碰撞的声音。尾联说明天一早有谏书要奏给朝廷,心中搁着这件事,因此不停地打问时辰。诗句生动地表现了诗人作为谏官丝毫不敢懈怠的心理状态。

至德二载，甫自京金光门出，间道归凤翔。乾元初，从左拾遗移华州掾，与亲故别，因出此门，有悲往事

此道昔归顺，西郊胡正繁。[1]
至今犹破胆，应有未招魂。
近侍归京邑，移官岂至尊？[2]
无才日衰老，驻马望千门。[3]

注释

〔1〕此道：指出金光门至华州的道路。胡：指安禄山的军队。

〔2〕近侍：侍从官，时诗人任左拾遗。京邑：京城。指长安。岂至尊：岂是出自皇帝之意。有正话反说，发牢骚的意思。

〔3〕千门：代指宫殿。宫内千门万户，故称。

解析

诗题记述了杜甫在肃宗朝的一段重要经历：至德二载（757），只身出金光门逃离叛军占领下的长安，从小路到凤翔，回归了朝廷（杜甫原来的官职是右卫率府胄曹参军），被任命为左拾遗。一年后的乾元元年（758），由左拾遗改官华州司功参军，赴任时告别亲人，又从金光门出，不免悲从中来。诗的前半回忆去年之事，当时长安西郊遍地都是叛军，自己冒着危险穿行其间去寻找朝廷，回想起来至今仍感到后怕，惊魂似乎还没附体。入朝后，被任命为左拾遗，陪侍在皇帝左右，证明朝廷对自己的信任。但没料到一年后又得离开朝廷去外地做官，仔细想想，这未必是皇帝所做的决定——言外之意，有人从中

作梗。善良而又书生气的诗人,总是把皇帝往好处想。结尾是诗人自白:自己年纪大了,精力日衰,离开长安之际,驻马回望朝廷宫阙,心中的感慨真是难以言说。在朝任左拾遗,是杜甫政治生涯的峰巅,被改官离开朝廷,则是他人生的转折点。

月夜忆舍弟

戍鼓断人行,边秋一雁声。[1]
露从今夜白,月是故乡明。
有弟皆分散,无家问死生。[2]
寄书长不达,况乃未休兵!

注释

〔1〕戍鼓:戍楼上的更鼓。边秋:边塞的秋天。一作"秋边"。
〔2〕无家:谓兄弟分散,家不成家。

解析

本诗作于唐肃宗乾元二年(759)秋,杜甫客居秦州(今甘肃天水市)时。节气正逢白露,夜晚明月当空。南飞的大雁掠空而过,发出清唳的叫声,再加戍楼上沉重的鼓声不断传来,这一切无不敲击着诗人的心扉,勾起他思念分散在河南、山东等地,天各一方的几位弟弟。于是,他徘徊吟咏,抒情寄意。全诗情景浑然交融,在思亲的感伤情绪中映照着时代乱离的影子。语言寻常而造语不凡,在诗意的层层递转中显示出杜甫诗歌沉郁顿挫的风格。

天末怀李白[1]

凉风起天末,君子意如何?[2]

鸿雁几时到，江湖秋水多。

文章憎命达，魑魅喜人过。[3]

应共冤魂语，投诗赠汨罗。[4]

注释

〔1〕天末：犹天边。

〔2〕君子：指李白。

〔3〕魑魅：泛指鬼怪。喻奸邪小人。

〔4〕汨罗：水名，在湖南东北部。屈原自沉于此。

解析

　　杜甫出朝后，任华州司功参军，华州即今陕西华县，离长安并不太远，所以，当李白被判流放夜郎时，杜甫很快获知了消息。此诗作于唐肃宗乾元元年(758)秋，李白正在流途。秋天是怀人的季节，杜甫写了这首诗，怀念遭遇不幸的李白。诗题中的"天末"，即"天尽头"，指极其遥远的夜郎。开头二句，如同对李白的声声呼唤，十分动情。杜甫可能给李白寄过书信，但不知道李白收到没有，颔联写这件事，表达了杜甫的牵挂。鸿雁，代表书信。"文章憎命达，魑魅喜人过"二句，最有思想深度，不但分析了李白的遭遇，而且揭露了人世间一种残酷规律：文章写得好的人，尤其像李白这样的天才，注定命运不济(反过来说，也只有命运不济的人，才能写出好文章)；那些魑魅(指李白获罪后落井下石的小人们)总在窥伺害人的机会，谁要是倒霉了，他们就开心了——杜甫在另一首怀李白的诗《不见》中，有"世人皆欲杀"的句子，可见当时舆论的可怕！末联将李白与屈原等同起来，既是对李白的理解，也透露出对李白的担心，唯恐他遭遇与屈原一样的不幸。前人评论这首诗说："文章知己，一字一泪。"确如其言。

奉济驿重送严公四韵[1]

远送从此别，青山空复情。

几时杯重把,昨夜月同行。

列郡讴歌惜,三朝出入荣。[2]

江村独归去,寂寞养残生。

注释

〔1〕严公:指严武。

〔2〕列郡:指东西川各郡县。严武在此任节度使。三朝:严武在玄宗、肃宗、代宗三朝为官。出入荣:言其进出朝廷,迭为高官。

解析

杜甫寓居成都,生活主要靠友人接济。严武于唐肃宗上元元年(760)任成都尹,是杜甫在蜀时最重要的依靠对象。宝应元年(762)七月,严武奉召还朝,杜甫一路陪伴送行,直到成都以北三百里的绵州。诗题中的"奉济驿",在绵州北三十里,送行到此,分别在即,杜甫写了这首诗给严武;因为此前已写过送严武的诗,所以这首叫"重送"。当此之时,诗人心头难免失落,所以第二句说"青山空复情",意即青山不能给人以感情的慰藉。颔联写送别路上情景,表达恋恋不舍之意。颈联二句颂美对方,同时给严武送上祝愿,但却恰恰与自己的处境形成对比:"江村独归去,寂寞养残生",这让诗人情何以堪!"寂寞"二字,含意不尽,今后不但生活中少了依靠,更重要的是感情少了寄托,这层意思需要仔细体味。

别房太尉墓[1]

他乡复行役,[2]驻马别孤坟。

近泪无干土, 低空有断云。

对棋陪谢傅, 把剑觅徐君。[3]

唯见林花落, 莺啼送客闻。

注释

〔1〕房太尉:房琯。唐玄宗时拜相,死后赠太尉。

〔2〕复行役:一再为公务仕宦而外出奔波。

〔3〕谢傅:谢安,东晋名将,拜太傅,喜下棋。徐君:用季札挂剑徐君墓树事,以吊房琯。见《新序·节士》。

解析

房太尉,名房琯,对杜甫的人生曾发生特殊影响。安史乱中,杜甫在朝任左拾遗,不久又改官到华州任职,即本卷《至德二载,甫自京金光门出……》一诗所记述的事情。这对杜甫的政治生涯是一个沉重打击。诗人之所以有此遭遇,与房琯有直接关系。唐肃宗至德元载(756),时为宰相的房琯自请率大军讨伐叛军,不料作战失利,唐军损失惨重。杜甫写过《悲陈陶》《悲青坂》二诗,记录了这场战事。后来,杜甫在担任左拾遗时,出以公心和本身职责,又曾上书为房琯开脱,结果触怒肃宗,差点丢了命,改官华州已是万幸。房琯在朝仍居要职,他是在执行公务途中遇疾,卒于蜀地的阆州,死后赠太尉。杜甫在蜀中期间,辗转到过阆州,将要返回成都时,向房墓拜别,写了这首诗。诗中最感人的是"近泪无干土,低空有断云"二句,伤痛之情无以复加。这使我们感受到杜甫是多么看重情义。

旅 夜 书 怀

细草微风岸,危樯独夜舟。[1]
星垂平野阔,月涌大江流。
名岂文章著,官应老病休。
飘飘何所似,天地一沙鸥。[2]

注释

〔1〕危樯:船上高耸的桅杆。

〔2〕飘飘:四处飘零的样子。沙鸥:栖息于沙洲上的鸥鸟。用以自喻。

解析

　　这首写月夜江行的诗,前半写景,后半抒情,是五律最常见的结构方式,但却显示了非凡的艺术功力。首联"细草微风岸,危樯独夜舟",写身边近景,每句都是三个名词构成,围绕诗题中的旅、夜二字,渲染出空旷寂静的环境氛围。颔联"星垂平野阔,月涌大江流",写望中远景:暗夜里其他景物都消失了,往岸上看,只能看到一直垂到天边的星星;往江上看,能看到月光照射下江流的涌动。于是,诗人在沉沉夜色中感受到了原野的辽阔,感受到了大江的奔流。这两句诗的写景,可与本卷李白《渡荆门送别》诗中"山随平野尽,江入大荒流"二句相匹敌,这样的诗句只能出自李、杜大手笔!后半抒情,在这样的大背景、大空间中,诗人感到了个人的渺小:"名岂文章著",正话反说,杜甫诗名满天下,此刻却加以否认,表明对此已经看得很淡;"官应老病休",反话正说,休官本来是无奈的事,却把它看作理所当然,同样对此看得很淡。那么,诗人杜甫怎样估价自己呢?就是末联的比喻:"飘飘何所似,天地一沙鸥。"从谦卑中,我们看到了诗人的高大和自负。

登岳阳楼

昔闻洞庭水,今上岳阳楼。
吴楚东南坼,乾坤日夜浮。〔1〕
亲朋无一字,老病有孤舟。
戎马关山北,凭轩涕泗流。〔2〕

注释

〔1〕吴楚:两古国名,约吴在洞庭东,楚在其西。坼:分裂。言吴楚被洞庭湖分开。乾坤:宇宙,天地。

〔2〕关山北:北国关隘山岭。时西北未平。凭轩:倚窗。

解析

唐代宗大历三年(768)春,杜甫携家人从夔州出三峡。年底,一家人托身于一只小船,漂泊到了岳州(今湖南岳阳市)。本篇抒写登岳阳楼远眺洞庭湖的感受。岳阳楼、黄鹤楼、滕王阁,是江南三大名楼。杜甫早就向往能到此一游。如今,他的愿望实现了。诗前四句从欣喜的角度落笔,写出洞庭湖浩渺壮阔,气象万千的景象。但是,面对名山胜水之喜,更添诗人联系国事家事之忧。诗的后四句转喜为忧,格调悲壮、苍凉,很能体现杜甫诗歌沉郁顿挫的风格。

王　维

辋川闲居赠裴秀才迪

寒山转苍翠，秋水日潺湲。[1]
倚杖柴门外，临风听暮蝉。
渡头馀落日，墟里上孤烟。[2]
复值接舆醉，狂歌五柳前。[3]

注释

〔1〕潺湲:水流徐缓的样子。

〔2〕墟里:村落。孤烟:直升的炊烟。

〔3〕接舆:春秋时楚隐士。代指裴迪。五柳:五柳先生,指陶渊明。此诗人自比。

解析

　　天宝初年,由于奸相李林甫专权,朝廷形势日趋黑暗,在朝中任职的王维对政治感到失望,就选择了一条半官半隐、亦官亦隐的生活道路,以逃避污浊现实,寻找精神寄托。他一方面奉佛修行,一方面投向大自然怀抱,在长安城郊山水秀美的辋川(位于今西安市东南郊蓝田县)置了一所别业,"与道友裴迪浮舟往来,弹琴赋诗,啸咏终日"。这首诗正是他们在辋川日常生活的生动写照。诗中有景物,有人物,两者交互穿插:开头先写秋日山水,"苍翠"的山色、"潺湲"的水声其实都是诗人所见所闻,但诗人却不急于出场。背景渲染已毕,一个"倚杖柴门外,临风听暮蝉"的人物——即诗人自己才出现在画面中。接下来又是写景:"渡头馀落日,墟里上孤烟。"这是一幅村野图景。村野间当有人物,果然一个醉者,即"狂歌五柳前"的裴迪出现了。诗人与裴秀才是辋川的主人,他们的生活是何等自由快意!诗的这种写法,将景物与人物打成一片,最能体现人与环境的和谐相得。

山居秋暝

空山新雨后, 天气晚来秋。
明月松间照, 清泉石上流。
竹喧归浣女,[1]莲动下渔舟。
随意春芳歇,[2]王孙自可留。

注释

〔1〕浣女:洗衣服的女子。
〔2〕随意:犹任凭。歇:尽,干枯凋零。

解析

  本诗通过对秋山晚景的描写,抒发了作者流连山水,陶醉其中的感情。全诗从空山雨后、明月照松的特定环境取景,明月、松林、清泉、山石、竹林、莲塘、渔舟,动与静、声与色相映成趣,和谐配置,一幅幽秀宁静的秋山夜色图,宛然在目。尤其"明月""清泉"一联,以浏亮声律与清丽色泽,描绘出月光浮动松间、清泉流泻山石的温柔的夜色,诗中有画,是历代广为传诵的写景名句。

归嵩山作

清川带长薄,车马去闲闲。[1]

流水如有意，暮禽相与还。
荒城临古渡，落日满秋山。
迢递嵩山下，归来且闭关。[2]

注释

〔1〕薄：草木交错曰薄。闲闲：悠闲的样子。
〔2〕迢递：形容遥远。且闭关：佛家闭居静修。这里有闭门谢客意。

解析

　　唐玄宗开元二十二年(734)前后，王维在两次做官的间隙中，曾有一段隐居嵩山的生活经历。当时诗人尚年轻，并无意彻底隐居，他实际上是游走于尘凡与物外之间。这首诗题为《归嵩山作》，就是从尘世归向嵩山隐居处。诗意的营造，不离一个"归"字：归山的路沿着一道"清川"延伸开来，诗人乘坐的车马，行走得十分悠闲。"流水如有意"，其"意"为何？应是引导诗人向嵩山归去。还巢的"暮禽"，则是诗人归山的同伴。第三联的"荒城""古渡"，是归山路上实景。走完"迢递嵩山路"，回到隐居处，诗人的念头是"归来且闭关"。研究者认为，王维当时常在洛阳走动，他隐居嵩山其实是等待时机再出山，这样看来，"且闭关"的"且"就是"暂且"之意了。以隐居求仕进，这对唐人来说，是很常见的。

终 南 山

太乙近天都，　连山到海隅。[1]
白云回望合，　青霭入看无。[2]
分野中峰变，　阴晴众壑殊。
欲投人处宿，[3]隔水问樵夫。

注释

〔1〕太乙:终南山别称。天都:传说天帝的居所。此指帝都长安。海隅:海边。

〔2〕青霭:青色的雾气。

〔3〕人处:有人家的地方。

解析

　　这是一首著名的写景诗,写雄伟的终南山。对于这样的描写对象,只适合采用"大写意"手法,大处着墨,大笔挥洒。首联是远望,望见终南山峰头直插云霄,所以产生"太乙近天都"的联想;又望见峰峦起伏,连绵不绝,看不到尽头,所以又产生"连山到海隅"的联想。颔联写登山途中的景色:向后看,刚刚走过的一条山路已经被白云封锁;向前看,青青的云气在山间飘动,转瞬间又消散得无影无踪。颈联是登上一座峰头时四下观望,感觉山的两边简直就是与天上星宿对应的不同分野;又看到千山万壑间,山的北坡阴暗,南坡晴朗,完全是两重天。尾联,诗人下山到了谷底,天色已经向晚,这时,看到溪水那边有个樵夫挑着柴担行走,于是隔着溪水向他喊话,打问能找个人家住宿一晚吗?前面三联,不断变换角度写景,最后一联转为叙事,给这一天的行程画上了句号。

酬张少府

晚年惟好静,　万事不关心。
自顾无长策,　空知返旧林。[1]
松风吹解带,[2] 山月照弹琴。
君问穷通理,　渔歌入浦深。

注释

〔1〕旧林:故乡的山林。指故乡。

〔2〕带:衣带。

解析

　　张少府是一位县尉,他可能问起诗人为什么不一心一意做官,而要过这种半官半隐的生活,诗人用这首诗来作答。首联讲自己当下"惟好静"的心态,用年龄作解释。但第二联却透露了真实的原因:"自顾无长策,空知返旧林。"对朝廷上的事情,自己拿不出好的意见来,只有归返山林。诗人事实上是对朝政深感失望,才选择了逃避。张少府可能又问诗人对隐居生活的感受,甚至问起对人生的理解,诗人回答:"松风吹解带,山月照弹琴",我现在生活得自由自在,无拘无束,快意极了;至于你问人生穷通的道理,那就不容易说明白了,请听那越来越远的渔歌声,通向的就是人生的最佳境界。王维精通禅理,诗末用禅理阐发人生,颇为玄远,有只可意会而不可言传之妙。

过香积寺

不知香积寺,　　数里入云峰。
古木无人径,　　深山何处钟?
泉声咽危石,〔1〕日色冷青松。
薄暮空潭曲,　　安禅制毒龙。〔2〕

注释

〔1〕咽危石:谓山泉在山石间发出幽咽的声音。
〔2〕安禅:僧人打坐入定称安禅。毒龙:佛家以毒龙比喻邪念妄心。

解析

　　香积寺在长安城南,今西安市长安区仍有香积寺,但非唐代古寺。题中"过"字,是寻访的意思。诗人初次来访,所以开头用了"不知"二字。先写途中景物,行走数里,穿过云雾缭绕的山峰,顺着森森古木间一条人迹罕至的小路前行,忽然听到深山里传来寺院的钟声,猜想香积寺就要到了。诗中用了"何处"二字,也表达了初来此地的意思。第三联写景,最能体现王维"诗中有画"的特点,而且是一幅有声画:泉声叮咚,遇到巨石阻挡,声音不再流畅,听之如"咽";日光照进松林,变得不再明亮,看去有"冷"的感觉。唐人写诗讲究"炼字","咽""冷"二字就是炼出来的。结尾直抒自己内心的感受:薄暮时分,来到一处幽寂的水潭边,人就彻底进入了"禅定"状态,一切俗心杂念全都消失得无影无踪。其实,人在幽静的自然环境中,即使不信佛,也会有这种体验,王维不过体验得更深入就是了。

送梓州李使君

万壑树参天, 千山响杜鹃。
山中一夜雨, 树杪百重泉。[1]
汉女输橦布, 巴人讼芋田。[2]
文翁翻教授,[3]不敢倚先贤。

注释

〔1〕树杪:树梢。

〔2〕橦布:橦树花纤维织成的布。产梓州一带。巴:古国名,故都在今四川重庆。芋田:蜀中盛产芋魁,当时为主粮之一。

〔3〕文翁:汉景帝时蜀郡守。在蜀设学,兴教化。翻:翻然改图。

解析

此诗应作于王维在朝中任官时,一位李姓朋友要到梓州(今四川三台)作刺史,诗人赠诗送行。前四句想象蜀地的自然风光,令人有身临其境之感。"万壑"句谓蜀地树木繁茂,"千山"句谓蜀地多杜鹃鸟。"山中"二句写蜀地多雨的气候,尤其生动:一夜雨后,次日放晴,雨水从树梢上落下来,像一道道山泉流淌。第三联写蜀地风物民俗,"输橦布"是织成橦布上交官府,"讼芋田"是为了种芋头的田地而打官司。汉景帝时,文翁做蜀郡太守,见其地僻陋,有蛮夷之风,就在成都兴建学校,培育人才,使当地的文化发达起来。诗人寄语将到蜀地做地方官的朋友:文翁面对落后的现实(不用强力统制),是通过教化从根本上加以改造,后来者岂能不借重他的经验!诗人表达的重视文治教化的观点,无疑具有进步意义。

汉江临眺

楚塞三湘接,荆门九派通。[1]
江流天地外,山色有无中。
郡邑浮前浦,波澜动远空。
襄阳好风日,留醉与山翁。[2]

注释

[1]楚塞:楚国边陲。三湘:湘水,合潇、澧、烝三水,称三湘。荆门:荆门山。九派:长江至浔阳分为九支。

[2]襄阳:襄阳郡治所,在今襄樊汉水南。山翁:山简,山涛之子,晋人,曾镇守襄阳。

解析

这首写景诗描写的对象是汉江。诗人站在江边眺望,眼前是一片茫茫无际的江水,此外没有任何可以参照的景物。如果用写实的笔法来表现,几乎无处措手。于是,诗人化实为虚,用想象来展现望中所见景色。首联起势高远,目光从眼前延展至"三湘""九派",事实上是把汉江当成了长江。汉江是长江最大的支流,这种写法天然合理。领联"江流天地外,山色有无中",浩渺无边的江水,好像不是在大地上而是在天地之外流过;因为江面过于辽阔,对岸的青山望去似有若无,也成了一片虚景。颈联继续想象:整个城市都在江上漂浮,天空也在江中动荡。读者要领略汉江景色,也只有跟着诗人去想象了。尾联将想象收拢,点出地名"襄阳"与历史人物"山翁",稳稳当当地结束全诗。能放能收,擒纵自如,是这首诗谋篇的特点。

终南别业

中岁颇好道,晚家南山陲。
兴来每独往,胜事空自知。[1]
行到水穷处,坐看云起时。
偶然值林叟,谈笑无还期。[2]

注释

〔1〕胜事:美好的事情。
〔2〕值:逢,遇。无还期:不知归期。极言谈笑之忘怀。

解析

终南别业是诗人为自己营造的居处,更是他的精神依托之处,所以,诗人并不去描写这个居处的实景,而是着重表现自己的内心感受。首联是总体交代,因为"好道",所以把家安置在远离长安城的南山下。颔联写日常出游,所谓"兴来""胜事",全是自己即时的心理状态,"独往""自知"更具有不可言传的私密性,无法与人分享。"行到水穷处,坐看云起时"是诗中警句,表面是写寻幽探胜的行为,句中却充满禅意,蕴含了丰富的哲理,比如:事物发展到极处,就会发生转折;人生无路可走时,出路就在前方,等等。尾联出现一位"林叟",使诗变得实在起来,但是,他们"谈笑"的内容是什么?何以兴致那么高,以致忘了回家?仍然玄妙得不可言传。诗意与禅意的融合,造成了令人涵咏不尽的艺术空间。

孟浩然

临洞庭上张丞相

八月湖水平，　涵虚混太清。[1]
气蒸云梦泽，[2] 波撼岳阳城。
欲济无舟楫，　端居耻圣明。[3]
坐观垂钓者，　徒有羡鱼情。[4]

注释

〔1〕涵虚：谓天空倒映水中。混太清：与天空混为一体。谓水天一色。

〔2〕云梦泽：古泽薮名，故址在今湖北安陆一带。

〔3〕端居：指闲居无事，伏处草野。

〔4〕羡鱼情：这里诗人借以表达自己出仕的愿望。典出《淮南子·说林训》。

解析

　　孟浩然一生绝大部分岁月是在隐居和漫游中度过的。但是，作为一位生逢盛世、受到时代精神感染的诗人，他的思想感情经常处于进（积极入世）与退（归隐闲居）的矛盾之中，心中常感苦闷。在这篇投赠诗中，借描写洞庭湖景，抒从政心志，可谓醉翁之意不在酒，透露出诗人不甘蹉跎岁月，渴望有所作为的愿望。诗中"气蒸云梦泽，波撼岳阳城"两句，用"蒸""撼"两个动词状洞庭湖的气势，笔力雄健，气象浑涵，与杜甫所咏"吴楚东南坼，乾坤日夜浮"（《登岳阳楼》），同是唐诗中咏洞庭湖的名句。

与诸子登岘山

人事有代谢,[1]往来成古今。
江山留胜迹,[2]我辈复登临。
水落鱼梁浅,[3]天寒梦泽深。
羊公碑尚在,[4]读罢泪沾襟。

注释

〔1〕代谢:新旧交替。

〔2〕胜迹:名胜古迹。指下文羊公碑。

〔3〕鱼梁:鱼梁洲,在汉水中。

〔4〕羊公碑:在湖北襄阳之南岘山上,为纪念西晋名将羊祜而立。

解析

  题中"诸子",指身边的一群朋友。岘山,在孟浩然家乡襄阳。晋代,羊祜镇守襄阳,一次与部下登上岘山,发了一通感慨,垂泪说:自有宇宙以来,就有此山,历来有多少贤达英杰,曾登上此山远望,如今都湮灭无闻了!身边一个叫邹润甫的人讲了一通赞颂羊祜的话,说"令闻令望,当与此山并传"。为了纪念羊祜,后人在岘山上立了一块"堕泪碑"。羊祜关于山川永存而人生有限的感慨,是一个永恒的话题。孟浩然来登此山,心中生出对这个话题的共鸣,便写了这首诗。诗的前半,是作为后来者,重复抒发与羊公一样的感慨。第三联写秋深时节的景物,鱼梁、梦泽都是与襄阳有关的古老地名。古人有"悲秋"的传统,诗人将眼前秋景与羊公的事迹联系起来,不禁泪洒胸襟。孟浩然除短期做幕僚外,终身未仕,没有羊公那样的辉煌功业,但却有同样的人生感慨,这是因为他们对生命有相同的感悟,这种感悟是跨越古今、人人相通的。

宴梅道士山房

林卧愁春尽，搴帷览物华。[1]
忽逢青鸟使，邀入赤松家。[2]
金灶初开火，仙桃正发花。[3]
童颜若可驻，何惜醉流霞。[4]

注释

〔1〕搴：揭。

〔2〕青鸟：传说中的神鸟，后用为信使的代称。赤松：赤松子，传说中的仙人。此指梅道士。

〔3〕金灶：道家炼丹的丹炉。仙桃：传说中的仙果，食之可延年益寿。

〔4〕流霞：仙酒名。饮之可驻颜。

解析

　　与上首诗抒发人生感慨不一样，这首诗写炼丹学仙，前者是现实的，后者纯属虚妄。诗应是纪实的，记述到梅道士山房赴宴的情况：暮春时节，诗人正在林间高卧，眼看着春光将尽，不免生出闲愁，这时却意外地接到了梅道士的邀请（诗中把梅道士比作仙人赤松子）。据诗的后半所写，梅道士的宴会与一般宴会不同，这里的炉灶是炼丹的"金灶"，金灶烧出的东西当然就是金丹。诗中写到"仙桃"，但仙桃正在开花，还没有结出果实。那么，客人们就只有服用金丹了。服食金丹，据说可以使人长生不老，所以诗的尾联说：假如吃了金丹果真能使人童颜长在、永不衰老，我就该畅饮道士的流霞仙酒，一醉方休。孟浩然并没有学道游仙的经历，此诗所写是偶然发生之事。唐代社会盛行道教，诗人遇上这样的事是不难理解的。

岁暮归南山

北阙休上书，南山归敝庐。[1]
不才明主弃，多病故人疏。
白发催年老，青阳逼岁除。[2]
永怀愁不寐，松月夜窗虚。[3]

注释

〔1〕北阙:宫殿的北门楼。唐代北阙为大臣朝见或上书奏事之所。南山:指岘山。敝庐:简陋的居所。

〔2〕青阳:春天。

〔3〕虚:空寂。

解析

孟浩然曾两次入长安求仕,都以失败告终。第二次从长安归来后,作有此诗,当时他已四十馀岁。诗的开头就说:"北阙休上书,南山归敝庐。"上书,即求仕;休上书就是绝了求仕的念头。求仕无望,只好回到家乡的南山隐居。诗人内心并非甘于这样的人生结局,所以诗的颈联要感叹岁月流逝,尾联又抒写愁怀,以致"永怀愁不寐",愁得不能入睡。孟浩然的心理很有代表性,唐代读书人最终走向隐居者,大都是现实中的失败者。关于诗的颔联,有段佳话流传:王维曾邀孟浩然到家中论诗,忽然玄宗皇帝来了,孟浩然仓促间藏到床下躲避。王维不敢隐瞒,玄宗喜曰:"朕素闻其人而未见也。"把浩然请了出来。玄宗命浩然吟诗,吟的居然就是这首,吟到"不才明主弃,多病故人疏",玄宗不高兴了,说:"朕没有抛弃过你,是你自己不求仕,怎么反过来怪罪我?"于是把孟浩然放回了南山。这个故事是虚构的,但却折射出了诗人命运的可悲。

过故人庄

故人具鸡黍，[1]邀我至田家。
绿树村边合，青山郭外斜。[2]
开轩面场圃，[3]把酒话桑麻。
待到重阳日，还来就菊花。[4]

注释

〔1〕具：备办，预备。鸡黍：泛指待客的饭菜。
〔2〕合：环绕。郭：外城。
〔3〕轩：指窗。场圃：犹园地。
〔4〕就：趋赴，接近。犹言欣赏。

解析

　　本诗描写山村的幽美景色和农家的生活情趣，反映了乡居生活亲切宁静的一面。诗的语言平淡如口语，质朴蕴深味，凝练见功力。诗人只是依次叙写做客的过程，但自有无穷诗意流注其间。首联"鸡黍"一词显示出田家的特有风味，用典而不觉其为典。颔联写田庄的环境，既幽雅僻静，又明朗开阔。颈联上句写农家场院、园圃，示人以舒适宽敞；下句写主客间饮酒谈话，单纯、质朴，不仅使人领略到浓郁的农村风味和劳动气息，而且和前面的绿树、青山融为一体，构成一幅优美宁静的田园风景画。结尾写临别预约重来，道出了诗人此行做客的惬意，也从侧面表达了他对田园生活的由衷喜爱。此诗语言和它所表现的田园生活同样自然、平淡，而又耐人寻味。

秦中寄远上人[1]

一丘常欲卧，三径苦无资。[2]

北土非吾愿，东林怀我师。[3]

黄金燃桂尽，壮志逐年衰。

日夕凉风至，闻蝉但益悲。

注释

〔1〕上人：对僧人的尊称。

〔2〕三径：指退隐者的家园。典出《三辅决录·逃名》。

〔3〕东林：指东林寺。在庐山北麓。

解析

　　这首诗作于孟浩然第一次到长安应举不中，滞留至秋天时。科举考试，在春天举行，落榜后不离开长安，一般是准备来年再考。孟浩然未必没有这样的打算。但秋天到来时，他在长安待不下去了，就写了这首诗寄给远方友人，一抒悲怀。远上人是庐山东林寺的僧人，孟浩然早年曾游庐山，得以与之结交。首联说自己早就有归隐田园的念头，可惜生计无法解决，不能效法陶渊明。"三径"一词出于陶渊明《归去来辞》："三径就荒，松菊犹存。"接下来说：留在长安，并非自己的意愿，因此常常怀念远方的远上人。"黄金燃桂尽"，指长安物价昂贵，烧柴如同烧珍贵的桂木，即便黄金在手，也得花光。穷书生在这里无法生存，当初的人生壮志也已消磨殆尽。归去也不行，留在长安也不行，诗人陷入了进退两难的境地。在这样的情势下，尾联写悲秋就有了足够的感情分量。

宿桐庐江寄广陵旧游

山暝听猿愁，沧江急夜流。[1]

风鸣两岸叶，月照一孤舟。

建德非吾土，维扬忆旧游。[2]

还将两行泪，遥寄海西头。[3]

注释

　　〔1〕暝:昏暗。沧江:泛称江。江水呈青苍色,故称。
　　〔2〕建德:县名,今属浙江。维扬:扬州的别称。
　　〔3〕海西头:指扬州。扬州近海,故称。

解析

　　此诗作于孟浩然四十岁前后南游吴越时。他的漫游实际上是在寻找仕进出路,一旦没有收获,便会产生强烈的悲愁。本诗就是抒写这种悲愁的。前半写夜宿桐庐江情景,他听到山间猿啼,听到江水急流,又听到风吹两岸的树叶沙沙作响,前三句全是写听觉。这样的描写对于夜宿江上的诗人来说,是十分真实的,因为夜间视觉不能发挥作用。同时,诗人夜不能寐的愁烦状态也表现了出来。既然不能入睡,自然就看到了月光,所以接着有写视觉的第四句:"月照一孤舟。""孤舟"前面加上"一"字,看似重复,实则强化了孤独感。总起来说,诗的写景全在渲染气氛。后半是怀念广陵旧游,诗人夜宿的桐庐江就在建德境内,"建德非吾土",即这里不是久居之地。把扬州称作"海西头",则是用了隋炀帝诗的说法:"借问扬州在何处?淮南江北海西头。"

诗坛佳话

　　放歌田园:作为唐代第一位大量写山水田园的诗人,孟浩然以卓然的风采为时人推崇。诗仙李白向他致敬——"吾爱孟夫子,风流天下闻"(《赠孟浩然》);诗圣杜甫亦以"清诗句句尽堪传"(《解闷十二首(其六)》)为他张目。在他笔下,故乡美景随处可见,无论是山水、烟树,亦或是新月、小舟……无不承载着赤子的情愫;他把田园牧歌的生活巧妙地纳入诗中,农家生活的简朴、故人情谊的深厚、乡村氛围的和谐,都似一弯浅浅的清流,随着舒缓的节奏慢慢浸透人们心田,为远行的游子带来最醇厚的家园气息。

留别王维

寂寂竟何待，　朝朝空自归。
欲寻芳草去，　惜与故人违。[1]
当路谁相假?[2]知音世所稀。
只应守寂寞，　还掩故园扉。

注释

〔1〕违:指分离。
〔2〕当路:居政府要职者,当权者。假:凭借,依赖。

解析

　　孟浩然与王维交情很深,他长王维十二岁,是老大哥。但王维二十岁考中进士,就在朝中做官了,所以,孟浩然到长安求仕,要靠王维帮助。其奈王维官职小,帮不了大忙,孟浩然还得自己去奔走。从诗中看,他是在寻找有权势之人的援助,这种被称作"干谒"的行为,在唐代是很常见的,士子即使参加科考,也需要有力者的奥援。诗的首联"寂寂竟何待,朝朝空自归",说的就是辛苦干谒而无所收获的实情。极度失望中,孟浩然决定离开长安,返回故园,领联写他做出这个决定时的矛盾心理:"欲寻芳草去"指追踪高士去过隐居生活,做出这种选择主动权当然在自己,但要与王维分别,又使他依依不舍。颈联再强调归隐的原因:"当路谁相假"是说那些有权势的人谁都不肯施以援手,"知音世所稀"是说在长安除了王维找不到第二个朋友。尾联预想返回故园后的生活状况,虽然寂寞,但也只能接受这种现实了。

早寒有怀

木落雁南度，北风江上寒。

我家襄水曲，遥隔楚云端。[1]
乡泪客中尽，孤帆天际看。
迷津欲有问，平海夕漫漫。[2]

注释

〔1〕襄水曲：襄水曲折处。指襄阳。楚：襄阳古属楚地。
〔2〕津：渡口。传孔子周游迷津，使子路问焉。平海：江面平阔。

解析

　　此诗与前面的《宿桐庐江寄广陵旧游》应作于同一时期，即孟浩然漫游吴越时。那首诗怀念扬州友人，这首诗怀念故乡，内容不尽相同，但中心作意是一样的，都是抒写客居外地的孤独感。孤独感的产生，则是由于没找到人生出路。前面三联，抒写乡思。树叶飘落，大雁南飞，江上风寒，又一个秋天来到了，诗人不禁起了乡思，怀念"襄水曲""楚云端"的故乡。"乡泪客中尽，孤帆天际看"二句，写得十分凄苦：因为思乡，不知洒过多少泪水，以致泪都流干了；一叶孤舟，渺在天涯，没有一点依靠，也不知漂泊到何处。结尾感慨很深："迷津"似指行船找不到渡口，实际包含了找不到人生出路的迷茫。"欲有问"，是希望得到指点迷津之人，即帮助自己找到出路的人。然而，眼前只见"平海夕漫漫"，诗人更加迷茫不知所向了。

刘长卿

刘长卿(709?—790?),字文房,郡望河间(今属河北),籍贯宣城(今属安徽)。青少年读书于嵩阳,天宝中进士及第。肃宗至德年间任监察御史,后为长洲尉,因事贬潘州南巴尉。上元东游吴越。代宗大历中以检校祠部员外郎为转运使判官,任淮西鄂岳转运留后,被诬贪赃,贬为睦州司马。德宗朝任随州刺史,叛军李希烈攻随州,弃城出走,复游吴越,终于贞元六年之前。其诗气韵流畅,意境幽深,婉而多讽,以五言擅长,自诩为"五言长城"。

秋日登吴公台上寺远眺[1]

古台摇落后,[2]秋入望乡心。
野寺人来少,　云峰水隔深。
夕阳依旧垒,[3]寒磬满空林。
惆怅南朝事,[4]长江独至今。

注释

〔1〕吴公台:在今扬州北。
〔2〕摇落:零落,凋落。指秋来草木衰谢。
〔3〕旧垒:指吴公台。
〔4〕南朝:指宋、齐、梁、陈四个朝代。

解析

刘长卿自诩"五言长城",擅作五言律诗。五言律诗的写法,通常是首联破题,中间两联作铺陈,尾联收束。此诗正可体现这种写法。从诗题看,这是一首登临怀古之作,所登吴公台上寺,在扬州江都市,系南朝陈将吴明彻攻伐北齐的战场。首联点出"古台",又点出"秋入",回应诗题中时、地两个要素,开启全篇;首句"摇落"一词,兼有古台荒凉及时令入秋的双重意思。中间两联,是题中"远眺"的具体展开。颔联上句写寺,"人来少"见其冷落;下句写台,"水隔深"见其险固。颈联倒过来,上句写夕阳残照下的古台,下句写寒磬声中的野寺,都是一片苍凉。尾联用直接抒情兜住全篇:"惆怅南朝事"句指人事沧桑,"长江独至今"句指江山依旧,感慨深长,留下不尽的回味。

送李中丞归汉阳别业

流落征南将, 曾驱十万师。
罢归无旧业, 老去恋明时。[1]
独立三边静,[2] 轻生一剑知。
茫茫江汉上, 日暮欲何之![3]

注释

〔1〕明时:承平盛世。

〔2〕三边:泛指边地。

〔3〕江汉:泛指江上。何之:到何处去。

解析

诗题中的"李中丞",不能详考,从诗中内容看,应是一位早年战功卓著而老来失意的将军。中丞,是御史中丞的简称,唐代边将往往带御史这类朝官衔。此诗写法是将昔日事与眼前事交错起来,在追忆往昔辉煌的同时,感叹眼前的冷落。首联写往昔,"征南将""十万师"是李中丞当年领兵征战的真实记录。颔联写当下:"无旧业"应指李中丞在长安城里没有产业,所以才要到远方的汉阳别业去养老。但在离开长安之际,老将仍然依恋着朝廷,这份情怀很令人感动。反过来,则显得朝廷十分寡情。颈联再回顾当年:"独立三边静",是老将的卓著功勋;"轻生一剑知",是老将的献身精神。结尾想象老将远去汉阳后的景况,身处茫茫汉江上,一颗孤独的心将如何安放?诗人设身处地为老将着想,表现了可贵的正义感。

饯别王十一南游

望君烟水阔,　挥手泪沾巾。
飞鸟没何处,[1]青山空向人。
长江一帆远,　落日五湖春。[2]
谁见汀洲上,　相思愁白蘋。[3]

注释

〔1〕飞鸟:喻指王十一。
〔2〕五湖:指太湖。
〔3〕汀洲:水中小洲。白蘋:水草名,花白色。

解析

　　送友人是唐诗中最常见的题材,但这首诗仍有其独特的感染力。首联写送别,平心而论,"挥手泪沾巾"这样的句子并无新意。诗的精彩处全在颔联:"飞鸟没何处,青山空向人。"这时,行人已经在视线中消失了,但诗人还在凝望,他看到一只鸟从眼前飞过,转眼就没了踪影,瞬间产生一种联想,觉得远去的友人就像那只鸟,不知飞向何处去了。再把视线收回,眼前空荡荡的,只有青山与人相对,然而青山无情无语,不解人意,于是用了"空向人"三字来表

211

达怅然失落的内心感受。把感情无目的地对着青山发泄,这感情就成了非理性的痴情,而痴情恰恰具有异乎寻常的感人力量。诗的后半写别后相思,颈联看似写景,但景中有人,一帆远去的是友人,留下来看五湖落日的是诗人。尾联"谁见"二字,用反而语气,也起着强化感情表达的作用。

寻南溪常道士

一路经行处,　莓苔见屐痕。[1]
白云依静渚,[2]青草闭闲门。
过雨看松色,　随山到水源。
溪花与禅意,　相对亦忘言。

注释

〔1〕屐:木制的鞋。底有齿,古人着屐登山。
〔2〕渚:水中小洲。

解析

  这首诗的写作思路,完全按照诗题的叙事,沿着"南溪"一路寻去。途中所见,是印在莓苔上的"屐痕",像路标一样,把诗人引到了常道士的居处。颔联写此处景色:"白云依静渚"这句诗很妙,是指溪水中白云的倒影。"青草闭闲门"这句诗也很妙,"闲门"关闭是因为无人出入,诗人却说是"青草"把门封了起来。颈联应是诗人与常道士一起在山中游览的情景:遇上了一场雨,走过了成片的松林,随着山势的转折一直走到了溪水的源头。诗人这一天过得很愉快,尾联总结内心感受:"溪花与禅意,相对亦忘言。"溪花代表山水景物,禅意是人与自然山水交融为一体时获得的精神愉悦,但这种愉悦是难以用语言表达的,这就叫"忘言"。有意思的是"禅意"为佛家语,诗人却是与道家人物相伴,可见不同宗教有相通的本质,都是给人提供精神慰藉。

新 年 作

乡心新岁切， 天畔独潸然。[1]
老至居人下， 春归在客先。[2]
岭猿同旦暮，[3]江柳共风烟。
已似长沙傅，[4]从今又几年？

注释

〔1〕潸然：流泪的样子。

〔2〕客：诗人自指。

〔3〕岭：指五岭。作者时贬潘州南巴，过此岭。

〔4〕长沙傅：指贾谊。曾为长沙王太傅。

解析

新年，对离家在外的人来说，是一个最容易动感情的时刻。刘长卿是洛阳人，长期在南方做小官。这首《新年作》劈头就说"乡心新岁切"，即乡思平日也有，但逢到新年更加痛切，更加感受到离家在外的孤独，所以第二句接着说"天畔独潸然"，令诗人大动感情。然而，令诗人大动感情的不只是思乡，还有更要紧的原因，是"老至居人下"，即仕途不得志。人生不得志的压抑感会加重乡思，所以诗人又感叹"春归在客先"，春天到了，自己却还离乡在外奔波。第三联上句说平日只有岭猿相伴，关联着"老至居人下"；下句说江边柳树长出了新枝条，关联着"春归在客先"。尾联用汉代贾谊的故事寄托悲慨，贾谊在朝不得志，贬为长沙王太傅，但毕竟数年后又被招回，自己能不能盼到那一天呢？末句说"从今又几年"，自己的命运比贾谊更不如了！

钱　起

钱起(715?—780),字仲文,吴兴(今属浙江)人。天宝九载中进士,授秘书省校书郎。肃宗朝任蓝田尉。代宗大历中任司勋员外郎、司封郎中,官至考功员外郎。为"大历十才子"之一,诗与郎士元并称,即所谓"钱郎"。时人评其诗"体格新奇,理致清淡",然内容单薄,类多应酬之作,诗风至此一变。

送僧归日本

上国随缘住,[1]来途若梦行。
浮天沧海远，去世法舟轻。
水月通禅寂，鱼龙听梵声。[2]
惟怜一灯影,[3]万里眼中明。

注释

〔1〕上国:域外称中国为上国。
〔2〕水月:佛家语,言世事人生如水月之虚幻。梵声:诵经声。
〔3〕惟怜:独爱。一灯:佛家言佛法如灯,一灯可燃百千灯。

解析

唐代,中日文化交流很发达,许多日本僧人来中国学习佛法,所以,唐代诗人多有与日本僧人的酬赠之作。钱起长期在朝中做官,这首诗应是在长安送一位日僧回国。因为赠诗对象是僧人,所以诗中充满着佛家的思维与语言。首联概说来中国留学之事,"随缘住",即来中国学佛是一种机缘;"来途若梦行"是美化的说法,日僧当年来中国如同做了一场好梦。颔联想象渡海归国情景,"去世"指离开中土大唐,但也隐含了离开尘世而走向彼岸的意思,意在赞美僧人修佛的造诣。因为是僧人,所以称他的渡船为"法舟"。第三联用佛家语言形容海上行程,"水月""鱼龙"是海中景物,"禅寂""梵声"是佛法境界。尾联说僧人归国后,在日本弘扬佛法,将获得巨大成功,表达了诗人的美好祝愿。

谷口书斋寄杨补阙

泉壑带茅茨,云霞生薜帷。[1]
竹怜新雨后,山爱夕阳时。
闲鹭栖常早,秋花落更迟。
家童扫萝径,昨与故人期。

注释

〔1〕泉壑:泉水山壑。犹言山水。薜:薜荔,又称木莲,常绿藤本植物。

解析

钱起做过蓝田县尉,诗题中的"谷口书斋"应是他在蓝田终南山下营造的居处。蓝田有王维的辋川别业,两位诗人有不少交往,钱起这首诗写山居生活,内容情调也很像王维的辋川诗。诗以主要篇幅写秋天一场雨后傍晚的景色。先写环境:书斋建造在一条沟壑的口上,壑中茅茨丛生,一道流泉从草丛中穿过。山的高处,茂盛的薜荔结成了帷幕,灿烂的云霞挂在天边。最动人的是山中雨后的美景:竹林经雨水冲洗,青翠欲滴;夕阳在山头闪耀,也被雨水冲洗得分外鲜明。第三联,诗人将目光移到书斋近旁:悠闲的白鹭已经栖息,周围的秋花依旧盛开。山居美景,至此已经描写得很充分了,但是,诗人的生活状况如何？他会寂寞吗？尾联出现了人的活动：家童正在打扫挂满藤萝的小路，准备迎接昨天约好的客人。原来诗人的山居生活并不乏情趣，客人到来时，他们将是何等快乐！

韦应物

淮上喜会梁州故人

江汉曾为客,[1]相逢每醉还。
浮云一别后，　流水十年间。[2]
欢笑情如旧，　萧疏发已斑。
何因不归去，　淮上对秋山。

注释

〔1〕江汉:指长江汉水流域。
〔2〕浮云:飘浮的云彩。喻人生聚散无常。流水:喻时间的消逝。

解析

　　韦应物做过滁州(今安徽滁州)刺史,此诗即作于滁州。诗题的"淮上",指属于淮南道的滁州。梁州(今陕西汉中),属汉水流域。诗的脉络十分清晰:首联回忆梁州旧情,当年诗人曾客游江汉一带(包括了梁州),与这位故人相交甚欢。颔联写分别:"浮云"比喻人的行迹不定,聚散无常,"流水"比喻年华消逝,岁月匆匆。颈联写淮上重逢,友情未减,容颜已老,人生感慨包含于诗句中。可以设想,两位老朋友在淮上重温旧情,必定如当年一样"相逢每醉还",日日尽情尽兴,其他事一概置之不顾。所以尾联向友人发问:"你为何不急于回梁州,已经入秋了,还在淮上流连?"实际是明知故问,友人肯定回答:"我实在是舍不得离开这里!"

217

赋得暮雨送李胄

楚江微雨里，建业暮钟时。[1]
漠漠帆来重，冥冥鸟去迟。[2]
海门深不见，浦树远含滋。[3]
相送情无限，沾襟比散丝。[4]

注释

〔1〕楚江：指长江。江流经楚地曰楚江。建业：今江苏南京。孙权改秣陵为建业。
〔2〕漠漠：迷蒙的样子。冥冥：形容高远。指天空。
〔3〕海门：海口，内河通海处。浦：水边。
〔4〕沾襟：言泪落沾湿衣襟。

解析

据诗意，此诗作于建业（今南京）。诗题中的"赋得"，就是命题作诗，一般来说，是多人同写一个题目，含有竞赛的意思，看谁的诗更好。猜想"暮雨送李胄"，是许多人为李胄送行，大家约定各写一首送行的诗。这样的命题诗是很难写出新意的，韦应物的诗流传了下来，应是胜出的佳作。诗的首联点明送人地点是建业的长江边，时间是暮钟敲响的傍晚，天空下着蒙蒙细雨。颔联是江边即景，暮色与雨色交织，江上和天空都是一片迷蒙，船行很慢，鸟也飞得吃力。"重""迟"两个字锤炼得十分精到，不但写出了船行与鸟飞的实际状态，而且渲染了送别之际的凝重氛围。颈联是向长江下游即行人的前程眺望，海路沉沉，远方的树木在雨中露出一线青色，仍然是一片迷蒙。尾联要道出送别了，如何写出新意呢？诗人就眼前景取喻，把"沾襟"的泪比作空中飘洒的雨丝，情与景打成一片，而且紧扣了诗题，这首"赋得"诗就画上了圆满的句号。

韩 翃

韩翃(？—785？)，字君平，南阳(今属河南)人。天宝十三载进士。肃宗宝应元年为淄青节度使幕府从事。后闲居长安十年。大历后期，先后入汴宋、宣武节度使幕府为从事。建中初，德宗赏识其"春城无处不飞花"一诗，任驾部郎中，知制诰，官终中书舍人。为"大历十才子"之一。其诗多送行赠别之作，善写离人旅途景色，而缺乏情思。

酬程延秋夜即事见赠

长簟迎风早，空城淡月华。[1]
星河秋一雁，砧杵夜千家。[2]
节候看应晚，心期卧已赊。[3]
向来吟秀句，不觉已鸣鸦。[4]

注释

〔1〕簟：竹名，节长而高。月华：月光。
〔2〕砧杵：捣衣石和棒槌。此指捣衣。
〔3〕赊：时间长久。
〔4〕向来：刚刚，即时。鸣鸦：早鸦乱啼。谓天将破晓。

解析

诗题"酬"的意思，是友人程延作了一首《秋夜即事》诗赠给诗人，诗人用相同的题目作一首回赠对方。这样的诗首先要求切合题目。首句"长簟迎风早",切合了"秋";次句"空城淡月华",切合了"夜"。接下去就该围绕"即事"来写了。颔联写秋夜所见所闻。注意力先引向天空,银河耿耿,空中传来大雁鸣叫声;再将注意力转向人间,月下城中家家在赶制冬衣,砧杵声响成一片。颈联写秋夜所思所想。这里没有写具体的内容,只说秋天到了,节候已晚,一年就要到头,心中的期待久久埋藏,仍然没有实现。这就道出了人生的些许感叹。尾联说的大概是实情:一整夜都在琢磨这首诗,不觉天已破晓,外面传来了早鸦啼叫声。诗人自谓"吟秀句",站在读者角度看,这首诗虽然没有多少创新,却还是当得上一个"秀"字。

刘眘虚

刘眘虚(生卒年不详),字全乙,新吴(今江西奉新)人,一说江东人,或说嵩山人。九岁能文,召见,拜童子郎。开元中进士及第,调洛阳尉,迁夏县令。曾任崇文馆校书郎。与贺知章、包融、张旭齐名,人称"吴中四友"。为诗情幽兴远,思雅词奇,知名于时,并为后代所推许。

阙 题

道由白云尽,[1] 春与青溪长。
时有落花至, 远随流水香。
闲门向山路, 深柳读书堂。
幽映每白日, 清辉照衣裳。

注释

〔1〕尽:谓路延伸而消失在视野里。

解析

这首诗名为"阙题",就是没有题目,可能是题目丢失了,也可能本来就没有题目。我们不妨给它补一个题目,就叫《春日山房》。诗的内容全部是写景。先由远处落笔:一条山路向白云深处延伸而去,一条小溪与山路相伴,流了过来。视线向近处移动,凝聚在不断飘飞的落花上,落花掉进溪水,溪水也带上了花香。再往身边看,一所房屋掩映在柳树的浓荫中,山路通到房前,门却关闭着。房屋的主人,正在屋内安静地读书吧!以上写"山房"景色,都是白天,概括成一个词,就是"幽映",白云、清溪、花香、柳绿,交相映衬,环境十分幽美。这里的夜景如何呢?末句说:山间的月亮格外明亮,清辉落在人的衣服上,那感觉比白日更"幽"了几分。唐诗中多有这样的山居题材,折射出人们对生活的诗意追求。

戴叔伦

戴叔伦(732—789),字幼公(一作次公),润州金坛(今属江苏)人。代宗广德初任秘书省正字,后在度支盐铁诸使幕府任职,授监察御史衔。德宗建中初出任东阳令,后以大理寺司直入江西观察使幕,不久以祠部郎中衔授抚州刺史,后改容州刺史兼容管经略使,卒于任所。其诗多写农村生活,构思新颖。谓"诗家之景,如蓝田日暖,良玉生烟",讲究韵味,为后世神韵派诗论先导。

江乡故人偶集客舍

天秋月又满,　城阙夜千重。
还作江南会,　翻疑梦里逢。[1]
风枝惊暗鹊,　露草泣寒虫。
羁旅长堪醉,[2]相留畏晓钟。

注释

〔1〕翻:犹"反"。
〔2〕羁旅:客游他乡。

解析

这可真是难得的聚会!一个偶然机会,同乡数人(至少应有三人吧)在江南一座城市的旅舍碰面了。事先没有约定,所以是"偶集"。这在古代的交通条件下,简直是不可想象的巧事、美事,必得写首诗作为永久的纪念,于是就有了这首纪实之作。戴叔伦是润州（今江苏镇江）人，诗题的"江乡"指家乡润州。照例先要记下聚会的时间、地点：一个秋天的夜晚，逢上月中，天空一轮满月好像应了人间这圆满的聚会。地点是座大城市，夜色沉沉，有"夜千重"的感觉。当城市睡去时，此间的聚会正进入高潮。大家围坐在一起，仍不敢相信眼前的聚会是真事，觉得像是在做一场梦。聚会正热烈时，诗人踱到室外，听到风过处巢中的宿鸟发出轻微的骚动，又听到露水打湿的草丛里小虫的叫声。外面的静谧恰恰反衬出室内的热闹。欢聚一直到拂晓，人人都醉了，离家在外的人，醉酒就是最大的精神享受。这个夜晚真是过得太快了，当晓钟声传来时，大家都觉得没有尽兴。诗的余味，也给人长久不散的感觉。

卢　纶

卢纶(739？—799？)，字允言，祖籍范阳(今北京西南)，后迁居蒲(今山西永济)。天宝末举进士，遇乱不第，奉亲避居鄱阳。代宗朝又应举，屡试不第。大历六年，宰相元载举荐，授阌乡尉。又受宰相王缙赏识，奏为集贤学士、秘书省校书郎。后出为陕府户曹、河南密县令。德宗朝为昭应令，又赴河中节度使任元帅府判官，官至检校户部郎中。为"大历十才子"之一。诗多应酬赠答之作，但所作边塞诗却苍老遒劲，气势雄浑，体现盛唐之馀绪。

送李端

故关衰草遍，[1]离别正堪悲。
路出寒云外，　人归暮雪时。
少孤为客早，[2]多难识君迟。
掩泣空相向，　风尘何所期。

注释

〔1〕故关：故乡。
〔2〕少孤：少年丧父、丧母或父母双亡。

解析

卢纶原籍范阳(今北京)，李端的籍贯是赵州(今河北赵县)，二人同为"燕赵慷慨悲歌之士"，又同在"大历十才子"之列，所以，他们之间的交谊非同一般。这首《送李端》读来确乎感人至深。据诗意,作者是送李端归返故乡,这肯定会引起卢纶的故国之思。诗开头一句说"故关衰草遍",这里"故关"应指赵州,但或许也包含了范阳,两地自然条件相近,深秋或初冬季节,满目都是枯黄的衰草。第二联想象李端行程,"寒云""暮雪"是典型的北地景观。第三联为诗人自述:少年丧亲,早早就离开故乡,开始了客居外地的生活;一身经历了那么多磨难,常苦无人相助,教人不能不感慨认识你真是太晚!言外之意,你是我最可信赖的朋友。这些诗句背后,包含了一言难尽的生活艰辛及人生体验。尾联"掩泣空相向,风尘何所期",写分手一刻的大动感情:二人相对而泣,却谁都无法改变即将分别的事实;别后各在世路风尘中奔波,人生前途既难以预测,又不知何年何月才能再次相见。这种对前景的悲观,反映了中唐人普遍的心理状态。

李 益

李益(748—829),字君虞,陇西姑臧(今甘肃武威)人。大历四年进士,授郑县尉,又任华州主簿,转侍御史。后出塞从军,入朔方、邠宁、幽州诸节度使幕中为从事。即所谓"三受末秩,五在兵间"。曾东游扬州。宪宗朝入为都官郎中,历秘书少监、集贤学士、散骑常侍、太子宾客等官。文宗大和初,以礼部尚书致仕。或列入"大历十才子",诗名早著,尤以边塞诗流传最广,其中七绝冠绝当世,几可与盛唐王昌龄媲美。

喜见外弟又言别

十年离乱后, 长大一相逢。[1]
问姓惊初见, 称名忆旧容。
别来沧海事,[2]语罢暮天钟。
明日巴陵道,[3]秋山又几重。

注释

〔1〕一:助词,加强语气。
〔2〕沧海:沧海桑田的省称,谓世事变化巨大。
〔3〕巴陵:唐郡名,治所在今湖南岳阳。

解析

本诗用白描手法叙写经历十年社会离乱的阻隔,亲友之间久别重逢时的复杂感情。诗人从生活出发,抓住了典型的细节,从"问"到"称",从"惊"到

"忆",层次分明地写出了乍见时之惊,通名后之喜,逢而复别之感伤的曲折过程,绘声绘色,细腻传神。而诗人所采用的,是平淡如洗、凝炼朴素的语言,在和谐的音律和自然的对仗中款款道出,言简情厚,意味深长。

司空曙

司空曙(约720—790?),字文明(一作文初),广平(今河北永年)人。进士出身,大历年间任洛阳主簿,后为左拾遗。建中三年出为长林丞。贞元初入剑南节度使幕,领衔水部郎中。官终虞部郎中。为"大历十才子"之一。诗多写自然景色与乡情旅思,长于五律。

云阳馆与韩绅宿别

故人江海别,　几度隔山川。
乍见翻疑梦,[1]相悲各问年。
孤灯寒照雨,　深竹暗浮烟。
更有来朝恨,　离杯惜共传。[2]

注释

〔1〕乍:骤,突然。
〔2〕共传:一起传杯换盏,饮离别之酒。

解析

人生常有意外遭逢。诗人司空曙与故友韩绅睽违多年,一天忽然在云阳城的驿馆相遇,使他们惊喜交加,半晌转不过神来。然而,相聚只是这一宿,明天又要分手。这天晚上他们一起饮酒叙旧,司空曙写下了这首感怀之作。首联诉说久别情怀:"江海别"指各自游宦于江海之间;虽然山川阻隔,他们仍曾几度相见又相别,而最后一次分别则相隔得太久了!颔联写这次意外重逢:猛一见面,都不敢相信眼前的事实,感觉像是在做梦;看着对方容颜的变化,互相询问年龄,不禁悲从中来。这两句诗用质实的语言揭示人在瞬间的心理状态,无比真切动人。颈联写驿馆夜间的环境:室内一盏孤灯,微弱的光线照到窗外,看见雨丝纷纷,便觉寒气袭人;笼罩在雨雾中的竹丛,看上去一片黑沉沉。置身在这样的氛围中,人的心情不免压抑。尾联说:把一切不愉快都抛到脑后吧,明天又要分手,今晚的离别酒一定要饮得痛快!有几分豪纵,但更多的是悲凉。

喜外弟卢纶见宿

静夜四无邻,　荒居旧业贫。[1]
雨中黄叶树,　灯下白头人。
以我独沉久,[2]愧君相见频。
平生自有分,　况是蔡家亲。[3]

注释

〔1〕业:家业,家产。
〔2〕沉:谓沉沦下层。
〔3〕蔡家亲:指表亲。典出蔡伯喈。蔡,一作"霍"。

解析

　　题中"见宿"二字,并不是"光临寒舍"之类的客套话,诗人司空曙对外弟卢纶的到来,确实怀有满腔感激,诗中抒写的正是这种感情。首联说:我这个家十分寒碜,四面无邻,贫穷简陋。言外之意是,谁肯委屈自己到这里来做客呢?第三和第四联仍反复向外弟申说这层意思:像我这样长期沉沦下僚的人,你能频频上门,令我感动而又惭愧。说起来我们这辈子也真是有缘分,谁让你我还是表兄弟呢?这些抒情的诗句,发自内心,真诚质朴,确有感人的力量。然而,诗中最为人称道的,却是第二联:"雨中黄叶树,灯下白头人。"这两句诗的妙处,不仅在于对仗工稳天成,更在于情与景水乳交融,在于环境氛围与人物心理契合无间。"黄叶"是即将凋落的秋叶,带着寒意的秋雨打在黄叶上,沙沙作响,这景象多么萧疏凄冷!更何况还是在夜间。就在这样的夜里,两个白发人在一盏孤灯下对坐而语,他们的话题不外人生感慨,他们的心境也该是一片凄凉。

贼平后送人北归

世乱同南去, 时清独北还。[1]
他乡生白发, 旧国见青山。[2]
晓月过残垒,[3] 繁星宿故关。
寒禽与衰草, 处处伴愁颜。

注释

〔1〕时清:时世清明。言战乱已平。
〔2〕旧国:故乡。
〔3〕残垒:残破的壁垒。

解析

"贼平",指公元763年春"安史之乱"彻底平息。在这场历时八年的战乱中,许多北方人远走南方避难,现在有人要回故乡,诗人作诗相送。首联最可关注的是"同"和"独"两个字:南去时应携有家人,或者还有邻里同行,现在却是独自一人"北还",那么其他人呢?这里不可能做叙事交代,只能留给读者去推想。颔联的意思是人已经变得衰老,但故乡青山依旧,包含了人事沧桑的慨叹。诗的后半,想象北归路上情景,"残垒""寒禽""衰草",所见景色无不凄清,这固然与已经入秋的季节有关,但更是战乱造成的凋敝。结句说

"处处伴愁颜",表明归乡之人并没有好心情。一场巨大的社会灾难,不但破坏物质财富,更会给人留下长久不能消除的心理阴影,这种"愁"既属于被送者,也属于诗人自己。

刘禹锡

刘禹锡(772—842),字梦得,洛阳(今属河南)人。贞元中进士及第,又中博学宏辞,授太子校书,后入淮南节度使幕府掌书记,调补渭南主簿,升监察御史。顺宗即位,预政治革新,转屯田员外郎,判度支盐铁案。宪宗废新政,贬革新派,出为朗州司马。十年后召回长安,以诗忤当道,复出为连州刺史。穆宗朝为夔州、和州刺史。文宗时官主客郎中分司东都、集贤学士、礼部郎中,出任苏州、汝州、同州刺史,迁太子宾客分司东都。武宗时官至礼部尚书兼太子宾客。诗与白居易齐名,时称"刘白",白居易称之为"诗豪"。其诗善使事运典,托物寓意,以针砭时弊,抒写情怀。

蜀先主庙

天地英雄气,千秋尚凛然。[1]
势分三足鼎,业复五铢钱。[2]
得相能开国,生儿不象贤。
凄凉蜀故妓,来舞魏宫前。

注释

〔1〕凛然:令人敬畏。
〔2〕五铢钱:汉代的一种钱币。

解析

这是一首怀古兼咏史的诗。诗人来到成都,这里是三国时代蜀国的都城,建有蜀主刘备庙,面对这座庙,同时也是针对刘备这个人物以及他的事业成败,诗人作了这首诗。要用区区四十个字评说一段历史,必须使用高度概括的笔墨。首句"天地英雄气",先给刘备一个基本评价,称他为"英雄",而且是凝聚了天地之气的英雄,这就令人肃然起敬了。次句"千秋尚凛然",应是看到庙中塑像而发的感想,同时也有"英雄气"长存的意思。颔联概言刘备的历史功业:造就了三足鼎立的天下局势,在蜀地恢复了汉王朝的统治地位——沿用"五铢钱"即是具有象征意义的举措。颈联指出刘备事业成败的原因:因为有诸葛亮这样的丞相辅佐,所以成就了建立蜀国的大业;可惜刘禅却是不肖之子,丝毫没有乃父的"英雄气"。结果,就是尾联揭示的场景:蜀国灭亡了,蜀国的女伎被俘,成了魏宫的舞女。用形象化手法简洁而尖锐地揭出了无情的历史事实,并且加上"凄凉"这样有主观抒情意味的感叹,令我们不能不佩服诗人运用语言的非凡功力。

张　籍

张籍(约766—830),字文昌,祖籍吴郡(今江苏苏州),迁居和州(今安徽和县)。贞元中进士及第,元和初官太常寺太祝,后转国子监助教,迁秘书郎。长庆初为国子博士,又任水部员外郎,转主客郎中。官终国子司业。其诗或拟古乐府,或自创新乐府,注重风雅比兴,多写民生疾苦。是元白新乐府运动的积极支持者。与王建齐名,均擅长乐府,故称"张王乐府"。

没蕃故人

前年戍月支,[1]城下没全师。
蕃汉断消息,[2]死生长别离。
无人收废帐,[3]归马识残旗。
欲祭疑君在，　天涯哭此时。

注释

〔1〕戍:守边。月支:西域古族名,初在敦煌,后迁今新疆。
〔2〕蕃:古时对外族的通称。
〔3〕废帐:战败后遗弃的营帐。

解析

诗人张籍生活的中唐时代,唐朝廷与吐蕃(在今青海)的战争连年不断,许多将士在战争中丧生。诗人的一位老朋友不幸成为牺牲者之一,诗就是凭吊他的。题中"没"字,同"殁",人死的意思。全篇用了六句来写唐军战败的惨痛结局:战事发生在两年前,唐军大败,全军覆没在吐蕃城下。从此蕃地与内地就断了消息和往来,战死者长眠在那里,与家人亲友就此永别。战争过后,废弃的营帐无人收拾,只有一匹侥幸生存下来的战马,能认出唐军残破的旗帜。张籍是著名的现实主义诗人,他能把想象中的情景描写得真实可感。结尾,诗人想向着天涯遥祭这位故人,但又存着一丝故人还活着的希望。这首诗的简单情节可能出于虚构,诗人借此表达的反战思想,代表了人民大众的心愿,应该充分肯定其积极意义。

白居易

草

离离原上草,[1]一岁一枯荣。
野火烧不尽，春风吹又生。
远芳侵古道，晴翠接荒城。[2]
又送王孙去，萋萋满别情。[3]

注释

〔1〕离离:蒙茸披拂的样子。
〔2〕远芳:谓芳草绵延,渐远还生。晴翠:阳光下碧草苍翠。
〔3〕王孙:指游子。萋萋:草茂盛的样子。

解析

　　这首诗的本来题目是《赋得古原草送别》,也是命题之作。诗的前四句写"草",五、六句做过渡,结尾二句写"送别"。平心而论,后四句并无新意,甚至很平庸。诗的精彩处全在前四句,尤其是三、四句。诗人所咏的草,不一定是眼前实景,他也并不打算从写景角度对"草"做具体描写。首联中"离离"二字虽有形象描写的性质,但也是粗线条的。诗人所着力表现的,并不是"草"的景观,而是"草"的生长规律,即"一岁一枯荣"。草的这种生长规律属于常识,人人见过,人人了解,那么,诗人道出这一点有何意义呢？重头戏在下面:"野火烧不尽,春风吹又生。"诗人刻意把草的枯死说成野火烧死,野火就成了摧残草的生命的外部力量。然而,草的生命力极强,野火虽然烧死了当年的草,第二年春风一吹,新的草又长了出来。这样写来,草就有了象征意义:世间一切具有内在生命力的事物,都是外力所不能摧残的。这种象征意义根据人们的需要,可以做出多种扩大的解释。这两句诗也就成了经典名句。

杜 牧

杜牧(803—852),字牧之,京兆万年(今陕西西安)人。宰相杜佑之孙,大和进士,授弘文馆校书郎。后赴江西观察使幕,转淮南节度使幕,又入宣歙观察使幕。文宗朝任左补阙,转膳部、比部员外郎。武宗时出任黄、池、睦三州刺史。宣宗时入为司勋员外郎,史馆修撰,又出为湖州刺史,召为考功郎中知制诰,官至中书舍人。其为诗注重文意词采,追求高绝绮丽,于晚唐浮靡诗风中自树一帜。擅长近体,绝句尤为出色。

旅 宿

旅馆无良伴, 凝情自悄然。[1]
寒灯思旧事, 断雁警愁眠。[2]
远梦归侵晓, 家书到隔年。
沧江好烟月,[3] 门系钓鱼船。

注释

〔1〕悄然:忧伤的样子。

〔2〕断雁:孤雁。

〔3〕沧江:泛指江。

解析

"旅宿"是唐诗中常见的题材,很容易写得一般化而缺少新意。杜牧有长期做州府官的经历,因而也有丰富的"旅宿"生活体验。基于这样的生活体验,这首诗写得很有特色,其特色是细节描写的真实。首句说"旅馆无良伴",就是没有可以交谈的对象——如果有"良伴",旅宿之夜当是完全不同的情况——因此,接着说"凝情自悄然"就是别无选择的事情了。悄然凝情,诗人便进入了自己的内心世界。一开始不能入睡,对着寒灯,回忆旧事,消磨了一段时间;正要入睡,空中传来大雁的叫声,又把睡意赶跑了。后来,还是睡过去了,并且做了一个长长的"远梦",天亮前,在梦中回到了故乡。清晨醒来,不禁生出一番感慨:做梦回乡,实在太容易了,平时一封家书也要隔年才能收到呢!尾联"沧江好烟月,门系钓鱼船",实际上还是梦境的延续:回到故乡,过这种萧散自在的生活,该是多么美好的事情!唐代做官的诗人常常抒写对这种自由生活的向往之情,这是人性的自然宣泄。

许 浑

许浑(生卒年不详),字用晦(一作仲晦),润州丹阳(今属江苏)人。文宗大和六年进士,先后任当涂、太平令,因病免。后任润州司马。大中年间入为监察御史,因病乞归,后复出仕,历任虞部员外郎,转睦、郢二州刺史。晚年归丹阳桥村舍闲居,自编诗集,曰《丁卯集》。其诗皆近体,五七律尤多,句法圆熟工稳,声调平仄自成一格,即所谓"丁卯体"。诗多写"水",故有"许浑千首湿"之讽。

秋日赴阙题潼关驿楼

红叶晚萧萧, 长亭酒一瓢。[1]
残云归太华, 疏雨过中条。[2]
树色随关迥,[3] 河声入海遥。
帝乡明日到,[4] 犹自梦渔樵。

注释

〔1〕长亭:古时道路每十里设长亭,供行旅停息。
〔2〕太华:华山。中条:一名雷首山,在今山西永济东南。
〔3〕迥:远。
〔4〕帝乡:京都。指长安。

解析

从诗题看,诗人于秋日赴长安宫阙,应有官职在身。行到长安的东大门潼关,这天要在驿站住宿,向晚时分在长亭饮酒(题中"驿楼"及诗中"长亭",都是驿站的建筑物),一时兴起,作了这首诗题写在驿楼的壁上,这在当时是十分风雅的事。人在驿楼上,视野比较开阔,诗的中间两联写景,一句一景,连续有四种景观出现,境界颇为阔大:秋日高渺的天空,几片白云向着巍峨的太华山飘去;远望隐约可见中条山,一阵微雨似从那里飞来;向西看,一条大路直通长安,大路两旁的绿树连绵不断,向着远方延伸;向东看,黄河向大海滔滔流去,耳边似听到了涛声。结尾有点出人意料:"帝乡明日到,犹自梦渔樵",明天就要到长安了,此刻却做起了"渔樵梦",连诗人自己都觉得这个梦有点不可思议,所以用了"犹自"的说法。许浑的心理与上首诗中杜牧的心理相同,可见其具有普遍性。

早　秋

遥夜泛清瑟,　西风生翠萝。[1]
残萤栖玉露,　早雁拂金河。[2]
高树晓还密,[3]远山晴更多。
淮南一叶下,[4]自觉洞庭波。

注释

〔1〕泛:浮现。指扬起清瑟之声。翠萝:泛指绿色的蔓生植物。
〔2〕金河:银河。时值秋天,属金,故称。
〔3〕还密:谓树叶稠密,尚未凋零。
〔4〕淮南:泛指淮水以南地区。

解析

题为"早秋",这首诗就是从不同角度、用多种想象来展现早秋风物景色。大体来看,诗的前半着眼于夜晚,后半着眼于白日。第一、二、三联都是一句一景:早秋之夜,有不寐之人在鼓瑟,瑟声传出清泠之声;西风吹过翠萝,动摇的枝叶发出微响,带来几分凉意;栖息在夜露中的萤火虫,渐渐稀少起来;夜空中传来南归大雁的鸣叫声,它们飞得很高,翅膀好像拂过了银河。清晨,高高的树上绿叶仍很茂密;天气晴朗,可以望见远处的山峦。尾联"淮南一叶下,自觉洞庭波",变换写法,不再做具体想象,而是化用了《楚辞·九歌·湘夫人》的句子:"袅袅兮秋风,洞庭波兮木叶下。"用典的好处是引起人的阅读联想,把原典的意思与目下要表达的意思叠加起来,诗意就会更加丰富。

李商隐

蝉

本以高难饱,[1]徒劳恨费声。
五更疏欲断, 一树碧无情。
薄宦梗犹泛, 故园芜已平。[2]
烦君最相警,[3]我亦举家清。

注释

〔1〕高:谓蝉栖身于高处。喻清高。
〔2〕薄宦:卑微的官职。梗:指桃梗。以泛梗自喻游宦,典出《说苑》。芜已平:谓荒草已与人平。
〔3〕君:指蝉。

解析

　　这是一首典型的咏物诗,以蝉自喻,表现自己清寒的处境及清高的心志。诗的前半,怀着满腔同情集中写蝉:蝉居于高高的树梢上,餐风饮露,常常忍受饥饿;蝉不停地鸣叫,好像为自己鸣不平,但却没有得到任何回应。蝉整夜都在叫,直到五更时分叫声才稀疏下来,它大概叫累了吧!它身边的树却毫不动情,就像没听到这彻夜的叫声,照样自顾自地一片碧绿。"一树碧无情"这句诗,把蝉的倾诉投向本来"无情"之物,反过来怨它"无情",构想于无理中显出奇绝,被前人评为"神句"。第三联诗人写自己:"薄宦"句用了一个典故,有个用桃树枝条削成的木偶,在河水中漂流,不知漂到哪里才能停下来。诗人当时正辗转各地做幕僚,与随波漂流的木偶没有两样,所以用来比拟自己的现状。故园无人照料,已一片荒芜,自己却不能归去;"有家不能归"正是诗人的无奈。尾联将蝉与自己联系起来,对着蝉说:感谢你对我的警示,我也和你一样,举家清贫,我也要和你一样坚守清高的品格。诗将人与物打成一片,达到了咏物诗的至高境界。

同题对读

对于同一个题材,由于写作者的身份与处境不同,所表达的情感也是不同的。进行比较阅读的意义在于,通过比较诗人在作品中运用的表现手法及所蕴含的情感,来更深刻地理解不同的作品。

在《唐诗三百首》五言律诗中有两首写蝉的诗,分别是骆宾王的《在狱咏蝉》和李商隐的《蝉》。

具体来说,《在狱咏蝉》的创作背景是:当时骆宾王任侍御史,因屡次上书陈述天下大事,激怒了武则天,后遭人陷害,身陷囹圄。骆宾王才华为世人称道,但最初并不入武则天之法眼,《旧唐书》说骆宾王"落魄无行,好与博徒游"。古今凡有才者,大都恃才自傲,放浪不羁,可能骆宾王也如魏晋名士一样狷狂自负吧。

"露重飞难进,风多响易沉。无人信高洁,谁为表予心?"想那秋蝉叫得何等响亮,又是多么旁若无人。作者以秋蝉自喻,听秋蝉鸣叫之酣畅淋漓,但困愁于露重风多,这是由物及人,同病相怜,想人生多舛,奸佞当道,谁人能识此丹心?珠玉蒙于灰尘,混同于砂粒。英雄沦落草莽间并不可痛,痛的是无人能识英雄。

第二首咏蝉诗,也是李商隐对自己如蝉人生的一个写照。他在《蝉》中的描述让我们看到一只高高在枝上的蝉,餐风饮露,食不能饱,所有的鸣叫不过是一种徒劳。夜阑而声渐稀,一树绿叶自碧,绿得让人心碎。宦海沉浮,李商隐感觉自己像个木偶人,何处是落脚的地方?家乡的草已长满了院子。而沦落的人,只能像蝉一样给后世留下一个清廉的名声而已。一代才子,穷途末路,终生不得志,心灰意懒之情,溢于诗间,让人为之一叹。

  清人施补华《岘佣说诗》对这两首诗如此评价:"同一咏蝉……骆宾王'露重飞难进,风多响易沉',是患难人语;李商隐'本以高难饱,徒劳恨费声',是牢骚人语。"这两首咏蝉诗都是托咏蝉以寓意的名作,都是以蝉喻人,人蝉相融,物我两忘。虽同样工于比兴寄托,却分别呈现出殊异,构成富有个性特征的艺术形象。虽然都是咏蝉,但由于个人的地位、遭遇、气质、胸怀的不同,借咏蝉所述之意相差甚远。

风 雨

凄凉宝剑篇,　羁泊欲穷年。[1]
黄叶仍风雨,　青楼自管弦。
新知遭薄俗,　旧好隔良缘。
心断新丰酒,[2]销愁又几千。

注释

  [1] 宝剑篇:唐将郭震作。其主题言人当有所作为。羁泊:羁旅漂泊。
  [2] 心断:断绝念头,绝望。新丰:在今陕西临潼。马周未遇曾饮于新丰市。

解析

  李商隐终生怀才不遇,心中郁积了太多愁烦。这首可能作于晚年的诗,便是以宣泄人生郁愁为目的。初唐诗人郭震(字元振)未发迹时作《宝剑篇》,抒写人才遭弃的感慨,篇末愤激慷慨地写道:"虽复尘埋无所用,犹能夜夜气冲天。"李商隐诗开头即借助郭诗寄寓自己的不平及心志,"羁泊欲穷年"实际上有反问的意思:我难道终生都要在羁旅漂泊中度过吗?郭震后来成为朝廷名将,李商隐以《宝剑篇》寄怀,未尝没有对未来的期待。但眼前的遭遇实在令人感伤。颔联说:我目下的景况,如同秋天的黄叶又遭风吹雨打;那些豪贵之家却天天在管弦歌吹中享受着奢华,这世道何以如此不公?颈联抒写现实中的孤独感:新结交的朋友,命运与我一样,无不遭到世俗的排斥;旧时的朋友,又缺少沟通,关系日见疏远。境遇如此,诗人还能扛下去吗?篇末欲借酒浇愁,用了"新丰酒"一词,前代诗人王维有"新丰美酒斗十千"的名句,使商隐为之神往。然而,提到"新丰酒",又使他不能不联想起马周的故事,马周不遇时曾在新丰饮酒,后来受到太宗赏识,人生得以改变,商隐觉得自己未必有马周那样的好运,也就"心断"而对未来不抱希望了!诗人最终也未能从愁烦中解脱,"销愁又几千"留下的是一声无奈的浩叹。

落　花

高阁客竟去，　小园花乱飞。
参差连曲陌，[1]迢递送斜晖。
肠断未忍扫，　眼穿仍欲归。
芳心向春尽，　所得是沾衣。[2]

注释

〔1〕参差:形容落花繁乱。
〔2〕芳心:指花,关合看花的心情。沾衣:指眼泪。

解析

　　落花是暮春景象,这首诗以"落花"为题,是伤春之作。起头一句"高阁客竟去",有简洁的叙事性,诗人本来是陪着客人在小园赏花,颇有兴致,没想到转眼客人离去,诗人不免产生失落感,"竟"字就传达了这种心情。带着这种心情再看落花,就是满目凄伤了。颔联描写落花的情状:园里参差曲折的小路上,遍地都是落花;抬头看,远方的天空一轮红日正在西沉,落日的余晖照着落花,更增添了人的感伤。第三联向自身过渡:落花令人肠断,不忍心把它扫去;联想自己飘零的身世,恰似离开枝头的落花,天天望眼欲穿地想着回归故乡。尾联再把伤春的感情推向峰巅:随着春天的消逝,我这颗伤春的心已感伤得无以复加;等到春天过尽,留下的就只有衣襟上的泪痕了!

凉　思

客去波平槛,　　蝉休露满枝。
永怀当此节,[1]　倚立自移时。
北斗兼春远,　　南陵寓使迟。[2]
天涯占梦数,　　疑误有新知。

注释

〔1〕永怀:长久的思念。
〔2〕南陵:县名,今安徽繁昌。寓:寄,托。

解析

　　与上首一样,这首诗也是写客人去后心情的失落和感伤,不同的是上诗写伤春,此诗写悲秋。诗的前半写当时情景:客人去了,诗人仍在凝望客去的方向,只见秋波漫漫,与身边的栏槛快要齐平;秋深了,树上的蝉鸣已经消失,清冷的露水挂满枝头。秋天是令人伤感的季节,诗人倚靠着栏杆,一个时辰过去了,仍没有挪动地方。诗人在想着什么呢? 诗的后半写他的内心活动:夜来仰望北斗星,觉得春天还很遥远,就像这星座与人间的距离一样,使人心中无所希望;自己到南陵公干,迟迟不能回家。哪天才能回家呢? 夜来占个梦吧,但就怕占梦的结果并不可靠,反倒给人增添了疑误。诗到结尾处,显得十分迷茫无措。从诗句"南陵寓使迟"看,此诗是有具体写作背景的,但这背景很难坐实,我们只能就诗中的情绪做这样一番体会。

北 青 萝

残阳西入崦,[1]茅屋访孤僧。
落叶人何在, 寒云路几层。
独敲初夜磬, 闲倚一枝藤。[2]
世界微尘里, 吾宁爱与憎?[3]

注释

〔1〕崦:崦嵫,传说为日落的地方。

〔2〕初夜:犹初更。一枝藤:指藤杖。

〔3〕宁:何。疑问副词。

解析

　　北青萝是地名,在济源市(属河南)王屋山中。李商隐早年学道,曾住王屋山中,这首诗或许作于其时。诗写寻访一位僧人的经过,前六句有明显的叙事性:诗人可能在山中行走了一整天,残阳西下时,才来到僧人住处。这里并不是寺院,而是一所茅屋。主人是一位"孤僧",没有任何人与他为伴,这该是何等寂寞,而耐得住这般寂寞,也就显示了"孤僧"气质品位的不凡。起初,僧人好像没有出现,"落叶人何在,寒云路几层",接连两个疑问句,表明了诗人四处寻找的情况。后来是否找到了?诗中虽然没有明言,但"独敲初夜磬,闲倚一枝藤"二句的主语显然非僧莫属,因而我们知道,诗人终于见到了寻访的对象,并且夜间在茅屋留宿。"独敲""闲倚",使我们感受到这位"孤僧"超绝世外的生活状态及独到的修行境界。结尾二句,诗人自述此行的收获,看破了俗世,抛弃了爱憎,换句话说,就是宗教使心灵得到了净化。

温庭筠

温庭筠(约812—约870),本名岐,字飞卿,太原祁(今山西祁县)人。唐宰相温彦博后代。早年才思敏捷,以词赋知名,然屡试不第,客游江淮间。宣宗朝试宏辞,代人作赋,以扰乱科场,贬为隋县尉。后襄阳刺史署为巡官,授检校员外郎,不久离开襄阳,客于江陵。懿宗时曾任方城尉,官终国子助教。诗词工于体物,设色秾丽,有声调色彩之美。吊古行旅之作感慨深切,气韵清新,犹存风骨。

送人东游

荒戍落黄叶, 浩然离故关。[1]
高风汉阳渡, 初日郢门山。[2]
江上几人在, 天涯孤棹还。[3]
何当重相见,[4]樽酒慰离颜。

注释

〔1〕荒戍:荒废的古堡。浩然:犹毅然,志坚不可留的样子。
〔2〕郢门山:即荆门山,在湖北枝城西北。
〔3〕棹:船桨。代指船。
〔4〕何当:犹何时。

解析

此诗作于诗人在江陵做幕僚时,被送之人应是他的同僚一类。诗的前半四句,写行人"东游"的景况:首句的"黄叶",点明时令在秋。自宋玉在《九辩》中写下"悲哉,秋之为气也!萧瑟兮草木摇落而变衰;憭栗兮若在远行,登山临水兮送将归"的诗句,就奠定了文学作品"悲秋"的基调,唐诗中也多有悲秋之作。然而,这首秋日送人的诗无论写景、抒情,既无萧瑟之景,也无肃杀之气。开首的"荒戍"虽然不免苍凉,接着的"浩然"一句顿使东游之人带上了英雄气。颔联写他的行程,大笔挥洒出"高风汉阳渡,初日郢门山"的壮阔景象,大大提升了"东游"者的精神气概。温庭筠是晚唐诗人,笔下却出现了盛唐诗中才有的高华雄健气象,令人叫绝。第三联"江上几人在"一句所指宽泛,把众多游子全都包括了进去,"天涯孤棹还"一句则突出了眼下这位"东游"者的形象。尾联以一般寄慨收束,是送别诗常见的写法。

马 戴

马戴(生卒年不详),字虞臣,曲阳(今江苏东海)人。家贫,工诗。会昌四年,与项斯、赵嘏同榜举进士。大中初赴太原幕府掌书记,以正言被斥,贬为龙阳尉。咸通末佐大同军幕,官终太学博士。诗擅长五律,流动壮阔,然终是晚唐风貌。

灞上秋居

灞原风雨定,[1]晚见雁行频。
落叶他乡树,　寒汀独夜人。
空园白露滴,　孤壁野僧邻。
寄卧郊扉久,　何年致此身?[2]

注释

〔1〕灞原:霸上。在灞水西高原上,故名。
〔2〕郊扉:郊外住宅。致此身:谓使此身得以为君国效命。

解析

诗题"灞上",指长安东郊的灞水之滨;"秋居"并不是家,而是寓居之处。这首诗应作于诗人在长安应试未中时,科场暂时失利,但要留在长安再考,就在郊区寄居下来,秋天到来时,写诗以抒怀。诗的写法,纯用白描。首联是往高处看,看到"灞原",即灞上平旷的高地。灞原上风停了,雨住了,天晚时空中有一行行大雁向南飞去,这是秋天独有的景象。接下来写自己的居处环境,"落叶""寒汀""空园""白露""孤壁",所有这些景物,加上"野僧"这样一个人物,无不渲染着萧瑟冷落的氛围。诗人的心境,其实在景物描写中已经传达出来,更何况还有"他乡""独夜"这样两处对心境的直接展示,于是,一个旅居长安郊外的孤独士子的形象就真切可感地出现在我们面前。尾联点题,"何年致此身"的感叹,清楚表明了诗人的身份,也袒露了他期盼入仕的急切心情。

楚江怀古

露气寒光集,　微阳下楚丘。[1]
猿啼洞庭树,　人在木兰舟。[2]
广泽生明月,　苍山夹乱流。
云中君不见,[3]竟夕自悲秋。

注释

〔1〕楚丘:楚地的山丘。
〔2〕木兰舟:用木兰制作的舟。言其高洁芬芳。
〔3〕云中君:传说中的云神。楚辞有《云中君》。

解析

题中"楚江",指湘江。这首诗写在秋天的洞庭湖上,"怀古"实际是怀屈原。屈原与洞庭有密切关系,他的诗中多次写到洞庭,"袅袅兮秋风,洞庭波兮木叶下"(《九歌·湘夫人》)这样的美妙诗句更是广为传诵。诗人身在洞庭湖上,因秋景而触发思古之幽情,是最自然不过的事。诗写在傍晚时分,诗人看到的景色是:露气与波光在湖上荡漾,光亮越来越微弱的落日正向丘陵后面沉没。猿在林间啼叫,人在湖上泛舟。须要注意的是,诗句中的"丘""猿"这些字眼都曾出现在屈原诗中,"木兰舟"这个唐诗的常用语也是由《九歌·

湘君》"桂棹兮兰枻"句化出。所以,怀古的气息在诗中弥漫。稍后,一轮明月从辽阔的湖面上升起,月光照着岸边青苍苍的山陵,山间一道道水流向湖中奔泻。抬头看天空,有朵朵白云飘荡,却不见屈原诗中的"云中君"——《云中君》是《九歌》篇名,引得诗人"竟夕自悲秋"。将"怀古"与"悲秋"融会起来,诗的情思十分悠远。

张 乔

张乔(生卒年不详),池州(今安徽贵池)人。咸通十二年进士。黄巢起义,与伍乔同隐九华山。僖宗广明中尚在世,不知所终。苦力为诗,乃至十年不窥园,时与许棠、喻坦之、张蠙、郑谷诸人,皆以诗名,号称"芳林十哲"。其诗善于状物写景,却带萧飒之象。

书 边 事

调角断清秋, 征人倚戍楼。[1]
春风对青冢, 白日落梁州。[2]
大漠无兵阻, 穷边有客游。
蕃情似此水,[3] 长愿向南流。

注释

〔1〕调角:吹号角。戍楼:边境瞭望军情的望楼。
〔2〕青冢:昭君墓。梁州:古梁州当在今甘肃境内。
〔3〕蕃:古代对外族的统称。这里指吐蕃。

解析

所谓"书边事",即对边事发表自己的看法。诗人并非面对某种具体的边地景物或边地事件,而是泛言"边事"。诗的前半写边地景象,只是罗列了数种具有边地特色的语词,如"调角""征人""戍楼""青冢""梁州",造成笼统的边地印象。首句刚说"清秋",第三句又说"春风",足见写景并不具体。

诗的重心在后部，诗人对边事的看法也表达在后四句中。"大漠无兵阻，穷边有客游"，他希望边地没有战事，大漠不设防，边疆与内地畅通无阻，人们可以随意到边地游历，一直游到边境尽头。"蕃情似此水，长愿向南流"，边地部族的意愿，就像眼前这条河水向南流去一样，他们也心向着朝廷。一言以蔽之，诗人所期盼的，就是边地永远没有战争，永远一片和平气象。这无疑反映了民众的心声，也代表了国家的长远利益。

崔　涂

崔涂(生卒年不详),字礼山,江南(约今浙江桐庐、建德一带)人。光启四年进士及第。约昭宗天复初尚在世。家在江南,壮游巴蜀,中客湘鄂,老上秦陇。诗多记游之作,工写景述怀,尽是羁愁别恨,音调低沉。

除夜有怀

迢递三巴路,羁危万里身。[1]
乱山残雪夜,孤烛异乡人。
渐与骨肉远,转于僮仆亲。[2]
那堪正飘泊,明日岁华新。[3]

注释

〔1〕迢递:遥远的样子。三巴:巴郡、巴东、巴西。泛指今四川一带。羁危:羁旅艰危。

〔2〕转于:反与。

〔3〕岁华:岁月。明日即新年,故曰"岁华新"。

解析

这首诗写漂泊在外之人除夕夜的感怀。律诗首联不要求对仗,此诗却以"迢递三巴路,羁危万里身"的对仗联起首,为的是通过空间距离的遥远,来凸现旅人心理上的漂泊感和他内心的不平静。颔联写环境:"乱山""残雪"形成所谓"句中对",既是真实的景物,更是羁旅之人感受中的景物,"乱"与"残"

实际上也反映了人的缭乱不安心情。"孤烛""异乡"也是"句中对",以"孤烛"来强化"异乡人"的孤独感。颈联是所谓"流水对",即上、下句的意义不是相对的,而是连贯的,连起来读才能表达完整的意思:离开亲人日子久了,反倒与身边的僮仆感情上亲近起来。这里的重点不在上句,因为骨肉亲情永远都不会疏远;感人之处在充满人情味的下句,主人与仆人的不平等关系变成了亲人般的关系。王维诗有句"孤客亲僮仆",崔涂可能受其影响,但毕竟有自己的生活体验。尾联点破"明日岁华新",并非无谓,而是显示了漂泊之人对岁月流逝的焦虑。

孤 雁

几行归塞尽,　念尔独何之。
暮雨相呼失,　寒塘欲下迟。
渚云低暗度,　关月冷相随。
未必逢矰缴,[1]孤飞自可疑。

注释

〔1〕矰缴:系有丝绳用以射鸟的短箭。

解析

孤雁,是春天飞回北方的雁群中的掉队者。诗人把它拟人化,首联向它发问:春天来了,队队大雁飞归北方的塞上去了,你这样孤零零地打算飞往哪里去呢?继而想象它孤飞的情状:暮雨中听到它的叫声,好像在呼叫失去的同伴;它好像要在寒塘边栖息,却迟迟没有落下。它飞过河边低垂的阴云,飞过冷月照临的边关,忍受了一路的孤独与凄凉。尾联是诗人的猜测:这只孤雁是被猎者射伤了吗?或者另有别的原因?诗人不可能得到确定的答案,他只是表达对孤雁的关切罢了。这首诗的写作动因,可能是诗人确实看到天空有一只孤雁,引发了他的疑问(因为大雁总是结队而飞),出于对弱小生命的同情而有此作,但咏物之诗通常总是寄寓诗人对人事的感慨,因为人间的孤独者实在太多了。

杜荀鹤

杜荀鹤(846—904),字彦之,池州石埭(今安徽石台)人。家境贫寒,早年隐居九华山读书,因号九华山人。昭宗大顺二年进士及第,宁国节度使辟为从事。受命密使大梁联络朱温,表荐为翰林学士、主客员外郎。天祐初病逝。其诗多写久经战乱农村凋敝景象,反映人民苦难生活。以律体形式写乐府题材是其主要特色。

春 宫 怨

早被婵娟误,　欲归临镜慵。[1]
承恩不在貌,　教妾若为容?
风暖鸟声碎,　日高花影重。[2]
年年越溪女,[3]相忆采芙蓉。

注释

〔1〕婵娟:美貌。慵:懒散。

〔2〕日高:太阳高挂。

〔3〕越溪:指若耶溪。

解析

宫怨,是唐诗的一种特殊题材,诗人作为深宫怨女,即得不到君王宠幸的宫女的代言人,抒写她们的不幸与哀怨。历史常识告诉我们,这是存在于中国封建王朝的一个违背人道的社会问题。这首诗以第一人称写成。前两联是宫女无可奈何的悲叹:女子美貌实在是一种不幸(否则就会免遭入宫的厄运,而有机会享受普通人的家庭生活),我被选入宫,又遭受冷遇,天天想着能被放归,也就懒得对镜梳妆。我知道,宫女能否得到君王恩宠,根本不在于你的容貌——因为宫女个个都是美女,君王实在顾不过来——我梳妆打扮自己又有什么用呢?颔联也是"流水对"。后两联是宫女的心理活动:外面暖风吹着,鸟儿叫着,高高的太阳照着盛开的鲜花,夏天就要到了。于是,我想起当年与女伴们一起在水边采芙蓉的情景,那是多么快乐,多么值得回忆呀!诗中"越溪女"指越国美女西施,用来比拟宫女。

韦 庄

韦庄(836?—910),字端己,京兆杜陵(今陕西西安)人。青少年曾寓居下邽、鄠县,东出潼关,客虢州。僖宗乾符末入京应举落第,广明初黄巢起义军攻破长安,逃往洛阳。后至镇海节度使幕为幕僚。北上投凤翔僖宗行在,道阻未果,因南游金陵,客居婺州。昭宗乾宁初入长安应试,进士及第,授校书郎。曾奉使入蜀,回朝后任左、右补阙。天复初复入蜀为西川节度使王建掌书记。及王建称帝,为前蜀宰相。其诗多写世乱年荒之景,吊古伤时之情,音调响亮而意绪低沉,融注了对唐室衰微的感慨。

章台夜思[1]

清瑟怨遥夜,[2]绕弦风雨哀。
孤灯闻楚角,[3]残月下章台。
芳草已云暮, 故人殊未来。[4]
乡书不可寄, 秋雁又南回。

注释

〔1〕章台:即章华台,故址在今湖北监利县,春秋时楚灵王所建。
〔2〕瑟:古代弦乐器。多为二十五弦。
〔3〕楚角:楚地吹的号角。其声悲凉。
〔4〕殊:竟,尚。

解析

韦庄此诗似作于早年漫游荆湘时，诗中寄寓了乡思和对人生功业的向往之情。诗的首句"清瑟怨遥夜"，与本卷许浑《早秋》诗的首句"遥夜泛清瑟"极为相似，其实，他们可能都受了《楚辞·远游》"使湘灵鼓瑟兮"一句的影响，用"清瑟"传达一种哀怨的情思。次句"绕弦风雨哀"，是指瑟声给人以"风雨哀"的联想。颔联二句，分别写夜间室内与室外景象，营造悲凉的气氛：人在室内，听到夜空传来楚角的悲凄之声；仰看夜空，半边残月正在沉落。颈联暗用了《离骚》"惟草木之零落兮，恐美人之迟暮"二句的意思，以芳草零落、故人不见，寄托岁月倏忽、功业无成的感慨；"故人"是指能够施以援手的友人。尾联抒写乡思，韦庄的故乡长安在荆湘之北，大雁南回时当然不能为他传书，所以诗中说"乡书不可寄"。

僧皎然

僧皎然(生卒年不详),俗姓谢,字清昼,湖州长城(今浙江长兴)人。初出家,奉佛于湖州杼山妙喜寺。自称为谢灵运十世孙。其诗多写山水游赏与佛事活动,境界清淡轻松,声律和谐流动,以五言诗为擅长。善谈诗艺,有论诗专著《诗式》传世。

寻陆鸿渐不遇

移家虽带郭,　野径入桑麻。
近种篱边菊,　秋来未着花。
扣门无犬吠,[1]欲去问西家。
报道山中去,　归来每日斜。

注释

〔1〕扣门:敲门。

解析

此诗作者皎然是唐代著名的诗僧。诗题中的"陆鸿渐",即被称作"茶神"的陆羽,是唐代著名的隐士。此诗通过寻而不遇这件事,生动地记述了陆鸿渐的日常生活状况。先描写他的居处环境:他新近移居之地虽然离城郭并不太远,但十分幽僻,一条小路隐蔽在桑麻之间。屋外的篱笆旁种有菊花,只是今年秋天并未开花。这一联显然是将陆鸿渐比做"采菊东篱下"的陶渊明,但比陶似乎更超脱,菊花未开他也不在意。诗的后半记述"不遇"的情况:"扣门无犬吠",与上文的种菊未开花一样,表明主人的日常生活完全不同世俗,把世俗利害根本不放在心上。结尾二句,"报道"后面是"西家"回答的话,既然"归来每日斜",那么,除非诗人决意等到天黑,肯定是见不到主人了!这首诗像一篇散文,第二、三联完全没有遵守"对仗"的格律要求,散漫的笔法与描写对象的隐士身份契合无间,是一首格调独特的五言律诗。

【归纳探究】

一、有人说,《赋得暮雨送李胄》的三、四句与杜甫"湛湛长江去,冥冥细雨来"(《梅雨》)各尽其妙,你能说说各自妙在哪里吗?

二、韦应物"窗里人将老,门前树已秋"(《淮上遇洛阳李主簿》)、白乐天"树初黄叶日,人欲白头时"(《途中感秋》)与司空曙"雨中黄叶树,灯下白头人"(《喜外弟卢纶见宿》)颇为相似,请做比较鉴赏。

三、选择本卷中自己喜欢的一首诗,仿照《和晋陵陆丞早春游望》的解析文字,写一篇鉴赏短文,发到班级读诗交流群中与同学们共享。

四、选择两首内容或主题相关的诗,仿照对《在狱咏蝉》和《蝉》的比较鉴赏,写一篇比较鉴赏文章。

卷五　七言律诗

【导读】

　　本卷为七言律诗,选录24位诗人的54首诗,其中包括沈佺期的一首乐府。七言律诗,简称七律,也属于近体诗范畴。起源于南北朝,萌芽于南朝齐、梁新体诗,定型于初盛唐之间。其篇幅固定。每首八句,每句七字,共五十六个字。第一、二句称为"首联",三、四句称为"颔联",五、六句称为"颈联",七、八句称为"尾联"。押韵严格。全篇四韵或五韵,一般逢偶句押韵,第二、四、六、八句的最后一个字要同韵,首句可押可不押。讲究平仄。一般情况下,根据首句头两字的平仄,分为仄起和平起两体。颔联、颈联必须对仗,其余两联可对可不对。

　　明人胡应麟在《诗薮》中总结了唐代七言律诗的发展历程:"唐七言律自杜审言、沈佺期首创工密。至崔颢、李白时出古意,一变也。高、岑、王、李,风格大备,又一变也。杜陵雄深浩荡,超忽纵横,又一变也。"

　　的确,杜甫全面开辟了律诗境界,他把时事政论、身世怀抱、风土人情、文物古迹,一概熔铸于精严的格律中。这一卷就选了他的律诗14首,既有被赞为他"生平第一首快诗也"的《闻官军收河南河北》,还有被后人评为七言律诗第一的《登高》,这些律诗均适宜高咏。在配乐朗读的过程中,更易体会其不同的心境。

　　李商隐在七律诗中的贡献也十分突出,他的无题诗虽千年难解,但其惝恍迷离的意境更易让人浮想联翩,其朦胧之美别具一格,让人难以释卷。

　　另外,还有令李白搁笔的崔颢《黄鹤楼》,刘禹锡含不尽之意在言外的《西塞山怀古》,这些七律诗都会在大家的曼声长吟中为生活增添别一份光彩。

崔颢

崔颢(？—754),汴州(今河南开封)人。开元十年进士及第,曾出使河东节度使军幕,天宝时历任太仆寺丞、司勋员外郎等职。足迹遍及江南塞北,诗歌内容广阔,风格多样。或写儿女之情,几近轻薄;或状戎旅之苦,风骨凛然。诗名早著,影响深远。

黄鹤楼

昔人已乘黄鹤去,[1] 此地空馀黄鹤楼。
黄鹤一去不复返, 白云千载空悠悠。
晴川历历汉阳树, 芳草萋萋鹦鹉洲。[2]
日暮乡关何处是, 烟波江上使人愁。

注释

〔1〕昔人:指仙人子安。曾跨鹤过黄鹤山,因建楼。
〔2〕萋萋:草茂盛的样子。鹦鹉洲:原在江中,今移与湖北汉阳接壤。

解析

这是唐人七律中的名篇,曾让李白十分佩服。元人辛文房《唐才子传》提到李白登黄鹤楼本欲赋诗,因见崔颢此作,就停了笔,吟道:"眼前有景道不得,崔颢题诗在上头。"诗人第一句就写道:过去的仙人已经驾着黄鹤飞走了,这里只留下一座空荡荡的黄鹤楼。黄鹤楼因其所在之武昌黄鹤山(又名蛇山)而得名,而使得其颇有名气的原因是此地流传着仙人驾鹤的传说。诗人对这虚无之事,似乎是笃信它是真的,并且想象道:黄鹤一去就再也没有回来,千百年来只看见悠悠的白云。这种联想表现了诗人对于世事的茫茫之感。而眼前的景物是分明的:阳光照耀下的汉阳树木清晰可见,鹦鹉洲上有一片碧绿的芳草覆盖。天色已晚,眺望远方,却看不到我的故乡在何处。眼前只见一片雾霭笼罩江面,给人带来深深的乡愁。登楼思乡,是当时的人们常有的感受,因此这首《黄鹤楼》能够获得人们在情感上的认同。

诗坛佳话

黄鹤楼搁笔:黄鹤楼始建于三国时期吴黄武二年,三国时为夏口城一角瞭望守成的"军事楼"。三国统一后,该楼失去军事价值,演变成观赏楼,历代文人墨客在此留下许多绝唱,使其闻名遐迩。相传李白登上黄鹤楼,放眼楚天,诗兴大发,正欲提笔,忽见壁上一首落款崔颢的诗《黄鹤楼》,反复吟咏,自叹不如,就此搁笔,且不禁大呼:"一拳捶碎黄鹤楼,一脚踢翻鹦鹉洲。眼前有景道不得,崔颢题诗在上头。"因崔颢《黄鹤楼》诗竟令诗仙折服搁笔,很快为人传诵,黄鹤楼又被称为崔氏楼。

行 经 华 阴

岩峣太华俯咸京,天外三峰削不成。[1]
武帝祠前云欲散,仙人掌上雨初晴。[2]
河山北枕秦关险,驿路西连汉畤平。[3]
借问路旁名利客,何如此处学长生!

注释

〔1〕岩峣:高峻。太华:华山。咸京:指长安。三峰:指今华山的莲花、落雁、朝阳三峰。

〔2〕武帝祠:汉武帝游华山时所立巨灵祠。仙人掌:仙掌崖,华山奇景之一。

〔3〕秦关:指函谷关。在华山北。驿路:古代传车驿马通行的大道。畤:帝王祭天地的祭坛。汉武帝于岐立畤。

解析

  这本是一次十分平凡的旅行。作者经过华山所在地——华阴市,他前往的目的地是"咸京",也就是唐代的首都长安。在《黄鹤楼》中,崔颢使用了仙人典故,来衬托出黄鹤楼在时空上的神秘和沧桑。同样,在这首诗中,他也用到了这种手法,将山水景色与神话古迹融合起来,使意境具有辽阔的空间感和悠久的时间感,更加瑰丽神奇。而诗人路过华阴时,正值雨过天晴。未到华阴,先已遥见三峰如洗。到得华阴后,平望武帝祠前无限烟云,聚而将散;仰视仙人掌上一片青葱,隐而已显,都是新晴之后的清新气象。诗人用了整整六句,来写自己看到的和想象到的景物,而所有的感情都蕴含在其中,直到最后一句时才抒发出来:"借问路旁名利客,何如此处学长生!"前面所提及的景物,多与学道、神仙传说等等相关,这些秀丽的风景,竟然让作者一时放下了名利心,而产生了学仙之想,并且将这样的想法传递给和自己一样前往长安追逐名利的人。这说明西岳在当时是极有魅力的,它的崇高形象和飘逸出尘的仙迹灵踪,能够移人之性情,愿意放下那劳苦奔波,休憩于此,恬然学仙。诗人没有直说自己前往长安是为了何种目的,而反向旁人劝喻放弃功名、修道成仙,全诗显得十分自然,而且以这样的反文结尾,更显风流蕴藉。

祖 咏

祖咏(生卒年不详),洛阳(今属河南)人。开元十二年进士及第。曾授官,遭谪迁,仕途失意,贫病交加。晚年移家于汝溃间,以渔樵自终。为王维、卢象诗友,其诗以写山水田园为主,清丽自然,恬静闲适。其边塞诗则雄浑壮丽,风调高昂。

望蓟门

燕台一去客心惊,[1]笳鼓喧喧汉将营。
万里寒光生积雪,　三边曙色动危旌。[2]
沙场烽火侵胡月,　海畔云山拥蓟城。
少小虽非投笔吏,　论功还欲请长缨。

注释

〔1〕一去:一作"一望"。
〔2〕三边:泛指边疆。危旌:高挂的旗帜。

解析

蓟门地处范阳。唐代的范阳道,是以今北京西南的幽州为中心,统率十六州,为东北边防重镇。当时,它主要的防御对象是契丹。唐玄宗开元二年(714),即以并州长史薛讷为同紫薇黄门三品,将兵御契丹;开元二十二年(734),幽州节度使张守珪斩契丹王屈烈及可突干。这首诗的写作时期,大约在这二十年之间,其时祖咏当系游宦范阳。

这首诗歌同样属于"边塞诗"。范阳地处边界,有守军和防御军事。诗人此去,眼界大开,他放眼"望"去,感到惊心动魄。他的眼前首先看到的是驻扎的军营,听到的是笳鼓的喧喧之声。此处是极寒之地,因此"万里寒光生积雪"这一句,展现的是莽莽雪原、山川,并且带来强烈的寒冷之感,而与此相呼应的是,黎明晨曦之时的霞光曙色,映照在旌旗之上。"沙场烽火侵胡月,海畔云山拥蓟城"这两句,同样地写到此地山海之壮阔,以及作为战场前线的神秘感。而这些场景对于诗人的触动很大,于是他生出了这样的理想:虽然我少时并未像班超那样投笔从戎,但是,看到这样的景象,觉得人生的功业,还是应该在这样的武力上。全诗紧扣一个"望"字,写望中所见,抒望中所感,格调高昂,感奋人心。诗中多用实字,全然没有堆砌之感;最后一句发生意思转换,但词句中却不露转折的痕迹。

崔 曙

　　崔曙(生卒年不详),宋州(今河南商丘)人。少孤贫,不应荐辟,读书于少室山中。开元二十六年进士及第,试《明堂火珠》诗,有"夜来双月合,曙后一星孤"句,由是得名。诗多凄苦之词,衰飒之景。

九日登望仙台呈刘明府[1]

汉文皇帝有高台,　此日登临曙色开。
三晋云山皆北向,　二陵风雨自东来。[2]
关门令尹谁能识?　河上仙翁去不回。[3]
且欲近寻彭泽宰,[4]陶然共醉菊花杯。

注释

〔1〕望仙台:汉台名,故址在今陕西户县。
〔2〕三晋:今山西、河北西部、河南北部地区。二陵:崤山分南北二陵,在今河南洛宁北。
〔3〕关:指函谷关。传尹喜曾为关令。河上仙翁:河上公。传其曾授汉文帝《老子》。
〔4〕彭泽宰:指陶渊明。曾为彭泽令。

解析

　　这首诗本是登台之诗,应该属于望见山水而有所感怀之类,但是,诗人的感怀其实和山水关系并不大,因为其落着点是"呈刘明府",在铺叙之初,就有了很明确的对象。这位刘明府应该是崔曙的友人,明府是县令的意思。此时这位友人已经身在官位,没有参加这一次登高。九日应该就是指重阳节,这一日是友人登高、集会之日。而刘明府的缺席,使得作者陷入了深深的思念。

诗中写道:诗人所登临的,是汉文帝所建造的高台,今日登临,山上能看到曙光和云霞。这个地方所处的地理位置很特殊,三晋大地的云山都是朝北的,而两座山陵都是朝东的。曾经在这里的关门令尹,如今已经成了大家都不太知道的传说。曾经在这里停留过的河上仙翁,如今已经也杳然不知踪迹。世事向来难料,惟有与友人共饮酒,才是人间最为欢乐的事。于是作者在这里笔锋一转,说想就近去寻找大隐士陶渊明,一起饮酒,陶然共醉。诗歌中的最后一句中所写到的陶渊明,其实是对刘明府的一种暗喻。今日共醉之友人,独缺刘明府。于是作者的怀人之思,在此时达到高潮。而刘明府此时应该身在宦途,殊无自由,因此作者在这里想表达的思想是富贵荣华转瞬即逝,奔波仕途徒劳无功,不如归隐。

李 颀

送魏万之京

朝闻游子唱离歌,昨夜微霜初度河。
鸿雁不堪愁里听,云山况是客中过。[1]
关城曙色催寒近,御苑砧声向晚多。[2]
莫是长安行乐处,空令岁月易蹉跎。

注释

〔1〕况是:何况是。
〔2〕关城:指潼关。御苑:皇家宫苑。指京城。

解析

  这是一首送别友人的诗。魏万是比李颀晚一辈的诗人,然而两人像是情意十分密切的"忘年交"。李颀晚年家居颍阳而常到洛阳,此诗可能就写于作者晚年在洛阳时。

  这首诗写尽了当时行走在前往京城之路上的游子的羁旅心情,其中也暗含了很多光阴的轮回变换、紧迫急促之感。这位游子出发前,微霜初落,深秋萧瑟。作者于是想象这位游子高唱着离别的歌,在空气寒冷的夜里,渡过微霜初落的黄河。这歌声,连惯见离别和迁徙的鸿雁听起来都觉得万分忧愁。游子翻山越岭,来到关中。关中的树木叶子,已经被冬天的寒气催促着,披上了秋色,而皇宫御苑中的捣衣之声,到了晚上就越发密集。以上的内容,全部是诗人对于这位游子独自去长安的种种想象。这些句子,表达了诗人作为一位长者,对这位游子的挂怀。而写到这里,诗人又念出一句叮咛之语:此去长安,不要总是去那些行乐的地方,蹉跎了岁月,虚度了光阴。

李　白

登金陵凤凰台

凤凰台上凤凰游，　凤去台空江自流。
吴宫花草埋幽径，　晋代衣冠成古丘。[1]
三山半落青天外，　二水中分白鹭洲。[2]
总为浮云能蔽日，[3] 长安不见使人愁。

注释

〔1〕吴宫：指三国孙吴所修太初昭明二宫。晋代：指东晋。南渡后建都于金陵。衣冠：指豪门权贵。古丘：指古墓。

〔2〕三山：在今南京西南。三峰列于江边。二水：白鹭洲分江为二，故云。或作"一水"。白鹭洲：长江中沙洲。今已与陆地相接。

〔3〕浮云蔽日：喻奸臣当道遮蔽贤才。

解析

"凤凰台"在金陵(今南京)凤凰山上，相传南朝刘宋永嘉年间有凤凰集于此山，乃筑台，山和台也由此得名。李白在登临之时，创作了这首诗，却颇有些模拟崔颢《黄鹤楼》之处。这首诗歌在立意上和崔颢的《黄鹤楼》一样，借用了一些传说故事，将凤凰台所代表的时空沧桑之感，甚至包括仙界和人间之间的时空变幻之感，都引入其中。诗中写道：凤凰台上曾经有凤凰鸟来这里游憩，而今凤凰鸟已经飞走了，只留下这座空台，伴着江水，仍径自东流不息。

当年华丽的吴王宫殿及其中的千花百草，如今都已埋没在荒凉幽僻的小径中，晋代的达官显贵们，就算曾经有过辉煌的功业，如今也长眠于古坟里了，早已化为一抔黄土。我站在台上，看着远处的三山，依然耸立在青天之外，白鹭洲把秦淮河隔成两条水道。天上的浮云随风飘荡，有时把太阳遮住，使我看不见长安城，而不禁感到非常忧愁。最后一句，将长安象征为曾经的理想，如今理想被放逐，前程模糊，因而诗人陷入了深深的迷惘之中。最后一句中蕴含了诗人更多的身世之感，其中"浮云蔽日"是在说明主为奸臣所蒙蔽，因此放逐了忠臣，是诗人对长安政治黑暗的失望。

高　适

送李少府贬峡中王少府贬长沙

嗟君此别意何如？　驻马衔杯问谪居。[1]
巫峡啼猿数行泪，　衡阳归雁几封书。
青枫江上秋帆远，　白帝城边古木疏。[2]
圣代即今多雨露，[3]暂时分手莫踌躇。

注释

〔1〕谪居：贬官将去的地方。

〔2〕青枫江：指湘江。楚辞："湛湛江水兮上有枫。"白帝城：在今四川奉节城东瞿塘峡口。

〔3〕圣代：圣明之世。

解析

　　这首诗是高适为送两位被贬官的友人而作，一位是李少府，一位是王少府。一诗同赠两人，写法十分有趣。高适是一位曾经亲历边塞战事的诗人，他因为不凡的人生经历，故而有着豁达的情怀和洞明世事的心胸。面对友人的贬谪，诗中寓有劝慰鼓励之意。

　　诗从叹息写起，在离别之时，驻马路边，手捧送走离人的酒杯，这一别不知道有怎样的心情，但还是问到了前往贬谪的地方的情况。贬往峡中的这位李少府，将来恐怕能听到巫峡猿猴的哀鸣，难免流下相思之泪，而贬往长沙的这位王少府，是否可以托衡阳的鸿雁，在春来北归时带回一些音讯？巫峡和长沙在当时都属于荒凉之地。王少府这番乘帆远去，一定会在长沙青枫江上，渐行渐远。而去往白帝城中的李少府，抵达那里时，一定也是萧瑟的秋天。不过，如今这个世道，还是有很多积极面的，这只是一次暂时的别离，对此不必伤心踌躇。最后两句，是劝藉二人尽可放心而去，不久即可召还。全诗情感不悲观，也不消极。

岑 参

和贾至舍人早朝大明宫之作

鸡鸣紫陌曙光寒,　莺啭皇州春色阑。[1]
金阙晓钟开万户,　玉阶仙仗拥千官。[2]
花迎剑佩星初落,[3]柳拂旌旗露未干。
独有凤凰池上客,[4]《阳春》一曲和皆难。

注释

〔1〕紫陌:都城的街道。啭:莺鸣。皇州:指长安。

〔2〕金阙:宫门前华美的望楼。万户:宫门。仙仗:指皇帝的仪仗。

〔3〕剑佩:宝剑和垂佩。

〔4〕凤凰池:中书省的代称。

解析

　　唐代文人自唐太宗时期"十八学士"开始,就极为热衷宫廷之内的诗文集会和彼此唱和。这篇《和贾至舍人早朝大明宫之作》,包括原作在内,现存四篇,杜甫、岑参、王维都曾作诗相和。从诗歌内容和艺术上看,都是当时诗文集会的优秀成果。

　　岑参这首七言律诗中,很难看到他在边塞诗中塑造过的个人诗歌风格,因为这种华丽雍容的早朝景象,确实是在其他类型的诗歌中不可能获得发挥的。诗的前六句,都是在写早朝时大明宫的情况。清晨鸡鸣莺啭,一座城市在禽鸣、春色之中苏醒。钟声震荡在城市的上空,千家万户开始开户牖,扫街衢。而此时大明宫的玉阶之上,已经迎来文武百官。这时,天角的星辰刚刚落下,花朵盛开,正在欢迎这些佩带武器或者绶带的官员,柳丝拂拂,旌旗上的露珠还尚未干透。后两句赞美贾至写早朝诗,而自己感到这仿佛阳春白雪一般的曲子很难赓和,以此来表示自谦。

王　维

和贾至舍人早朝大明宫之作

绛帻鸡人报晓筹，尚衣方进翠云裘。[1]

九天阊阖开宫殿，万国衣冠拜冕旒。[2]

日色才临仙掌动，香烟欲傍衮龙浮。[3]

朝罢须裁五色诏，珮声归到凤池头。[4]

注释

〔1〕绛帻:红布包头。鸡人装束。鸡人:古报晓官。每日未明三刻传鸣声报晓。晓筹:拂晓的更筹。指拂晓时刻。尚衣:内府官署名,掌供帝王服饰。翠云裘:绣以云纹的皮衣。泛言华美服饰。

〔2〕九天:指皇宫。阊阖:天门。这里指宫门。衣冠:指文武百官。冕旒:皇冠。代指皇帝。

〔3〕仙掌:指托承露盘的铜仙人掌。汉武帝所造。衮龙:古代皇帝朝服上的龙。

〔4〕五色诏:指皇帝的诏书。凤池:即凤凰池。指中书省。

解析

王维的这首和作,和岑参那种放眼整个长安城的视角很不一样,他是利用细节描写和场景渲染,来写出大明宫早朝时庄严华贵的气氛。可以说,从这两首同题诗可以看出,岑参仍然是一个具有边塞诗派特点的诗人,他的诗歌中的场景十分壮丽,而王维则是十分细腻的,通过普通的物事向内心开掘感情。

诗歌开头,通过"鸡人报晓"和"进翠云裘"两个事件,来显示宫廷中庄严、肃穆的特点,给早朝制造一种神秘和庄严并存的气氛。

早朝正式开始之时,层层宫殿大门如九重天门,迤逦打开,深邃伟丽;万国的使节拜倒丹墀,朝见天子,威武庄严。在展示完这些宏丽的大场景之后,诗人又通过仙掌日影、香烟缭绕这两个小细节,制造了一种皇庭特有的雍容华贵氛围。

最后一句写的是退朝,而且也很好地呼应了贾至的原诗。贾至时任中书舍人,其职责是给皇帝起草诏书文件,"朝罢"之后,皇帝自然会有事诏告,所以贾至要到中书省的所在地凤池去用五色纸起草诏书了。"珮声",是以身上佩带的饰物发出的声音代人,这里即代指贾至。这里对贾至的呼应,其实高出于岑参一筹,并不是表现自谦,而是更为隐晦地表达了对当时深受皇帝重用的贾至的追捧。

奉和圣制从蓬莱向兴庆阁道中留春雨中春望之作应制

渭水自萦秦塞曲, 黄山旧绕汉宫斜。[1]
銮舆迥出千门柳, 阁道回看上苑花。[2]
云里帝城双凤阙,[3]雨中春树万人家。
为乘阳气行时令, 不是宸游玩物华。[4]

注释

〔1〕渭水:黄河支流,在今陕西中部。秦塞:秦国关塞。渭水流域古为秦地。黄山:黄麓山,在今陕西兴平北。汉宫:汉代宫殿。诗中兼指唐宫。

〔2〕銮舆:皇帝的车驾。迥出:远出。千门:指皇宫门。上苑:皇家的园林。

〔3〕双凤阙:汉有凤阙宫。此指皇宫的门楼。

〔4〕阳气:春天的一阳复苏之气。宸游:帝王巡游。物华:自然景物。

解析

所谓"奉和圣制",就是应皇帝之命而作。"蓬莱"即是"蓬莱宫",即大明宫。而"兴庆"就是指兴庆宫,是在整个大明宫宫城的东南角。唐玄宗开元二十三年(735),从大明宫经兴庆宫,一直到城东南的风景区曲江,修筑了阁道,来贯通二者。人们于是可以从阁道直达曲江。王维的这首七律,就是唐玄宗由阁道出游时在雨中春望赋诗的一首和作。

诗一开头就展现了由阁道中向西北眺望所见的景象。渭水曲折地流经秦地,次句指渭水边的黄山,盘旋在汉代黄山宫脚下。渭水、黄山和秦塞、汉宫,作为长安的陪衬和背景出现,不仅显得开阔,而且颇有历史沧桑之感。因为阁道架设在空中,所以阁道上的皇帝车驾,也就高出了宫门柳树之上。诗人是回看宫苑和长安,身后是花与柳交织的春天,一座伟大的城市正在迷蒙的烟雨之中:不惟能看到两座高耸云中的凤阙,也能看到掩映在雨水和绿树之间的千万人家。这是一幅春雨长安图。这里就把诗歌题目中的"雨中春望"反映得淋漓尽致了。通过这些关于春天的描写,诗人将语言过渡到时令节气上来,最后一句点明这次天子出游,本是因为阳气畅达,顺天道而行时令,并非为了赏玩景物。这当然是一种粉饰的手法。

积雨辋川庄作

积雨空林烟火迟,蒸藜炊黍饷东菑。[1]
漠漠水田飞白鹭,阴阴夏木啭黄鹂。[2]
山中习静观朝槿,松下清斋折露葵。[3]
野老与人争席罢,海鸥何事更相疑?[4]

注释

〔1〕烟火迟:因久雨空气湿润,烟火上升迟缓。藜:一种可食的野菜。黍:谷物名,古时为主食。饷:送饭食到田头。菑:初耕的田地。

〔2〕夏木:高大的树木。啭:小鸟婉转的鸣叫。

〔3〕槿:落叶灌木。其花早开晚谢。清斋:素食,长斋。露葵:冬葵,古时一种重要蔬菜。

〔4〕野老:诗人自称。争席:争宴席间的座位。典出《庄子·寓言》。"海鸥"句:意谓自己毫无机心,世人不必对自己再戒备重重。典出《列子·黄帝篇》。

解析

此诗是王维后期的作品,主要写隐居终南山、辋川的闲情逸致。由于家庭环境的影响,王维早年就信奉佛教,贬官济州时已经有了隐居思想的萌芽。再加上张九龄罢相、李林甫上台的政局变化,他渐渐觉得仕途生活压抑、黑暗,理想也随之破灭,内心的矛盾和苦闷却越来越深了。因此,他在人生后期,对现实抱着一种躲避态度。

诗人展现的是一片夏日的田园景象。久雨不停,林野潮湿,烟火难升,等到做好饭菜,去送给村东耕耘的人。送饭的路上,能够看到一大片水田,无边无垠,一行白鹭正在悠闲自在地飞翔。夏日的树木,树荫浓浓,中间传来黄鹂婉转的啼声。诗人在山中养性,观赏朝槿晨开晚谢;又或者在松树之下品尝素食,和露折葵不沾荤腥。诗人和普通的乡村野老一样,争坐一席,毫无隔阂。诗歌的最后半句,大有深意。海鸥本是海上之物,和这陆上的情景,根本不属于一个场景。但诗人忽然提到海鸥相疑,这是何意呢?《列子·黄帝篇》载:海上有人与鸥鸟亲近,互不猜疑,每日有百来只与他相游。一天,他父亲要他把海鸥抓回家去,他再到海边时,鸥鸟都在天上飞舞、不肯停下。这个寓言说明如果心术不正,就破坏了他与鸥鸟的关系。因此这里使用这个典故,还是为了衬托他的淡泊心志。

酬郭给事[1]

洞门高阁霭馀晖,　桃李阴阴柳絮飞。[2]

禁里疏钟官舍晚,[3]省中啼鸟吏人稀。
晨摇玉佩趋金殿, 夕奉天书拜琐闱。[4]
强欲从君无那老, 将因卧病解朝衣。[5]

注释

〔1〕给事:给事中的省称,唐时属门下省,官阶正五品上。

〔2〕洞门:指重重相对的宫门。霭:暮霭,傍晚时分的云气。桃李:指宫禁中所植桃树、李树。

〔3〕禁里:皇宫。

〔4〕玉佩:玉制佩饰,古时贵族方可佩带。趋:快步疾行,以示恭谨。句中指上朝。拜琐闱:指下朝。东汉时合给事中与黄门侍郎为一官,并规定日暮时需入对青琐门拜,称夕郎。此琐闱指镂刻有连琐图案的宫中侧门。

〔5〕无那:无奈。解朝衣:脱去朝服,喻辞官。

解析

"给事"是唐代门下省的要职,常在皇帝周围,掌宣达诏令、驳正政令之违失,地位显赫。因此王维写到了郭给事的生活环境,是神秘的宫闱禁苑。他设计了一个黄昏的场景,此时暮霭垂垂,柳絮纷飞。但也有人认为,"桃李阴阴"在写景之外,还暗喻这位郭给事门生弟子众多,以凸显其在朝中的地位。王维还想象了郭给事晚上值班的情景,那时钟声一定敲过了,其他吏人也渐次散去,禁院之中一定是一片安宁的气氛。诗人描写"省中啼鸟"这个现象,意味甚浓。在名利纷攘之处,犹能听到鸟鸣之声,这其实是一个人为官闲静、心思淡泊的写照。这一句,颇有盛世太平之感。第三联写的是郭给事在具体工作中的一些情状,早上他盛装早朝面君,黄昏时捧着皇帝的诏令以宣达。他行为谨慎、恭敬,从晨至夕都在皇帝身旁,恪尽职守。最后一句,诗人却从描写郭给事的语气,忽然置换到自己的口吻上来,对其加以点评:我虽想勉力追随你,无奈年老多病,还是让我辞官归隐吧!从表面上看,这是一种自谦,实际上是表明自己和郭给事的人生志趣是不同的。

杜 甫

蜀 相[1]

丞相祠堂何处寻？　锦官城外柏森森。[2]
映阶碧草自春色，　隔叶黄鹂空好音。
三顾频烦天下计，　两朝开济老臣心。[3]
出师未捷身先死，[4] 长使英雄泪满襟。

注释

〔1〕蜀相：指三国时期蜀国丞相诸葛亮。

〔2〕锦官城：蜀汉故都，产织锦。今四川成都。

〔3〕三顾：指刘备三顾茅庐见诸葛亮事。两朝：指刘备、刘禅父子两朝。开济：帮助刘备开国和辅佐刘禅继位。

〔4〕出师未捷：诸葛亮曾五次出兵攻魏，建兴十二年（234），与魏司马懿在渭南相拒百馀日，病死于五丈原军中。

解析

本诗作于唐肃宗上元元年（760）春，杜甫由同谷（今甘肃成县）辗转到成都，在草堂定居期间。三国时期蜀汉丞相诸葛亮（武侯）是杜甫一生最仰慕的历史人物之一。如今，诗人在颠沛流离中来到了成都，便以急切的心情寻访武侯祠，并发为吟咏，抒情寄意。诗中不但赞扬诸葛亮与刘备君臣契合，列举了诸葛亮一生最主要的业绩和他对后人的感召力量，也对他出师未捷身先死的遗憾表示惋惜和哀悼。这既是凭吊古人,也是作者自伤失意,有志不得伸展的不平之声。此诗在艺术上的特色是写景、抒情与议论自然融合,音律流美圆润,格调苍劲悲凉。

客　至

舍南舍北皆春水,[1]但见群鸥日日来。
花径不曾缘客扫,　蓬门今始为君开。
盘飧市远无兼味,　樽酒家贫只旧醅。[2]
肯与邻翁相对饮,[3]隔篱呼取尽馀杯。

注释

〔1〕舍:屋舍。

〔2〕盘飧:指饭菜。旧醅:已放置了一段时间又没有滤渣的酒。

〔3〕肯:有征询之意,肯不肯,是否愿意。

解析

唐肃宗上元二年(761)春天,杜甫久经离乱后,安居成都草堂,客人来访时作了这首诗。

他写到自己所居住的地方,南北皆有流水,沙鸥日日在此飞翔环绕。但如此美景,一直缺少友朋。门前花径曾经很少因为有客人来访而打扫,而到了今天,篱笆门才第一次为了客人而打开。这里马上将笔触从屋外引向了庭院之内,让读者跟随杜甫的笔触,经历了一个从外而内的漫步过程。这其中的喜出望外之感,是鲜活于纸上的。第三联则将场景转换到了酒席之上。杜甫延客就餐、频频劝饮,还自谦地说道:"远离街市买东西真不方便,菜肴很简单,买不起高价的酒,只好用家酿的陈酒,请随便进用吧!"家常话语听来十分亲切,很容易从中感受到主人竭诚尽意的盛情和力不从心的歉疚,也可以体会到主客之间真诚相待的深厚情谊。而最后一句,更是增添了生活气氛。自己和友人酣饮之时,吸引了邻居老翁,隔着篱笆喊他来一起对饮,将剩下的酒一一饮尽。

全诗场景变换自然,语言欢快明丽。它体现了杜甫对于友人亲切、热忱的感情,其中的家常口语,更能显得这份感情的淳朴、真挚。

野 望

西山白雪三城戍, 南浦清江万里桥。[1]
海内风尘诸弟隔,[2] 天涯涕泪一身遥。
惟将迟暮供多病, 未有涓埃答圣朝。[3]
跨马出郊时极目, 不堪人事日萧条。

注释

〔1〕西山:一名雪岭,在今成都西。三城:指松、维、保三城,时为吐蕃所扰。戍:列兵防守。南浦:南郊水滨。清江:指锦江。出岷江东流经今成都南。万里桥:架于成都南门外锦江上。

〔2〕风尘:喻战乱。诸弟:杜甫有弟四人,时唯四弟与他同在。

〔3〕涓埃:涓滴、埃尘。喻细小、微末。

解析

这首诗作于唐肃宗上元二年(761)成都草堂,当时安史之乱尚未完全止息,诗人骑马到郊外,怀念诸弟,忧思国运。

诗人远眺西山、锦江,脑中所想的,正是前线的烽火战事。于是,第二联由战乱推出怀念诸弟,自伤流落的情思。杜甫有四弟:颖、观、丰、占。"安史之乱"以后,只有杜占随他入蜀,其他三弟都散居各地。此时"一身遥"客西蜀,如在天之一涯,怀念家国,不禁涕泪横流。人生残年,一身病痛,不能贡献力量,无补于时政,因此感到特别惭愧。在这里,诗人抒发了多种感情,包括对于战争的焦虑感,对于家人的怀念,对于国家前途的忧患意识,以及因为身体疾病而无补时政的愧疚。最后一句又回到"野望"的主题上来,诗人提到自己来到郊外,本是为了排遣郁闷,但是,因为这些国家大事和手足分离,自己的心情始终不能获得放松,反而更为焦虑。这一句将诗人的感情推向了高潮,也将其眼前之景和内心的心情,紧密联系在了一起。

闻官军收河南河北[1]

剑外忽传收蓟北,[2]初闻涕泪满衣裳。
却看妻子愁何在, 漫卷诗书喜欲狂。[3]
白日放歌须纵酒,[4]青春作伴好还乡。
即从巴峡穿巫峡, 便下襄阳向洛阳。

注释

〔1〕河南:指洛阳。河北:指黄河以北部分地区。
〔2〕剑外:剑门山之外,指蜀地。蓟北:蓟州一带。曾是安史叛军根据地。
〔3〕愁何在:愁情已无影无踪。漫卷:随手卷起。
〔4〕放歌:放情高歌。

解析

此诗作于唐代宗广德元年(763)春。当年正月史朝义自缢,他的部将李怀仙斩其首来献,纷纷投降,于是持续多年的安史之乱宣告结束。杜甫听到这消息,不禁惊喜欲狂,手舞足蹈,冲口吟出这首七律。官军在蓟北(泛指唐代幽州、蓟州一带)战胜叛军的消息,从剑南道外传来,诗人深知胜利的来之不易,不禁涕泪横流,打湿了衣裳。而回头看妻子儿女,他们却是一扫愁苦之色。当初因为动乱而逃到这里,在很长一段时间内都难以展开笑颜,只有听到胜利的消息,才感到回归故里有望。诗人迫不及待地整理行装、收卷诗书,筹划回乡的旅程。白日里要引吭高歌,纵情饮酒,如今这大好春光,正好伴我返回那久别的故乡——青春即景色明丽的春天。即刻动身穿过了巴峡再穿过巫峡,然后经过襄阳再转向洛阳。这首诗感情变化的幅度很大,喜泪交加,体现了杜甫在七律之中驾驭感情表达能力,是唐代七律中脍炙人口的名篇。

登 高

风急天高猿啸哀, 渚清沙白鸟飞回。[1]
无边落木萧萧下, 不尽长江滚滚来。
万里悲秋常作客, 百年多病独登台。[2]
艰难苦恨繁霜鬓,[3]潦倒新停浊酒杯。

注释

〔1〕渚:水中小洲。回:回旋。

〔2〕百年:喻人生一世。

〔3〕繁霜鬓:两鬓白发日增。

解析

这首诗是唐代宗大历二年(767)秋诗人病卧夔州时所写。当时安史之乱已经结束四年了,但地方军阀又乘时而起,相互争夺地盘。杜甫在夔州的生活十分困苦,身体也非常不好。这一天,他独自登上夔州白帝城外的高台,登高临眺,百感交集。望中所见,激起意中所触;萧瑟的秋江景色,引发了他身世飘零的感慨,渗入了他老病孤愁的悲哀。

诗人从"风急"开始落笔,在这大风之中,传来猿猴的哀鸣之声,而那水上的沙鸥又在来回飞翔。在这大风吹起时,诗人仰望茫无边际、萧萧而下的木叶,俯视奔流不息、滚滚而来的江水。第三联的"万里"是指离家遥远,"百年"

是指诗人自己已经年纪苍老,目睹苍凉恢廓的秋景,不由想到自己沦落他乡、年老多病的处境,故生出无限悲愁之绪。诗写到这里,已经营建出了一种关于人生的悲壮气氛。最后一句,诗人对自己的人生状况做了总结:备尝艰难潦倒之苦,国难家愁,使自己白发日多,再加上因病断酒,悲愁就更难排遣。

登　楼

花近高楼伤客心,万方多难此登临。
锦江春色来天地,玉垒浮云变古今。[1]
北极朝廷终不改,西山寇盗莫相侵。[2]
可怜后主还祠庙,日暮聊为《梁甫吟》。[3]

注释

〔1〕锦江:岷江支流。流经今四川成都南。来天地:生于天地之间。此喻自然之永恒。玉垒:山名,在今四川灌县西北。变古今:谓浮云多幻、古今同一。喻人世纷扰。

〔2〕西山寇盗:指吐蕃入侵者。时吐蕃寇蜀。

〔3〕《梁甫吟》:传为诸葛亮所吟。

解析

这首诗仍然是写于四川,当时安史之乱虽然停止,但朝廷又开始经受吐蕃的侵扰。当此万方多难之际,流离他乡的诗人愁思满腹,登上此楼,虽是繁花触目,诗人却为国家的灾难重重而忧愁,伤感,更加黯然心伤。从楼上俯瞰,能看见"锦江""玉垒",锦江流水挟着蓬勃的春色从天地的边际汹涌而来,玉垒山上的浮云飘忽起灭正像古今世势的风云变幻,诗人打开视野,驰骋遐思,天高地迥,古往今来,形成一个阔大悠远、囊括宇宙的境界,饱含着对祖国山河的赞美和对民族历史的追怀。登楼之时,诗人对于时政也充满了思考。他从去岁吐蕃陷京、代宗旋即复辟一事说起,明言大唐帝国气运久远——"北极朝廷终不改",且对吐蕃的觊觎寄语相告说:莫再徒劳无益地前来侵扰。他借用蜀汉后主刘禅这个昏君的典故,暗喻当时的帝王,并忧虑国家的命运也是会像蜀汉一样,气数不长。这里以刘禅喻唐代宗李豫。事实上,李豫重用宦官程元振、鱼朝恩,造成国事维艰、吐蕃入侵的局面,同刘禅信任黄皓而亡国极其相似。而在诗篇末尾又提到诸葛亮名篇的《梁甫吟》,更是为了强化这种忧国之思。

宿　府[1]

清秋幕府井梧寒,[2]独宿江城蜡炬残。
永夜角声悲自语,[3]中天月色好谁看?
风尘荏苒音书绝,[4]关塞萧条行路难。
已忍伶俜十年事,[5]强移栖息一枝安。

注释

〔1〕府:幕府。古代将军的府署。杜甫时在严武幕中。
〔2〕井梧:梧桐。叶有黄纹如井,又称金井梧桐。
〔3〕永夜:长夜。
〔4〕风尘荏苒:谓战乱已久。荏苒,指时间推移。
〔5〕伶俜:孤单。

解析

此诗作于唐代宗广德二年(764)秋,当时作者在严武幕府中任节度参谋。诗中抒发的感情还是伤时感事,表达出作者对于国事动乱的忧虑和他漂泊流离的愁闷。正是始终压在诗人身上的愁苦使诗人无心赏看中天美好的月色。

前六句具体写出了诗人对风尘荏苒、关塞萧条的动乱时代的忧伤。在这个清秋之夜,幕府的庭院之中,井边的梧桐透着瑟瑟的寒冷,诗人独宿在江城,守着一盏烛光。这样的深夜,诗人辗转不能睡去,有着很深的身世之感,心境悲凉。这时,长夜的角声响起,不知道它在独自悲伤地诉说着什么。那中天明月,是那么美好,但是在这个漫漫长夜之中,又有谁会去欣赏它呢?诗人的孤独感,也在这寂寞的场景中获得了突出。诗人时常想回到故乡洛阳,却由于"风尘荏苒",连故乡的音信都得不到。而此时想去边塞立功,恐怕也是行路艰难,难于实现。从安史之乱以来,诗人飘零西南,故而有"伶俜十年事"这样的概括,而十年都已经忍受过来了,哪里还介意在这里借得一个枝头,勉强安顿呢。诗人的伤感和不甘之意,深深蕴藏在这一句话中。

阁　夜[1]

岁暮阴阳催短景,　天涯霜雪霁寒宵。[2]
五更鼓角声悲壮,　三峡星河影动摇。[3]
野哭几家闻战伐,　夷歌数处起渔樵。[4]
卧龙跃马终黄土,[5]人事音书漫寂寥。

注释

〔1〕阁:指夔州(今四川奉节)西阁,时杜甫寓居其处。

〔2〕阴阳:指岁年头阴气将尽阳气将生。短景:喻冬季白天短暂。天涯:喻远离故乡的地方。

〔3〕鼓角:更鼓和号角。星河:银河。

〔4〕夷:指当地少数民族。

〔5〕卧龙:指三国蜀相诸葛亮。隐居时人称卧龙。

解析

　　这首诗是唐代宗大历元年(766)冬杜甫寓居夔州西阁时所作。当时西川军阀混战,连年不息;吐蕃也不断侵袭蜀地。而杜甫的好友李白、严武、高适等都先后死去。感时忆旧,他写了这首诗,表现出异常沉重的心情。

诗歌从描写一个冬天的寒冷景象开始写起,夜长昼短,使人觉得光阴荏苒,岁月逼人。天涯即指夔州,又有沦落天涯之意。在这样的寒夜,一直独坐到天明,故而能听到那五更之时传来的鼓角之声。这是从侧面透露夔州一带也不太平,黎明前已经在发生战事,这样简单的几个字,就将兵革未息、战争频仍的气氛烘托出来了。但诗人并没有将这种紧张的气氛一写再写,而是转而使用另一番笔调,写到此时安宁的天空。雨后天空无尘,天上银河显得格外澄澈,群星参差,映照峡江,星影在湍急的江流中摇曳不定。很快,战争的消息传过来了。"野哭"这两句,就是写拂晓之时的所闻。一闻战伐之事,就立即引起千家的恸哭,哭声传彻四野,景象凄惨。夷歌,指四川境内少数民族的歌谣,很具有夔州本地特色。这样的声音,让诗人感到特别不安。末尾一句回首数百年前诸葛亮、公孙跃马等故事,说他们曾经一时显赫,也沦为黄土,而现实之中的人事与音书,都只好也任其寂寞了。

咏怀古迹(五首)

其 一

支离东北风尘际,[1]漂泊西南天地间。
三峡楼台淹日月, 五溪衣服共云山。[2]
羯胡事主终无赖, 词客哀时且未还。[3]
庾信平生最萧瑟,[4]暮年诗赋动江关。

注释

〔1〕支离:流离。东北风尘际:安史之乱中诗人由东北避地西南。

〔2〕五溪:在湘黔交界处。西南少数民族聚居地。共云山:言自己与溪人共处。

〔3〕羯胡:指安禄山。词客:诗人自指。且未还:漂泊异地,尚未还乡。

297

〔4〕庾信：梁朝诗人。入仕北周而不忘江南。

解析

  咏古诗是杜甫诗歌中最见其沉郁顿挫特色的一类。这一组诗，是作于唐代宗大历元年（766），当时杜甫在夔州。这五首诗分别吟咏了庾信、宋玉、王昭君、刘备、诸葛亮等人在三峡一带留下的古迹，赞颂了五位历史人物的文章学问、心性品德、伟绩功勋，并对这些历史人物的身世、壮志未酬的人生表示了深切的同情，并寄寓了自己仕途失意、颠沛流离的身世之感，抒发了自身的理想、感慨和悲哀。组诗语言凝练，气势浑厚，意境深远。尤其要注意的是，杜甫的这些咏古诗，将古人和自己的身世之感糅合到了一处，并非是徒为赞美古人而作，更多的是自况。

  第一首咏怀的是诗人庾信，这是因为作者对庾信的诗赋推崇备至，极为倾倒。他曾经说："清新庾开府"，"庾信文章老更成"。另一方面，当时他即将有江陵之行，情况与庾信漂泊有相通之处。因此，其中颇多杜甫的自况之语。来自东北的兵荒马乱导致百姓流离失所，为了躲避战乱漂泊流浪来到西南。这里是很普通的叙述语气，交代这些咏史诗的写作背景。长久地淹留于三峡地区颇感煎熬，而此时还和此地的少数民族一起居住在云山之间。羯胡人狡诈事主终究是不可靠的，而伤时感世的诗人至今还未回还故里。就好比梁代的庾信，一生处境凄凉、颠簸，而到了晚年时，他的诗赋创作轰动了当时。

其 二

摇落深知宋玉悲，风流儒雅亦吾师。[1]
怅望千秋一洒泪，萧条异代不同时。
江山故宅空文藻，云雨荒台岂梦思？[2]
最是楚宫俱泯灭，舟人指点到今疑。

注释

〔1〕摇落:指宋玉《九辩》之句:"悲哉!秋之为气也,萧瑟兮草木摇落而变衰。"宋玉:战国辞赋家。其作品首开悲秋主题。风流儒雅:指宋玉的文采和学问。

〔2〕故宅:归州、荆州皆有宋玉故宅。空文藻:枉留文采。荒台:指阳台。楚王梦神女处。见《高唐赋》。

解析

这一首采用了宋玉悲秋的典故,用来感慨时代变换和宋玉怀才不遇的人生经历跨世雷同之慨。簌簌落下的叶子,最是知道宋玉的悲伤。他的这种风流气质,也是值得我学习的。今日站在秋日之中,不免洒下相似的泪水。但是,宋玉和我,虽然身世都很凄凉,却并没有生在一个时代。江山依旧,宋玉的宅邸依旧还在,他的文藻也还在流传,但当时那些云雨荒台的传说,难道是一场梦中的所思吗?最可叹的是楚王的宫殿早已荡然无存,只有那江上驾舟的人,指点着那些到如今还受人怀疑的遗迹。这首诗是作者亲临实地凭吊后写成的,最后的感受之中,充满了历史的苍茫、杳渺之感。

其 三

群山万壑赴荆门,生长明妃尚有村。[1]
一去紫台连朔漠,独留青冢向黄昏。[2]
画图省识春风面,环佩空归月夜魂。[3]
千载琵琶作胡语,分明怨恨曲中论。[4]

注释

〔1〕赴荆门:奔向荆门山。山在今湖北。明妃:王昭君。汉元帝宫人。远嫁匈奴。

〔2〕紫台:汉宫殿名。朔漠:北方沙漠。指匈奴居住地。青冢:昭君墓。以墓草独青,故称。在今内蒙古呼和浩特。

〔3〕环佩:衣带上所系佩玉。此代指昭君。

〔4〕曲中论:在曲中倾诉。琴曲有《昭君怨》。

解析

  这一首是用昭君出塞的典故,用以抒写自己对于去国离乡之"怨",这一切也是因为他在乱世中偏居成都而起。诗人经过昭君的村庄,想到昭君生于名邦,殁于塞外,这种去国之怨,难于抒发。此地地势奇特,千山万岭好像波涛一样奔赴荆门,生长王昭君的乡村至今留存。从紫台一去直通向塞外沙漠,这漫漫旅程,去国甚远,而至死也不能回乡,如今那塞外的荒郊上,独留一座青坟,在黄昏中寂寞地存在。当时,因为一张画像,昭君的容颜为圣上所知,而这一去,再也无法回来,那宫廷之中,夜夜的环佩之声,仿佛是昭君的魂魄归来。昭君善弹琵琶,但她此后身在胡地,因此弹奏的都是胡人的乐曲,那曲中的离愁别怨是分明的。诗人流落西南,这种流离之悲,是他与昭君身世的相通之处。

其 四

蜀主窥吴幸三峡，　　崩年亦在永安宫。[1]
翠华想像空山里，　　玉殿虚无野寺中。[2]
古庙杉松巢水鹤，[3]岁时伏腊走村翁。
武侯祠屋常邻近，[4]一体君臣祭祀同。

注释

  [1]蜀主:指刘备。窥吴:讨伐东吴。幸:对皇帝行迹的尊称。永安宫:刘备在夔州白帝城的行宫。蜀章武二年(222),刘备征东吴,败归白帝城,次年于永安宫病逝。
  [2]翠华:指帝王的仪仗。玉殿:指永安宫。句下原注:"殿今为卧龙寺,庙在宫东。"
  [3]古庙:刘备祠庙。
  [4]武侯祠屋:诸葛亮在夔州的祠庙。位于刘备庙西。

解析

　　杜甫在蜀地的诗作,反复引用过诸葛亮的典故。如我们之前所说过的《梁甫吟》等等。诸葛亮经略一生,而最后因为后主的缘故,没有成就统一天下的大业,深受杜甫同情。杜甫从诸葛亮身上获得的相通之感,也是一种怀才不遇、生不逢时之感。这一首是咏永安宫。

　　诗歌中叙述道:蜀主刘备攻伐东吴,于是曾经驾临三峡,他驾崩时,也在白帝城永安宫。这一句是交代自己咏怀的历史背景和三国故地。这里的山谷之中,一定还能存留着关于当时翠华仪仗的想象,这里的山中野寺,一定还能记得当时的玉殿行宫。这一句诗人用今日之荒凉,反衬昨日之繁华,对比之下,历史的沧桑之感油然而出。那古老的寺庙之中的凉松杉树上,有野鹤筑巢,逢年遇节,会有村翁来上供祭祀,送些腊肉过来。而武侯祠庙与先主庙紧紧相邻,生前君臣一体,死后祭祀相同。这说明诸葛亮施政之德,至今仍有遗泽,当地百姓,仍然感念旧恩。

其　五

诸葛大名垂宇宙,　宗臣遗像肃清高。[1]
三分割据纡筹策,[2]万古云霄一羽毛。
伯仲之间见伊吕,　指挥若定失萧曹。[3]
运移汉祚终难复,[4]志决身歼军务劳。

注释

　〔1〕宗臣:人们所宗尚的贤臣。肃清高:为其清高而肃然起敬。

　〔2〕三分割据:指魏蜀吴三国鼎立,割据天下。纡筹策:纡曲周密地运筹划策。

　〔3〕伯仲之间:喻不相上下。伊:伊尹,辅佐商汤。吕:吕尚,辅佐周文王、周武王。二人俱是开国贤臣。萧曹:指汉相萧何、曹参。

　〔4〕祚:国统,皇位。

解析

　　在这一首中,诗人通过对诸葛亮武侯祠的歌咏,抒发了对武侯的衷心敬慕,在整个组诗之中,以这一篇笔触最为激情昂扬,对其雄才大略进行了热烈的颂扬,对其壮志未遂叹惋不已。诗中写道:诸葛亮永远垂名于天地之间,祠内的画像,形象清高整肃,令人肃然起敬。诸葛亮最为著名的功勋,是定下三国鼎立之策略,尽心运筹,他举重若轻,对待千秋万代之事,仿佛云霄之中的一片羽毛一样自如。他的才华,和伊尹吕尚相比分不出上下,他在战场上指挥若定,连萧何、曹参也显得失色。可惜汉室国运不济,终难复兴,但他依然坚决献身,竭尽忠心,知其不可而为之。这首诗中尽情歌颂诸葛亮的才华,正是因为诗人身处乱世,也希望在乱世之中有这样的人才横空出世,拯救苍生。这首咏史诗,不仅仅是一般的感怀,而更多的是在议论,点评古今。

刘长卿

江州重别薛六柳八二员外[1]

生涯岂料承优诏,[2]世事空知学醉歌。
江上月明胡雁过,[3]淮南木落楚山多。
寄身且喜沧洲近, 顾影无如白发何![4]
今日龙钟人共老, 愧君犹遣慎风波。[5]

注释

〔1〕江州:今江西省九江市。员外:员外郎的省称。官名。

〔2〕生涯:生平。

〔3〕胡雁:北方来的大雁。

〔4〕沧洲:滨水之地。多用以称隐士居处。无如:加"何"字意为:对白发无奈何。

〔5〕遣:教。

解析

刘长卿是中唐诗人,他"刚而犯上,两遭迁谪"。这首诗是他第二次贬往南巴(属广东)经过江州与二友人话别时写的。

诗歌对自己的贬谪经历充满了自嘲,虽遭贬谪,却说"承优诏";明明是老态龙钟,白发丛生,顾影自怜,无可奈何,却说"寄身且喜沧洲近"。这样是以喜写悲,将凄凉伤心掩饰起来,委婉地发抒人生的不平之感。从这两句的后半句来看,"空知学醉歌"反映了作者在这场失意的经历里面,经历了精神上的放逐。"空知"二字,更是体现了诗人对世事感到一场空的感觉。而回头看自己镜中的影子,无奈白发在不断增多,岁月更见蹉跎之感。在这两句之间,作者又穿插过关于贬谪之地的写照。天空中掠过的胡雁,山中的森森树木,更能体现贬谪之地的荒疏寂寥。

诗人因生性耿直,语言直率,两位朋友一再劝他注意自己的言行,别再制造新的风波。这些叮咛之语,也是体现了诗人在零落之时,尚有友情来慰藉。

长沙过贾谊宅[1]

三年谪宦此栖迟,万古惟留楚客悲。[2]
秋草独寻人去后,寒林空见日斜时。
汉文有道恩犹薄,湘水无情吊岂知?[3]
寂寂江山摇落处,怜君何事到天涯。

注释

〔1〕贾谊:西汉文帝时政治家、文学家。后被贬为长沙王太傅,故长沙有其故宅。

〔2〕谪宦:贬官。栖迟:淹留。楚客:指贾谊。长沙旧属楚地,故有此称。

〔3〕汉文:指汉文帝。吊岂知:贾谊出为长沙王太傅,经湘水时曾作《吊屈原赋》,凭吊战国时楚国大诗人屈原,亦兼寄自伤之情。

解析

这仍是一首贬谪诗,作于诗人第二次迁谪来到长沙的时候。在一个深秋的傍晚,诗人只身来到长沙贾谊的故居。贾谊因被权贵中伤,出为长沙王太傅三年。后虽被召回京城,但不得大用,抑郁而死。类似的遭遇,使刘长卿伤今怀古,感慨万千。

万古之下,贾谊作为一名楚客,而给后人留下了很多悲伤。这一句,就为全诗奠定了忧愤的基调。这里的"迟"字,更让人为贾谊在此虚度的岁月而感到悲伤。诗人在这数百年之后,再次来寻找贾谊的踪迹,只剩秋草、寒林,在黄昏的余晖之中,显得格外苍凉。颈联从贾谊的见疏,隐隐联系到自己。汉文帝已经是一代明君,对贾谊尚且这样薄恩,那么,昏聩无能的唐代宗,对臣子更无恩遇,诗人一贬再贬,沉沦坎坷,也就是必然的了。这就是所谓"言外之意"。湘水无情,流去了多少年光。楚国的屈原哪能知道上百年后,贾谊会来到湘水之滨吊念自己;西汉的贾谊更想不到近千年后的刘长卿又会迎着萧瑟的秋风来凭吊自己的遗址。诗人在故宅之外,反复徘徊,想到贾谊的经历,不禁问道:"我和你是一样无罪的,到底是因为什么缘故,竟然来到这天涯?"这样的发问,充满了深深的忧愤之感。

自夏口至鹦鹉洲夕望岳阳寄元中丞[1]

汀洲无浪复无烟, 楚客相思益渺然。[2]
汉口夕阳斜度鸟,[3]洞庭秋水远连天。
孤城背岭寒吹角,[4]独戍临江夜泊船。
贾谊上书忧汉室,[5]长沙谪去古今怜。

注释

〔1〕夏口:唐鄂州治,今属湖北武汉,在长江南岸。鹦鹉洲:在长江中,正对黄鹤矶。唐以后渐渐西移,今与汉阳陆地相接。岳阳:位在鄂州西南长江南岸,江水与洞庭湖相通。今属湖南。中丞:官名。

〔2〕汀洲:水中小洲。指鹦鹉洲。楚客:客居楚地之人。此为诗人自指。

〔3〕鸟:飞鸟。暗指鹦鹉洲。

〔4〕孤城:指汉阳城。城近大别山。角:军队中的一种吹器。

〔5〕贾谊上书:贾谊曾向汉文帝上《治安策》。

解析

　　这首诗也是刘长卿贬谪在巴陵时所写，诗中对被贬于岳阳的元中丞，表示了怀念和同情。同样是借怜贾谊贬谪长沙，以喻自己和元中丞的遭贬谪。

　　诗歌描写了岳阳长江边上的江景：静静的沙洲在长江中浮沉无浪也无烟；只有我这楚国客人的漂泊之影和无垠思念。在汉口的残阳中，不时可见渡江的飞鸟；洞庭秋水溢出湖面，烟波浩渺，远接蓝天。背山的孤城山岭，传来悲凉凄寒的号角；滨临江边的独戍旁，在夜里停着我的小船。在这番景物描写之后，诗人又一笔带回到对于历史故事的点评和自况之中：当年贾谊上书文帝表达的是作为汉室臣子的忧患，却无辜被贬谪到长沙，引起多少人为之哀怜。诗人联系与贾谊遭贬的共同的遭遇，心理上更使眼中的景色充满凄凉寥落之情。满腹牢骚，对历来有才人多遭不幸感慨系之，更是将自己和贾谊融为一体。

钱　起

赠阙下裴舍人[1]

二月黄鹂飞上林,[2]春城紫禁晓阴阴。
长乐钟声花外尽，　龙池柳色雨中深。[3]
阳和不散穷途恨，　霄汉常悬捧日心。[4]
献赋十年犹未遇，　羞将白发对华簪。[5]

注释

〔1〕阙下:宫阙之下。指皇宫。舍人:官名。

〔2〕上林:秦汉时宫苑名。此代指唐宫苑。

〔3〕长乐:汉宫殿名。此喻唐宫。龙池:兴庆宫中的水池。

〔4〕阳和:指仲春。应首二句。捧日:《三国志·魏书》载,程昱少时常梦见以双手捧日,后成为曹操的重要谋臣。

〔5〕献赋:献辞赋以谋求显达。簪:固着冠的长针。达官贵人的冠饰。

解析

这是一首投赠诗,是作者落第期间所作。献诗给在朝姓裴的中书舍人,弦外之音,是希望裴舍人给予援引。

诗人起笔于宫闱景致的描写:早春二月,在上林苑里,黄鹂成群地飞鸣追逐;紫禁城中春意盎然,拂晓时分,在树木葱茏之中,洒下一片淡淡的春阴。长乐宫的钟声飞过宫墙,飘到空中,又缓缓散落在花树之外。那曾是玄宗皇帝居住之地的龙池,千万株杨柳,在细雨中越发显得苍翠欲滴。诗人此时并未在科举考试中中第,也没有真正去过皇宫禁苑,为何要做一番想象呢?这是为了恭维裴舍人。裴舍人是皇帝近侍,诗人所描写的景物,其实是裴舍人每日之所见。可见,虽然没有一个字正面提到裴舍人,但实际上句句都在恭维裴舍人。恭维十足,却又不露痕迹,手法高妙。接下来诗人笔锋一转,就写到请求援引的题旨上:虽有和暖的太阳,毕竟无法使自己的穷途落魄之恨消散。"常悬捧日心"则是为了表明自己对朝廷的忠诚。十年来,我不断向朝廷献上文赋(指参加科举考试),可惜都没有得到知音者的赏识。"羞将"句说:如今连头发都变白了,看见插着华簪的贵官,我不能不感到惭愧。这里将作者的复杂心情,全盘烘托出来。这篇诗歌语言含蓄曲折,又不失清丽,在中唐七律之中颇有特色。

韦应物

寄李儋元锡[1]

去年花里逢君别,今日花开又一年。
世事茫茫难自料,春愁黯黯独成眠。[2]
身多疾病思田里,邑有流亡愧俸钱。[3]
闻道欲来相问讯,西楼望月几回圆。[4]

注释

〔1〕李儋(dān 单):字元锡,武威(今属甘肃)人,曾任殿中侍御史。
〔2〕黯黯:低沉暗淡。
〔3〕邑:指苏州。诗人时任苏州刺史。流亡:逃亡在外的人。
〔4〕西楼:又名观风楼。在今苏州。

解析

　　唐德宗建中四年(783)暮春入夏时节,韦应物从尚书比部员外郎调任滁州刺史,离开长安,秋天到达滁州任所。在韦应物赴滁州任职的一年里,他亲身接触到人民生活情况,对朝政紊乱、军阀嚣张、国家衰弱、民生凋敝,有了更具体的认识,深为感慨,严重忧虑。就在这年冬天,长安发生了朱泚叛乱,称帝号秦,唐德宗仓皇出逃,直到第二年五月才收复长安。在此期间,韦应物曾派人北上探听消息。在给友人写此诗时,探者还没有回滁州,可以想见诗人的心情是焦急忧虑的。这就是此诗的政治背景。

诗人对友人说道:自去年春天和你在长安分别以来,已经一年了。那时鲜花盛开,而今又是鲜花盛开之时。此时,长安为叛军占领,皇帝出逃。这种形势下,他只得感慨自己无法料想国家及个人的前途,只感到是渺茫一片。他忧愁苦闷,感到百无聊赖,一筹莫展,无所作为。他一身多病,本是想辞官归隐,回到故里,但是,看到百姓贫穷逃亡,自己未尽职责,于国于民都有愧,所以他不能一走了事。这样进退两难的矛盾苦闷处境下,诗人十分需要友情的慰勉,尾联便以感激李儋的问候和亟盼他来访作结,盼望能够再次团圆。

韩翃

题仙游观[1]

仙台初见五城楼,[2]风物凄凄宿雨收。
山色遥连秦树晚, 砧声近报汉宫秋。[3]
疏松影落空坛静, 细草春香小洞幽。
何用别寻方外去, 人间亦自有丹丘。[4]

注释

〔1〕仙游观:在河南嵩山逍遥谷内。唐高宗为道士潘师正所建。

〔2〕五城楼:黄帝筑五城十二楼。此喻指仙游观。

〔3〕砧声:在捣衣石上捣衣的声音。

〔4〕方外:神仙居住的世外仙境。丹丘:神话中昼夜长明的神仙之地。

解析

韩翃是"大历十才子"之一。此诗写道士的楼观,是一首游览题咏之作,描绘了雨后仙游观高远开阔、清幽雅静的景色,盛赞道家观宇胜似人间仙境,表现了诗人对道家修行生活的企慕。

诗人的视角,是从远望道观开始的。暮色之中,雨住风停,风物凄清,这座五城楼的仙台道观,远远矗立。天色已晚,只能见到远处的树木勾勒山形,而皇宫之中又传来砧声,仿佛在报告秋天即将到来。在这样的声、影之中,诗人仿佛在徐行,而一路走到道观近旁,看见:松树稀疏的影子,落在空无一人的道坛之上;道士所居住的"小洞",格外幽静,有着细草带来的芳香。于是诗人感叹,有这样的地方在,哪里还需要到"方外"去寻找居住,人间分明已经有可供神仙居住的丹丘妙地了。

这首诗并无深味,但可贵之处在于它描写的视角变换自如,语言清丽。大历十才子的诗歌大多在思想性上并不深刻,而在语言上更具有这样的空灵之感,这是中唐诗歌一个普遍的特色。

皇甫冉

皇甫冉(714—767),字茂政,安定(今甘肃平凉)人,占籍丹阳(今江苏镇江)。十岁能文,颇有清才。天宝末进士及第,授无锡尉。安史乱起,避难阳羡山中。大历初河南节度使辟掌书记,后入为左金吾卫兵曹参军,迁右补阙,奉使江表,卒于家。诗多送行酬赠之作,时带离乱凄苦之调,然天机独得,远出情外。

春 思

莺啼燕语报新年, 马邑龙堆路几千。[1]
家住层城邻汉苑,[2]心随明月到胡天。
机中锦字论长恨,[3]楼上花枝笑独眠。
为问元戎窦车骑, 何时返旆勒燕然?[4]

注释

〔1〕马邑:今山西朔县。汉与匈奴曾争此城。

〔2〕层城:在昆仑山顶,天帝居处。此喻京城。苑:皇帝宫苑。

〔3〕机中锦字:前秦女子苏蕙将织锦回文诗寄给遭贬的丈夫窦滔,以表相思之情。

〔4〕元戎:主将,将军。窦车骑:东汉车骑将军窦宪。曾率兵大破匈奴。返旆:班师回朝。勒:刻。指勒石纪功。燕然:即今蒙古国杭爱山。窦宪勒石纪功处。

解析

这是一首借闺妇之口,来抒写厌战之情的诗。诗歌采用了强烈的时空对比,并且以汉代历史来代指唐朝之事。这样的借汉咏唐,实际上是为了讽刺穷兵黩武。闺中人在莺歌燕语度过新年之际,几千里的远疆之外,马邑、龙堆等边城正是烽火连天。闺中人所居住的是靠近皇宫的京城之层楼上,而心却随着明月飞到边陲。织锦回文诉说着绵绵的思念之恨,楼上的花枝,嘲笑我夜夜独眠。请问主帅车骑将军窦宪,何时班师回朝刻石燕然山呢?这首诗最大的特点,就是离愁、别恨与春情相交织,甚至将春花拟人化,可谓情绪丰富,缠绵悱恻。

卢 纶

晚次鄂州[1]

云开远见汉阳城,[2] 犹是孤帆一日程。
估客昼眠知浪静, 舟人夜语觉潮生。[3]
三湘愁鬓逢秋色,[4] 万里归心对月明。
旧业已随征战尽, 更堪江上鼓鼙声。[5]

注释

〔1〕鄂州:治夏口,即今湖北武汉武昌市。

〔2〕汉阳:与鄂州隔长江相对,今属湖北武汉。

〔3〕估客:商人。舟人:船家。

〔4〕三湘:湘江的潇、烝、沅三支流。泛指湖南境。

〔5〕鼓鼙:本指军中所用大鼓小鼓。此代指战争。

解析

　　这首诗从阔大的视角中起笔。诗人下笔之时,仿佛自己回到了当日的小舟之上。只感到眼前的浓雾渐渐散开,仿佛能远远地望见汉阳城,而那时,独自漂泊一日就要回到家乡了。诗人在战乱中风波漂泊,对行旅生涯早已厌倦,因此在第一句便计算归程,可见其回乡心情之急迫,而且也暗含一丝庆幸和喜悦。此次此刻,船上的一些商贾白天睡足了觉,此时醒着,都能感觉到外面风平浪静;船夫们晚上一起聊天,伴随着阵阵潮声。舟人的低声夜语,潮水沉闷的拍击声，都能够衬托此时的压抑和沉重。从这一句开始，这首诗的情绪发生了一些变化。面对三湘大地的浓浓秋意，诗人不禁悲从中来，想到自己双鬓斑白，年华老去。而那内心急切的思归之情，只有对着明月默默倾诉。家乡的旧业已随着连年战火，销毁殆尽，一切都是烟消云散，此时在舟船之中的诗人，耳边似乎还听到江边阵阵战鼓声。诗的最后两句，仿佛揭开了这一切愁思的谜底，告诉读者他对故乡的思念如此深切，其实正是因为故乡的命运，在这个战火纷飞的时期，变得十分不可预测。这最后一句，将思乡之情与忧国愁绪结合起来，使此诗具有更为深远的社会意义。

柳宗元

登柳州城楼寄漳汀封连四州刺史[1]

城上高楼接大荒,[2]海天愁思正茫茫。
惊风乱飐芙蓉水， 密雨斜侵薜荔墙。[3]
岭树重遮千里目， 江流曲似九回肠。[4]
共来百粤文身地,[5]犹自音书滞一乡。

注释

〔1〕柳州:今属广西。诗人于唐元和十年(815)迁柳州刺史。漳:今福建漳州。汀:今福建长汀。封:今广东封川。连:今广东连州市。四州刺史:依序为:韩泰、韩晔、陈谏、刘禹锡。

〔2〕大荒:旷野。

〔3〕惊风:狂风。飐:风吹使颤动。芙蓉:荷花。薜荔:也称木莲,一种蔓生植物。

〔4〕江:指柳江。

〔5〕百粤:指五岭以南少数民族地区。

解析

这首诗是寄赠四位共患难而天各一方的朋友的。他们的际遇相同,休戚相关,因而诗中表现出一种真挚的友谊,虽天各一方,而相思之苦,无法自抑。

诗的起笔很壮阔,诗人登上城楼,看到城外仿佛是大荒世界,这一句揭示出柳州之荒远。而海天一片，与自己的愁思一样，茫然无边。这一句则是慨叹自己身世坎坷、仕途险恶。诗人接下来所写的景致，惊心动魄。荷花在风雨中摇曳不止，密雨吹打着墙上的薜荔藤。而站在这高楼之上，树木重重，遮挡了视线；而那江水遥遥，仿佛九曲回肠。诗人写这番风雨侵袭、岭树遮挡，并不是在说柳州地僻、自然气候恶劣而已。最后一句揭示了他这番描写的意图，他是在向友人抒发一同被贬到瘴乡的同病相怜之情，并且慨叹相隔千里，无缘见面，而且音书不达，以此将自己的孤寂之感和对于友人的思念，推向极致。

刘禹锡

西塞山怀古[1]

王濬楼船下益州，　金陵王气黯然收。[2]
千寻铁锁沉江底，　一片降幡出石头。[3]
人世几回伤往事，　山形依旧枕寒流。
从今四海为家日，[4]故垒萧萧芦荻秋。

注释

〔1〕西塞山：在今湖北黄石之东。三国时为吴国西部要塞。

〔2〕王濬：西晋益州刺史。灭吴之战的主要功臣。益州：晋时郡治在今四川成都。金陵：今江苏南京。三国时为吴之国都。

〔3〕千寻：极言其长。古八尺为寻。铁锁：吴国曾以铁锁链拦江，阻止晋船东下，被晋人用火烧熔。降幡：降旗。石头：即石头城。在今南京清凉山附近。

〔4〕四海为家：指天下一统。

解析

唐朝自安史之乱后，藩镇割据比较严重。唐宪宗时期，唐朝曾经取得了几次平定藩镇割据战争的胜利，国家又出现了比较统一的局面，不过这种景象只是昙花一现，公元821年到822年河北三镇又恢复了割据局面。此诗即为作者结合当时形势而作，作于唐穆宗长庆四年（824）。这年，刘禹锡由夔州（今重庆奉节）刺史调任和州（今安徽和县）刺史，在沿江东下赴任的途中，经过东晋南朝时的军事要塞西塞山(在今湖北省黄石市东面的长江边上)时,触景生情,抚今追昔,写下了这首感叹历史兴亡的诗。

此诗全篇借用西晋灭吴故事来言说情怀,故而开篇就提到灭吴之际,因为敌人的强大,使得传说中金陵之王气,已经黯然和萧条。东吴所使用的防御工事——长达千丈的铁锁,早已沉入江底,最后只剩一片降旗,挂在石头城头。晋吴之战,虽然吴国有长江天险和千寻铁锁,最后却仍然是只能投降于晋。这其中的对比和叹息,都是很深刻的。第三联是诗人对于一切类似历史故事的总的评价和概括。诗到这里才点到西塞山:人间已经发生了多少伤心的往事,这座山却仍然安然地矗枕在长江边上。最后一句,诗人将对历史的思考拉到眼前:如今我这漂泊、四海为家之日,看到往日的军事堡垒,荒废在一片秋风芦荻之中。这残破荒凉的遗迹,便是六朝覆灭的见证,便是分裂失败的象征。诗人的漂泊和流亡,其实也是因为这时代所致。全诗在这一笔上,尤其突出了借古讽今的特点,沉郁感伤。

诗坛佳话

前度刘郎:在唐朝诗坛上,刘禹锡是一个传奇。他因参与王叔文、柳宗元革新活动被贬朗州司马,十年后被朝廷"以恩召还"回京。他没有小心谨慎罢言敛息,在游玄都观后,反而以卓尔不群的姿态写下《玄都观桃花》:"紫陌红尘拂面来,无人不道看花回。玄都观里桃千树,尽是刘郎去后栽!"以桃花隐喻暂时得势的奸佞小人。这样的诗自然有人不满,他又因"语涉讥讽"再次遭贬,一去就是十二年。十二年后,诗人回京后再游玄都观,并写下《再游玄都观》:"百亩庭中半是苔,桃花净尽菜花开。种桃道士归何处,前度刘郎今又来。"依然如故,不改初衷,痛快淋漓地抒发自己傲视群丑、不怕打击、坚持斗争的情感。由此看来,他真是诗坛上当之无愧的铁蚕豆,其健朗豪爽的诗风也为他赢得"诗豪"的尊称。

元　稹

元稹(779—831),字微之,河南(今河南洛阳)人。德宗贞元中明经及第,复书判拔萃科,授校书郎。宪宗元和初,授左拾遗,升为监察御史。后得罪宦官,贬江陵士曹参军,转通州司马,调虢州长史。穆宗长庆初任膳部员外郎,转祠部郎中知制诰,迁中书舍人、翰林学士。为相三月,出为同州刺史,改浙东观察使。文宗大和中为尚书左丞,出为武昌节度使,卒于任所。与白居易倡导新乐府运动,所作乐府诗不及白氏乐府之尖锐深刻与通俗流畅,但在当时颇有影响,世称"元白"。后期之作,伤于浮艳,故有"元轻白俗"之讥。

遣悲怀(三首)

其　一

谢公最小偏怜女，　自嫁黔娄百事乖。[1]
顾我无衣搜荩箧，　泥他沽酒拔金钗。[2]
野蔬充膳甘长藿，[3]落叶添薪仰古槐。
今日俸钱过十万，　与君营奠复营斋。

注释

〔1〕谢公:指东晋宰相谢安。他最看重小女道韫。此以晋时才女谢道韫代指自己的亡妻韦丛。黔娄:战国时齐国寒士。作者自喻。

〔2〕荩箧:用荩草染成黄色的小竹箱。泥:软求。他:同"她"。指韦丛。

〔3〕藿:豆类作物的叶子。

解析

　　中唐诗人元稹的元配妻子韦丛,是当时太子少保韦夏卿的小女,于唐德宗贞元十八年(802)和元稹结婚。当时她二十岁,元稹二十五岁。婚后二人生活比较贫困,但韦丛很贤惠,毫无怨言,夫妻感情很好。过了七年,元稹任监察御史时,韦丛就病死了,年仅二十七岁。元稹悲痛万分,写了不少悼亡诗,其中最有名的是这三首《遣悲怀》。

　　这一首的主要内容是追忆妻子对生活艰苦处境的从容应对,以及彼此的夫妻情爱,并抒发自己对妻子早逝的抱憾之情。诗的第一句,以东晋宰相谢安最宠爱的侄女谢道韫借指韦氏,以战国时齐国的贫士黔娄自喻,暗指对方屈身下嫁。"百事乖"的意思是,从此任何事都不顺遂。这是对韦氏婚后七年间艰苦生活的简括,意思是她从富家门第嫁给元稹,从此生活发生了转折。之后,就是对这些转折的具体描写。韦氏特别贤惠,她看到我没有可替换的衣服,就翻箱倒柜去搜寻;我身边没钱,死乞活赖地缠她买酒,她就拔下头上金钗去换钱。平常家里只能用豆叶之类的野菜充饥,她却吃得很香甜;没有柴烧,她便靠老槐树飘落的枯叶以作薪炊。这几句抓取了生活中常见的场景,将韦氏的贤惠写得十分传神,而且,其中也深深蕴含着诗人对妻子的赞叹与怀念。最末两句,仿佛诗人从出神的追忆状态中突然惊觉,让永远无法挽回的遗憾,摧痛心扉:而今自己虽然享受厚俸,却再也不能与爱妻一道共享荣华富贵,只能用祭奠与延请僧道超度亡灵的办法来寄托自己的情思。这里的"复"字,是点出诗人经常祭祀亡妻,也反映出诗人内心绵绵不绝的痛苦。

其　二

昔日戏言身后意,〔1〕今朝都到眼前来。
衣裳已施行看尽,〔2〕针线犹存未忍开。
尚想旧情怜婢仆,　也曾因梦送钱财。

诚知此恨人人有， 贫贱夫妻百事哀。

注释

〔1〕身后意：对死后的种种设想。
〔2〕行看尽：眼看所剩无几。

解析

　　第二首与第一首结尾处的悲凄情调，是相衔接的，主要写妻子死后自己对她的百般怀念。诗人写了在日常生活中引起哀思的几件事。人已仙逝，而遗物犹在。为了避免见物思人，便将妻子穿过的衣裳施舍出去；将妻子做过的针线活仍然原封不动地保存起来，不忍打开。诗人想用这种消极的办法封存起对往事的记忆，而这种做法本身恰好证明他无法摆脱对妻子的思念。还有，每当看到妻子身边的婢仆，也引起自己的哀思，因而对婢仆也平添一种哀怜的感情。白天事事触景伤情，夜晚梦魂飞越冥界相寻。梦中送钱，似乎荒唐，却是一片感人的痴情。苦了一辈子的妻子去世了，如今生活在富贵中的丈夫不忘旧日恩爱，除了"营奠复营斋"以外，已经不能为妻子做些什么了。这样的遗憾，恐怕人人都会有，贫贱夫妻，百事哀愁。

其　三

闲坐悲君亦自悲， 百年多是几多时？
邓攸无子寻知命， 潘岳悼亡犹费辞。[1]
同穴窅冥何所望，[2]他生缘会更难期。
惟将终夜长开眼，[3]报答平生未展眉。

注释

〔1〕邓攸：晋河东太守。为保弟儿而自弃亲子。寻知命：深知无儿是命中注定之事。潘岳：晋诗人。有悼亡诗三首追念亡妻。

〔2〕 窅冥:渺茫。此反用《诗经》"死则同穴"义。

〔3〕 终夜长开眼:彻夜不眠。亦暗合"鳏"字。鳏为大鱼,鱼目不合。又,男子无妻独居为鳏,句中曲达鳏居思妻之意。

解析

　　第三首首句"闲坐悲君亦自悲",正是对前面两首的衔接,也是开始诉说"自悲"之情。以"悲君"总括上两首,以"自悲"引出下文。由妻子的早逝,诗人想到了人寿的有限。人生百年,也没有多长时间。诗中引用了邓攸、潘岳两个典故。邓攸心地如此善良,却终身无子,这就是命运的安排。潘岳《悼亡诗》写得再好,对于死者来说,也没有什么意义,等于白费笔墨。诗人以邓攸、潘岳自喻,故作达观无谓之词,却透露出无子、丧妻的深沉悲哀。接着从绝望中转出希望来,寄希望于死后夫妇同葬和来生再做夫妻。但是,再冷静思量:这仅是一种虚无缥缈的幻想,更是难以指望的,因而更为绝望:死者已矣,过去的一切永远无法补偿了! 诗情愈转愈悲,不能自已,最后逼出一个无可奈何的办法:"惟将终夜长开眼,报答平生未展眉。"诗人仿佛在对妻子表白自己的心迹:我将永远永远地想着你,要以终夜"开眼"来报答你的"平生未展眉"。这里更是体现了诗人对妻子的一片痴情,哀痛欲绝。

白居易

自河南经乱,关内阻饥,兄弟离散,各在一处。因望月有感,聊书所怀,寄上浮梁大兄、於潜七兄、乌江十五兄,兼示符离及下邽弟妹[1]

时难年荒世业空,　弟兄羁旅各西东。[2]
田园寥落干戈后,[3]　骨肉流离道路中。
吊影分为千里雁,　辞根散作九秋蓬。[4]
共看明月应垂泪,　一夜乡心五处同。

注释

〔1〕河南经乱:指贞元十五年(799)河南道境内发生的宣武军、彰义军叛乱。唐王朝曾分遣十六道兵马去攻打。关内:指今陕西一带。浮梁:今江西景德镇。大兄:指白幼文,时任浮梁主簿。於潜:今浙江杭州临安区一带。七兄:白居易堂兄,时任于潜尉。乌江:今安徽和县一带。十五兄:白居易堂兄,时任乌江主簿。符离:今属安徽宿县。下邽:在今陕西渭南。

〔2〕羁旅:漂泊。

〔3〕寥落:荒疏冷落。干戈:本是两种兵器。代指战争。

〔4〕吊:慰问。此谓形影相吊。根:指故园。句意谓兄弟四散如离根飞蓬。

解析

这首诗约作于唐德宗贞元十五年(799)秋至次年春之间,当时战乱饥荒、人祸天灾,纷至沓来,田园荒芜,骨肉离散,诗人自不免忧国思亲,伤乱悲离。

在这战乱饥馑灾难深重的年代里,祖传的家业荡然一空,兄弟姊妹抛家舍业,羁旅行役,天各一方。"吊影分为千里雁,辞根散作九秋蓬"两句,一向为人们所传诵,这样的比喻,突出手足离散之惨戚。孤单的诗人凄惶中夜深难寐,举首遥望孤悬夜空的明月,情不自禁联想到飘散在各地的兄弟姊妹们。他想:如果此时大家都在举目遥望这轮勾引无限乡思的明月,也会和自己一样潸潸泪垂吧。这一夜之中,流散五处、深切思念家园的心,也都会是相同的。诗人在这里以绵邈真挚的诗思,构出一幅五地望月共生乡愁的图景,从而收结全诗,创造出浑朴真淳、引人共鸣的艺术境界。

李商隐

锦 瑟[1]

锦瑟无端五十弦,[2] 一弦一柱思华年。
庄生晓梦迷蝴蝶， 望帝春心托杜鹃。[3]
沧海月明珠有泪， 蓝田日暖玉生烟。[4]
此情可待成追忆， 只是当时已惘然。

注释

〔1〕锦瑟:装饰华美的瑟。弦乐器。

〔2〕无端:没来由。转意即为什么。五十弦:传古瑟五十弦,后秦帝破为二十五弦。

〔3〕庄生:指战国庄周。曾以梦蝶辨境之虚实。望帝:传为古蜀帝杜宇之号。其魂化杜鹃鸟。

〔4〕蓝田:山名,在今陕西蓝田。产美玉。

解析

《锦瑟》是李商隐极负盛名的一首诗,也是最难索解的一首诗。有人说是写给令狐楚家一个叫"锦瑟"的侍女的爱情诗(五十弦,一说一男一女对坐弹两张琴);有人说是睹物思人,写给故去的妻子王氏的悼亡诗;也有人认为中间四句诗可与瑟的适、怨、清、和四种声情相合,从而推断为描写音乐的咏物诗;此外还有影射政治、自叙诗歌创作等许多种说法。千百年来众说纷纭,莫衷一是,大体而言,以"悼亡"和"自伤"说者为多。但事实上,这首诗歌蕴含的情绪是极为复杂的,并不一定要归为哪一种。

　　诗的首联由幽怨悲凉的锦瑟起兴,点明"思华年"的主旨。五十弦,古瑟一般是五十弦,后来发展为二十五弦,但仍有其制。诗的一、二两句是说:绘有花纹的美丽如锦的瑟有五十根弦,我也快到五十岁了,一弦一柱都唤起了我对逝水流年的追忆。这里面最有深味的是"无端"二字,可以理解为"毫无来由地""不知是何原因的"。对于日常使用的古瑟,忽然有了这种陌生和困惑之感,其实是因为此时他所陷入的,是关于人生本身的迷惘。因此,接下来的句子,也多是这类迷惘的意象。庄周梦蝶的故事见《庄子·齐物论》:"昔者庄周梦为蝴蝶,栩栩然蝴蝶也。……俄而觉,则蘧蘧然周也。不知周之梦为蝴蝶欤,蝴蝶之梦为周欤?"面对群雄逐鹿,变化剧烈的战国社会,庄周产生了人生虚幻无常的思想,而李商隐则是有感于晚唐国势衰微,政局动乱,命运如浮萍而用此典故的。用此典故,还包含着他对爱情与生命消逝的伤感。他感到自己的一片心意,无人能知,也不知道能够诉与何人,因此他想到了化为杜鹃的望帝。望帝的传说见《寰宇记》:"蜀王杜宇,号望帝,后因禅位,自亡去,化为子规。"子规即杜鹃鸟。深沉的悲伤,只能托之于暮春时节杜鹃的悲啼,这是何等的孤独和凄凉。沧海遗珠,一般是指代怀才不遇者。"珠""玉"乃诗人自喻,不仅喻才能,更喻德行和理想。诗人借这两个形象,体现自己禀具卓越的才德,却不为世用的悲哀。诗的尾联,采用反问递进句式加强语气,结束全诗。在末句中,"成追忆"则与"思华年"呼应。可待即岂待,说明这令人惆怅伤感的"此情"早已迷惘难遣,此时当更令人难以承受。这篇诗歌,起于"无端",归于"惘然",营造了幽婉哀怆的艺术意境。

无　题

昨夜星辰昨夜风,画楼西畔桂堂东。[1]

身无彩凤双飞翼,心有灵犀一点通。

隔座送钩春酒暖,分曹射覆蜡灯红。[2]

嗟余听鼓应官去，走马兰台类转蓬。[3]

注释

〔1〕画楼:雕梁画栋之楼。桂堂:桂木所建屋室。与画楼并喻宅之豪华。
〔2〕送钩:传钩。分两队竞猜的一种藏钩游戏。射覆:于覆器下置物令对方猜射。
〔3〕鼓:指更鼓。应官:上朝。兰台:指秘书省。掌图书秘籍。作者时任秘书省正字。

解析

　　这是一首关于偶遇的爱情诗。诗人描述了一个美好的夜晚:昨夜星辰点缀天空,后堂吹来习习凉风。画楼、桂堂都指富贵人家的屋舍,这就是诗人和意中人偶遇之处。两个人虽然不能比翼双飞,但心中的感情是息息相通的,就好比犀牛的角中有白纹如线,直通两头。在这场宴会之上,我们互相猜钩嬉戏,隔座对饮,感受那暖入心窝的春酒;分组来行酒令,决一胜负,此时烛光泛红,笼罩着这一片喧闹。无奈此时五更钟声响起,诗人必须离开这场宴会,去上早朝。这样在宴会和兰台等不同的场景之中往返,就仿佛那转蓬之草,飘忽不定。这首诗,将相遇的喜悦融化在色彩、声音之中,在一幅喧闹的夜宴图之上,又抽离出一丝纯情,让这首诗歌显得格外明丽、自然。其中的"身无彩凤双飞翼,心有灵犀一点通"也成为传世名句,用来形容那些虽然身不在一处,却心灵相通的爱侣。

隋　宫[1]

紫泉宫殿锁烟霞，欲取芜城作帝家。[2]
玉玺不缘归日角，锦帆应是到天涯。[3]
于今腐草无萤火，终古垂杨有暮鸦。[4]
地下若逢陈后主，岂宜重问《后庭花》?[5]

注释

〔1〕隋宫:指隋炀帝杨广在江都(今江苏扬州)所建的行宫。

〔2〕紫泉:紫渊。水紫色,在长安南。喻长安。锁烟霞:喻冷落。芜城:江都(今扬州)。鲍照有《芜城赋》。

〔3〕玉玺:皇帝的玉印。日角:喻帝王面相。锦帆:以香锦制帆的龙舟。隋炀帝下江都所乘。

〔4〕萤火:隋炀帝好夜游,所到之处广征萤火,夜间游山时放之,光照山谷。江都放萤院,传为炀帝放萤之处。垂杨:指种于炀帝所凿运河两岸的垂柳。又称"隋堤柳"。

〔5〕陈后主:陈朝亡国之君。为隋所灭。《后庭花》:陈后主所作舞曲名。喻亡国之音。据《隋遗录》称:炀帝游江都时曾梦与陈后主相遇,后主之妃张丽华为舞《玉树后庭花》。

解析

　　这是一首十分含蓄的咏古诗。诗人以"紫泉宫殿"来代喻长安,以"芜城"指代了扬州的实名。长安本是隋代的都城,瑰伟奇绝,烟霞蒸腾,神秘深邃,但是,皇帝对此却不以为意,却决定在一个荒芜如废墟的地方,重新建都。开篇的这一句,就讽刺了隋炀帝的愚蠢。"芜城"根本不能和长安相比,但是隋炀帝却对之厚爱有加。

　　因为这个决策,隋炀帝的政权迅速残败,最后他也为部将杀死于江都。因此,到了诗歌的第二句,就开始交代了隋炀帝的结局。玉玺是皇帝专用的玉印,所以被视为政权的象征。"归日角"则意味神器之权柄流转至唐高祖李渊手中。"日角"在古代相术中,指的是帝王之相。按照当时的传说,唐高祖获得玉玺,似乎是不可抗拒的既定之命,天命所归,让他终结了"锦帆到天涯"的荒淫灾祸。当时隋炀帝在江都行乐,以人拉纤,行舟于运河之中,便是指此。唐取代隋之后,如今但有蒿蒿腐草,而不见萤火。黄昏暮霭的垂杨之上,只有几只黑色的乌鸦。这是体现了当时战乱给城市带来的巨大破坏。最后一句,是李商隐毫不留情地针砭已作古的炀帝。他想象炀帝的亡魂飘到地下,与同是覆灭王朝的末帝陈后主,相聚一堂,而炀帝不改荒逸,至死不悟,竟

330

与陈后主当面切磋请益生前所好之乐《玉树后庭花》。李商隐认为隋炀帝是不会悔改的,如果到了阴曹地府,他会照样惦记行乐的事情。这一句反映了李商隐对隋炀帝的无情讽刺和轻蔑态度。

无 题(二首)

其 一

来是空言去绝踪,　月斜楼上五更钟。
梦为远别啼难唤,　书被催成墨未浓。
蜡照半笼金翡翠,　麝熏微度绣芙蓉。[1]
刘郎已恨蓬山远,[2]更隔蓬山一万重。

注释

〔1〕半笼:半映。谓烛光隐约照射。金翡翠:琉璃灯上的描金翠雀。麝:指麝香。雄麝香腺分泌物,是名贵香料。度:透过。绣芙蓉:绣芙蓉花的幔帐。

〔2〕刘郎:指汉武帝刘彻。他有好神仙求长生事。蓬山:蓬莱山,海中神山。武帝遣方士求之而无验。

解析

这首诗写得迷离奇幻,最初读来,感觉是一切都是若即若离的。"来是空言去绝踪,月斜楼上五更钟",仿佛是一个深夜约会、匆忙离开的场景。但是,这一切并不是真实发生的,而是在梦中。"梦为远别啼难唤"这一句才能告诉人们,这是两人远别经年,会合无缘,而今离人入梦,方得相见,但是一觉醒来,却踪迹杳然,只剩下月亮斜挂在楼角,而依稀传来五更钟声。这种晓梦忽觉的感受,迷离而忧伤。梦醒后的空寂更证实了梦境的虚幻。于是,离别之人只能起身,在这强烈的思念之情的驱遣之下,潦草地研磨墨汁写信,信写完了,才发现墨色不浓,可见是一气呵成、奋笔疾书。梦觉之后,残烛的余光半照着用金线绣成翡翠鸟图案的帷帐,芙蓉褥上似乎还依稀浮动着麝熏的幽香。这样的幽然之境,亦真亦幻,反映主人公沉湎于相思之苦。然而,现实却是,二人依然相隔万里,不得见面。诗歌中的后两句,正是对室空人杳的空虚怅惘,和对方远隔天涯、无缘会合的感慨。末句还借刘晨重寻仙侣不遇的故事,点醒爱情阻隔,"已恨""更隔",层递而进,突出了阻隔之无从度越,烘托了近乎绝望的思念感受。

其 二

飒飒东风细雨来,芙蓉塘外有轻雷。[1]
金蟾啮锁烧香入,玉虎牵丝汲井回。[2]
贾氏窥帘韩掾少,宓妃留枕魏王才。[3]
春心莫共花争发,一寸相思一寸灰。

注释

〔1〕轻雷:喻车轮声。

〔2〕金蟾:蟾形的香炉。锁:指香炉蟾口处管开合的小机关。玉虎:井台上的辘轳。丝:指井绳。

〔3〕贾氏:晋贾充之女。曾窥韩寿,后嫁之。韩掾:指韩寿。貌美,充辟为掾。宓妃:洛水神。魏曹植有《洛神赋》。留枕:宓妃属意曹植,死后其枕辗转入植手。魏王:指魏陈思王曹植。人称其才高八斗。

解析

　　这首无题诗写一位深锁幽闺的女子追求爱情而幻灭的绝望之情。李商隐的诗歌特别擅长经营气氛,这一首诗也不例外。首句就描写了飒飒东风,以及随风飘来的蒙蒙细雨;此时,芙蓉塘外,传来闷闷的轻雷之声,这说明此时正是阴郁的雨天。这样的意境,十分深渺、朦胧。金蟾是一种蟾状香炉,"锁"指香炉的鼻钮,可以开启放入香料;玉虎,是用玉石装饰的虎状辘轳,

"丝"指井索。室内户外,所见者惟闭锁的香炉,汲井的辘轳。关于这些日常琐细生活的描写,衬托出女子幽处孤寂的情景和长日无聊的惆怅。第三句使用了贾充女与韩寿、甄氏与曹植这两个爱情故事作为典故。这两个故事中,贾充之女后来与韩寿结为连理,而甄氏与曹植一生不能相聚。尽管这两个故事的结局不同,但在女主人公的意念中,无论是贾氏窥帘,爱韩寿之少俊,还是甄后情深,慕曹植之才华,都反映出青年女子追求爱情的愿望,呼应了她此时的情怀。也许是思考到深处,女子的思想忽然变得锐利和坚决:"春心莫共花争发,一寸相思一寸灰。"意思是,自己向往美好爱情的心愿切莫和春花争荣竞发,因为寸寸相思都化成了灰烬。这是对爱情失意的恐惧,以及对于命运前途莫测不定的担忧。李商隐写得最好的爱情诗,几乎全是写失意的爱情。而这种失意的爱情中又常常融入自己的某些身世之感。在相思成灰的爱情感慨中也可窥见他仕途失意的不幸遭际。

筹 笔 驿[1]

鱼鸟犹疑畏简书,风云常为护储胥。[2]
徒令上将挥神笔,终见降王走传车。[3]
管乐有才真不忝,关张无命欲何如。[4]
他年锦里经祠庙,《梁父》吟成恨有馀。[5]

注释

〔1〕筹笔驿:今名朝天驿,在今四川广元市。诸葛亮伐魏,曾于此筹划军事,草写文书。

〔2〕疑:恐怕。推测之词。简书:书于竹简的军中文书。《诗经·小雅·出车》:"岂不怀归,畏此简书。"储胥:军营的篱栅。

〔3〕上将:主帅。指诸葛亮。降王:指蜀后主刘禅。史称"舆榇自缚"降魏。传车:驿站专用车辆。刘禅降后徙居洛阳。

〔4〕管:管仲。春秋时佐齐桓公成就霸业的宰相。乐:乐毅。战国时燕国名将,曾大败强齐。真不忝:真不愧。诸葛亮常自比管仲、乐毅。关张:关羽、张飞。二人为蜀汉名将,最终俱惨死刀下。

〔5〕锦里:即成都。城南建有武侯祠。《梁父》吟:史称诸葛亮躬耕陇亩时好为《梁父吟》。

解析

唐宣宗大中九年(855)李商隐罢梓州幕随柳仲郢回长安,途经筹笔驿,写下这首咏怀古迹的诗篇。筹笔驿在今四川广元市北,相传三国时蜀汉诸葛亮出兵伐魏,曾驻此筹划军事。因此全诗主要是为了评论诸葛亮。平常的咏古诗,一般是歌颂诸葛亮的功德,惋惜其志业难遂等等。但是这一首完全是站在诸葛亮本人的内心世界之角度,来突出他内心的"憾恨"。

诗歌从开篇就交代了诸葛亮的高超才华,写猿鸟畏其军令,风云护其藩篱,拥有绝代威严。但是,即便他如此英勇,却也会智者千虑终有一失。他白白看着刘禅投降,长途乘坐驿车,被送往洛阳,蜀汉归于败亡,而并不能加以阻止。他的才华无愧于管仲、乐毅,却无奈关羽、张飞无命早亡,从此失去最为重要的左膀右臂,如之奈何。作者最后总结说:"他年锦里经祠庙,《梁父》吟成恨有馀。"意思是自己作为一位后人,昔日经过锦里(成都城南)诸葛武侯庙时,吟哦诸葛亮的《梁父吟》,犹觉遗恨无穷。作者在抑扬之间,将诸葛亮人生的起伏描述得十分精准,而且让人对他所经历的憾恨,颇有同情和体会。

无 题

相见时难别亦难,　东风无力百花残。
春蚕到死丝方尽,[1]蜡炬成灰泪始干。
晓镜但愁云鬓改,　夜吟应觉月光寒。[2]
蓬山此去无多路,　青鸟殷勤为探看。[3]

注释

〔1〕丝:与"思"谐音,表相思。

〔2〕月光寒:言夜已渐深。

〔3〕蓬山:蓬莱山。传说中的海上仙山。青鸟:传为西王母使者。后泛指信使。

解析

  这是一首爱情诗。诗歌的主人公,仍然是一位处于与爱人相离别状态中的女性。她在离别的悲伤和痛苦之中,仍然选择坚持,其感情世界细腻绵邈,坚韧执着。

  开篇就提到,女子和所爱之人,受到某种阻隔,因此难于相会,而分离之时,自然也是十分痛苦。两个"难"字叠加在一起,更显得相会短暂、再次相见遥遥无期。"东风无力百花残",表面上是在写暮春鲜花凋谢、东风无力的景象,实则体现了一个在思恋中苦苦煎熬的女子是何其身心疲倦。"春蚕到死丝方尽"中的"丝"字与"思"谐音,全句是说,自己对于对方的思念,如同春蚕吐丝,到死方休。"蜡炬成灰泪始干"是比喻自己为不能相聚而痛苦,无尽无休,仿佛蜡泪直到蜡烛烧成了灰方始流尽一样。这句话,仿佛是这个女子的誓言,但又仿佛是她所看透的关于相思的真理,透露着一种深刻的绝望。"云鬓改",是说自己因为痛苦的折磨,夜晚辗转不能成眠,以至于鬓发脱落,容颜憔悴。"夜吟"句是推己及人,想象对方和自己一样痛苦。她揣想对方大概也将夜不成寐,常常吟诗遣怀,但是愁怀深重,无从排遣,所以愈发感到环境凄清,月光寒冷,心情也随之更趋暗淡。月下的色调是冷色调,"应觉月光寒"是借生理上冷的感觉反映心理上的凄凉之感。"应"字是揣度、料想的口气,表明这一切都是自己对于对方的想象。想象如此生动,体现了她对于情人的思念之切和了解之深。既然会面无望,于是只好请使者为自己殷勤致意,替自己去看望他。这个寄希望于使者的结尾,并没有改变"相见时难"的痛苦境遇,不过是无望中的希望,前途依旧渺茫。诗已经结束了,抒情主人公的痛苦与追求还将继续下去。

春　雨

怅卧新春白袷衣,[1]白门寥落意多违。
红楼隔雨相望冷,　珠箔飘灯独自归。[2]
远路应悲春晼晚,　残宵犹得梦依稀。
玉珰缄札何由达,　万里云罗一雁飞。[3]

注释

〔1〕白袷衣:白色夹衣。

〔2〕珠箔:喻飘洒的雨点。

〔3〕玉珰:玉制耳珠。耳珠曰"珰"。云罗:云一样的网罗。此句为诗人自状。

解析

　　这是一首爱情诗,具体地说,是一首怀人之作。诗人在一个雨夜的晚上,回想自己曾经去一个地方找寻一名牵挂自己许多情思的女子,然而,鹤去楼空佳人不在。自己呆呆看罢红楼,怀着满腹惆怅挑着孤灯一路失魂落魄地回来,多少回,梦里望着伊人依稀的影子,重温依稀的旧时欢笑,醒来又追忆依稀的梦境,向何人诉说我的相思和梦想,我的牵挂和怅惘?这首诗有着淡淡的哀伤,淡淡的忧郁。它通过一些触感,来形容思念的质地。比如"冷",这不仅是雨的自然属性,也是诗人内心的感受:那是冒雨寻人不遇而不得不雨中品尝的雨水和泪水,那是咂摸着物是人非而油然升腾的寥落感、沧桑感和无常感。这些感触,是这首怀人诗内涵极为丰富的部分原因。

无 题(二首)

其 一

凤尾香罗薄几重,[1]碧文圆顶夜深缝。

扇裁月魄羞难掩,[2]车走雷声语未通。

曾是寂寥金烬暗, 断无消息石榴红。[3]

斑骓只系垂杨岸,[4]何处西南待好风。

注释

〔1〕凤尾香罗:即凤罗。一种轻薄华丽的丝质罗帐。

〔2〕扇裁:用"裁成合欢扇,团团似明月"诗意。月魄:即月亮。此以圆月状团扇。

〔3〕金烬:灯芯的馀火。石榴红:指石榴花开时节。

〔4〕斑骓:毛色青白相杂的马。

解析

　　这也是一首怀念爱人的诗。诗中写的是诗人爱情生活中的一段交往经历,及由此而产生的难以忘怀的深情。诗人的回忆中,始终浮现着一些场景。首先进入脑海的,是凤尾香罗这种轻薄华贵的丝织品,因为自己的爱人在闺中曾以此夜缝罗帐。而第二个场景是当初的邂逅,爱人因为太过羞涩,以团扇遮面,车已离去未及通话。离别之后,能够提供回忆的,也就只有这两个珍贵的场景了。离别后日夜想念常常辗转难眠,诗人守着香炉之中的金色灰烬已经暗去,守着石榴花开放,却并没有等来任何消息。他于是展开想象,希望有一天能等待对方来相会,那时候,可以将马匹系在那杨柳岸上。

其 二

重帏深下莫愁堂,[1]卧后清宵细细长。
神女生涯原是梦, 小姑居处本无郎。[2]
风波不信菱枝弱, 月露谁教桂叶香。
直道相思了无益, 未妨惆怅是清狂。

注释

〔1〕莫愁:传为古代民女。南朝以来诗人多咏之。

〔2〕神女:指巫山神女。据宋玉《高唐赋》《神女赋》称,楚怀王游云梦而望高唐,夜梦神女,自号朝云;后宋玉将此事述与襄王,襄王梦与神女成欢。"小姑"句:语出南朝乐府《青溪小姑曲》:"小姑所居,独处无郎。"

解析

　　这首诗是抒写女主人公自伤不遇的身世。重帏深深,掩映高堂。这里环境氛围的幽静,显得入卧之后长夜尤其孤寂漫长;在这样的夜里,不免也有过一些梦幻。诗人在这里,以楚王梦遇巫山神女和乐府《青溪小姑曲》的"小姑所居,独处无郎"的典故,暗指女主人公曾经有过幻想和追求,但到头来只好梦一场,依然独居;造成独居的原因,无非是发生了一些波折。好比风波凶恶,菱枝柔弱,无力反抗;桂叶自有清香,却为月露冲淡。这种受阻和无奈的伤怀,情愁绵长。但女主人公对此,却并不灰心,她认为,即使如此,还要执着追求。这首诗和上一首,都被认为是李商隐颇有个人寄托的诗,不仅仅是爱情诗。

诗坛佳话

　　朦胧始祖:李商隐以刻意追求诗美而卓然于晚唐诗坛。他心灵善感,一往情深,其爱情诗和无题诗写得是那样缠绵悱恻,又是那样隐晦迷离难于索解,以至于有"诗家总爱西昆好,独恨无人作郑笺"(元好问《论诗三十首》十二)之说。他将李贺古体诗的奇艳移入律诗,使语言绮丽而对仗工整,音律婉转而圆美。那惆怅落寞的情绪、迷茫悲凉的体验在富有象征和暗示意味的比兴和隐喻中更呈现出一种朦胧之美。如果为现代诗中的朦胧诗派寻求发端，说他为始祖也不为过。

温庭筠

利州南渡[1]

澹然空水对斜晖， 曲岛苍茫接翠微。[2]
波上马嘶看棹去，[3]柳边人歇待船归。
数丛沙草群鸥散， 万顷江田一鹭飞。
谁解乘舟寻范蠡， 五湖烟水独忘机。[4]

注释

〔1〕利州:州治在今四川广元,南临嘉陵江。
〔2〕澹然:水波闪动的样子。翠微:青翠的山色。
〔3〕棹:桨,代指船。
〔4〕范蠡:春秋时楚人。助越王灭吴后乘舟离去。五湖烟水:据《吴越春秋》称:范蠡功成身退,乘扁舟出入三江五湖,人莫知其所适。

解析

诗人在日暮时分,来到了嘉陵江畔的渡口,看到开阔清澄的江面,波光粼粼而动,夕阳映照在水中,闪烁不定;起伏弯曲的江岛和岸上青翠的山岚在斜晖的笼罩下,一片苍茫。渡口之上,人马都急欲渡江:渡船正浮江而去,人渡马也渡,船到江心,马儿扬鬃长鸣,好像声音出于波浪之上;未渡的人(包括诗人自己)歇息在岸边的柳荫下,等待着渡船从彼岸返回。渡江时,船过沙滩,惊散了草丛中成群的鸥鸟;回望岸上,江田万顷,一只白鹭在自由自在地飞翔。在这里,"群鸥"和"一鹭"成为鲜明的数量对比。这看似恬然的普通渡江情景,实际上仍然触动了诗人关于漂泊的感喟。所以尾联偶然兴起了欲学范蠡急流勇退,放浪江湖的愿望。言外之意,自己便有淡泊遗世,忘却机心之志,也没有人能够理会。

诗人温庭筠一生政治上很失意,不仅屡次应试不中,而且因为语言多犯忌讳,开罪了皇帝和宰相(唐宣宗和令狐绹),长被摈抑,只好到处流转,做一个落泊才子。因此,这番感喟,其实是他对于自己人生漂泊不定的感喟,也寄托了自己希望能安顿下来的愿望。

苏 武 庙[1]

苏武魂销汉使前,古祠高树两茫然。
云边雁断胡天月,陇上羊归塞草烟。[2]
回日楼台非甲帐,去时冠剑是丁年。[3]
茂陵不见封侯印,空向秋波哭逝川。[4]

注释

〔1〕苏武:汉武帝时人,使匈奴被羁多年而不屈,汉昭帝时始被迎归。

〔2〕雁断:指苏武被羁留匈奴后与汉廷音讯隔绝。胡:指匈奴。陇:陇关。此以陇关之外喻匈奴地。

〔3〕甲帐:据《汉武故事》载,武帝以琉璃珠玉、天下奇珍为甲帐,次第为乙帐。甲以居神,乙以自居。冠剑:指出使时戴冠佩剑的装束。丁年:丁壮之年。唐朝规定二十一至五十九岁为丁。

〔4〕茂陵:汉武帝陵。句谓苏武归时武帝已死。逝川:喻逝去的时间。语出《论语·子罕》:"子在川上曰:逝者如斯夫。"此指往事。

解析

这是一首咏古诗,歌咏的对象是汉代著名使节苏武。诗人在这首诗中,首先设身处地地联想了当时苏武困于北方的情境和心境。他联想到当年苏武突然见到汉使,得知自己已经获释可以回国时悲喜交加的激动心情,一定是失魂落魄,一片不辨真假的茫然之感。这是喜悦至极时的表现,"魂销""茫然"等字眼在这里用得十分恰当。诗歌的第二句,是在追忆苏武生前的苦节壮举,遥想当时苏武被流放,与国内失去联系,而只能在苦寒、荒凉的边地牧羊,历尽艰辛。但是,回国之后,汉朝的人事已经今非昔比,人事完全不同从前。苏武所深深思念的汉朝,此时和他眼前的、现实中的汉朝,十分不同,这其中包含了十分深沉的沧桑之感。而且,诗人还追加一句"去时冠剑是丁年",显示了苏武留胡时间之长。结尾二句"茂陵不见封侯印,空向秋波哭逝川",是说苏武归汉后,倍加怀念汉武帝,因为派他出使的汉武帝已寝居茂陵作古,不能亲眼见他完节归来,表彰其爱国赤心。这样就使他更加为岁月的流逝而伤叹。温庭筠为何要创作一首关于忠臣的诗呢?这恐怕与晚唐的局势十分有关。晚唐国势衰颓,民族矛盾尖锐,所以,此时表彰民族气节,歌颂忠贞不屈的精神,正是时代的需要。

薛 逢

薛逢(生卒年不详),字陶臣,蒲州(今山西永济)人。会昌初进士及第,授万年尉,又佐河中戎幕。崔铉入相,引直弘文馆,历侍御史、尚书郎。以谋略自高,持论鲠切,出为巴、蓬、绵三州刺史,以太常少卿召还,官给事中,终秘书监。诗多七律,吊古伤时,写景抒情,皆呈晚唐衰飒气象。

宫 词

十二楼中尽晓妆, 望仙楼上望君王。[1]
锁衔金兽连环冷, 水滴铜龙昼漏长。[2]
云髻罢梳还对镜,[3] 罗衣欲换更添香。
遥窥正殿帘开处, 袍袴宫人扫御床。

注释

〔1〕十二楼:据称黄帝筑五城十二楼以候仙人。望仙楼:唐会昌五年(845)筑于神策军。

〔2〕水滴铜龙:龙形的铜壶滴漏。为计时装置。

〔3〕罢梳:梳罢。

解析

这是一首宫怨诗。宫怨是唐诗的常见题材,宫女白头老死宫中、不为君王所知,妃嫔荣宠之不定,都是这些诗歌常常表现的题材。这种"不遇"的故事,常能联系到士人的怀才不遇上,所以诗人们常常会将自己的情感蕴含在这类看似与其生活毫不相关的宫怨诗歌之中。薛逢的这首《宫词》，是写妃嫔望幸，刻画了宫妃企望君王恩幸而不可得的怨恨心理，正是这类诗歌中的代表。

　　诗歌的首句就交代了整个后宫的场景：妃嫔们在各自的楼阁之中，清晨起来就梳妆打扮，就像盼望神仙降临一样翘首企望着君王的恩幸，能够到达宫中。然而，事实与此相反，宫门上那对冷冷的兽形门环，紧紧锁住，从未打开，那龙纹漏壶里的水滴声，声声漫长。这两句刻画出宫嫔们昼夜皆无聊难耐的无聊心境。但是即便如此，她们的心中还是存有一丝希望。这一丝希望，使得她们刚刚梳罢那浓密如云的发髻，又对着镜子端详，惟恐有什么不妥帖之处；想再换一件新艳的罗衣，又给它加熏一些香气。这样重复进行的动作，反映了她们明知不可而为之的状态。而她们在这样的生活中，却从不敢有怨言。她们只是慨叹：我这尊贵的妃子，每天只能翘首盼望，实际上不如那穿着短衣洒扫皇帝房间的宫女，能接近皇帝。这首诗歌将宫女的生活和心理活动，刻画得都极为逼真，实际上反映了当时士人们同样苦闷的精神生活。

秦韬玉

秦韬玉(生卒年不详),字仲明(一作中明),京兆(今陕西西安)人。乾符间入宦官田令孜神策军幕。广明初,随僖宗入蜀。中和二年特赐进士及第,为神策军判官,任工部侍郎。其诗叙事抒情,深刻切直,或写权贵误国,或抒矛盾心理。反映出身为幕僚而不满于幕僚的苦闷。

贫　女

蓬门未识绮罗香,[1]拟托良媒亦自伤。
谁爱风流高格调,　共怜时世俭梳妆。
敢将十指夸针巧,　不把双眉斗画长。[2]
苦恨年年压金线,[3]为他人作嫁衣裳。

注释

〔1〕蓬门:蓬草编成的门。喻贫寒之家。绮罗香:经过薰香的绮罗。为高级丝织品。
〔2〕斗:竞炫。
〔3〕压金线:指针黹女工。

解析

这其实是一首寓言诗,以语意双关、含蕴丰富而为人传诵。全篇都是一个未嫁贫女的独白,倾诉她抑郁惆怅的心情。良媒不问蓬门之女,寄托着寒士出身贫贱、举荐无人的苦闷哀怨。

诗中的女子生在蓬门陋户,自幼粗衣布裳,从未有绫罗绸缎沾身。因为贫穷,虽然早已是待嫁之年,却总不见媒人前来问津。抛开女儿家的羞怯矜持请人去做媒吧,可是每生此念头,便不由加倍地伤感。如今,人们竞相追求时髦的奇装异服,有谁来欣赏我呢? 我所自恃的是,凭一双巧手针黹出众,敢在人前夸口;决不迎合流俗,把两条眉毛画得长长的去同别人争妍斗丽。但是,因为不符合世态人情的要求,因此她个人的亲事茫然无望,每天压线刺绣,不停息地为别人做出嫁的衣裳。贫女的独白到此戛然而止,将忧郁神伤的形象默然呈现在读者的面前。这首诗歌中的贫女,从家庭景况谈到自己的亲事,从社会风气谈到个人的志趣,最终得到一个如此充满感伤的结论,道出了社会中的一些现实和真相。

乐　府

沈佺期

独不见[1]

卢家少妇郁金堂，海燕双栖玳瑁梁。[2]
九月寒砧催木叶，十年征戍忆辽阳。[3]
白狼河北音书断，丹凤城南秋夜长。[4]
谁谓含愁独不见，更教明月照流黄。[5]

注释

〔1〕独不见：乐府旧题，见《杂曲歌辞》。

〔2〕卢家少妇：代指长安少妇。借梁武帝《河中之水歌》诗意："河中之水向东流，洛阳女儿名莫愁。……十五嫁为卢家妇，十六生儿字阿侯。卢家兰室桂为梁，中有郁金苏合香。"海燕：燕子。多在梁上筑巢。玳瑁：海龟属。角质板可作装饰品。

〔3〕砧：捣衣石。匹练织成需捶捣脱胶方能染色。戍：驻守。辽阳：指今辽宁省境。时为边防要地。

〔4〕白狼河：即今辽宁境内的大凌河。丹凤城：喻京城长安。

〔5〕流黄：杂色丝绢。古乐府《相逢行》："大妇织绮罗，中妇织流黄。"

解析

这首七律，借用了乐府古题"独不见"。郭茂倩《乐府诗集》解题云："独不见,伤思而不得见也。"此诗的主人公是一位长安少妇,她所"思而不得见"的是征戍辽阳十年不归的丈夫。诗人在写这首《独不见》时,并没有完全改变这个主题,而是采用了更为缠绵委婉的思致情调,将其渲染得更为绵密深沉。而且,值得注意的是,这首诗使用的是七律,这在初唐诗坛是较为鲜见的。七律能够使得这样的诗歌更具有绵密的艺术表现力。诗歌中这样具体地描摹道:卢家年轻的主妇,居住在以郁金香浸洒和泥涂壁的华美的屋宇之内,海燕飞来,成对成双地栖息于华丽的屋梁之上。九月里,寒风过后,在急切的捣衣声中,树叶纷纷下落,丈夫远征辽阳已逾十载,令人思念。白狼河北的辽阳地区音信全部被阻断,幽居在长安城南的少妇感到秋日里的夜晚特别漫长。她哀叹:我到底是为哪一位思而不得见的人满含哀愁啊?为何还让那明亮的月光照在帏帐之上?

【归纳探究】

一、李白的《登金陵凤凰台》据说是仿照崔颢的《黄鹤楼》所写,请比较两首诗,说说你更喜欢哪一首?为什么?

二、祖咏在《望蓟门》中使用了几个典故,你能讲出来相关内容吗?

三、唐人送别的诗有很多,挑选其中的三至五首,看看里面多运用了哪些意象?

四、仿照本卷"诗坛佳话"中的"朦胧始祖",选择一位诗人,对其进行介绍,突出诗人的风格特色。把它推送到班级诗歌交流群中,请同学们相互评点。(200字左右)

五、召开一次诗歌朗诵会,请你选择以下的一个任务(设计海报、编选诗歌、写串词、配音乐等),并说说你这样做的理由。

卷六　五言绝句　七言绝句

【导读】

　　本卷为五言绝句和七言绝句,五言绝句选录23位诗人的36首诗,其中包括4位诗人的8首乐府诗,另选录西鄙人《哥舒歌》1首。七言绝句选录30位诗人的60首诗,其中包括5位诗人的9首乐府诗。

　　五言绝句是指五言四句而又合乎格律诗规范的小诗,押韵严格,讲究平仄。此体源于汉代乐府古诗,深受六朝民歌影响,成熟定型于盛唐。虽然每首仅二十字,却能展现出一幅幅清新的画面,传达出真切的意境。因小见大,以少总多,在短章中包含着丰富的内容。有平起、仄起两格。

　　七言绝句,全诗四句,每句七言。在押韵、粘对方面有严格的格律要求。七绝诗体起源于南朝乐府歌行或北朝乐府民歌,有的学者认为可追溯到西晋的民谣,定型、成熟于唐代。代表七绝最高成就的是李白和王昌龄二人的诗作。七绝题材在王昌龄笔下被大大拓展,如从军、出塞、怀古、赠别、狩猎、闺怨等,均可用之表现,他也被赞为七绝圣手。

　　绝句名称可能来自六朝文人"联句"。据文献记载,当时文人宴集,有联章作诗之风,每人四句五言,合成一首整诗。如果将各人所作割开,单独成篇,就叫"一绝",绝句称呼由此而来。

五言绝句

王 维

鹿 柴[1]

空山不见人， 但闻人语响。
返景入深林，[2]复照青苔上。

注释

〔1〕鹿柴：诗人辋川别业的胜迹之一。别业在陕西蓝田终南山下，有辋水经过。

〔2〕返景：谓日落时分，光线返照。

解析

　　诗人王维隐居辋川时，曾一度赋闲，创作了很多绝句。这首诗就是其中之一，描绘了鹿柴附近的空山深林在傍晚时分的幽、空之景致，充分展现了一个隐士的淡远情怀。这首诗的最大魅力，是其中对于空间、光影的布置。在这个"空山"之中，看不到人影，却能听到清晰的人声。山的存在，阻隔了人影，却阻隔不了人声。这无形中塑造了一个树木森森，厚如绿壁的深山形象，反映了隐者所居之处的幽深。这样的空间，本身就惹人遐想。黄昏时，夕阳投落的光影，照着这里的森森树木，那拉长了的影子，又覆在那青苔之上。影子静静照在青苔上，是无比安静的感觉。这首诗，仿佛什么也没有说，只是表达了一种无言之境。但正是这种境界，反映了诗人心中无尘无虑的空明状态。所以,宋代诗人刘辰翁曾经评价此诗说:"无言而有画意"。

竹 里 馆[1]

独坐幽篁里,[2] 弹琴复长啸。
深林人不知, 明月来相照。

注释

〔1〕竹里馆:辋川别业的胜迹之一。别业为诗人暮年隐居处。
〔2〕幽篁:幽深静谧的竹林。篁为竹的通称。

解析

　　这一首也是王维隐居之作。诗中描述了诗人月下独坐、弹琴长啸的生活场景。在这幅场景中,诗人独自一人坐在幽深茂密的竹林之中,一边弹着琴弦,一边又发出长长的啸声。明月当空,照着这位在深林之中独奏、独啸的隐士,是一幅闲淡脱俗的画面。然而,这首看似平静的诗,其中蕴含着极大的不平静。竹林、弹琴和长啸看似是写实,但事实上也是有典故在的。那就是缅想"竹林七贤"的弹琴和长啸。而这番独奏、独啸,是藏在深林之中,无人知道。唯有明月,此时相照,仿佛是唯一的知音。因此,这首诗中,仿佛蕴藏着一种强烈的孤独感,但诗人对于这种孤独感,并不感到凄凉,而是仿佛有些庆幸。就好像是在说,深林虽然杳暗,但明月能够洞穿,这颗心有月光知道,就足够了。

送 别

山中相送罢,日暮掩柴扉。[1]

春草明年绿，王孙归不归？[2]

注释

〔1〕柴扉：柴门。

〔2〕王孙：喻指远行人。后两句典出楚辞《招隐士》："王孙游兮不归，春草生兮萋萋。"

解析

　　这首诗的主人公，是一个送别了友人之后，独自归来的人。诗人没有写离别场景，而是写送别归来的人的心境，这种角度可谓匠心独运。"山中相送罢"这样一句，简单交代了此诗所写的背景。而一个"罢"字，看似毫无感情色彩，却在不经意间带着一种怅惘、空白之感，诗人仿佛是从那样的场景中解脱出来，回到自己的生活，而尚停留在这离别带来的情绪空白里。在夕阳西下时，诗人独自掩上柴扉，回到完全属于个人的静谧生活。掩上柴扉，看似是个简单的动作，但其中蕴藏了深深的寂寞和怅惘。这种情绪，自然是从送别离人、回到孤独的状态中来。即便回归到之前的状态，诗人的心情也仍然不平静，尤其牵挂在那个离去之人身上："春草明年绿，王孙归不归"。他已经想到来年青草绿遍，而这位公子不知道是否还会再来。刚刚分别，就在想象重聚，这样充满跳跃感的想象中，反映了诗人对于送别之友人的深深牵挂和留恋，诗情深远。

相　思

红豆生南国，　春来发几枝？[1]
愿君多采撷，[2] 此物最相思。

注释

〔1〕红豆:又名相思子。生于岭南,子处荚中。发几枝:又长出几枝。

〔2〕采撷(xié携):采摘。

解析

红豆是盛产于亚热带海滨的红豆树的种子,色泽鲜红,或有黑色斑点。相传古时有人死于边地,妻子想念他,哭于树下而死,化成红豆,所以又名相思子。诗人抓住了蕴含于传说中的感人诗意,以红豆作为生死不渝的友谊、爱情的象征,用疑问句式表达关注的语气,借吟咏红豆,抒相思别情,语言朴素、亲切。本诗与作者的七言绝句《送元二使安西》均是唐代脍炙人口的送别名曲。

杂 诗

君自故乡来,应知故乡事。
来日绮窗前,寒梅着花未?[1]

注释

〔1〕来日:动身的时候。绮窗:雕饰精美的格子窗。着花:开花。

解析

这首诗表达了作者思念故乡的感情。诗人作为一个阔别故乡之人,见到从故乡来的人,自是十分欣喜,并且激发起强烈的乡思,想从这个来人这里,获知关于故乡的一切。而值得注意的是,他是以十分笃定的语气在说,这个人"应"知道故乡所发生的一切。这其实表现了诗人希望获知故乡事的饥渴和迫切感。诗人这样的追问,透露出一种儿童一般的天真与亲切。这反映了思乡感情的纯真和自然。关于故乡的事,本该是千头万绪,一时难于说起。

但诗人最为关切的,是故乡的气候。问来人在启程之日,那窗前的寒梅,可曾开花。故乡的风物本是极多,可以询问的也是极多,但诗人最为牵挂的却是一树梅花。梅花在这里变成了诗人思乡之寄托。这样的情感抒发,完全不见痕迹,浑然天成,而且给人们留下了充分的想象空间。

诗坛佳话

诗佛摩诘:王维,字"摩诘",取自佛家《维摩诘经》,名与字连起来就是"维摩诘",意即以洁净、无垢而著称之人。后人尊他为诗佛,不仅言其诗歌风格空灵通透、充满禅意,还对其在诗坛之卓绝成就表达崇扬。他既能描绘"大漠孤烟直,长河落日圆"(《使至塞上》)的塞外奇景,又可摹写"行到水穷处,坐看云起时"(《终南别业》)的幽远意境……他用轻灵的笔墨,把边塞诗与山水诗均推向了极致,为人们展开时代的画卷,无愧"天下文宗"之称。

裴　迪

裴迪(716—?),关中(今陕西)人。天宝后官蜀州刺史,曾为尚书省郎。早年与王维、崔兴宗友善,同居终南山,相互唱和;在蜀与杜甫、李颀有过交游。今存诗多写山水景色,境界幽寂,与王维山水诗近似。

送崔九[1]

归山深浅去,须尽丘壑美。
莫学武陵人,暂游桃源里。[2]

注释

〔1〕崔九:崔兴宗。王维有《送崔九兴宗游蜀》等相关诗篇。
〔2〕武陵人:武陵渔人。见陶渊明《桃花源记》。

解析

诗人送别要回到山中隐居之所的友人,对着那渐行渐远的背影,默默祝福:山中美丽的丘壑,都可以颐养性情。你这一去,千万不要学那武陵人,只是暂时在桃源深处一观,很快就返回,从此再也寻不到这样的丘壑,而是应该守住这美好的丘山。这第二句,是化用陶渊明《桃花源记》典故,奉劝友人归隐应该专心,而不是三心二意,浅尝辄止。这首诗语言直白,却十分富有哲理意蕴。但是,它仍旧不离于传统送别诗的情怀,那就是牵挂友人,祝福友人。只是裴迪这种默默独望友人背影、默默祝福的画面,显得格外深情,这种视角在送别诗中并不十分多见。

祖 咏

终南望馀雪[1]

终南阴岭秀,[2]积雪浮云端。
林表明霁色,[3]城中增暮寒。

注释

〔1〕终南:秦岭一峰。在今陕西西安南。
〔2〕阴岭:山岭背阳的北面,阴面。
〔3〕林表:林外,林梢之上。霁色:雨后的晴色。

解析

据《唐诗纪事》记载,本诗是作者应试时所作。唐代应试诗规定一定韵数,作者只写了四句,不足韵数便交卷了。主考官问他为何没有写完,他回答说:"意尽。"所谓"意尽",说明作者已经充分写出身在城中,遥望馀雪的感受。他从"望"字落笔,将终南山上雨雪初停、岭树夕照的实景与自己的感受,烘托出寒气,写出雪后城中更添暮寒逼人的气势。这个例子,道出了诗歌创作贵在以少胜多,不要画蛇添足的道理。

孟浩然

宿建德江[1]

移舟泊烟渚,日暮客愁新。[2]
野旷天低树,江清月近人。[3]

注释

〔1〕建德江:新安江流经浙江建德的一段江面。
〔2〕移舟:摇船。烟渚:暮色迷茫中的小洲。客愁新:旅途中新添的愁思。
〔3〕月:指江中的月影。

解析

　　孟浩然一生的大部分时间,都在家乡鹿门山隐居,四十多岁时曾往长安、洛阳谋取功名,并在吴、越、湘、闽等地漫游。他基本上是一个布衣诗人,却因为这样的壮游,而和当时很多著名诗人都有来往。孟浩然暮年时,张九龄为荆州长史,聘他为幕僚。这首诗作于开元十八年(730)漫游吴越之时。

　　这首诗以旅途之中舟泊暮宿的场景为主体内容。舟船暂时停泊在烟雾迷蒙的码头,在这黄昏之时,客子的羁旅之愁从心中生起。"客愁新"中的"新"表示这种"愁"是在这个时刻、这个场景中猛然升起的,仿佛是一种从来没有过的情绪。客子羁旅本是寻常,离愁或者是因为司空见惯而平淡,或者是因为忙于奔波而被遗忘。而此时的客愁如此清晰,正是因为停泊在江边,获得了暂时的休憩,而忽然生出了这种情绪。但是,诗人并没有刻意渲染这种情绪,或者是将这种情绪推至一个不可化解的地步。而是将目光移向了那些可以亲近的风景:"野旷天低树,江清月近人。"旷野之中,天、树仿佛相接,形成天压着矮树的景象,而江水清澈,那月亮在江面上清晰明澈,这一刻与人十分亲近。诗人对景物是采用素描的写法,让这陌生的景物之中,不仅仍然有着淡淡的乡愁,也有一种旷达的自解。

春　晓[1]

春眠不觉晓,处处闻啼鸟。
夜来风雨声,花落知多少。

注释

〔1〕晓:清晨。

解析

　　这首生活抒情小诗,大概是诗人孟浩然流传最广的一首诗,称其家喻户晓、妇孺皆知亦不为过。诗人没有直接描写春景,而是通过一个春晨梦醒时刻自己的听觉感受和联想,捕捉春天的气息,表达爱春、惜春的情感。诗人刚从睡梦中醒过来,听到啼鸟声声,才知道天亮了,想起了昨夜一场风雨,不知打落了多少春花。诗句明白晓畅,音节朗朗上口,却把对明媚春晓的爱惜,对春光流逝的哀愁表达得隽永悠长,令人回味。

李 白

夜 思

床前明月光， 疑是地上霜。
举头望明月，[1]低头思故乡。

注释

〔1〕举：抬。明月：一作"山月"。

解析

　　作为李白的思乡名篇，又题作《静夜思》。这首诗曾经广受解读，而且，正是这首诗，让思乡情绪和月光形象从此紧密相连。那透过窗户映照在床前的月光，诗人起初以为是一层层的白霜。仰首看那空中的一轮明月，不由得低下头来沉思，愈加想念自己的故乡。这首诗语言极为平淡，仿佛一切都在不经意中，不带任何语词上的修饰。诗歌的第一句，就交代了诗人在晚上辗转不寐，凝视月光的情状。这种情状是因何而生？诗人抬头看天上的明月，低头之际已经思念起自己久久阔别的家乡。这首诗，看上去似乎感情并不浓烈，而且是起于无端，归于平常。但就是这朗朗上口的白描之句，让人感到其中的普世情怀，也显出一片干干净净的赤子之心，因此流传甚广，妇孺皆知。

怨 情

美人卷珠帘，深坐颦蛾眉。[1]

但见泪痕湿，不知心恨谁。

注释

〔1〕颦蛾眉：皱眉。形容愁态。

解析

  这是一首闺情诗。这种类型的诗歌，大概是从南朝宫体诗或者乐府、民歌发展而来的，以女子为主人公，而主要描摹的对象就是女子的生活和情绪。这首诗描写了一个深情的女子。她因为深陷在恋爱的情绪之中，而显得百无聊赖，她一会儿去卷起珠帘，一会儿又皱着眉头，整日枯坐。她因为思念，而泪水涟涟。但是，她完全不想倾诉自己心中所想，因此她的心里究竟在为谁而纠结，竟然是无人得知的。这首诗刻画的深情女子形象，虽然是梨花带雨，颇有愁恨，却并不可哀，反而似乎因为她的至真至纯，而显得很可爱。李白在刻画这类深情女子时，笔墨轻巧，而韵味无穷。

杜 甫

八 阵 图[1]

功盖三分国,[2]名成八阵图。
江流石不转, 遗恨失吞吴。[3]

注释

〔1〕八阵图:诸葛亮布阵所遗。在今四川奉节西南永安宫遗址前的沙洲上。

〔2〕功盖:谓诸葛亮佐蜀之功最著。三分国:三分天下的魏、蜀、吴三国。

〔3〕石不转:阵图聚石而成,夏没于水而冬出。失吞吴:失策而攻吴。

解析

　　杜甫入蜀之后,对诸葛亮的济世之才颇为感慨,因此写了很多歌颂、感念诸葛亮生前功德的诗。这首诗即其中之一,也是典型的怀古诗。以"五绝"的格式来写咏古诗,并不容易,但杜甫巧妙化用典故,举重若轻。诗歌中提到了诸葛亮的功绩:定三国,为创立蜀国基业的盖世功勋,以及他所发明的"八阵图"。《三国志·诸葛亮传》说他"推演兵法,作八阵图"。八阵图乃是由天、地、风、云、龙、虎、鸟、蛇八种阵势构成的战阵,在长江滩上则聚石为兵,纵横棋布为六十四个石堆。夏天洪水冲淹,这些石堆也岿然不动,因而有"江流石不转"之句,也象征着诸葛亮忠贞不渝和名垂千古。这个八阵图的遗址,如今在何处并不清楚,但考证杜甫的行踪当时是在夔州,即今日的重庆奉节,所以其遗迹大概是在此地。但是,让诸葛之才华名满天下的八阵图,却在之后的攻打吴国的战争中,没有发挥作用,留下遗恨。失败的英雄,夭折的功业,这种历史所携带的悲壮之感,是诗情的发端。

王之涣

王之涣(688—742),字季凌,绛州(今山西新绛)人。曾任冀州衡水主簿,被谤,辞官归乡,家居十五年。后为文安尉,卒于任所。早年精于文章,工诗,乐工多引为歌词,名动一时,有旗亭画壁故事。尤善五言诗,以描写边塞风光为胜。

登鹳雀楼[1]

白日依山尽,黄河入海流。
欲穷千里目,更上一层楼。

注释

〔1〕鹳雀楼:原在蒲州(今山西永济)府城西南城上,时有鹳雀栖之,故名。

解析

这是一首看似平凡的登高诗。诗人在日暮时分,登上了鹳雀楼。此楼在山西永济县,楼高三层,前对中条山,下临黄河。传说常有鹳雀在此停留,故有此名。诗人登楼远眺,看见那白日依傍群山,逐渐沉落,而黄河在脚下奔流不息,直往大海。这样的壮阔景象,已经是非凡之至。白日与山,黄河与海,这些永恒的景象,在此时显得更为令人感动。但是,诗人却并不满足,他还想看到更为遥远的地方。于是,"欲穷千里目"成为比这眼前景象还要更为壮阔的胸襟抱负。诗人想看得更远,于是他认为,要实现这样的愿望,必须还要登到更高的一层上去。这样的表达之中,包含了多少希望,多少憧憬。这首诗,看起来只是平铺直叙地写出了登楼过程,而含意深远,耐人探索。这里有诗人的向上进取的精神、高瞻远瞩的胸襟,也道出了要站得高才看得远的哲理。而且,这首诗歌中的语言,也有简单明了之感,前半首对偶感十分明显,后一句内部的承接也做得很好,技艺成熟,朗朗上口。

刘长卿

送 灵 澈[1]

苍苍竹林寺， 杳杳钟声晚。[2]
荷笠带斜阳，[3]青山独归远。

注释

〔1〕灵澈：著名诗僧。本姓汤，字澄源，生于会稽，与皎然友善。

〔2〕杳杳：隐约而遥远。

〔3〕荷：负，戴。

解析

　　这首小诗记叙诗人在傍晚送灵澈返竹林寺时的心情。作者以伫立远送的姿势，在现实场景的面前尽情想象，将这番简单的送别，描摹成一派诗情画意。他想象了灵澈离别之后的归处，那个地方有着苍苍的竹林，远远传来寺院报时的钟响，仿佛在欢迎灵澈的返回。而眼前之景是，灵澈戴着斗笠，披带夕阳余晖，独自向青山走去，越来越远。这种目送之情，体现了诗人和灵澈的深刻的友情。而灵澈在斜阳中戴笠，独归于山寺，也是体现出极为萧散的风度。因此，这首诗中的送别情绪很复杂，它闲淡、清寂，却并不伤感，整体是一种淡泊的境界，画面简单而深刻。

弹 琴

泠泠七弦上，静听松风寒。[1]
古调虽自爱，今人多不弹。

注释

〔1〕泠泠:状清泠悦耳的琴声。七弦:指琴。古琴有七弦。松风:琴曲有《风入松》。亦指音响效果。

解析

  琴声，常常出现在描写知音情怀的诗歌中。这首诗歌也不例外，它借咏古调的冷落，不为人所重视，来抒发怀才不遇的感情。
  诗的第一句，就充满了"通感"。诗人从琴声的七弦之中，听出了仿佛寒风吹过松树时起风的声音，那种泠泠之声，十分动人。这样的描绘，又嵌入了《风入松》的调名，一语双关，用意甚妙。诗歌中的这个"静"字，是诗人听琴的状态，反映了他凝神静气，十分专注，将自己的心情融汇在琴声之中，领会了琴声中的高妙。但是，这么好的琴调，只是属于诗人自己。这种古调，今人因为嫌弃它太过古旧，已经很少弹起了，只有我自己，还在固执地喜爱着它。到唐代，音乐发生变革，"燕乐"成为一代新声，乐器则以西域传入的琵琶为主，而这种以七弦古琴为主的琴，弹奏的人已经很少了。刘长卿清才冠世，一生两遭迁斥，有一肚皮不合时宜和一种与流俗落落寡合的情调。他在这里，绝非是为了感叹古琴今人少弹而已，而主要是对自己的怀才不遇，世风日下，人心不古等等，抒发了自己缺少知音的感慨。

送 上 人[1]

孤云将野鹤，　岂向人间住。

莫买沃洲山,[2]时人已知处。

注释

〔1〕上人:对僧人的敬称。

〔2〕沃洲山:在今浙江新昌东。道家称十五福地。

解析

　　这是一首送别诗。诗题中的上人,即灵澈。灵澈作为一个僧侣,诗歌中以野鹤来譬喻,恰合其身份。这只行踪不定的"野鹤",从不逗留人间,而是与孤云做伴。这一句,明明是在赞扬灵澈的闲散飘逸。但是,第二句却含有讥讽灵澈入山不深的意味,劝其不必到沃洲山去凑热闹,那地方已为时人所熟知,应另寻福地。然而,这首诗看似是在调侃灵澈,但事实上又不尽然。诗人实际上的目的,应该是讽刺世人到沃洲买山,将自己伪装成隐居者。刘长卿是一个爱好讽刺的人,即便在这样私人化的送别诗中,也不忘对世情加以嘲笑。但是,他借友人的名义来抒发此感,加以调侃,则是显得和灵澈之间关系亲厚无间,他们的深厚友谊也因此跃然纸上。

韦应物

秋夜寄丘员外[1]

怀君属秋夜,[2]散步咏凉天。
空山松子落, 幽人应未眠。[3]

注释

〔1〕丘员外:丘丹。嘉兴人,曾任诸暨(今属浙江)县令、仓部员外郎等职,后隐居临平山。

〔2〕属:正值。

〔3〕幽人:隐居之人。指丘员外。

解析

　　这是一首怀人诗。诗人在担任苏州刺史时,与丘丹过往甚密,此人曾经在临平山学道,而诗人写了此诗以寄怀。诗的首两句,写自己因秋夜怀人而徘徊沉吟的情景。我想起你,是在这样一个独自在秋凉之中踱步于庭院的夜晚。后两句想象所怀的人这时也在怀念自己而难以成眠。隐士常以松子为食,而这个季节,正是松子从树上掉下的时候,诗人由此就想到了那个正在山里修道做隐士的朋友,此刻一定也辗转难眠。一样的秋色,一样的相思,两地空间的联系,将二人之间的情谊抒写得十分真挚深厚。

　　这首诗,着墨虽淡,韵味无穷;语浅情深,言简意长;风格古雅闲淡,旷然悠远,超俗无尘。

李　端

李端(？—784？),字正己,赵郡(今河北赵县)人。少居庐山,与道士交游。大历五年进士及第,授秘书省校书郎。后因事贬为杭州司马。辞官隐居衡山,自号"衡山幽人"。为大历十才子之一。诗多应酬之作,虽善于取喻,却少含蓄,情调亦较低沉,见出盛唐向中唐转变的诗风。

听　筝

鸣筝金粟柱，　素手玉房前。[1]
欲得周郎顾，[2]时时误拂弦。

注释

[1] 金粟：谓弦柱金饰如粟。喻筝之华美。玉房：弹筝人居处的美称。

[2] 周郎：三国时吴帅周瑜。美仪容而通音乐。《三国志》本传载："虽三爵之后,其(乐)有阙误,瑜必知之。知之必顾,故时人谣曰:'曲有误,周郎顾。'"

解析

这首诗,源自于一个和三国时期相关的传说。相传三国时代的周瑜,二十四岁为建威中郎将,人称周郎,他精通音乐,别人奏曲有误,他就回头一看,当时人称："曲有误,周郎顾。"诗歌将这个典故做了延伸。尤其是在女子形象上,做了更多的丰富化处理。写到弹筝的女子,身处一个豪华的居所,柱上饰有金星一样的花纹。女子洁白的手在琴筝上拂动。这两句虽然只是写到陈设的豪华,和女子的手而已,但已经能透露出女子的美丽非凡。女子的"周郎"此时应该坐在侧旁,是听琴者之一。为了所爱慕的人顾盼自己,她便故意将弦拨错,希望获得他的一顾。这种为了爱情而耗费心思,不惜犯错的心理,体现了女子的深情、聪敏,她可爱的形象跃然纸上。

王 建

王建(约766—831?),字仲初,颍川(今河南许昌)人。大历进士。曾寓居魏州乡间。贞元中辞家从军,北至幽州,南抵荆州。元和中任昭应县丞。后历任太府寺丞、秘书郎,迁侍御史,出为陕州司马,转光州刺史。与张籍"年状皆齐",又是诗友,时称"张王",皆为新乐府运动先导,能继承古乐府哀时托兴精神,即事名篇,自立新题,体现为时为事而作的宗旨。

新 嫁 娘

三日入厨下,　洗手作羹汤。
未谙姑食性,[1]先遣小姑尝。

注释

〔1〕未谙:不熟悉。

解析

这首诗一直被认为具有一些处世哲学上的寓意,其中刻画了一个精于揣摩公婆口味习性、适应新环境的新娘形象。古代女子嫁后的第三天,俗称"过三朝",依照习俗要下厨房做菜。"三日",正见其为"新嫁娘"。"洗手作羹汤","洗手"标志着第一次用自己的双手在婆家开始她的劳动,表现新媳妇郑重其事,力求做得洁净干脆。但是,婆婆喜爱什么样的饭菜,对她来说尚属未知数。粗心的媳妇也许凭自己的口味,自以为做了一手好菜,实际上公婆吃起来却为之皱眉呢。因此,细心、聪慧的媳妇,考虑就深入了一步,她想事先掌握婆婆的口味,要让第一回上桌的菜,就能使婆婆满意。"未谙姑食性,先遣小姑尝"体现了她的聪明、细心,甚至带有点狡黠。这样的处理办法,是于细微处见精神。

权德舆

权德舆(759—818),字载之,天水略阳(今甘肃天水)人。德宗朝征为太常博士,转左补阙,后为起居舍人兼知制诰,迁中书舍人。宪宗朝拜礼部尚书,同中书门下平章事,出为山南西道节度使。四岁能诗,十五为文,名声大振,老不废书。诗多应制酬赠之作,然文雅蕴藉,自然风流。

玉 台 体[1]

昨夜裙带解,今朝蟢子飞。[2]
铅华不可弃,莫是藁砧归?[3]

注释

〔1〕玉台体:即文辞纤艳的诗歌。南朝陈徐陵编有《玉台新咏》一书,多录艳歌,后把内容风格与之近似的诗作称为"玉台体"。

〔2〕蟢子:长脚小蜘蛛。俗以蟢(喜)为瑞兆。

〔3〕铅华:铅粉。女子化妆用品。莫是:莫不是。藁砧:丈夫的代称。藁砧本是铡刀的垫座,铡草或藁(稻秆)时将铁按下。铁与"夫"谐音,故以藁砧代"夫"。

解析

这是一首闺情诗,诗歌的题目叫《玉台体》,意思是沿袭了陈代徐陵所编《玉台新咏》中的闺情风格。古代妇女的服饰,有结腰系裙之带。或丝束,或帛缕,或绣绦。这种带子,一不留意,有时就难免绾结松弛。但自古以来,这种一时的带子松弛,被认为是夫妇好合之预兆,当然多情的女主人公马上就把这一偶然现象与自己的思夫之情联系起来了。她开始很不安地想到,是不是丈夫要回来了?而第二天清晨,另外一个吉祥征兆出现:晨曦临窗,正又看到屋顶上捕食蚊子的蟢子(喜蛛,一种长脚蜘蛛)在到处乱飞。祥兆迭连出现,这难道会是偶然的吗?喜出望外的女主人公于是暗自嘱咐自己:我还得好好严妆打扮一番,来迎接丈夫的归来。这位久别丈夫的女主人公这番"铅华不可弃"的心理独白中,暗合了一个"岂无膏沐,谁适为容"(《诗经·伯兮》)的思妇形象。

柳宗元

江　雪

千山鸟飞绝，　万径人踪灭。[1]
孤舟蓑笠翁，[2]独钓寒江雪。

注释

〔1〕踪:踪迹。
〔2〕蓑笠翁:披蓑衣、戴斗笠的渔翁。

解析

　　本诗作于柳宗元被贬永州(今湖南永州市)司马期间。他曾积极参与王叔文集团革新政治的活动。革新失败后,被贬永州。诗以飞雪茫茫、人鸟绝迹的空旷山原为背景,着一披蓑戴笠寒江独钓的渔翁形象。清洁冷寂的茫茫雪景烘托出渔翁遗世独立的高雅情操,极度夸张的空间背景和着意突出的独钓形象相互映照,共同构成与尘嚣浊世对立的理想境界,也寄托了作者不畏挫折、不同流俗的情志。

诗坛佳话

　　江上渔翁:柳宗元绝不是一个生性淡泊之人,他对待人生的态度是积极执着的,这从其热情投身于永贞革新运动即可见一斑。他是古文运动的一面旗帜,在追求华美不重形式的文坛上猎猎飘扬。但就是这样一个才华卓绝之人,却在被贬之后,化身为"孤舟蓑笠翁",在"千山鸟飞绝""万径人踪灭"的环境中"独钓寒江雪"。他的一腔抱负化为烟云,在这个天地茫茫的环境中,更无一点生气。这是怎样的哀绝?令人欣喜的是,永州山水带给了他治愈的力量。当听到那个在江中汲水燃竹的渔翁"欸乃一声",人们终于感觉到,那个遗世独立的他,已经融入了山水,与自然契合。

元　稹

行　宫[1]

寥落故行宫,[2]宫花寂寞红。
白头宫女在，闲坐说玄宗。[3]

注释

〔1〕行宫:皇帝在京城外所设的离宫。

〔2〕寥落:寂寞冷落。

〔3〕玄宗:即唐明皇李隆基。在位期间开创了唐王朝的全盛局面,史称"开元盛世"。

解析

　　唐玄宗统治的前期,就是历史上让人津津乐道的开元、天宝盛世(712—755)。经历了天宝十四年的"安史之乱"的破坏,至元稹生活的中唐时代,唐帝国已江河日下。本诗通过对古行宫的冷落、寂寞景象的描写,特别是白头宫女闲话玄宗旧事的这一细节,寄寓了今昔盛衰的无限感慨。全诗言约意丰,耐人寻味。"说玄宗",说了些什么? 作者不肯说破。古代有的诗论家评这诗说:"只四语(句),已抵一篇《长恨歌》矣。"

白居易

问刘十九[1]

绿蚁新醅酒,[2]红泥小火炉。
晚来天欲雪, 能饮一杯无?

注释

〔1〕刘十九:河南登封人,名未详,时在江州隐居。故与任江州司马的白居易相识。
〔2〕绿蚁:形容浮在新酿米酒液面上的绿色菌丝。醅:未经过滤的酒。

解析

　　这是一首生活抒情小诗,作于白居易贬谪江州期间。在一个冬日的黄昏,天空阴沉沉的,快要下雪了。寂寞的诗人为了驱寒,也为了解闷吧,筛好新酿的米酒,生着了红泥小火炉,可是对酒无伴!因而对友人刘十九(名字不详,十九是他的排行)发出邀请:"你能来和我共饮一杯么?"全诗语言简约,韵味深长。篇末只以探询语气召唤友人,抒情寄意。至于刘十九是否赴约,让读者自己去回味。试想:新酿米酒应是芳香沁人,红泥火炉,更是温暖宜人,其温馨醉人的香味,与室外天阴欲雪时凄寒压抑的气氛形成强烈的对照,别具诱人的魅力。

张　祜

张祜(约785—849?),字承吉,清河(今属河北)人,一作南阳(今属河南)人。举进士不第。元和间以乐府宫词著称。然南北奔走三十年,投诗求荐,终未获官。至文宗朝始由天平军节度使荐入京,复被压制。会昌五年投奔池州刺史杜牧,受厚遇,而年已迟暮。后隐居于曲阿。其诗或感伤时世,或歌咏从军,犹存风骨;其宫词写宫女幽怨之情,亦是有所感而发。

何　满　子[1]

故国三千里,[2]深宫二十年。
一声何满子，双泪落君前。[3]

注释

〔1〕何满子:古曲名。唐时宫人配以舞。
〔2〕故国:故乡。
〔3〕君:君王。

解析

这是一首短小而情感饱满的宫怨诗。全诗总共只有二十个字。作者在前半首里,以举重若轻、驭繁如简的笔力,把一个宫人远离故乡、幽闭深宫的整个遭遇浓缩在短短十个字中。首句"故国三千里",是从空间着眼,写去家之远;次句"深宫二十年",是从时间下笔,写入宫之久。这两句通过高度的概括,来体现这个宫女命运的悲惨。而在埋没于宫中二十年之后,这个女子的命运发生了一些改变。她偶然获得机会,在为皇帝表演《何满子》时,却不禁双眼垂泪,君前失仪。本应满心欢喜,为何流泪?因为想到自己离家三千里、深宫二十年的悲惨命运,那些虚掷的光阴和皇帝的欣赏相比较,轻重对比悬殊。自己被剥夺了幸福和自由,而所获得的是如此之少,这样的泪水之中,包含了宫人的心酸。全篇诗歌中,只有一个动词"落",这样的描写,平易自然,却包含着对命运的大悲之心。

李商隐

登乐游原[1]

向晚意不适,驱车登古原。[2]
夕阳无限好,只是近黄昏。

注释

〔1〕乐游原:在长安东南,地势高而视野开阔,望城内了如指掌,为京师游乐胜地。
〔2〕意不适:心情不舒畅。古原:指乐游原。西汉宣帝时即于原上立乐游庙。

解析

本诗是即景感怀之作。作者因"意不适"而"登古原",想要一舒身心。放眼黄昏时节的景色,只见即将西下的夕阳格外殷红,把无边的天宇大地染得灿烂辉煌,他的心顿时为之振奋、昂扬。但是,这黄昏的壮美景色是短暂的,随后便将沉入无边的暮色。在对无限壮美的夕阳(而非残阳)由赞美到惜叹的情绪跌宕中,形象地揭示出宇宙、人生好景不长的严酷规律,进而抒发出珍惜时光,留恋晚景的感情。

贾　岛

贾岛(779—843),字浪仙,范阳(今北京)人。早年出家为僧,法名无本。后还俗,屡试不第。被讥为科场"十恶"。文宗开成二年被谤,责为遂州长江主簿。后迁普州司仓参军,卒于任所。曾以诗投韩愈,与孟郊、张籍等诗友唱酬,诗名大振。其为诗多描摹风物,抒写闲情,诗境平淡,而造语费力。是苦吟派诗人。

寻隐者不遇

松下问童子,言师采药去。
只在此山中,云深不知处。[1]

注释

〔1〕云深:林深,因多云雾,故云。处:行踪,所在。

解析

这是一首隐逸诗。诗人去寻访隐者,到达他所居住的地方之后,去询问那站在松下的童子——应该是这位隐者的徒弟之类。童子说,师傅进山采药了。这里说明,隐者在山中并非单纯隐居,而且还修炼丹药。诗人长途跋涉而来,并不甘心被如此简单的答案打发,他对隐者的苦苦追寻,也不想就此放弃,于是仍然对着童子层层追问:那到底是在哪里采药呢? 童子的回答是,大概就是在这片山里面吧,但云海茫茫,并不知道他此刻踪迹正在何方。童子的这番回答,马上让山峦之高峻,云霞之深杳,隐者之神逸,蓦然跃进了读者的想象之中。这样的想象，同样也是这位寻觅隐者的诗人的想象。他沉溺其间，无比神往，而且再无问题。因此，童子的描述，其实已经把他吸引住了，勾起他无比的神往。

诗坛佳话

　　有警句而无完篇：贾岛，本是位僧人，因韩愈赏识其才华而还俗科举，但累举不中第。难以接受现实的他在儒释两家中苦苦徘徊。他"两句三年得，一吟双泪流"(《题诗后》)，是闻名于世的"苦吟诗人"。在人生理想难以实现的情况下，他将自己的价值全部寄托在对诗句的精雕细琢中，他的"秋风生渭水，落叶满长安"(《忆江上吴处士》)等警句令世人惊叹，遗憾的是，他仅做到独句突出，整篇还缺少震撼文坛的力量。他与贫穷和饥寒做伴，和孟郊共称"郊寒岛瘦"。

李　频

李频(生卒年不详),字德新,睦州寿昌(今属浙江)人。宣宗大中八年进士,授秘书郎,为南陵主簿,迁武功令。拜侍御史,累迁都官员外郎,旋改建州刺史,卒于官。能以礼法治下,父老敬之,为立庙于梨山。少以诗著称,慕姚合诗名,千里往访,备受称赏,并妻之以女。与钱起、顾况并为诗坛"一时巨擘"。其诗五律居多,旨尚骚雅,而雕琢过力。

渡 汉 江[1]

岭外音书绝,[2]经冬复立春。
近乡情更怯,　不敢问来人。

注释

〔1〕此诗作者应是宋之问。汉江:即汉水,源出陕西,经湖北至武汉汇入长江。
〔2〕岭外:五岭之外。指两广地区。

解析

这首诗是一个长期贬谪的人,在回到家乡的途中所写的,它获得广泛流传的原因,是它精细准确地描绘了一个阔别家乡的人,在回到家乡时的心情。

诗人宋之问曾经被贬岭南,之后从泷州贬所逃归,途经汉江。他的家乡一说在汾州(今山西汾阳附近),一说在弘农(今河南灵宝西南),离诗中的"汉江"都比较远。但此江处于南北分界之处,过了汉江,就差不多是北方地界,风物已经和岭南绝然不同。船只在不断接近故乡时,诗人陷入了复杂的心绪之中。他想到自己离开家乡去往岭南,已经是春夏秋冬又一年。因为交通隔绝,他和家里人已经很长时间没有联系了。此时渡过汉江赶回故乡的过程中,他思乡情切,在越发靠近家乡时,却越发不敢问家乡消息,是因为担心听到来自家乡的、人事变更的消息。因为这种担心,所以即便思乡情怯,也不敢向路上的同乡打听家乡的情况。这首诗语极浅近,意颇深邃;描摹心理,熨帖入微;不事造作,自然至美。

金昌绪

金昌绪(生卒年不详),馀杭(今浙江杭州)人。生平未详。《全唐诗》仅录存其诗一首。

春 怨

打起黄莺儿,莫教枝上啼。
啼时惊妾梦,不得到辽西。[1]

注释

〔1〕辽西:指唐辽西戍。在今承德锦州之间。

解析

　　这是一首富有民歌色彩的闺情诗。诗歌似乎起得毫无来由:"打起黄莺儿,莫教枝上啼。"黄莺是春天的鸟儿,啼叫声清脆悦耳,通身羽毛美丽,而这位主人公却是一点都不喜欢,将它从枝头赶走。主人公为何要赶走这可爱的鸟儿,不让它在枝头鸣叫呢? 让人疑问丛生。而第三句诗说明了"莫教啼"的原因是怕"啼时惊妾梦",原来这位主人公是一个女性,她害怕这黄莺鸟的鸣叫声会坏了自己的好梦。那不是一般的好梦,而是梦见自己与身在辽西服役的丈夫团圆之梦。这首诗采用了层层倒叙的手法,到最后才揭开打起黄莺的情由。从表面上是在写儿女情长,但是从深刻的意义上来说,是在讲述征役给普通人带来的心灵痛苦。

西鄙人

西鄙人，西部边疆的人民，此指《哥舒歌》作者与歌者。

哥 舒 歌[1]

北斗七星高，哥舒夜带刀。
至今窥牧马，不敢过临洮。[2]

注释

〔1〕哥舒：唐边将哥舒翰。突厥族，曾大败吐蕃。
〔2〕窥：窥探、侦察。牧马：指犯边胡骑。临洮：今甘肃岷县。秦筑长城西起于此。

解析

哥舒，这里指哥舒翰。哥舒，是以部落名称作为姓氏。哥舒翰，是突厥族哥舒部人，原是身兼几个节度使的名将王忠嗣的部下。唐玄宗天宝六年(747)，因为王忠嗣被诬陷革职，玄宗命哥舒翰为陇右节度使。陇右节度使的设置就是为了防御吐蕃的，治所在都州（今青海省乐都县）。哥舒翰在对吐蕃的战争中获得了一些胜利，起到了安定边境，保护人民生活、生产的作用。当时就有民谣表彰说："北斗七星高，哥舒夜带刀。吐蕃总杀却，更筑两重壕。"

这首《哥舒歌》，很可能是在这首民歌基础上加工过的作品。作者"西鄙人"应该是当地的普通文人，已经不知其姓名，但他精于五律，将这首诗改得朗朗上口，并且保留了原来的民歌风味。

乐　府

崔　颢

长干行[1]（二首）

其　一

君家何处住，妾住在横塘。[2]
停船暂借问，或恐是同乡。

注释

〔1〕长干行：又作"长干曲"，乐府旧题，属《杂曲歌辞》。长干，古建康里巷名，故址在今南京城南。

〔2〕横塘：在今江苏南京城西南。

其　二

家临九江水，[1]来去九江侧。
同是长干人，　生小不相识。[2]

注释

〔1〕九江：今属江西。

〔2〕长干:古建康(今南京)里巷名。生小:自小。

解析

《长干曲》,乐府《杂曲歌辞》旧题。崔颢《长干曲》共四首,这里选第一、二首,通过对话形式描写江南水乡青年男女在舟行途中初次相识,互相攀谈的情景。第一首是女子问男子,以及她的自我介绍,解释问话缘由。第二首是男子回答女子的话。崔颢是盛唐时代的诗人,他的《黄鹤楼》诗是后代广为传诵的名篇。这两首五言绝句,历来也为读者所喜爱。诗中反映青年男女水上船边的生活,以及开朗的性格和微妙的心理,情调健康活泼,语言朴素亲切,表现出鲜明的江南民歌风格。

李 白

玉 阶 怨[1]

玉阶生白露， 夜久侵罗袜。[2]
却下水精帘，[3]玲珑望秋月。

注释

〔1〕玉阶怨：乐府旧题，属《相和歌·楚调曲》。

〔2〕罗袜：丝织物做的袜子。

〔3〕却下：还下，放下。水精：即水晶。

解析

  这是一首宫怨诗，诗人对曲名之中的"怨"，采取了隐藏式的写法，将其融入一般的意象之中，而不是直露地写出。无言独立阶砌，以致冰凉的露水浸湿罗袜；以见夜色之浓，伫待之久，怨情之深。"罗袜"是质地为丝的袜子，是贵重的衣料，以此表现出人的仪态、身份。夜凉露重，此人独立于玉台阶，仿佛是在等待，又仿佛是在呆呆伫立、思考平生。罗袜尚且知露寒，而人却并没有意识到，可见她沉醉在自己的一往情深之中。怨亦深，夜亦深，主人公的孤独感，又有谁能得知？她似乎想结束这样的痴守，所以去拉下那水晶一样的帘幕，准备将息。但是，却在无意之中，看到一弯玲珑的秋月。在这个简单的放下帘幕、抬头见月的动作中，女主人公的幽怨之感，被描写得生动传神。而这样的绝句，的确含思婉转，馀韵如缕。

卢 纶

塞 下 曲[1]（四首）

其 一

鹫翎金仆姑，燕尾绣蝥弧。[2]
独立扬新令，千营共一呼。

注释

〔1〕塞下曲：唐代乐府名。出于汉乐府《出塞》《入塞》，属《横吹曲辞》。

〔2〕鹫：大雕。鹰属。金仆姑：箭名。燕尾：旗帜形似燕尾的部分。多以帛续之。蝥弧：此指绣在旗帜上的一种纹样。

解析

这首诗主要是写军营生活，围绕军营整队发令，在边塞风情的背景下，颂扬了将军的威风和军容的严整，场面壮观，声势浩大。诗的第一句就采用了对仗，描绘了将军威猛矫健的军姿。"鹫翎金仆姑"是在写他的佩箭，上面有猛禽"鹫"的羽毛，箭用金做成，可见其坚锐。这样的武器，自是厉害非常。"燕尾绣蝥弧"，是写将军手执的旗帜。这种像燕子尾巴形状的指挥旗，是绣制而成的，在将军手中显得十分精美。这两句都只是写将军的武器和令旗，并没有直接描写其容貌，却生动反映了将军的崇高身份和地位，以及威武而又精明干练的形象。将军峭然独立，面前与之对比的是千军万马，他只将指挥令旗轻轻一扬,那肃立在他面前的千营军士,就齐声发出呼喊,雄壮的呐喊之声响彻云天、震动四野,显示出了豪壮的军威。

其 二

林暗草惊风,将军夜引弓。
平明寻白羽,没在石棱中。[1]

注释

〔1〕平明:天刚亮时。白羽:指尾缚白羽毛的箭。诗用汉将李广事,《史记·李将军列传》:"广出猎,见草中石,以为虎而射之,中石没镞。"

解析

这首诗承接上一首而来,上一首是在谈整肃的军营生活,而这一首则是描写将军在战斗之外的猎场生活,生动活泼,二者形成了鲜明的对照。首句写将军夜猎场所是幽暗的深林;当时天色已晚,一阵阵疾风刮来,草木为之纷披。这不但交代了具体的时间、地点,而且制造了一种紧张异常的气氛,并暗示将军是何等警惕,为下文"引弓"作了铺垫。"引弓"仿佛是一个慢动作,可以让人想见当时将军缓慢拉开弓弦,等待着将箭镞射向老虎。这一刻,仿佛凝神静气,一切都安静下来。这个准备动作,这样写能启示读者从中想象、体味将军临险是何等镇定自若,从容不迫。而后一句,则是运用了李广射虎的典故。清晨起来寻找箭镞,看见那白羽,射在了石棱之上。箭镞能够射穿石头,这反映了将军武艺高强。简单的几句,将将军狩猎的威猛,体现得十分明晰。

其 三

月黑雁飞高,单于夜遁逃。[1]
欲将轻骑逐,大雪满弓刀。

注释

〔1〕单于:汉匈奴首领的称谓。代指犯边敌首。

解析

　　这首诗的前两句写敌军的溃逃。月亮被云遮掩,一片漆黑,宿雁惊起,向高高的天空飞去。在这不寻常的夜晚,以"单于"为首的敌军偷偷地逃跑了。"单于",原指匈奴最高统治者,这里借指当时经常南侵的契丹等族。后两句则是写将军准备追敌的场面。"欲将轻骑逐",将军发现敌军潜逃,要率领轻装骑兵去追击;正准备出发之际,一场纷纷扬扬的大雪,刹那间弓刀上落满了雪花。最后一句"大雪满弓刀"是严寒景象的描写,突出表现了战斗的艰苦性和将士们奋勇的精神。全诗没有写冒雪追敌的过程,也没有直接写激烈的战斗场面,但留给人们的想象是非常丰富的。

其　四

野幕敞琼筵,羌戎贺劳旋。[1]
醉和金甲舞,雷鼓动山川。[2]

注释

〔1〕羌、戎:古族名。此泛指西北各族。
〔2〕雷鼓:祀天神用的八面鼓。兼谓鼓声如雷。

解析

　　这首诗写的是战争胜利之后的凯旋。军人们在野外的营帐里摆开了宴筵,为打赢了仗的军人们庆祝。酒酣欢畅,军人们个个穿着铁甲起舞,欢声雷动,鼓乐喧天,余音回响在山川之间。到这里为止,组诗的叙事先后安排,更为圆满和清晰。军营生活的整肃与活泼,守边战争的艰苦和不易,胜利之欢腾和酣畅淋漓,全部体现得淋漓尽致。

　　总之,《塞下曲》为汉乐府旧题,属《横吹曲辞》,内容多写边塞征战。卢纶诗原共六首,一题《和张仆射塞下曲》,蘅塘退士选其四首。卢纶曾任幕府中的元帅判官,对行伍生活有体验,描写此类生活的诗比较充实,风格雄劲。这一类的边塞诗和岑参等盛唐诗人的边塞诗相比较,颇具另外一番匠心。

李 益

江 南 曲[1]

嫁得瞿塘贾,[2]朝朝误妾期。
早知潮有信,[3]嫁与弄潮儿。

注释

〔1〕江南曲:乐府《相和曲》名。
〔2〕瞿塘:长江三峡之一。在今四川奉节东。贾(gǔ古):商人。
〔3〕潮有信:潮水涨落有一定时间,称"潮信"。

解析

　　这是一首闺怨诗,同样具有鲜明的民歌风味,它的诗题《江南曲》,本是一个乐府民歌的旧题,是《江南弄》七曲之一。这首诗以白描的手法传出了一位商人妇的口吻和心声。诗的前两句"嫁得瞿塘贾,朝朝误妾期",说的是嫁与商人之后,商人行踪不定,从此异地相隔,不得见面,而妇女在闺中的岁月从此被耽搁。这两句已经是幽怨至极,而"早知潮有信,嫁与弄潮儿"两句,则更是饱含了这位少妇对于这生活的厌倦。潮水涨落有信,宁愿"嫁与弄潮儿",这是少妇天真的想象,却体现了她在痴情之外,还有着无法摆脱的无奈。这位少妇也不是真想改嫁,这里用了"早知"二字,只是在极度苦闷之中自伤身世,思前想后,悔不当初罢了。这首诗的妙处正在其落想看似无理,看似荒唐,却真实、直率地表达了一位独守空闺的少妇的怨情,与其说它是无理、荒唐之想,不如说它是真切、情至之语,反映了她对丈夫真切的盼望。

七言绝句

贺知章

贺知章(约659—约744),字季真,越州永兴(今浙江萧山)人。武后证圣元年进士,举超拔群类科,授国子监四门博士,迁太常博士。玄宗开元年间,历任太常少卿、礼部侍郎、集贤院学士、太子右庶子充侍读、工部侍郎、秘书监员外,官终太子宾客、秘书监。天宝三载请为道士,乞归乡里。诏赐镜湖剡川一曲。为"吴中四士"之一,晚年纵诞,自号"四明狂客"。诗以绝句为佳,不尚藻饰,无意求工,而时有巧思与新意。

回乡偶书

少小离家老大回,乡音无改鬓毛衰。[1]
儿童相见不相识,笑问客从何处来。

注释

〔1〕鬓毛衰:两鬓头发已经斑白稀疏。

解析

这是一首回乡见闻诗。诗人久客异乡,一时回到故乡,已经是光阴沧桑,不辨当年,这种今昔之感,是这首诗歌的底蕴。诗人置身于故乡熟悉而又陌生的环境之中,一路迤逦行来,心情颇不平静:当年离家,风华正茂;今日返归,鬓毛疏落,不禁感慨万千。"少小离家"和"老大回"形成鲜明对比,这是一场跨越了数十年的阔别。但是,即便是这样的阔别中,岁月催白了鬓发,那口乡音却始终没有改变。言下之意,是我从来没有失去过故乡给我的印记,而故乡呢,可曾还记得我这个游子？于是,接下来富于戏剧性的儿童笑问的场面就出现了,"笑问客从何处来"似乎只是非常寻常的一问,但是让诗人的心中激起了无穷的波澜。他的心仿佛受到了一阵撞击,他曾是这里土生土长的人,但因为阔别多年,而在这些儿童看来,不过是这个地方的一个客人。诗人的老迈衰颓与反主为宾的悲哀,尽都包含在这看似平淡的一问中了。全诗就在这有问无答处悄然作结,留给读者深深的感慨。

张　旭

张旭（生卒年不详），字伯高，吴郡（今江苏苏州）人。曾任常熟尉，又任左卫率府长史，世称"张长史"。以书法著名，常醉后狂书，时号"张颠"。文宗时，诏以李白诗歌、裴旻剑舞、张旭草书为"三绝"。其绝句构思婉曲，写景幽深。

桃花溪[1]

隐隐飞桥隔野烟，石矶西畔问渔船。[2]
桃花尽日随流水，洞在清溪何处边？[3]

注释

〔1〕桃花溪：据《清一统志》称，湖南常德府桃源县西南有桃源洞，洞北有桃花溪。
〔2〕飞桥：凌空架设的高桥。石矶：水边突出的石堆。
〔3〕洞：指桃源洞。见陶潜《桃花源记》。

解析

桃花溪在今湖南桃源县西南，源出桃花山。陶渊明的名篇《桃花源记》就是以这个地方作为文中描写环境的背景。本诗从《桃花源记》中选取了最富有诗意的桃花源景色，创造出幽远、绚丽、深邃的意境，引人遐想。由于桃花源是陶渊明笔下虚构的幻境，诗的开篇即用了"隐隐""隔"等字词，又在诗末用了疑问的语气，极力渲染其幽谧、朦胧、恍惚迷离的气氛，给人以可望而不可即的感受，增强了诗意的诱人魅力。近年来，有学者撰文认为这首诗并不是张旭作品，而是一首宋代人诗作，引起了学术争议。无论最终定论如何，这首诗具有较高的艺术价值是肯定的。

王　维

九月九日忆山东兄弟[1]

独在异乡为异客,每逢佳节倍思亲。
遥知兄弟登高处,遍插茱萸少一人。[2]

注释

〔1〕九月九日:即重阳节。山东:指华山以东。诗人时在长安,以"山东"代指故乡蒲(今山西永济)地。

〔2〕登高:重阳节民间有登高避邪习俗。茱萸:药性植物。重九俗以结子茱萸枝插头。

解析

此诗原注:"时年十七。"也就是说,这是王维十七岁时的作品。当时,他为求功名,独自一人漂泊在洛阳与长安之间。他是蒲州(今山西永济)人,蒲州在华山东面,所以称故乡的兄弟为山东兄弟。九月九日是重阳节,有登高的风俗,登高时佩带茱萸囊,据说可以避灾。

这首怀人的小诗,写得十分清新。诗人独在异乡为异客,两个"异"字,是为了突出这种举目无亲的陌生感。他在佳节来临时,这种情绪仿佛像一时爆发了一样,喷涌而出,倍感孤独,也倍加思念亲人。这一句诗成为后来表达思乡情绪的名言,因为它的描写是真挚而朴实的。面对自己远离家乡的尴尬处境,他的思绪飞到遥远的家乡,想象今年登高,自己的那些亲朋好友一定又聚集在一处,每个人都插着茱萸,而因为我的漂泊,这样的聚首之时,少了我一个。好像遗憾的不是自己未能和故乡的兄弟共度佳节,反倒是兄弟们佳节未能与我团聚,一定倍感缺憾。这种站在他人立场上来表达思乡,更是体现了其情感之细腻深曲,又出于人之常情。

王昌龄

芙蓉楼送辛渐[1]

寒雨连江夜入吴,平明送客楚山孤。[2]
洛阳亲友如相问,一片冰心在玉壶。[3]

注释

〔1〕芙蓉楼:原名西北楼,唐晋王李恭为润州刺史时改为芙蓉楼,遗址在今江苏镇江。

〔2〕平明:天刚亮时。楚山:指镇江一带的山。

〔3〕冰心:喻心地莹洁。鲍照诗:"清如玉壶冰。"

解析

　　王昌龄对七绝用力最专,成就最高,后代称誉他为"七绝圣手"。本诗就是其代表作之一。芙蓉楼遗址在今江苏镇江市西北。本诗大约作于作者贬官江宁(今南京市)丞期间。诗歌开头以吴地江天的雨夜,渲染出离别的黯淡气氛。萧瑟的寒意不仅弥漫在满江烟雨之中,更萦绕在两个友人的心头,也许诗人因这离愁一夜未眠。清晨,天色已明,辛渐即将登舟远行,诗人想到好友不久便将隐没在楚山之外,孤寂之感油然而生,也就自然而然地道出临别叮咛之语:"洛阳亲友如相问,一片冰心在玉壶。"诗人以晶莹透明的冰心玉壶自喻,表明虽身遭贬谪而心志清白,不改高洁的志行。这抒发自己怀抱和胸襟的叮咛体现了朋友之间的了解和信任,也比任何相思的言辞都更能表达对洛阳亲友的深情。

闺 怨

闺中少妇不知愁,春日凝妆上翠楼。[1]
忽见陌头杨柳色,悔教夫婿觅封侯。

注释

〔1〕闺:指闺房。凝妆:盛妆。翠楼:指少妇居处。

解析

　　王昌龄的一系列闺怨诗中,本首尤为突出。诗歌的第一句,就极为新奇。明明诗题中是要写"怨",但开头第一句就写到了少妇是"不知愁"的。既然不知道愁,那自然是没有怨恨的。这个不知道愁为何物的少妇,在春天里,梳妆打扮,欢乐出游,登上小楼,欣赏春光。这位少妇所见,不过寻常之杨柳,杨柳在春天返青,嫩绿的颜色十分美丽。但是,"忽见"二字,使得今日之杨柳变得不寻常。杨柳乃是送别之物,它经春又绿,不仅代表了美好春光,也代表了时光荏苒,让少妇忽然算起了自己和丈夫离别的时光。此时此日,这样美好的春光,无人共同欣赏,她感到无比孤独。在这一瞬间的联想之后,少妇心中那沉积已久的幽怨、离愁和遗憾便一下子强烈起来,变得一发而不可收。"悔教夫婿觅封侯"便成为自然流淌出的情感。她懊悔自己放弃了夫妻团圆,放弃了和丈夫在一起欣赏这美好春色的时光,于是,她仿佛在一瞬间实现了心理的转折变化,从一个"不知愁"的少妇,变成了一个拥有沉沉忧虑和懊悔的女子。这种剧烈的变化,看似突然,但其实又在情理之中。

春 宫 曲

昨夜风开露井桃,未央前殿月轮高。[1]

平阳歌舞新承宠,帘外春寒赐锦袍。[2]

注释

〔1〕未央:汉宫殿名。此喻唐皇宫。

〔2〕平阳歌舞:指汉平阳侯家歌女卫子夫。赐锦袍:喻承宠。以汉武宠卫子夫喻当朝。

解析

天宝(742—756)年间,唐玄宗宠纳杨贵妃,荒淫无度,而且冷落了曾经宠幸的梅妃等人。诗人以汉喻唐,用汉武帝宠幸卫子夫、遗弃陈皇后的一段情事,为自己的讽刺诗披上了宫怨的外衣。更为巧妙的是,诗人写宫怨,字面上却看不出一点怨意,只是从一个失宠者的角度,着力描述新人受宠的情状。

第一句"昨夜风开露井桃"描述在东风的吹拂下,宫中露井那个地方绽放了桃花的花朵。也喻指有人新承宠爱,就像花朵绽放一样欣喜和美丽。未央宫的前殿,月轮高照,银光铺洒。这似乎是春意融融、安详和睦的自然景象,暗喻歌女承宠。后两句写到了这个新人的由来和她受宠的情形,这里运用了汉武帝的典故。卫子夫原为平阳公主的歌女,因妙丽善舞,被汉武帝看中,召入宫中,大得宠幸。而新人得宠,旧人自然落寞。此时此刻,她可能正站在月光如水的幽宫檐下,遥望未央殿,耳听新人的歌舞嬉戏之声而黯然神伤,并且想象这位新人,一定已经凭借其曼妙的舞姿,在春寒乍来的时候,被赐予了锦袍。这里将旧人的怨念,描写得不露痕迹,意旨微茫。而且,也从这种宫人的怨思中,感觉到了诗人对皇帝沉溺声色,喜新厌旧的讽刺。

王 翰

王翰(生卒年不详),字子羽,并州晋阳(今山西太原)人。睿宗景云初进士,玄宗开元八年举直言极谏、超拔群类科,授昌乐尉,擢通事舍人,迁驾部员外郎。出为汝州长史,贬仙州别驾,再贬道州司马。卒于任所。少豪放不羁,喜游乐饮酒,能歌能舞。以诗知名,为晚辈如杜甫所推重。其诗以绝句擅长,爽朗流丽。

凉 州 词[1]

葡萄美酒夜光杯,[2] 欲饮琵琶马上催。
醉卧沙场君莫笑, 古来征战几人回?

注释

〔1〕凉州词:唐乐府名,属《近代曲辞》。凉州,治姑臧,即今甘肃武威。
〔2〕夜光杯:西域献周穆王的白玉杯。光明夜照。

解析

《凉州词》,唐乐府《凉州歌》的唱辞。凉州,甘肃武威市。唐代西北边塞征戍不断,这个曲调多用以抒写军旅生活。这首七绝正是一首视角独特的边塞诗。它没有正面描写战争的残酷,而是通过战前饮酒这件事来表达将士厌战的悲痛情绪,用笔曲折。首句明亮艳丽:在晶莹闪光的杯子里斟满了葡萄美酒,战士们聚在一起准备痛饮。突然来一转折——马上的乐队弹起琵琶催人出发,由热闹的欢饮骤然进入紧张激昂的战前气氛中。看来无法再饮酒了,将士们心情应该大变吧。可是第三句意又一转,告诉我们:这时虽然催战的军令如山,战士们却依然要痛饮,甚至不辞醉倒沙场。"君莫笑"三字,豪情中透出悲凉,也引出了最后悲痛、决绝的一句诘问:"古来征战几人回?"这铿锵有力的发问不但令人品味出对战争严酷性的悲怆感慨,也展现出视死如归的军人的襟怀。

李 白

黄鹤楼送孟浩然之广陵[1]

故人西辞黄鹤楼， 烟花三月下扬州。[2]
孤帆远影碧空尽，[3]唯见长江天际流。

注释

〔1〕黄鹤楼：在今湖北武昌黄鹤矶上，下临长江。孟浩然：与作者同时的著名诗人。广陵：即今江苏扬州。

〔2〕烟花：春气中的繁花。

〔3〕碧空尽：谓船消失在天水相接的远方。

解析

　　这是一首送别诗，是李白出蜀壮游期间的作品。唐玄宗开元十五年(727)，李白东游归来，至湖北安陆，年已二十七岁。寓居安陆期间，李白结识了长他十二岁的孟浩然。孟浩然对李白非常赞赏，两人很快成了挚友。开元十八年(730)阳春三月，李白得知孟浩然要去广陵(今江苏扬州)，便托人带信，约孟浩然在江夏(今武汉市武昌区)相会。几天后，孟浩然乘船东下，李白亲自送到江边。送别时写下了这首诗。

　　"故人西辞黄鹤楼"，是非常有趣的一个开头，这里提到"黄鹤楼"，有一种以孟浩然为仙人的意思，因为黄鹤楼是仙人曾经飞升之地。时逢太平盛世，而且正是春色浓浓的烟花三月。比李白大十多岁的孟浩然，这时已经诗名满天下。他给李白的印象是陶醉在山水之间,自由而愉快。所以,李白看到的孟浩然,有一个极为潇洒的背影。他浪漫地畅想着孟浩然行将离开的背影,在那碧波和孤帆之间渐行渐远。送别诗中的场景,总有各式各样的色调,这一首诗中,是欢快明丽,充满诗意的。

早发白帝城[1]

朝辞白帝彩云间,千里江陵一日还。[2]
两岸猿声啼不住,轻舟已过万重山。

注释

〔1〕白帝城:在今四川奉节之东瞿塘峡口。
〔2〕江陵:故楚郢都。今属湖北。句出盛弘之《荆州记》:"有时朝发白帝,暮到江陵,其间千二百里,虽乘奔御风,不以疾也。"

解析

唐肃宗乾元二年(759)春,李白因永王李璘案,流放夜郎,取道四川赶赴被贬谪的地方。行至白帝城的时候,忽然收到赦免的消息,惊喜交加,随即乘舟东下江陵。此诗即回舟抵江陵时所作,所以诗题一作《下江陵》。

"彩云间"三字,不但形容了白帝城地势之高,也使得这个地方仿佛仙境,耸立云端,突出其神秘之感,并且为全篇描写下水船走得快这一动态蓄势。诗人在曙光初灿的时刻,怀着兴奋的心情匆匆告别白帝城。第二句的"千里"和"一日",以空间之远与时间之短作悬殊对比,反映了他这一次的行程极为痛快。江陵本非李白的家乡,而"还"字却亲切得如同回乡一样,表达了诗人脱离之前状况的轻松和愉悦之感。但是,这个过程并不清静,耳朵里常常听到两岸的猿猴啼鸣不已。但这些已经与诗人无涉,他的轻舟,已经在欢快的波浪里,如脱弦之箭,飘过了千山万水。

岑 参

逢入京使

故园东望路漫漫,双袖龙钟泪不干。[1]
马上相逢无纸笔,凭君传语报平安。[2]

注释

〔1〕故园:指长安。龙钟:沾濡湿润。

〔2〕凭:托。

解析

　　这是一首富有边塞情怀的送别诗,作于唐玄宗天宝八载(749)诗人赴安西途中。这是岑参第一次远赴西域,当时他三十四岁,前半生功名不如意,无奈之下,出塞任职。长路漫漫,早已看不到故园的样子,只有那思乡之泪,不断落在袖上,总是还没干透,又平添了新泪。在长途跋涉的途中,他竟然碰上了一个要返回长安的老朋友。"马上相逢"意味着两人匆匆相遇,机缘难得。于是立马而谈,互叙寒温,知道对方要返京述职,对比自己飘零的境遇,不免有些感伤,同时想到请他捎封家信回长安去安慰家人,报个平安。而此时没有纸笔,只是希望对方能给自己捎个口信。诗人用十分平易的语言,表达了一种人之常情,表现了他自己开阔的胸襟。

杜　甫

江南逢李龟年[1]

岐王宅里寻常见，崔九堂前几度闻。[2]
正是江南好风景，落花时节又逢君。

注释

〔1〕李龟年：唐玄宗时的著名乐工。安史之乱后，流落江南。
〔2〕岐王：唐玄宗弟李范。封为岐王。崔九：指崔涤。与玄宗款密，时为殿中监。

解析

　　李龟年是唐玄宗时代著名歌唱家，特承恩遇，在洛阳大起第宅。杜甫少年时曾在洛阳的王侯贵族如岐王、崔九家听过他的歌唱。安史之乱后，李龟年漂泊江南，杜甫在潭州（今湖南长沙市）与他相遇。两位经历过唐代盛世的卓越文艺家，在时代动乱中异地相逢，不免感慨万端。诗因异地相逢而追忆往事，"寻常见""几度闻"，不但流露出对太平盛世的怀念，而且也暗含着对盛世难返的遗恨。三、四两句转而抒发感时伤世的复杂心绪，社会之兴衰治乱，彼此之凄凉困顿，仅以"又逢君"的"又"字系之，尽在不言之中。

韦应物

滁州西涧[1]

独怜幽草涧边生,上有黄鹂深树鸣。[2]
春潮带雨晚来急,野渡无人舟自横。[3]

注释

〔1〕滁州:治所即今安徽滁州。西涧:俗称上马河,在滁州城西。
〔2〕幽草:背阴处深密的草。深树:枝叶茂密的树。
〔3〕舟自横:言野渡人稀,渡船闲放。

解析

本诗表现了春雨中滁州西涧的幽趣。涧边幽草自绿,树间莺声悠深,春雨涨潮,涧水奔流,野渡无人,轻舟自横,在动与静、声与色的和谐配置映衬中,西涧一带的幽美宁静的景色宛然如画。而对景物精妙的描绘背后,也有着诗人主体情感的寄托。诗歌以用"独怜"起头,表露出安贫守节,不高居媚时的胸襟;后两句在水急舟横的悠闲景象中,蕴含着一种不得其用而无奈忧虑的情怀。所以,这不只是荒野待渡图,而且是诗人孤芳自赏的表达。

张　继

张继(?—约779),字懿孙,南阳(今属河南)人。天宝十二载进士及第。至德间为监察御史。大历中在武昌任职,后以检校祠部员外郎,在洪州分掌财赋,任租庸使、转运使判官,卒于任所。其诗关切时事,爽利激越,事理双切,寄兴遥深。

枫桥夜泊[1]

月落乌啼霜满天，　江枫渔火对愁眠。[2]
姑苏城外寒山寺，[3]夜半钟声到客船。

注释

〔1〕枫桥:在今江苏苏州西郊。
〔2〕渔火:渔船上的灯火。
〔3〕姑苏:今江苏苏州。寒山寺:旧说在姑苏城西十里枫桥东。

解析

枫桥在今苏州市西郊。本诗通过富有特征性的景物描绘,如江枫、渔火、乌啼、秋霜、钟声等,抒写旅途中的愁思,选色配声,声色并茂,星星点点的渔火,巧妙地渲染出月落之后,夜色沉沉;声声乌啼、阵阵钟声,更衬托出夜之宁静,诗人在孤寂的旅途中泛起的缕缕愁思,也就显得格外的悠长。由于融情入景的高妙,本诗成为千百年来人们广为传诵的名作。

韩 翃

寒 食[1]

春城无处不飞花,寒食东风御柳斜。[2]
日暮汉宫传蜡烛,轻烟散入五侯家。[3]

注释

〔1〕寒食:寒食节。在清明前一日。

〔2〕御柳:御苑之柳。

〔3〕传蜡烛:《西京杂记》谓禁火日赐侯家蜡烛。五侯:汉桓帝同日封五宦官为侯。此指近臣。

解析

诗题一作《寒食即事》。唐代自安史之乱以来,政权逐渐被宦官所操纵。本诗从长安寒食节风光中,选取了上层特权社会的一组镜头,通过皇帝特殊的恩宠,寒食赐火侯家的事实,描绘出一幅极富政治色彩的社会风俗画。诗在艺术手法上的特点是语浅意深,似褒实贬,在明丽的意象中隐含微讽,成为唐诗中咏寒食节的名篇。

刘方平

刘方平(生卒年不详),河南(今河南洛阳)人。不乐仕进,汧国公李勉延致斋中,甚敬爱之,欲荐之于朝,终不肯出,还归旧隐颍阳大谷。工词赋,与皇甫冉、李颀等时相赠答。诗以五七绝见长,语浅而意深。

月　夜

更深月色半人家,北斗阑干南斗斜。[1]
今夜偏知春气暖,虫声新透绿窗纱。[2]

注释

〔1〕阑干:横斜的样子。夜深之象。南斗:二十八宿之一,在北斗之南,有六星。
〔2〕新透:初透。

解析

本诗用清新活泼的语言,轻淡细腻的笔触抒写大地回春的喜悦。作者从静谧、微寒的深夜捕捉春天的讯息:刚刚从冬天蛰伏中苏醒过来的虫儿,首先感到融和的春意,发出阵阵欣喜的歌唱。这歌唱,透过绿色的窗纱,敲叩着作者的心扉。于是他恍然大悟:啊,春天来了! 全诗动与静、声与色无不和谐映衬,以象征生命跃动的虫声巧妙地点明季节的变化,表现出作者敏锐的诗意感受力。

春　怨

纱窗日落渐黄昏，金屋无人见泪痕。[1]
寂寞空庭春欲晚，梨花满地不开门。

注释

〔1〕金屋：华丽宫室。用汉武帝金屋藏娇故事。

解析

　　这是一首宫怨诗。在黄昏时夕阳照耀纱窗的时候，金屋之中的人，在默默流泪，但她如此寂寥，以至于无人能看到她的泪痕。或许是因为这里没有人来往，也或许是因为即便有人看到，也无人在意。所以，这一句充分体现了宫人的深深幽怨。"寂寞空庭春欲晚"，是为无人的"金屋"增添孤寂的感觉。梨花落满院中，残花堆积，而春天已经逝去，这扇院门却从未打开，更是在伤春情绪之中深化了她的孤寂之感。而且，这种伤春情绪之中，恐怕也带有一些美人迟暮的颓唐之感。总之，这篇诗委婉深曲，别有滋味，仿佛一声悠远的叹息。

柳中庸

柳中庸(生卒年不详),名淡,以字行,河东(今山西永济)人,出柳宗元之族。官洪州户曹。萧颖士以女妻之。与弟中行并有文名。今存其诗十三首,以写边塞征怨诗著称,然意气消沉,无复盛唐气象。

征 人 怨

岁岁金河复玉关,朝朝马策与刀环。[1]
三春白雪归青冢,万里黄河绕黑山。[2]

注释

[1] 金河:在今内蒙古境内。流入黄河。马策:马鞭。刀环:刀头的环。喻征战事。

[2] 三春:春季的三个月。青冢:汉王昭君墓。在今内蒙古呼和浩特之南。黑山:在今内蒙古。

解析

这是一首边塞诗。诗中写到的金河、青冢、黑山,都在今内蒙古自治区境内,唐时属单于都护府。由此可以推断,这首诗写的是一个征人的怨情。年复一年,东西奔波,往来边城;日复一日,跃马横刀,征战不休。金河在东而玉门关在西,相距很远,但都是边陲前线。马策、刀环虽小而微,指代的是征戍之事。这两句"岁岁""朝朝"相对,"金河""玉关","马策""刀环"并举,又加以"复"字、"与"字作为连接词,是为了体现边塞生活的单调、艰苦以及望不到尽头。常年在边塞,他所见到的,是明妃王昭君孤寂的青冢,即便在阳春三月,也仍被白雪覆盖,可以想见当地气候之恶劣。而万里黄河绕着黑山,这是体现地形之恶劣,这些都反映了边疆的苦寒和凄凉。征夫之怨,在这种景物描写中,烘托得淋漓尽致。

顾 况

顾况(726？—806？),字逋翁,苏州(今属江苏)人。至德二载进士,贞元中任校书郎,转著作郎,以嘲讽权贵,贬为饶州司户参军。晚年隐居于润州延陵茅山,自署"华阳山人"。能诗能画,善画山水,诗则平易流畅,多反映时弊。语言不避俚俗,时杂口语,实开新乐府之先河。

宫 词

玉楼天半起笙歌, 风送宫嫔笑语和。[1]
月殿影开闻夜漏,[2] 水晶帘卷近秋河。

注释

〔1〕宫嫔:宫女。
〔2〕闻夜漏:夜听滴漏之声。喻夜深。

解析

这是一首宫怨诗。夜半时分,宫殿之中仍有欢乐不绝,微风过处,送来玉楼之外的笙歌丝竹和远处宫嫔的欢声笑语。而此时此刻,宫人自己所居住的地方,是幽闭的深宫,月光的影子,滴滴答答的残漏声,正显得无比寂静。他人的热闹,与自己的冷清,形成了鲜明的对比,更为突出后者的孤凄冷落。如此相形比作,即使不言怨情,而怨情早已显露于言外。这种鲜明对比的手法,没有直言幽怨,却仿佛背后敷粉,力透纸背。这首诗的意思并不复杂,而语言十分秀丽,所营造的宫廷氛围,颇具有雍容的气象。

李 益

夜上受降城闻笛[1]

回乐峰前沙似雪,[2]受降城外月如霜。
不知何处吹芦管,[3]一夜征人尽望乡。

注释

〔1〕受降城:唐有三受降城,俱在今内蒙古境内。

〔2〕回乐峰:在今宁夏灵武西南。

〔3〕芦管:笛子。

解析

　　本诗抒写边塞月夜,征人思乡之情。前两句以对偶句写景,简笔勾勒静谧的边塞夜景,借以渲染充满悲凉气氛的战场环境,紧扣诗题中的"夜上受降城"所见月色。后两句由月下笛声引发出思乡情怀,色彩、声音、情感的表现水乳交融。月色清凉、笛声悠悠,是撩乱征人心弦的典型景物。诗人因景及情,就显得十分自然、亲切。这首诗传说曾被"教坊乐人取为声乐度曲"(《唐诗纪事》),可见情韵兼美。其悲壮婉转,也正体现了李益诗的基本风格。

刘禹锡

乌 衣 巷[1]

朱雀桥边野草花,[2]乌衣巷口夕阳斜。
旧时王谢堂前燕,[3]飞入寻常百姓家。

注释

〔1〕乌衣巷:址在今南京南城,与朱雀桥相近。三国时为吴国军营,士兵着黑衣,称乌衣营;晋时为王导、谢安等豪门世族居处。

〔2〕朱雀桥:在朱雀门外秦淮河上。今南京城外。花:此为开花之意。作动词。

〔3〕王谢:东晋时左右朝廷的两姓豪门望族。

解析

东晋时,乌衣巷是高门士族的聚居区,开国元勋王导和指挥淝水之战的谢安都住在这里。入唐后,乌衣巷沦为废墟。刘禹锡的这首怀古之诗,正是针对这里的兴亡而发出的感叹。刘禹锡首先落笔的地方,是朱雀桥边渺小的野花。东晋时,这里的权势何其鼎盛,而如今只有野草丛生,荒凉残照。小小的野花,惨淡的斜阳,和这座背负历史沧桑的朱雀桥,正是今昔之间的鲜明对比。诗人感慨的是沧海桑田,世事无常。他看到那飞翔的燕子,不禁想到,这燕子或许曾经栖居在王谢的檐下,而如今却飞入了寻常的百姓之家。飞燕的形象,浑然天成,燕子的巢穴尚未改变,而它所飞来飞去的屋宇,已经不是往日的高门了。

春　词

新妆宜面下朱楼,[1]深锁春光一院愁。
行到中庭数花朵，蜻蜓飞上玉搔头。[2]

注释

〔1〕宜面：指均匀地化妆。
〔2〕玉搔头：玉簪。可用来搔头，故称。

解析

　　这是一首闺情诗。诗歌的一开头，就展示了一个少女，刚刚化好了妆，急忙下楼。这妆容十分精致、恰当，因此被称为"宜面"。然而，眼前这庭院，虽然是大好春光，莺歌蝶舞，柳绿花红，但是院门紧锁，这春色并不为人所知。好比自己风华正茂，但因为孤独伶俜，无人能看到今日的这番美妙妆容。于是感到寂寞，满目生愁。要是早知春光其实如此寂寞，她就不必"下朱楼"，也不必"新妆宜面"。这痛苦的心情急剧到来，使她再也无心赏玩。她像一个木头人一样，百无聊赖地走到庭院中，数起了花朵。这个动作反映了她内心的失望和孤寂。而正当她在默默数着时，一只蜻蜓悄悄飞上了她的发饰，仿佛错把她也当作了一朵春花。少女的处境亦如这庭院中的春花一样，寂寞深锁，无人赏识，蜻蜓的错识，更是加深了这份寂寞。

白居易

宫 词

泪尽罗巾梦不成,[1]夜深前殿按歌声。
红颜未老恩先断, 斜倚熏笼坐到明。[2]

注释

〔1〕泪尽:犹泪湿,湿透。
〔2〕恩:指皇帝的宠幸。熏笼:熏香的竹笼,覆香炉上。

解析

  这是一首宫怨诗。宫人梦想君王临幸却不能实现,只能以罗巾拭泪,直到泪水流干,而夜晚始终不能入睡。夜已经深了,前殿那里传来了歌声,那是君王临幸于其他宫嫔,这说明自己彻夜的等待,已然无望。主人公红颜犹在,君恩已断,这番痛苦,难于表达。但她却没有因此而彻底放弃和绝望,仍然幻想君王能够在某个时候,忽然来到自己这里,于是她斜倚熏笼,坐待至天明。这番痴守,反映了这个宫嫔对于君恩的执着和坚持。即便知道这一切终究是梦幻泡影,她也愿意以这样的方式来告别孤寂。
  白居易的这首宫词,语言完全是白描手法,不见雕琢。它的语言明快自然,感情真挚而多层次,细腻地刻画了失宠宫嫔千回百转的心理状态。这首诗也富含言外之意,它更像是一首受冷落的臣子向君王表达忠心的诗。

张　祜

赠内人[1]

禁门宫树月痕过,[2]媚眼唯看宿鹭窠。
斜拔玉钗灯影畔，　剔开红焰救飞蛾。[3]

注释

〔1〕内人:大内(皇宫)中人。指宫女。
〔2〕禁门:宫门。
〔3〕红焰:指烛火。

解析

　　唐代选入宫中宜春院的歌舞伎称"内人"。她们一入深宫内院,就与外界隔绝,从此和自由、幸福绝缘。这首诗题为"赠内人",其实并不可能真向她们投赠诗篇,不过借此题目来驰骋诗人的遐想和遥念而已,颇具有浪漫情怀。月亮的影子,仿佛一道痕迹,从禁门移动到宫中的树冠上。这反映月下之人在百无聊赖之中伫立凝望已久,又从光阴的流逝中暗示此人的青春虚度。宫人此时,正目不转睛地盯着那鸳鸯成双成对栖居的巢穴,渴望自己也能有一个安居之所,而不是在宫中这样空旷的地方,独自凄凉。这种孤独之感到了深处,容易生发出对于万物的怜悯,希望它们能够享有自由,而不是像自己这样将年华困守在宫中。因此,宫人拔下玉钗,将那扑飞到灯中的蛾子解救出来。从整首诗歌来看,诗人匠心独运,不落窠臼,既不正面描写她们凄凉寂寞的生活，也不直接道出她们的愁肠万转的怨情，只从她们中间一个人在月下、灯畔的两个颇为微妙的动作，折射出她们的遭遇、处境和心情。

集 灵 台[1]（二首）

其 一

日光斜照集灵台，红树花迎晓露开。
昨夜上皇新授箓，太真含笑入帘来。[2]

注释

〔1〕集灵台：在华清宫长生殿侧。

〔2〕上皇：指唐玄宗。箓：道箓，道教的秘密文书。太真：玄宗宠妃杨玉环。为女道士时号太真。

解析

在唐代中晚期，很多诗人开始思考唐代兴衰的原因，而其中非常重要的一点，就是认为唐玄宗沉溺声色，责任难除。因此，唐明皇与杨贵妃的爱情故事以及相关题材，在唐代诗坛经久不衰。

这第一首，是讽唐玄宗夺儿媳寿王妃杨玉环为己有之事。杨玉环原系唐玄宗十八子寿王李瑁的妃子，玄宗召入禁中为女道士，号太真，后来大加宠幸，进而册封为贵妃。旭日的光辉，斜照在集灵台上。这集灵台，本是祭祀神灵的圣洁之地。但是，次句的情景，却完全不符合这里的庄严肃穆。在这里，有娇艳的花朵迎着晨露含苞开放。这是暗喻这里有人已经获得皇帝的宠幸。那么，这个人是谁呢？就在昨夜，唐玄宗新授道箓，让集灵台又多了一位新道徒。这个道徒是谁呢？喏，你看，那不是太真，正满含微笑掀开帘子走进来吗？贵妃在这时"含笑"入内，说明她心情欢悦，甚为得意，甚至流露出一种轻

426

薄风骚。

其 二

虢国夫人承主恩,[1]平明骑马入宫门。
却嫌脂粉污颜色, 淡扫蛾眉朝至尊。[2]

注释

〔1〕虢国夫人:杨贵妃姐的封号。
〔2〕淡扫蛾眉:《太真外传》称:虢国不施脂粉,自炫美艳,常素面朝天。

解析

  这一首是写杨贵妃连带得宠的姊妹们。据《旧唐书·杨贵妃传》记载:"太真有姊三人,皆有才貌,并封国夫人,大姨封韩国,三姨封虢国,八姨封秦国,并承恩泽,出入宫掖,势倾天下。"传说玄宗和虢国夫人间有暧昧关系。"承主恩"三字,已将虢国夫人置于宠妃地位,本身就暗含尖锐的讽刺。这位夫人却毕竟不是妃子,而是在早晨骑马进入到宫中。一般的官员,尚且需要下马才能进宫。而这位夫人,却傲视宫规,骑马进宫,这反映了她受宠的程度,简直是如日中天。而这还不是最为过分的。这位夫人,从来都不肯化妆,因为嫌弃那脂粉,遮挡了自己本来的肌肤颜色,只是画了画蛾眉就这样进宫了。这说明这位夫人十分懂得皇帝的心理,而她的邀宠方式也十分独特。

  这两首诗最大的特点就是似褒实贬、欲抑反扬,以极其恭维的语言进行着十分深刻的讽刺,这反映了在唐代后期诗歌讽刺艺术水平的提高。

题 金 陵 渡[1]

金陵津渡小山楼,[2]一宿行人自可愁。

潮落夜江斜月里， 两三星火是瓜州。[3]

注释

〔1〕金陵渡：润州(今镇江)的过江渡口，在长江南岸。

〔2〕小山楼：诗人寄宿处。

〔3〕瓜州：在金陵渡对岸，今扬州南。

解析

　　诗人在地处今镇江的金陵津渡，写了这首小诗。这样的夜晚，难以入睡。此时的诗人，独伫小楼之上，面向长江，看到了潮落的美景。那斜斜的月光，正照耀水面，朦胧美好。江面本是漆黑的，却因为这束月光，才能看到那潮头起起伏伏。在烟笼寒水的黑夜之中，忽见远处有几点星火闪烁，点缀在斜月朦胧的夜江之上，显得格外明亮。诗人判断，那就是瓜州地界了。在漆黑的夜晚远眺，能发现这样的星火，诗人的心情其实是十分喜悦的，但又并没有直白地表达，而是反映在一个十分笃定的"是"字当中，这其中蕴含了在旅程将要抵达到另外一个地方时的满心快意，也传递出一丝淡雅无尘的悠远情调。这首诗的境界，宁静清美如画。

朱庆馀

朱庆馀(生卒年不详),名可久,以字行,越州(今浙江绍兴)人。穆宗长庆中,以张籍赞赏得名。敬宗宝历二年进士及第。诗多五律,以刻画景物见长。七言律绝亦含蓄有味。

宫中词

寂寂花时闭院门,美人相并立琼轩。[1]
含情欲说宫中事,鹦鹉前头不敢言。

注释

〔1〕琼轩:对回廊的美称。

解析

  这是一首宫怨诗。诗歌首先写到的是宫中的景色。在这个幽闭的空间中,花朵在静静开放,但院子的门却深深地锁着。春花开在宫闱,无人欣赏,这正是寂寞的象征。这样的庭院背景,能让人体会到此中人物,必然心情压抑。有两个美人,此时伫立在屋宇之下。她们两个人,本是希望互诉衷情,但是,偏偏那殿廊之上,挂着一只会说话的鹦鹉,让这两个宫人不敢开口,生怕自己的话被这鹦鹉学了去,造成不好的后果。也就是说,在这个深宫之中,人人行为谨慎,而希望排遣、交流,却没有足够的勇气,生怕是非流言,传到不该传到的地方。含情不吐、欲说还休的场面,其实来自于对宫中生活的恐惧和无奈,这一句深深道出了这些宫人凄凉、不自由的处境。在这花朵绽放、玉屋华宇的地方,其实还存在一张看不见的罗网,深深束缚着宫人的青春和自由。比起那些埋怨无法获得君王宠幸的同类诗歌,这首诗显得更为深刻,它表现了一个矛盾更为尖锐的主题,揭示了更为深刻的人生悲剧。

近试上张水部[1]

洞房昨夜停红烛,待晓堂前拜舅姑。[2]
妆罢低声问夫婿,画眉深浅入时无?[3]

注释

〔1〕近试:临近进士考试的试期。张水部:张籍。曾任水部郎中。此诗借闺房情事探问主考官对自己文章的印象。

〔2〕舅姑:公婆。

〔3〕夫婿:指丈夫。画眉:描饰眉毛。

解析

这首诗是唐敬宗宝历(825—827)年间,朱庆馀参加进士考试前夕所作。唐代士子在参加进士考试前,时兴"行卷",即把自己的诗篇呈给名人,希求其称扬和介绍于主持考试的礼部侍郎。朱庆馀此诗投赠的对象,是官水部郎中的张籍。张籍当时以擅长文学而又乐于提拔后进与韩愈齐名。朱庆馀平日向他行卷,已经得到他的赏识,临到要考试了,还怕自己的作品不一定符合主考的要求,因此写下此诗,看看是否投合主考官的心意。在这首诗歌中,诗人自比为一位新嫁娘。按照当时的婚俗,头一天晚上结婚,第二天清早新娘需要拜见公婆。而诗人没有对此平白直叙,而是深入地分析了新娘的心理。红烛彻夜亮着,新娘很早就起了床,在一片朦胧的晨曦中,借用那还未燃尽的烛光,化了妆。由于拜见行礼是一件大事,所以她才会如此恭谨对待。但是,她对自己还是觉得很没把握。自己的打扮是否很符合潮流呢,公婆会喜欢吗?

新娘子十分羞涩，不敢大声直问，而是在化妆完毕之后，低头轻声问夫婿，自己的妆容是否得宜。这种写法真是精雕细琢，刻画入微，将新娘羞涩而又缜密、慎重的心理交代得十分清楚。

杜 牧

将赴吴兴登乐游原[1]

清时有味是无能,[2]闲爱孤云静爱僧。
欲把一麾江海去, 乐游原上望昭陵。[3]

注释

〔1〕吴兴:今属浙江。唐时设吴兴郡,后改称湖州。乐游原:在长安城南,地势高敞,唐时为登览胜地。

〔2〕清时:清平盛世。

〔3〕一麾:典出"一麾出守",此指赴湖州刺史任。昭陵:唐太宗陵墓。在今陕西醴泉。

解析

这首诗是唐宣宗大中四年(850),杜牧将离长安,从吏部员外郎的位置去职,到湖州(即吴兴,今浙江湖州市)任刺史时所作。乐游原在长安城南,地势高敞,可以眺望,是当时的游览胜地。在乱世之中离开京城、前往外任,这让杜牧感到失意和沮丧。但是,在这首告别长安的诗中,杜牧却从反意来表达他的心情。但杜牧开篇就用"清时"来形容当时的乱世,这正是反讽。意思是说,在眼下这个时候,还是没有才能、为人闲散仿佛闲云野鹤比较好。杜牧认为这次去湖州,是一次解脱,他想象自己是手持旌麾,将远去江海。但是,诗人对这一去似乎并不是心存决绝之意,他在诗歌的结尾,留下了一个深情眺望的形象:"乐游原上望昭陵。"昭陵埋葬的是开创唐朝的唐太宗,曾经将唐帝国推向鼎盛时期。诗人在这里的眺望,颇有今昔对比之意,也有生不逢明主的慨叹。

赤　壁[1]

折戟沉沙铁未销,自将磨洗认前朝。[2]
东风不与周郎便,铜雀春深锁二乔。[3]

注释

〔1〕赤壁:在今湖北赤壁市西北长江南岸。相传为三国时吴蜀联军火烧魏军处。

〔2〕折戟沉沙:断戟没入沙中。将:拿起。

〔3〕东风:指吴蜀联军借东风火攻曹操事。周郎:吴军统帅周瑜。铜雀:台名,魏曹操所建。顶上饰有大铜雀。二乔:乔玄两女。大归孙策,小嫁周瑜。

解析

　　赤壁,在今湖北赤壁市,是三国时代赤壁之战的战场。汉献帝建安十三年(208),以曹操为一方和以刘备、孙权为另一方在这一带进行决战,结果曹操大败,形成了三国鼎立的局面。本诗是作者经过赤壁古战场,有感于前朝英雄成败而写下的怀古咏史名作。诗的构思巧妙,即小见大,从一段断戟引出对历史的追忆和感慨,进而以诗论史,表现出作者平生好谈兵论战,自诩能文善武,抱负不凡的气概。"东风不与周郎便,铜雀春深锁二乔",形象具体,设想生动,词锋锐利,咄咄逼人,言外之意是周瑜的成功带有偶然性,只是出于侥幸。同时也寄托了作者深感生不逢时,虽有才志而不能成就一番大事业的悲慨,与魏晋之交阮籍登广武古战场所感慨:"时无英雄,使竖子成名",意蕴相通。

泊秦淮[1]

烟笼寒水月笼沙,夜泊秦淮近酒家。
商女不知亡国恨,隔江犹唱后庭花。[2]

注释

〔1〕秦淮:秦淮河。源出溧水,流经今南京入长江。
〔2〕商女:卖唱的歌女。后庭花:即《玉树后庭花》,陈后主所作曲名。后以为亡国之音。

解析

本诗写夜泊秦淮河时的所见所闻所感。寒烟冷月笼罩的秦淮河畔,在凄迷的夜色中传来了沿江酒家歌女歌唱陈后主所制的靡靡之音,这是亡国之音啊!陈后主已经在历史的舞台上消失了,只留下一曲《后庭花》,让后人记起他荒淫亡国的悲剧。晚唐国势衰颓,危机四伏,山雨欲来风满楼。统治者无力回天,只是沉溺于荒淫享乐之中,歌舞淫靡的社会风气日炽。诗中写商女之"不知亡国恨","犹唱后庭花",是一种不见痕迹的曲笔,寄寓作者对社会危机的隐忧,对醉生梦死的晚唐统治者的谴责。

寄扬州韩绰判官[1]

青山隐隐水迢迢,[2]秋尽江南草木凋。
二十四桥明月夜, 玉人何处教吹箫。[3]

注释

〔1〕扬州:今属江苏。唐时为淮南节度使驻地。韩绰:生平未详。判官:节度使下的属官。杜牧曾任淮南节度使掌书记,韩绰与诗人当作过同僚。

〔2〕迢迢:遥远。

〔3〕二十四桥:即吴家砖桥,又名红药桥。一说扬州有二十四座桥。玉人:美人。古有廿四美人在红药桥吹箫事。

解析

杜牧曾经在唐文宗大和七年至九年(833—835)于淮南节度使幕府任职,因此在扬州生活过一段时间。扬州在当时是江南的经济中心,人烟阜盛,商业繁荣,酒楼歌肆,倡家舞馆林立。杜牧在这样的生活环境中流连,生活风流。这位扬州的韩绰判官,就是他在此间的同道。杜牧后来离开扬州,回到长安供职,想起在扬州的生活,遂写诗寄赠韩绰,一同回味往事。

此诗颇有风调,从大处展现出江南的独特美景:青山逶迤连绵,隐于天际,绿水如带蜿蜒,迢递不断。青山与绿水的交织、浑融,正是江南景物最为鲜明的特征。诗人不堪长安晚秋的萧条冷落,于是格外眷恋江南的经冬草木,怀念起过去热闹生活中的故人和美景。扬州城里原有二十四座桥,一说即吴家砖桥,因古时有二十四位美人吹箫于桥上而得名。而在这首诗里,"玉人"也可以理解指韩绰。诗人本是问候友人近况,却故意用玩笑的口吻与韩绰调侃,问他当此秋尽之时,每夜在何处教妓女歌吹取乐。因此,仅这一句,就将韩绰风流倜傥之形貌,扬州青楼之风流生活,全部写尽。调笑之中,馀韵未已。

遣 怀

落魄江湖载酒行,楚腰纤细掌中轻。[1]
十年一觉扬州梦,赢得青楼薄幸名。[2]

注释

〔1〕落魄:潦倒。楚腰:楚灵王好细腰之人。此喻女子。

〔2〕青楼:歌馆妓院。

解析

  这也是一首追忆扬州生活的诗,承上一首而来。诗的前两句是昔日扬州生活的回忆:自己潦倒于江湖,宦途失意,而只好以酒为伴,放浪形骸,与扬州青楼女子多有来往,流连秦楼楚馆。虽然扬州美女如云,漂泊江湖萧散自由,但诗人对于自己的风流往事,冠以"落魄"二字,可见他对自己过去沉沦下僚、寄人篱下的人生遭际十分不满。十年经历,仿佛一场大梦。如今醒来,感到自己一事无成,丝毫没留下什么,只获得了一个青楼薄幸的名声。"赢得"二字,是意在言外的,在调侃之中含有辛酸、自嘲和悔恨的感情,其中有一些诗人自己方才理解的人生苦痛,那就是政治上的失意和对于人生的迷惘。总之,这首被命名为"遣怀"的诗中,满是对前尘往事的忏悔,感受到恍惚如梦,不堪回首。

秋 夕[1]

银烛秋光冷画屏,轻罗小扇扑流萤。[2]
天街夜色凉如水,卧看牵牛织女星。[3]

注释

〔1〕秋夕:一题作《七夕》,诗咏七夕事。

〔2〕银烛:言烛光色白,有寒意。轻罗:轻薄的罗纱。丝织物。流萤:飞动的萤火虫。

〔3〕天街:宫中道路。牵牛织女星:两星座名,各在银河东西。民间传说将二星拟人化,言夫妻二人在七夕之夜始得度鹊桥相会。

解析

　　此诗作者又疑为王建,是一首宫怨诗,但写法和其他的宫怨诗有所不同。诗歌展示了一个秋夜,银色的蜡烛在秋月的光辉中摇曳,映在那画屏上,增添了更深的冷意。这是黯淡、幽冷的光感,是深宫生活幽暗、孤独的写照。这时,一个孤单的宫女正用小扇扑打着飞来飞去的萤火虫。古人迷信腐败的衰草,会化为萤火虫,因此,这个宫女所经过的地方,竟然是一个类似草丛冢间那些荒凉的地方。而她虽然生活在这样的深宫,却没有失却她作为少女的纯真。看到萤火虫飞舞,她禁不住举起扇子去扑。扇子和宫人之间总有很密切的联系。起秋风之后,扇子就会被闲置,因此古诗之中,扇子用来比喻弃妇。这里暗示了持扇宫女其实已经被遗忘。"天街"指宫中的石阶,"夜色凉如水"则意味着当时已经是深夜。此时,宫女虽然已经躺下,但夜不能寐,久久地眺望着牵牛、织女两颗星,充满了对于真挚爱情的向往。这首诗中有着一种强烈的对比,那就是苍老幽深的皇宫和暗不可测的深夜之中,还有一个纯真的少女,一份清澈的爱情期待。这样一来,作为宫怨诗,它没有直白地写出身世之叹或者凄凉的心境,而是让人从这种对比之中,自发地为宫人的命运抱不平之憾。

赠　　别(二首)

其　一

娉娉袅袅十三馀,豆蔻梢头二月初。[1]
春风十里扬州路,卷上珠帘总不如。

注释

　〔1〕娉娉袅袅:姣好柔美的样子。十三馀:十三四岁。豆蔻:草名,春末开花。此喻妙龄少女。二月初:豆蔻花含苞待放之时。

解析

　　杜牧离开扬州时,写作此诗赠给一位扬州歌伎。诗中先是刻画了这位女子的容貌:十三岁的女子正值青春妙龄,体态美好,"娉娉袅袅"。这样的女子,好比绽放在二月初的枝头豆蔻。花在枝"梢头",随风颤袅者,当尤为可爱。因此"豆蔻梢头"和"娉娉袅袅"四字是相呼应的。"春风十里扬州路"一语概括了扬州繁华。这一句的整体意思是,在整个美女如云的扬州,不知有多少珠帘,帘下不知有多少红衣翠袖的美人,但"总不如"我所赠别的这一位。第二句的视角十分奇特,是从纷闹的户外写到珠帘遮掩的闺房之内。而诗人正是以这样的角度,来烘托自己所表赠之人,在扬州城的独一无二。这样的写法,含蓄委婉,又十分新警。

其　二

　　多情却似总无情,惟觉樽前笑不成。[1]
　　蜡烛有心还惜别,替人垂泪到天明。

注释

　　〔1〕樽:酒杯。

解析

　　这也是杜牧在离别扬州时赠给歌女的诗。这首诗中的离别场景,十分动人。诗歌的开头就对这样的场景有所评论。两个多情的人,在这离别时分,却表现得无情似的,淡淡地面对这离别,而将心中的感情压抑起来,不加表露。但是,即便这样压抑着,不加以表达,举着酒杯的时候,仍然是笑不出来。往日的欢声笑语,在此时无论如何是无法复现的了。这"笑不成"的场景中,似乎是一阵无声的沉默,多情在心中,却无法表达出来,以此可见离别之沉重和不舍。而此时,屋内点着的蜡烛,仿佛也有心在惜别,烛泪滴落,一直到天明。这首诗最大的特点,就在于后二句是以物抒情,故意没有设置主角的出场,从这样的侧面更能衬托出两人依依惜别之情。其实表达的不是蜡烛点滴到天明,而是两人无眠到天明。这种写法,依然是含蓄委婉,但又直切离别之意,成为千古送别之佳句。

金谷园[1]

繁华事散逐香尘,流水无情草自春。
日暮东风怨啼鸟,落花犹似坠楼人。[2]

注释

〔1〕金谷园:西晋石崇建于洛阳金谷涧中的别业。故址在今河南洛阳东北。
〔2〕坠楼人:指绿珠。晋石崇爱妾。孙秀索绿珠不得,矫诏收崇。崇正宴于楼上,谓绿珠曰:"我今为尔得罪。"绿珠泣曰:"当效死于官前。"遂自投楼下而死。

解析

　　这是一首咏史诗。金谷园故址在今河南洛阳西北,是西晋富豪石崇的别墅,繁荣华丽,极一时之盛。唐时园已荒废,成为供人凭吊的古迹。石崇有歌伎绿珠,孙秀求之,石崇不允,于是开罪,某日为孙秀矫诏所收,当时他正在金谷园楼上饮宴。绿珠亦因报恩,自投于楼下而死。杜牧过金谷园,即景生情,写下了这首咏春吊古之作。金谷园之繁华,绿珠之美,石崇之富,都已经仿佛烟尘散去。想象之中,这些烟尘仿佛还有昨日的香气。流水无情,草木依旧,它们对于人事变迁,浑然无知。这种无情,反衬诗人对于历史之深情。黄昏时分,东风送来鸟儿的叫声。红日西斜,暮色将至;荒芜的名园在这样的风景下,显得凄哀悲切,那鸟鸣如怨如诉,仿佛在表露今昔之感。落花纷纷飘落,就仿佛昔日从楼上坠下的绿珠。这里将落花和坠楼之人相比拟,是因为绿珠的命运就像这花朵一样,盛败无常。

李商隐

夜雨寄北

君问归期未有期,巴山夜雨涨秋池。[1]
何当共剪西窗烛,却话巴山夜雨时。[2]

注释

〔1〕巴山:在今四川,绵亘数百里,东接三峡。
〔2〕共剪西窗烛:在西窗下共剪烛芯。却话:回头说起。

解析

　　这是一首赠寄诗。李商隐在这首诗歌中,没有交代是赠寄给何人。《万首唐人绝句》题作《夜雨寄内》,也就是说是李商隐从巴蜀之地寄给自己的妻子。当然,也可能只是寄给自己普通的友人。然而,李商隐真的去过巴蜀吗?这个问题至今还没有确凿的答案。由于此诗隐去了具体的人事、地点,因此在写法上显得极为晦涩朦胧,而不同的读者从中体会出来的诗味都是不同的。诗歌交代它是写作于一个巴蜀之地的秋夜,雨水纷纷,让池中的水渐渐涨起。而在这一个夜晚,他收到了远方的来信,被人问到何时返回。而诗人自己似乎也并不知道具体何时归去,只是在遥想,什么时候才能和对方一起剪烛夜谈,谈起今日巴山的这场夜雨呢?"巴山夜雨"在这首七绝中出现了两次,让语气显得极为家常、亲切,这种回环往复,将分别之今日与相会之来日联系起来,更显得婉转缠绵,荡漾生姿,自是李商隐七绝中绝妙的一篇。

寄令狐郎中[1]

嵩云秦树久离居,双鲤迢迢一纸书。[2]
休问梁园旧宾客,茂陵秋雨病相如。[3]

注释

〔1〕令狐郎中:令狐楚之子令狐绹。曾任右司郎中。

〔2〕嵩:嵩山。在今河南登封。秦:秦川。指今陕西渭水平原。古为秦地。双鲤:指书信。鱼书典出汉乐府。《饮马长城窟行》:"客从远方来,遗我双鲤鱼。呼儿烹鲤鱼,中有尺素书。"

〔3〕梁园:西汉文帝第二子刘武所建园林。故址在今河南商丘。旧宾客:指司马相如。他曾在梁园做过门客。茂陵:汉武帝陵,在今陕西兴平。司马相如晚年家居茂陵。

解析

　　这是唐武宗会昌五年(845)秋,作者闲居洛阳时回寄给在长安、时任右司郎中的旧友令狐绹的一首诗。诗人从两地隔绝的现实落笔,嵩、秦指自己所在的洛阳和令狐所在的长安。云、树是分居两地的朋友即目所见之景,也仿佛是彼此的一种象征,即将自己比作云,而将对方比作树。"双鲤迢迢一纸书"是说令狐从远方寄书问候自己。这一张纸,牵动了李商隐内心深深的思念。后面这两句就是李商隐对这封来信的回复了。他比喻自己目前的境况是仿佛身为梁孝王宾客的司马相如,已经步入人生低谷,身在茂陵,闲居无职,病痛缠身。李商隐为何要这样自拟呢?是因为他曾经获得过令狐家的知遇之恩,仿佛司马相如曾经获得梁孝王之知遇。但最终自己的结局也是那般寂寞。这一首诗是对往日友情的回忆,也是对自己身世的哀叹,正是"深情绵邈"之作。

为　有

为有云屏无限娇,凤城寒尽怕春宵。[1]
无端嫁得金龟婿,辜负香衾事早朝。[2]

注释

〔1〕云屏:饰以云母的屏风。凤城:指京城。
〔2〕衾:被子。

解析

　　李商隐有一类绝句或者七律,都是以诗歌的开头二字为题,其实类似"无题"之诗,是生活中的小片段、小思考。有人认为这是唐武宗会昌六年(846)到唐宣宗大中五年(851)之间,即李德裕罢相以后,诗人之妻王氏去世之前所作。诗歌的首句,描述了一对宦家夫妇的生活状态。在置放着高贵的云母屏风的闺房之内,夫妻二人两相缱绻。此时正是春日,春寒都已经过去了。但是夫妻二人在这个华丽的居所,仍然害怕春宵苦短,依依不舍。这是为何呢?原来,妻子有些嗔怪夫君,怪他是一个身居要职的"金龟婿",因此必须辜负眼前的暖暖春宵,要早点披上官衣去上朝,留自己空房独守。在这里"无端"二字,可以理解为"没来由地","无缘无故地",最是生动地体现了妻子的娇嗔之状。这种嗔怪之间,其实体现了夫妻二人之间的深厚感情。可见,这首诗从一开始,就缓缓铺垫开来,在最后一句才揭晓谜底,非常富有感染力,其中多层意思的起承转合,最见诗人的语言功力。

隋　宫[1]

乘兴南游不戒严,九重谁省谏书函?[2]

春风举国裁宫锦,半作障泥半作帆。[3]

注释

〔1〕隋宫:指隋炀帝在江都(今江苏扬州)所建行宫。

〔2〕九重:相传天有九重。此喻皇宫。谏书函:函封的谏书。大业十二年(616),隋炀帝三下江都,奉信郎崔民象上书谏阻,被炀帝割去两颊后斩杀。

〔3〕障泥:马鞍两侧遮挡泥土的饰物。

解析

隋宫,指隋炀帝杨广在江都(今江苏扬州市)所建的江都、显福、临江等行宫。杨广当政十四年,三次南游江都,大量耗费人力物力,劳民伤财。本诗通过精心的选材,用杨广南游时耗费全国的宫锦这一典型事例,揭露出这位昏君荒淫无度、骄横拒谏的腐朽本质,又从他自以为是,淫令智昏,错误地估计国内形势,居安而不知思危的愚妄中,暗示其必然亡国丧生的可耻下场。诗的构思巧妙,收到了借一斑而窥全豹的艺术效果。

瑶　池[1]

瑶池阿母绮窗开,黄竹歌声动地哀。
八骏日行三万里,穆王何事不重来?[2]

注释

〔1〕瑶池:传说在昆仑山,为西王母所居之地。据《穆天子传》称:周穆王曾到瑶池与西王母欢饮。别时王母作歌,希望周穆王能再来,周穆王答歌,约定三年后重来。

〔2〕八骏:穆王有赤骥、骅骝、骏耳等八匹骏马。穆王:周天子。乘八骏周游天下。

解析

晚唐迷信神仙之风极盛,好几个皇帝因服丹药妄求长生而丧命。李商隐用这首诗来讽刺求仙之事的虚妄,以及世人对此深深迷信的愚蠢。这首诗是建立在周穆王西游遇仙人西王母的神话基础上。诗人想象着西王母的居所,是在瑶池之内,她打开绮窗,向外眺望,只听那丝竹之乐,发出惊天动地的哀声。西王母的心中,涌起对周穆王的无限思念,也不免产生疑虑:八骏车马,一日可以行走三万里,从人间到此,应是不难。而穆王到底是因为什么事情,再也不来了呢?诗人写到这里,就住笔了。他的言下之意是,穆王作为凡人,不能得此永寿,早已死去,而再也不可能重见西王母。诗人虚构西王母思念周穆王的场景,显示的正是凡人之死不可避免、求仙之事最是虚妄。诗人全篇没有对此事做任何正面的议论和评价,而其讽刺之辛辣,已经力透纸背。

嫦　娥[1]

云母屏风烛影深,长河渐落晓星沉。[2]
嫦娥应悔偷灵药,碧海青天夜夜心。[3]

注释

〔1〕嫦娥:神话传说中的月宫仙女。因偷吃了丈夫后羿从西王母那里求来的不死之药,故升入月宫。

〔2〕深:暗。长河:指银河。

〔3〕夜夜心:谓夜夜都在叹恨,不能成眠。

解析

嫦娥是神话中的月中仙女,传说她偷吃了丈夫后羿从西王母处获得的不死之药,之后独自逃奔到月亮之上。诗人假想了嫦娥在天上的生活。她孤单地居住在月宫,这里的云母屏风之上,映着烛光的影子,可见其深夜仍不能寐。她眼睁睁看着星辰坠入在银河,完成又一个运转的轮回。这样的嫦娥,应该会后悔自己当年偷取了升天灵药吧？如今,她只能独自身在碧海青天,而夜夜对着自己的一颗孤心。这首诗讽刺信神仙而求长生者,即便像嫦娥一样升仙,但是天宫寂寞,没有欢乐。这样的成仙,意义何在。诗人只是讲述了一个这样的例证,便将反对学仙的立场,表达得十分明确。

李商隐的诗歌往往晦涩朦胧,因为观点不是直陈,本诗也可以这样理解:即以嫦娥为李商隐之自况,暗示自己就像嫦娥一样,不能在人间苟存,追求高洁清静,但是这样的孤芳自赏于夜夜的碧海青天,清冷寂寥之情难于排遣。对于这种境遇,是否感到过懊悔呢？诗人没有回答,或许是因为已经无从选择。

贾 生[1]

宣室求贤访逐臣,贾生才调更无伦。[2]
可怜夜半虚前席,不问苍生问鬼神。[3]

注释

〔1〕贾生:即贾谊,西汉初期政治家。曾提出过不少巩固疆土、加强中央集权的政治主张。后被贬为长沙王太傅。

〔2〕宣室:汉未央宫前殿的正室。逐臣:被贬之臣。贾谊被贬后,汉文帝曾将他召还,问事于宣室。才调:才华气格。

〔3〕可怜:可惜,可叹。苍生:百姓。问鬼神:事见《史记·屈原贾生列传》。文帝接见贾谊,"问鬼神之本。贾生因具道所以然之状。至夜半,文帝前席"。

解析

本诗选择了贾谊政治生活中遭遇到的一个具体事件,寄托感慨。在历史上号称贤明的汉文帝,尚且不能真正地重视人才,何况其他昏庸、平庸之君主？作者咏史事的着眼点，首先是针对封建政治腐朽的一面给予辛辣的讽刺，而不在议论个人政治上的得失。三、四两句，于"前席"之前缀一"虚"字，又以"问鬼神"与"问苍生"的鲜明对比，令人寻绎其意旨。全诗语言清峻，转折自然，是以小篇幅发大议论、诗与政论和谐结合的成功之作。

温庭筠

瑶瑟怨

冰簟银床梦不成,[1]碧天如水夜云轻。
雁声远过潇湘去,[2]十二楼中月自明。

注释

〔1〕冰簟:清凉的竹席。
〔2〕潇湘:二水名,在今湖南境。此代指楚地。

解析

　　这是一首闺怨诗。清秋的深夜,女主人公躺在冰凉的竹席上,辗转难眠。"梦不成"三个字,反映了她此时内心之中上演的纠葛和愁恨,以及深深的幽怨。不眠之夜,她见到的是外面夜色如水,缥缈的轻云,悬浮在夜幕之上。此时,有秋雁从空中飞过,在空中留下一片哀声,它应该是去往南方潇湘之地。"潇湘",或许就是女主人公思念之人目前所在之处。"十二楼"是一个暗示女子身份的词,说明她所居住的地方是层楼叠台,幽深之至。有人凭借这个词,认为这个女子或是放弃红尘之女冠,或者是幽居深闺女子。这女子的目光投向空洞的天空,只看见一轮孤单的明月,心境之凄凉毕现于这痴望的动作之中。总之,冰簟、银床、碧空、明月、轻云、南雁、潇湘,以至于月光笼罩下的玉楼,组成了一组离人幽怨的秋夜图,渲染了一种和主人公离怨情绪统一和谐的情调和氛围。诗中虽无"怨"字,然而怨意自生。

郑 畋

郑畋(约823—约885),字台文,荥阳(今属河南)人。会昌登进士第,初为宣武推官,以书判拔萃,授渭南尉,入为翰林学士,迁中书舍人。僖宗时以兵部侍郎进同平章事,因事罢为太子宾客。黄巢起义,时为凤翔节度使,先诸军破义军,后召行在,拜司空、门下侍郎、平章事。及僖宗复国,授太子太保,罢政事。今存诗十六首,多七言绝句,音调流利,而意气不扬。

马 嵬 坡[1]

玄宗回马杨妃死,云雨难忘日月新。[2]
终是圣明天子事,景阳宫井又何人?[3]

注释

〔1〕马嵬坡:即马嵬驿。在今陕西兴平市西。为杨贵妃缢死处。安史乱起,唐玄宗西逃。途经马嵬时将士哗变,杨国忠被诛,杨贵妃也势在不保,玄宗被迫同意让她自尽。

〔2〕回马:指唐玄宗由蜀地返回长安。云雨:指男女之事。典出宋玉《高唐赋》。

〔3〕景阳宫井:故址在今江苏南京玄武湖边。此咏陈后主事。隋兵入城后,陈后主携宠妃张丽华及孔贵嫔出景阳殿,入宫井中躲避,终于井中被捉。

解析

唐玄宗天宝十四年(755)安禄山叛乱,次年攻占潼关,长安危在旦夕。唐玄宗携杨玉环,仓皇西逃入蜀。途经马嵬坡时,六军不发。禁军将领陈玄礼等对杨氏兄妹专权不满,杀死杨国忠父子之后,还请求处死杨贵妃,以免后患。唐玄宗无奈,被迫赐杨贵妃自缢,史称"马嵬之变"。中晚唐诗人对这场变乱,颇多感慨,这一历史题材在当时的诗歌中也是较为常见的。本诗的首两句写玄宗"回马长安"时,杨妃死已多时,意谓重返长安是以杨妃的死换来的。尽管山河依旧,然而却难忘怀"云雨"之情。"云雨难忘"与"日月新"对举,表达玄宗欣喜与长恨兼有的复杂心理。后两句以南朝陈后主偕宠妃张丽华、孔贵嫔躲在景阳宫的井中,终为隋兵所虏的事,对比唐玄宗马嵬坡赐杨贵妃自缢的举动,抑扬分明。诗对玄宗有体谅,也有婉讽。玄宗的举动虽胜陈后主,但所胜实在无几。

韩偓

韩偓(842—923),字致尧(一作致光),小字冬郎,京兆万年(今陕西西安)人。昭宗龙纪初进士及第,入河中节度使幕,召拜左拾遗,累迁左谏议大夫。以平宫廷政变有功,升翰林学士,迁中书舍人。随驾至凤翔,授兵部侍郎、翰林学士承旨。天复三年得罪朱温,迭贬濮州司马、荣懿尉、邓州司马。弃官南下,入闽依王审知,定居南安。十岁能诗,雏凤清声,为李商隐所赞赏。诗或写宫廷生活,或写山水景色,类皆常有盛衰之感。所传《香奁集》多写闺情,绮丽侧艳,有宫体遗风。

已凉

碧栏干外绣帘垂,　猩色屏风画折枝。[1]
八尺龙须方锦褥,[2]已凉天气未寒时。

注释

〔1〕猩色:暗红的颜色。折枝:只绘单枝不及全株的花卉画。
〔2〕龙须:灯芯草。茎可织席。

解析

这是一首爱情诗。诗人一开头就写到一间十分华丽精致的卧房,这里有一道碧色的曲栏,曲栏之外是绣着繁复花纹的垂垂帘幕。猩红色的朱漆屏风上,画着折枝花卉。而穿过这些,方才能够看到那张铺着龙须草席和织锦被褥的八尺绣床。而此时的季节,正是夏天刚刚结束,冬天还没有到来的时候。

通篇之中,没有写到女主人公,也没有写到具体的事,内容似乎十分空洞。但这正是诗人的用意和别致之处。在写到房中的陈设时,他的视角转换是缓慢的,突出反映每一件东西都是精致和用心布置的,以此能体现这富贵、雍容生活的慵懒、温馨之感。这里的陈设,这里的光阴,都充满了对于爱情的渴望和等待之感,这种感受在深闺寂寞之中,是精致而含蓄的。

韦 庄

金 陵 图[1]

江雨霏霏江草齐，六朝如梦鸟空啼。[2]
无情最是台城柳，[3]依旧烟笼十里堤。

注释

〔1〕此诗《全唐诗》题作《台城》。题作《金陵图》者全诗为："谁谓伤心画不成？画人心逐世人情。君看六幅南朝事，老木寒云满故城。"金陵：即今江苏南京。曾是吴、东晋及南朝四代的国都。

〔2〕六朝：指吴、东晋、宋、齐、梁、陈六代。

〔3〕台城：故址在今南京玄武湖侧。原为吴国后苑城，晋时建新宫于此，南朝时为宫殿台省所在地。

解析

韦庄擅长写怀古、咏史诗，这首诗是其代表作之一。诗人从描摹雨景入手，展现了一派江上细雨霏霏，江边绿草如茵的景象。这是地处江南的金陵暮春时节典型的场景。三国东吴、东晋、宋、齐、梁、陈，三百多年间，这六个短促的王朝一个接一个地建都于此地，又一个接一个地衰败覆亡。如今，那曾经的繁华早已远去，仿佛梦境一般，消逝在婉转而又徒劳的鸟啼声中。而那曾是六朝帝王追欢逐乐之所的台城上，满目翠绿的杨柳依然堆烟叠雾，笼罩着十里长堤。它们不管朝代更迭与人事兴衰，也不顾诗人凭吊历史遗迹引起的感伤与怅惘,显得多么无情!诗人所处的时代,大唐王朝灭亡之势已不可挽回,咏怀六朝遗迹,更是在忧虑现实危机。

诗坛佳话

盛唐余韵:韦庄是少年天才,晚唐飘摇的环境没有给他展示才华的舞台。他在战乱中漂泊,直至甲子之年才中进士,开始他作为政治家的生涯。一次次颠沛流离并没有揉碎他的心灵,他用一首1666字的长诗《秦妇吟》把名字刻在唐朝的诗坛上,被人尊为"秦妇吟秀才"。他忧时伤乱,"平生志业匡尧舜"(《关河道中》)。在《台城》一诗中,他目光所及处,虽是"江雨霏霏江草齐",但他却凭吊起被黯淡了的六朝繁华;虽是鸟鸣婉转,烟柳如画,但他却惆怅满怀:叹鸟空啼,怨柳无情。在追今抚昔中,他为唐王朝的衰微唱出了深沉的挽歌。他用发人深省的诗句,为唐代诗坛涂上最后一抹耀眼的余晖。

陈 陶

陈陶(约812—885?),字嵩伯,岭南(今两广一带)人。或作鄱阳(今江西波阳)人。举进士不第,恣游名山,自称"三教布衣"。宣宗大中年间,曾游学长安,后避乱隐居洪州西山,求仙学道,不知所终。诗多行旅纪游之作,写景状物之中,时杂仙心;唯写边塞之诗,风骨犹存,而意气消沉。

陇 西 行[1]

誓扫匈奴不顾身,五千貂锦丧胡尘。[2]
可怜无定河边骨,犹是春闺梦里人。[3]

注释

〔1〕陇西行:乐府旧题,属《相和歌·瑟调曲》。陇西,陇山以西。今甘肃、宁夏一带。
〔2〕匈奴:喻当时入侵边地的部族。貂锦:指战袍。此代军士。
〔3〕无定河:在今陕西延安一带。春闺:指思妇,丧生将士之妻。

解析

《陇西行》是乐府《相和歌·瑟调曲》旧题,内容写边塞战争。这首诗的开头两句,描写的是惨烈的战争场面。唐军誓死驱逐匈奴外族,在战斗中奋不顾身,英勇献身,但结果五千将士为敌所害,全部丧生"胡尘"。汉代羽林军穿锦衣貂裘,这里借指精锐部队。部队如此精良,战死者达五千之众,足见战斗之激烈和伤亡之惨重。但是,诗人没有去直接评论战争的不义,而是从末二句来表达自己反战的观点。可怜这无定河边的枯骨,正是那远方家乡春闺之中妇女梦中牵挂的丈夫。"河边骨"和"春闺梦"之间,形成了鲜明的时空对比。多少夫妇,在这一战之后,阴阳两隔,而且再也无法知道远征亲人的下落,而那闺中之人尚且对此还一无所知。灾难和不幸降临到身上,不但毫不觉察,反而满怀着热切美好的希望,这才是真正的悲剧。

张　泌

张泌(生卒年不详),名一作"佖",字子澄,淮南(今江苏扬州)人。仕南唐为句容尉,后主召为监察御史,历考功员外郎,进中书舍人,改内史舍人。随后主降宋,入史馆,为郎中。善为诗,多写旅思离情,凄苦冷寂,诗境近似词境,读来别是一种滋味。

寄　人

别梦依依到谢家,[1]小廊回合曲栏斜。
多情只有春庭月，　犹为离人照落花。

注释

〔1〕谢家:所念伊人之家。

解析

这是一首寄赠诗,寄赠的对象是自己告别之后的情人。在分别之后,诗人因为相思而成梦。"谢家"应该是个地名,是往日常常相会的场所。他梦见自己看到了那里的小回廊、斜着的曲阑,好像还似往日那般幽静。然而,梦中的相会十分短暂,很快就醒来了。醒来之后,心情黯然,难以再入梦境,于是闲庭信步,只见一轮明月照着院中满地落花,感到这是明月对"离人"的同情。在这首诗中,诗人满腔衷情难诉,情感委婉曲折。将原本无情、无知的明月,想象成具有怜惜之意,更反映了这位思念之人的一往情深。这里要注意的是

"只有"二字。只有明月有情,曾经的情人却早已无情,能够对今夜这仿佛花朵落去的心情有所理解的,是这皎洁相照的月光。这一句话中,其实暗含了诗人深深的怨念。

无名氏

无名氏,指不知其姓名字号的作者。但凡诗之作者无可考的,均归之于"无名氏"。

杂 诗

近寒食雨草萋萋,著麦苗风柳映堤。[1]
等是有家归未得,杜鹃休向耳边啼。[2]

注释

〔1〕著:谓风吹入。
〔2〕等是:同是,俱是。杜鹃:又名子规,啼声近"不如归去"。

解析

这是一首游子之诗。在寒食、清明等节日将至时,诗人仍然客居在他乡。此时风雨迷蒙,芳草萋萋,麦苗茂盛,杨柳拂岸。这些春日景致,在平日都是再平常不过,但是在节日将至时分,却牵动起诗人的满腔乡愁。诗人正在自叹自己有家而不能回,杜鹃的鸣叫声声声不止,让诗人心情更为愁烦,平添了无法返还家乡的无奈之感。值得一提的是,这首诗节奏独特,首两句节拍为"一、二、一、一、二",然而却用到了绝句平仄韵,这是绝句中少见的。

乐府

王 维

渭 城 曲[1]

渭城朝雨浥轻尘,客舍青青柳色新。[2]
劝君更尽一杯酒,西出阳关无故人。[3]

注释

〔1〕渭城曲:谱入乐府《近代曲辞》。渭城,故址在今陕西咸阳之东,渭河北岸。
〔2〕浥:浸润。客舍:驿站,旅馆。柳色:柳之绿色。柳与"留"谐音,寓惜别。
〔3〕阳关:在今甘肃敦煌西南一百三十里。

解析

　　这是一首送别诗,是王维晚年之作。其创作的背景,应该是王维送别前往西域抵抗吐蕃、突厥侵扰的友人,又名《送元二使安西》。"安西"属于当时的西域,唐朝在此地设置了督护,有一定的行政建置。"安史之乱"爆发后,内地兵力大量外调,诗歌送别的对象"元二"正是其中之一,与此同期的诗作尚有《送张判官赴河西》《送刘司直赴安西》等,可见当时的军事活动对于唐人生活的影响。这首诗歌内容清新自然,感情真挚纯粹。首句就提到送别之地"渭城"刚刚下过一场朝雨,这早晨的雨水,将这座城市中的浮尘全部洗净,将元二所居住的这座客舍也清洗得干干净净,那杨柳也颜色如新。此地多杨柳,说明这里正是送别之地,因为古人有折柳送别的习惯。诗人送别友人时候的感情是豪壮的,他举起了酒杯,劝元二再多饮一杯,而另一方面,他又不免说出了自己的担忧,他担心自己的朋友此去是孤单一人,在那边塞生活时,再难遇到能共同举杯的故人。因此,送别之时的复杂情感,在这一句中表现得既悲壮,又富有深情。

秋 夜 曲[1]

桂魄初生秋露微,轻罗已薄未更衣。[2]
银筝夜久殷勤弄,心怯空房不忍归。

注释

〔1〕秋夜曲:属乐府《杂曲歌辞》。
〔2〕桂魄:指月。旧传月中有桂树。轻罗:轻薄丝织品所制的衣服。

解析

　　这是一首闺怨诗。诗歌中的女主人公,坐在寒冷秋夜的庭上。此时月华初升,秋露已经在草丛中点点闪烁。秋凉透过轻而薄的罗衣,不禁寒冷,但这位女子也没有来得及去更换之。这是为什么呢?诗的末二句交代了缘由。她在这庭上反复摩挲自己的银筝,弹奏心曲,将所有的感情殷勤放入其中,如泣如诉,是因为她内心害怕一个人又回到那空房之中,享尽孤独。这首诗极为委婉含蓄,情感表达得特别细腻,前三句还什么都没说破,仿佛设置了一个谜语,而到最后才将谜底揭晓,而诗写到这里,那种因为无爱而生怨的感情,也就被抒发得淋漓尽致了。

王昌龄

长 信 怨[1]

奉帚平明金殿开,暂将团扇共徘徊。[2]
玉颜不及寒鸦色,犹带昭阳日影来。[3]

注释

〔1〕长信怨:属乐府《相和歌·楚调曲》。长信,汉宫殿名,为皇太后所居。汉成帝嫔妃班婕妤见赵飞燕姐妹承宠弄权,主动请求到长信宫侍奉太后,并作歌自伤。

〔2〕金殿:指长信宫。团扇:化用班婕妤诗意。旧说班婕妤曾作《怨歌行》,借团扇寄托哀怨,歌中曰:"常恐秋节至,凉飙夺炎热。弃捐箧笥中,恩情中道绝。"

〔3〕昭阳:汉宫殿名。赵飞燕所居。日影:喻皇帝恩泽。

解析

这是一首宫怨诗,是诗人《长信秋词》五首之一,借描写班婕妤失宠被贬长信宫的故事,以汉喻唐,表现了唐代被遗弃失宠宫女的幽怨之情。诗的首句写了班氏供奉太后之事,即清晨很早起来,打扫宫殿,能看到宫殿的门依次打开,可见其勤谨。第二句是借用了传为班婕妤所作《怨歌行》的典故,自己作为被抛弃的人,和被时令抛弃的扇子为伴,被迫臣服于这被遗忘的命运。自己空有娇颜如玉,还不如那丑陋的寒鸦。这是因为寒鸦尚且能够从皇帝宫中飞来,翅膀上还带着昭阳殿上阳光的影子。这首诗通过被抛弃的宫人与团扇、寒鸦之命运的对比,来为之抒发无限的怨情,构思非常巧妙,用意极为深刻。

出　塞[1]

秦时明月汉时关,万里长征人未还。
但使龙城飞将在,不教胡马度阴山。[2]

注释

〔1〕出塞:乐府旧题,属《横吹曲》。
〔2〕但使:若使。龙城:匈奴祭天处。址近蒙古国鄂尔浑河。飞将:指汉名将李广。匈奴人称他"飞将军"。阴山:在今内蒙古中部。

解析

　　这是一首边塞诗,曾被人们称为"唐朝七绝之首"。诗歌的第一句,就颇具气势,引人进入历史之深思。此地的月光,和秦时的并无两样,此地的关口,和汉时之关并无区别;历史常常变换,这里的征战从来没有停歇。明月映照着这寂寞的边关,显示出极为苍凉寂寥之感。万里长征,何其艰辛,而又有多少男儿死于边塞沙场,白骨不得还乡。诗人在这里抒发了一种悲愤感,那就是边塞的问题是一个持久的问题,历来都无从解决,只能眼睁睁看着战争悲剧反复发生。千百年来,人们的共同愿望,不过是希望当世还能产生一名像当年"龙城飞将"一样的英雄,平息胡乱,安定边防,将侵略者阻隔在阴山之外。这首诗洋溢着反战、爱民的豪情,同时也充满着对于朝廷用人的失望,以及寄予将来出现良将的希望。正是在这种跌宕反复的情感之中,制造了雄浑的格调和豪壮的气势,感人肺腑。

诗坛佳话

　　七绝圣手:在唐朝的诗坛上,王昌龄以边塞诗独步天下。"秦时明月汉时关,万里长征人未还",他在最朴实无华的出塞主题中凝练出时间与空间最永恒的思考:"但使龙城飞将在,不教胡马度阴山"(《出塞》)。在慨叹守将无能的同时,他把纵横古今的气魄贯穿其中,使得此诗意境开阔,感情深沉,被公推为唐代七绝压卷之作。在他笔下,那娇憨不知愁的少妇在见到青青杨柳色时,"悔教夫婿觅封侯"(《闺怨》),他以悲天悯人的情怀书写女子细腻的感情变化,其闺怨诗足可与李白争胜。难怪明代胡应麟在《诗薮》中言道:"七言绝,太白(李白)、江宁(王昌龄)各有至处。"

李 白

清平调[1]（三首）

其 一

云想衣裳花想容，春风拂槛露华浓。[2]
若非群玉山头见，会向瑶台月下逢。[3]

注释

〔1〕清平调：唐大曲名。
〔2〕槛：指长廊旁的栏杆。华：花。
〔3〕群玉山：神话中西王母所居的仙山。瑶台：传说在昆仑山，是西王母之宫。

解析

　　清平调是词牌名，准确地说，并不能算是诗。但是《唐诗三百首》当它是乐府收录其中。据晚唐五代人的记载，这三首诗是李白在长安供奉翰林时所作。唐玄宗天宝二年(743)或天宝三年(744)的一个春日，唐玄宗和杨妃在宫中沉香亭观赏牡丹花，伶人们正准备表演歌舞以助兴。唐玄宗却说："赏名花，对妃子，岂可用旧日乐词。"因急召翰林学士李白进宫写新乐章。李白奉诏进宫，即在金花笺上作了这三首诗。据说，这是李白在长安期间创作的流传最广、知名度最高的诗歌之一，它们的艺术水平很高，但思想上仍是三首阿谀之作。

第一首开篇便采用了拟人的手法,天上的云彩,本来已经很美了,但它不满足,还希望披上美丽的衣裳;人间的牡丹花,本来已经很娇艳了,但它还不满足,希望拥有更姣好的容貌。两个"想"字,将云与牡丹花的心,设想成和人心一样,对美有着不断追求。在这里,已经分不清诗人是在歌颂云彩、牡丹,还是在歌颂美人,他试图将这一切融合为一。而牡丹花此时正在槛上沐浴春风,花朵满是滋润的露水,与此时沐浴皇帝之恩爱的贵妃,何其相似。这样的花朵,如果不是在玉山之上曾经见过,那也是在瑶台的月光之下曾经相逢过。这一句将天子之园林以及受宠之妃子比拟为天上之物,可见李白神思之妙,可以纵横捭阖于天地之间,天然化工,不见痕迹,其笔法可谓得体而圆满。

其 二

一枝秾艳露凝香,云雨巫山枉断肠。[1]

借问汉宫谁得似,可怜飞燕倚新妆。[2]

注释

〔1〕云雨巫山:指楚王与巫山神女欢会事,典出宋玉《高唐赋》。

〔2〕飞燕:汉成帝宠妃赵飞燕。此以喻花。

解析

第二首承第一首而来。首句描绘出一枝牡丹的艳丽色彩,用"露凝香"这样的形态、气味交织的触感,来呈现其华贵之态。这样的花朵,这样艳丽的妃子,谁堪比较? 诗人借用了宋玉《高唐赋》中楚襄王遇到神女的典故来作为比较,认为:如此花中极品,人中尤物,比起传说中那每每叫人浮想联翩却又可望而不可即的"巫山云雨"要好过百倍。神话中的人物是比不上的,而历史上著名的美人,谁能比得上呢? 那就是汉代成帝宫中的赵飞燕了,据说她身轻如燕,能够站在由人托着的盘子中跳舞。"可怜飞燕倚新妆"的言下之意是,她的美貌还得依靠浓妆淡抹,哪里比得了杨玉环不施粉黛,便花容月貌的"天生丽质"呢。

其　三

名花倾国两相欢,[1]常得君王带笑看。
解释春风无限恨，　沉香亭北倚阑干。[2]

注释

〔1〕倾国:喻美色惊人。典出汉李延年《佳人歌》:"一顾倾人城,再顾倾人国。"
〔2〕沉香:亭名,沉香所筑,近兴庆宫龙池。

解析

　　第三首诗从仙境回到了眼前的现实。李白在这里不再借用比喻、传说、神话等手法,而是直书牡丹乃国色天香花,玉环是倾城倾国貌,诗歌直到这里才下笔点题,引出杨玉环,但仍用"两相欢"将其与盛开的牡丹相提并论,以此显示杨玉环地位之贵,堪比国花。而"带笑看"三字又将唐玄宗融入其中,使得名花美女与君王三者合一。牡丹与妃子之所以能够如此动人,皆因为沐浴皇帝的恩泽。第三句中的"春风"代指君王,意思是人与花都能宽慰、化解君王心中的烦恼忧愁,令其释怀。四句中所说的"沉香亭",在兴庆宫的龙池东面,兴庆宫则是唐玄宗当时生活的主要宫殿。在这里,皇帝常与贵妃同游,一同赏花,届时人倚阑干,花在阑外,春风拂来,丝竹入耳,何其风流蕴藉。

王之涣

出 塞[1]

黄河远上白云间,一片孤城万仞山。[2]
羌笛何须怨杨柳,春风不度玉门关。[3]

注释

〔1〕出塞:乐府旧题,属《横吹曲》。

〔2〕孤城:指玉门关。万仞:极言其高。一仞为八尺。

〔3〕羌笛:原出古羌族的管乐器。杨柳:即古笛曲《折杨柳》。玉门关:址近今甘肃敦煌。古为通西域要道。

解析

这是一首边塞诗,旨在写凉州险僻,守边艰苦。诗的首句,展示边地广漠壮阔的风光,写得十分奇崛:黄河似乎从天上而来,又延伸到白云中去,而凉州孤城,就在万仞高山之上,这里的戍边堡垒,地处险要,境界孤危。"一片"二字,最能体现此城之险。就在这样的荒凉之地,能听到羌笛奏着《折杨柳》的凄凉之音。这样的曲调,最能勾起征夫离愁。唐时有折柳赠别的风俗,因而见杨柳而生愁,甚至听《折杨柳》歌而生怨。关外春风不度,杨柳不青,无法折柳寄情,听曲更生怨恨。"春风不度玉门关"首先是形容此地荒僻,气候严寒;而另外一层意思,则是说这里已经被朝廷遗忘,皇恩的"春风"很难顾及这里。这种现实,是最为无可奈何的,"何须怨"表达的就是这种意思。这种宽解语,着实委婉,深沉含蓄,耐人寻味,馀韵浑厚。

诗坛佳话

　　旗亭画壁:王昌龄、高适、王之涣均是唐玄宗开元年间诗人。一次去酒楼畅饮,忽有乐官、歌女上楼联欢,歌舞奏乐。三位避席且私下商议,以己诗被歌女所唱数定优胜。一女先唱:"寒雨连江夜入吴……(《芙蓉楼送辛渐》)王昌龄在壁间做记一道;不久,另一歌女唱"开箧泪沾臆……"(《哭单父梁九少府》),高适做记;又一歌女唱"奉帚平明金殿开……"(《长信秋词》),王昌龄又伸手画记,说:"两首绝句。"王之涣自觉久有诗名,对两人说:"这几位不过是失意之乐官。"又指歌女中最美者言道:"此人所唱如非我诗,吾终身不敢与二位争高下,若是,你二人当列拜座下,奉吾为师。"众皆欢笑同意。言毕,此女果唱道:"黄河远上白云间……"王之涣立即得意道:"田舍奴,我岂妄哉?"众皆大笑。

杜秋娘

杜秋娘(生卒年不详),即杜秋,金陵(今江苏南京)女子。善歌《金缕衣》曲。初为镇海节度使李锜之妾,及锜叛唐被杀,没籍入宫,为宪宗所宠。穆宗立,为皇子漳王保姆。皇子被废,遣归金陵。杜牧过金陵,感其老且穷,为作《杜秋娘诗》。

金 缕 衣[1]

劝君莫惜金缕衣, 劝君惜取少年时。
花开堪折直须折,[2]莫待无花空折枝。

注释

〔1〕金缕衣:曲调名。属乐府《近代曲辞》。字面指金线所织之衣,极言其华贵。
〔2〕堪:可。直须:径须,不必犹豫。

解析

杜秋娘其人不可考,应该是民间的女诗人。这首诗从字面看,是在呼唤留住青春和爱情,字面背后,仍然是"爱惜时光"的主旨。头二句都在"劝君",莫惜"金缕衣",即不需要过分牵挂功名利禄;"须惜"的应该是"少年时",即一个人美好的青春年华。在青春美好,仿佛花朵绽放枝头的年龄,就应该去做相应的事情,去努力,去奋斗,而不应该等花朵落下,才去折下空枝,空留馀恨。此诗思想内容十分浅显,与民歌很相似,可以用"莫辜负好时光"一言以概括之。可是，它使得读者感到其情感虽单纯却强烈，能长久在人心中缭绕，有一种不可思议的魅力。每一句似乎都在重复那单一的意思："莫辜负好时光！"而每句又都寓有微妙变化，重复而不单调，回环而有缓急，形成了优美的旋律。

【归纳探究】

一、李频《渡汉江》中的"近乡情更怯,不敢见来人"道出了思乡人别样的情愫。故乡在游子心中是那样美好,无数游子在诗中诉说着那份沉甸甸的乡愁。请找出唐诗中两首以上描写游子乡愁的诗,比较它们的异同。

二、读过《唐诗三百首》,与诸多诗人相遇,他们之间的唱和也别有情趣。选择一个诗人,看看他的"朋友圈",试分析他们之间的关系对其诗歌创作有何影响。

三、请以"唐诗中的节日"为专题,做一个PPT,向同学们介绍唐人眼中的节日,理解他们在节日中传达出的情愫。可选取如下绝句,如王维《九月九日忆山东兄弟》、杜牧《秋夕》、韩翃《寒食》,也可在全书中选取,如崔涂《除夜有怀》、刘长卿《新年作》等。

四、下面是一些与唐诗有关的成语:寸草春晖、惨淡经营、巴山夜雨、杳如黄鹤、冰心玉壶、为人作嫁、文章憎命、四海为家……你知道这些成语出自哪些诗句吗?写下来,跟同学们分享一下。

五、诗歌游戏。

1. 玩"飞花令"

你可以选择主题词"风""花""雪""月"其中的任意一个,也可以自拟一个,按表格填写诗句,组织朋友们来感受一下。例:"风":

风						
	风					
		风				
			风			
				风		
					风	
						风

2. 诗歌接龙

例如：山中一夜雨,树杪百重泉。→泉声咽危石,日色冷青松。→松风吹解带,山月照弹琴……

你也可以自己选择你喜欢的任意一句,组织大家继续这个游戏。

3. 依主题集句

与颜色有关的诗句：千里黄云白日曛、风掣红旗冻不翻、一去紫台连朔漠、黑云压城城欲摧……

出 版 后 记

唐代是诗歌创作的极盛时期，仅清康熙时编纂的《全唐诗》便收录了二千二百馀位诗人的作品近五万首。因为数量太多，不易普及，所以唐诗选本在唐代即已开始出现，唐以后更有多种选本流行，而其中篇幅较为适中、选诗较为精当、在旧选本中传播最广的是清代孙洙（别号蘅塘退士）编选的《唐诗三百首》，因为这个选本入选的大多为脍炙人口的名篇，故有"风行海内，几至家置一编"的美誉。

《唐诗三百首》成书以后，一向有多种注释本流行，这些注本各有特色，对读者阅读和欣赏唐诗均极有帮助。为使读者扫除最基本的阅读障碍，并启发读者欣赏和领略原作的魅力，我们编写了这本《唐诗三百首详析》。

本书由人民文学出版社编辑部注释，并请古典文学专家林家英教授、薛天纬教授、蔡丹君博士撰写了解析文字。对于三位专家的鼎力支持，特表谢忱。

本书的注释力求简明准确，解析尽量做到言简意赅。但由于水平有限，难免会存在不当之处，敬请读者批评指正。

人民文学出版社编辑部

阅 读 链 接

【文学常识】

一、关于格律诗

　　古代诗歌发展演进到唐代,五言和七言成为诗的基本句式。为了追求诗歌的形式美,人们在汲取南朝以来诗歌创作经验的基础上,制订了一套简洁明了、便于操作的规律,按照这套规律写成的诗就叫格律诗。

　　每首八句的格律诗称"律诗",每首四句的格律诗称"绝句"。诗中每两句称一"联"。一首律诗共四联,分别称首联、颔联、颈联、尾联。

　　格律的形成,建立在汉语一字一音一义的前提之下。格律的要求体现在声韵和对仗两个方面。

　　(一)声韵

　　声,指字的声调。唐代,汉语有平、上、去、入四声。平声包括了现代汉语的阴平和阳平,上声、去声古今基本相同。入声在普通话中消失了,但在一些方言中仍保留着,其发声特点是十分短促。上、去、入合起来称仄声。平声的特点是可以拖长,仄声则不能拖长。

　　格律诗要求在五言或七言的句子中,平声和仄声协调搭配,有规律地变化,形成抑扬顿挫、循环往复之美。

　　五言诗的句式有四种:平平平仄仄、平平仄仄平、仄仄仄平平、仄仄平平仄。七言诗的句式,是在各式五言句之前加两个字,形成的四种句式是:

仄仄平平平仄仄、仄仄平平仄仄平、平平仄仄仄平平、平平仄仄平平仄。

格律诗声调搭配的规则是：一联之中，上句（也叫"出句"）与下句（也叫"对句"）相同位置上的字要声调相反，这叫"对"；两联之间，上联下句与下联上句第二字的声调要相同，这叫"粘"。

一般情况下，七言句的一、三、五字（五言句的一、三字）声调可以从宽，即可平可仄，二、四、六字（五言句的二、四字）声调要从严，人们称之为"一三五不论，二四六分明"。

韵，指押韵。格律诗只能押平声韵，不能换韵，韵脚在双句。一首诗的首句如果是平声字结尾，一般也押韵，称"起韵"。

（二）对仗

这是针对律诗的颔联和颈联而言，要求上句和下句相同位置上的词要词性相同，词义相对。首、尾两联不要求对仗，但也可以对仗。绝句可以对仗，也可以不对仗。清朝人编写的《笠翁对韵》，专门讲对仗，比如"天对地，雨对风，大陆对长空。山花对海树，赤日对苍穹"等等，读来朗朗上口，是学习对仗的启蒙读物。

下面，举四首诗为例，分析其声韵。对仗比较容易看懂，这里不逐句分析。

五言律诗　王湾《次北固山下》

客路青山外（仄仄平平仄），

行舟绿水前（平平仄仄平。"前"字押韵）。

潮平两岸阔（平平仄仄仄，"两"字处可平可仄。"平"字与上句"舟"字平声相粘），

风正一帆悬（平仄仄平平，"风"字处可平可仄。"悬"字押韵）。

海日生残夜（仄仄平平仄。"日"字与上句"正"字仄声相粘），

江春入旧年（平平仄仄平。"年"字押韵）。

乡书何处达（平平平仄仄，"达"字入声。"书"字与上句"春"字

平声相粘），

归雁洛阳边（平仄仄平平，"归"字处可平可仄。"边"字押韵）。

七言律诗　杜甫《闻官军收河南河北》

剑外忽传收蓟北（仄仄仄平平仄仄），

初闻涕泪满衣裳（平平仄仄仄平平。"裳"字押韵）。

却看妻子愁何在（仄平仄仄平平仄，"却"字处可平可仄，"妻"字处可平可仄。"看"字平声，与上句"闻"字平声相粘），

漫卷诗书喜欲狂（仄仄平平仄仄平。"狂"字押韵）。

白日放歌须纵酒（仄仄仄平平仄仄，"白"字入声，"放"字处可平可仄。"日"字与上句"卷"字仄声相粘），

青春作伴好还乡（平平仄仄仄平平。"乡"字押韵）。

即从巴峡穿巫峡（平平平仄平平仄，"巴"字处可平可仄，"峡"字入声。"从"字与上句"春"字平声相粘），

便下襄阳向洛阳（仄仄平平仄仄平。"阳"字押韵）。

以上两首律诗的颔联及颈联对是对仗的。杜甫七律的尾联也是对仗的。

五言绝句　王维《相思》

红豆生南国（平仄平平仄，"红"字处可平可仄，"国"字入声），

春来发几枝（平平仄仄平，"发"字入声。"枝"字押韵）。

愿君多采撷（仄平平仄仄，"愿"字处可平可仄。"君"字与上句"来"字平声相粘，"撷"字入声），

此物最相思（仄仄仄平平。"思"字押韵）。

七言绝句　李白《早发白帝城》

朝辞白帝彩云间（平平仄仄仄平平，"白"字入声），

千里江陵一日还(平仄平平仄仄平,"千"字处可平可仄。"还"字押韵)。

两岸猿声啼不住(仄仄平平平仄仄。"岸"字与上句"里"字仄声相粘),

轻舟已过万重山(平平仄仄仄平平。"山"字押韵)。

写作格律诗,只要有了第一句,以下的句子按照"对"、"粘"以及对仗的要求来结撰,诗在形式上就合律了。

二、关于古体诗

格律诗也称"今体诗"或"近体诗",这是站在唐人立场上说话。与此相应,非格律诗就被称作"古体诗"或"古诗"。古体诗的篇幅没有限定,用字没有平仄要求,押韵不限平仄,可以换韵。古体诗包括五言古诗(见本书卷一)及七言古诗(见本书卷二、三)。七言古诗又称"七言歌行"或直称"歌行",它的句子可以是整齐的七言,也可以是以七言为主的"杂言"。

三、后世对唐诗的评价

唐人与本朝(宋朝)人诗,未论工拙,直是气象不同。

——宋·严羽:《沧浪诗话》之《诗评》,郭绍虞校释《沧浪诗话校释》,人民文学出版社1961年版

甚矣,诗之盛于唐也!其体,则三、四、五言,六、七杂言,乐府、歌行,近体、绝句,靡弗备矣。其格,则高卑、远近、浓淡、浅深、巨细、精粗、巧拙、强弱,靡弗具矣。其调,则飘逸、浑雄、沉深、博大、绮丽、幽闲、新奇、猥琐,靡弗谐矣。其人,则帝王、将相、朝士、布衣、童子、妇人、缁流(僧人)、羽客(道士),靡弗预矣。

——明·胡应麟:《诗薮》外编卷三,上海古籍出版社1979年版

唐诗色泽鲜妍，如旦晚脱笔砚者；今诗才脱笔砚，已是陈言。

——清·朱彝尊：《静志居诗话》卷十六"袁宏道"条引，姚祖恩编、黄君坦校点《静志居诗话》，人民文学出版社1990年版

我以为一切好诗，到唐已被做完，此后倘非能翻出如来掌心之"齐天太圣"，大可不必动手。

——鲁迅致杨霁云信，《鲁迅全集》卷十三，人民文学出版社2005年版

【要点提示】

一、唐诗的思想价值

唐诗的思想内涵十分丰富，能为我们提供丰富的精神食粮。这里只谈三个重要方面：

其一，积极的人生态度。

杜甫《望岳》："会当凌绝顶，一览众山小。"王之涣《登鹳雀楼》："欲穷千里目，更上一层楼。"这些诗句本来是写景的，但因为表达了积极向上的人生志趣，流传后世就成了励志名言。更不用说唐诗中还有许多直接抒写人生抱负的篇章，如岑参《轮台歌》："古来青史谁不见，今见功名胜古人。"李白《行路难》："长风破浪会有时，直挂云帆济沧海。"这些诗句鼓励人们追求远大的人生目标，有巨大的精神激励作用。即使表现平凡的日常生活，唐诗也能写出不凡的襟怀，比如送别，李颀《送陈章甫》写道："东门酤酒饮我曹，心轻万事如鸿毛。醉卧不知白日暮，有时空望孤云高。"王勃《杜少府之任蜀川》写道："海内存知己，天涯若比邻。"原本伤感的送别变得开朗起来，人生前景也增添了亮色。

其二，"唐诗无避讳"。

宋人洪迈在《容斋随笔》中写道："唐人歌诗，其于先世及当时事，直辞咏寄，略无避隐。至宫禁嬖昵，非外间所应知者，皆反复极言，而上之人亦不以为罪。"这是说唐诗敢于批判现实，当权者也持宽容的态度。比如，关

于战争,高适《燕歌行》写道:"战士军前半死生,美人帐下犹歌舞。"杜甫《兵车行》写道:"边庭流血成海水,武皇开边意未已。"前诗揭露了军中的不平,后诗更直接批评朝廷的扩边政策。白居易名篇《长恨歌》讽刺唐明皇好色误国:"春宵苦短日高起,从此君王不早朝。"这类批判性内容是唐诗中最富于现实意义的闪光点。

其三,人道主义情怀。

这也就是孟子所说的"恻隐之心,人皆有之"。比如,韦应物做苏州刺史时,写过一首五言古诗《郡斋雨中与诸文士燕集》,诗中有句:"自惭居处崇,未睹斯民康。"他惭愧于自己做着地方高官,却没有使百姓的生活得到改善。张籍痛悼一位在边地战争中丧命的朋友,写了《没蕃故人》,诗的结尾是:"欲祭疑君在,天涯哭此时。"我们似能看到诗人泪湿诗笺的伤痛情景。诗人甚至会把人道施于非人类的其他生命,如崔涂诗《孤雁》,就是为一只失群雁而写:"几行归塞尽,念尔独何之?"关切之情如对待亲友一样。人道主义就是讲人情,它赋予诗歌感动人心的内在力量。

二、唐诗的艺术特色

这里只讲最富有时代色彩的两个艺术特征:

其一,天然之美。

李白有"清水出芙蓉,天然去雕饰"的诗句,道出了唐人纯任自然、不假人工的艺术趣味和他们最常采用的艺术表现手法。比如杜甫《赠卫八处士》,通篇是朋友之间叙家常的话,中间夹了"问答未及已"几句叙事,也是家常事。结尾是对饮,主人先举杯,说"会面难",提议"一举累十觞",接着是诗人回应"十觞"的话,直到终篇。整首诗连一个修饰的词都没有,却把温暖的人情抒写到了极致。

其二,含蓄之美。

晚唐诗人司空图总结唐诗艺术经验,提出"韵外之致""味外之旨"的说法,即诗歌要追求字面意思之外更为丰富的意义,要涵咏不尽,意味无穷。如王维《酬张少府》:"君问穷通理,渔歌入浦深",诗人对"穷通理"不做正面回答,而是以"渔歌入浦深"的具象来引导人的遐思,由此获得了无尽的诗意及哲理。又如元稹《行宫》的结尾"闲坐说玄宗"一句,虽然没有"说"的具体内容,但把人事沧桑、国家兴亡的历史感全都囊括进去了,而且加上了作者的感慨,令人掩卷而思,叹息不已。

【学习思考】

一、背诵并默写。

　　1. 李白《将进酒》

　　2. 李商隐《无题》(相见时难别亦难)

二、标出下面两首诗各句的平仄,并对律诗的对仗情况作简要说明。

柳中庸　征人怨

岁岁金河复玉关,

朝朝马策与刀环。

三春白雪归青冢("白"字入声),

万里黄河绕黑山("黑"字入声)。

杜甫　旅夜书怀

细草微风岸,

危樯独夜舟("独"字入声)。

星垂平野阔,

月涌大江流。

名岂文章著,

官应老病休。

飘飘何所似,

天地一沙鸥。

三、王维《终南别业》诗的颈联写道:"行到水穷处,坐看云起时。"试分析这两句诗的字面意思及可能引申出的意义。

(薛天纬　编写)

附录一:《唐诗三百首》中教材入选篇目及近五年中、高考试题部分样题举隅

学段	诗题	作者	原诗	检测样题
一年级下册	《春晓》	孟浩然	春眠不觉晓,处处闻啼鸟。夜来风雨声,花落知多少。	孟浩然《春晓》中"夜来风雨声,花落知多少",与本诗(龚自珍《己亥杂诗》其五)"落红不是无情物,化作春泥更护花"都写到了落花。请简要说明两位诗人分别借"落花"表达了怎样的情感。【答案】龚诗中"落花"本指脱离花枝的花,但是并非没有感情,而是即使化作春泥,也甘愿培育美丽的春花成长。不为独香,而为护花。表现诗人虽然脱离官场,依然关心着国家的命运,不忘报国之志,以此来表达他至死仍牵挂国家的一腔热情;充分表达诗人的壮怀。孟诗中"落花"则表达了诗人对春天落花的惋惜之情和春光流逝的淡淡哀愁。(2020北京卷中考试题)
	《静夜思》(《夜思》)	李白	床前明月光,疑是地上霜。举头望明月,低头思故乡。	
	《寻隐者不遇》	贾岛	松下问童子,言师采药去。只在此山中,云深不知处。	

学段	诗题	作者	原诗	检测样题
二年级上册	《登鹳雀楼》	王之涣	白日依山尽,黄河入海流。欲穷千里目,更上一层楼。	
	《江雪》	柳宗元	千山鸟飞绝,万径人踪灭。孤舟蓑笠翁,独钓寒江雪。	
二年级下册	《赋得古原草送别》(节选)(《草》)	白居易	离离原上草,一岁一枯荣。野火烧不尽,春风吹又生。	
三年级上册	《早发白帝城》(《下江陵》)	李白	朝辞白帝彩云间,千里江陵一日还。两岸猿声啼不住,轻舟已过万重山。	
三年级下册	《九月九日忆山东兄弟》	王维	独在异乡为异客,每逢佳节倍思亲。遥知兄弟登高处,遍插茱萸少一人。	
	《滁州西涧》	韦应物	独怜幽草涧边生,上有黄鹂深树鸣。春潮带雨晚来急,野渡无人舟自横。	古人写舟有不同的意义,"闲来垂钓碧溪上,_____"是李白的《行路难》中的行舟;"_____,_____"是韦应物的《滁州西涧》中的孤舟;"_____,_____"是李清照的《如梦令》中的归舟。 【答案】忽复乘舟梦日边 春潮带雨晚来急,野渡无人舟自横 兴尽晚回舟,误入藕花深处 (2018深圳中考试题)

482

学段	诗题	作者	原诗	检测样题
四年级上册	《鹿柴》	王维	空山不见人,但闻人语响。 返景入深林,复照青苔上。	
	《出塞》	王昌龄	秦时明月汉时关,万里长征人未还。 但使龙城飞将在,不教胡马度阴山。	
	《凉州词》	王翰	葡萄美酒夜光杯,欲饮琵琶马上催。 醉卧沙场君莫笑,古来征战几人回。	
四年级下册	《芙蓉楼送辛渐》	王昌龄	寒雨连江夜入吴,平明送客楚山孤。 洛阳亲友如相问,一片冰心在玉壶。	
	《塞下曲》(其三)	卢纶	月黑雁飞高,单于夜遁逃。 欲将轻骑逐,大雪满弓刀。	
五年级上册	《山居秋暝》	王维	空山新雨后,天气晚来秋。 明月松间照,清泉石上流。 竹喧归浣女,莲动下渔舟。 随意春芳歇,王孙自可留。	空山新雨后,_____。(王维《山居秋暝》) 【答案】天气晚来秋 (2018 上海中考试题)
	《枫桥夜泊》	张继	月落乌啼霜满天,江枫渔火对愁眠。 姑苏城外寒山寺,夜半钟声到客船。	
五年级下册	《游子吟》	孟郊	慈母手中线,游子身上衣。 临行密密缝,意恐迟迟归。 谁言寸草心,报得三春晖?	
	《闻官军收河南河北》	杜甫	剑外忽传收蓟北,初闻涕泪满衣裳。 却看妻子愁何在,漫卷诗书喜欲狂。 白日放歌须纵酒,青春作伴好还乡。 即从巴峡穿巫峡,便下襄阳向洛阳。	【甲】春望【乙】闻官军收河南河北 26.下列赏析不准确的一项是( ) A.甲诗开篇即写眼前之景:虽山河仍在,可城破国陷,一片荒凉衰朽景象。一个"破"字,令人触目惊心;一个"深"字,让人满目凄然。 B.甲诗尾联写诗人忧愁渐深,头发愈少,简直连簪子也别不上。这种愁情是诗人与亲人书信中断,思念亲人所致。

483

学段	诗题	作者	原诗	检测样题
				C. 甲诗全诗由景及情,情景交融,感情深沉,含蓄凝练,充分体现了诗人"沉郁顿挫"的艺术风格。
				D. 乙诗抒写诗人情感时运用了神态描写和动作描写的手法。
				27. 乙诗尾联中连用了"巴峡""巫峡""襄阳""洛阳"四个地名,请分析"即从""穿""便下""向"这几个连接词的妙处。_____
				28. 甲诗写于安史之乱开始时,乙诗写于安史之乱结束时,两诗都写到了"泪",请分析它们各自蕴含的情感。_____
				【答案】26. B。27. 用四个连接词将四个本来相距很远的地方贯穿在一起,写出了诗人听闻喜讯后的喜悦心情以及迫切渴望回到故乡(归心似箭)的思想感情。28. 甲诗中的眼泪是因为诗人看到国家沦丧,城池破败,百姓离散,到处一片衰朽景象,内心无比伤痛悲愤而伤心垂泪,这泪是伤心之泪。乙诗中的眼泪是因为诗人听到官军取得战争胜利消息后,内心无比激动和喜悦而落泪,这泪是欣喜之泪。(2017黄冈中考试题)
	《出塞》	王之涣	黄河远上白云间,一片孤城万仞山。羌笛何须怨杨柳,春风不度玉门关。	
	《黄鹤楼送孟浩然之广陵》	李白	故人西辞黄鹤楼,烟花三月下扬州。孤帆远影碧空尽,唯见长江天际流。	

学段	诗题	作者	原诗	检测样题
六年级上册	《宿建德江》	孟浩然	移舟泊烟渚,日暮客愁新。 野旷天低树,江清月近人。	
	《过故人庄》	孟浩然	故人具鸡黍,邀我至田家。 绿树村边合,青山郭外斜。 开轩面场圃,把酒话桑麻。 待到重阳日,还来就菊花。	绿树村边合,_____。_____,把酒话桑麻。(孟浩然《过故人庄》) 【答案】青山郭外斜。开轩面场圃 (2017 山东临沂中考试题)
	《回乡偶书》	贺知章	少小离家老大回,乡音无改鬓毛衰。 儿童相见不相识,笑问客从何处来。	
六年级下册	《寒食》	韩翃	春城无处不飞花,寒食东风御柳斜。 日暮汉宫传蜡烛,轻烟散入五侯家。	
	《送元二使安西》(《渭城曲》)	王维	渭城朝雨浥轻尘,客舍青青柳色新。 劝君更尽一杯酒,西出阳关无故人。	
七年级上册及课外古诗词诵读(本册开始诗题加☆号者为教材中选录的课外	《次北固山下》	王湾	客路青山外(下),行舟绿水前。 潮平两岸阔,风正一帆悬。 海日生残夜,江春入旧年。 乡书何处达,归雁洛阳边。	请体会"潮平两岸阔"一句中"阔"字的妙处。 【答案】"阔"是"宽广"的意思。传神地表现了长江水波激荡,春潮涌流,江水几乎与岸齐平,显得宽广浩渺。营造了一种恢弘阔大的境界。 (2020 江苏淮安中考试题) 乡愁,是萦绕在诗人心中挥之不去的情愫。王湾行舟江上,把乡愁寄予远飞的大雁,轻吟:"_____,_____"(《次北固山下》);崔颢登楼远眺,把乡愁糅进浩渺的烟波,低叹:"_____?_____"(《黄鹤楼》)。 【答案】乡书何处达,归雁洛阳边;日暮乡关何处是? 烟波江上使人愁 (2017 重庆中考 A 卷)

485

学段	诗题	作者	原诗	检测样题
古诗词诵读内容。				客路青山外,行舟绿水前。 潮平两岸阔,风正一帆悬。 海日生残夜,江春入旧年。 乡书何处达,归雁洛阳边。 8.这首诗表达了诗人的思乡之情。诗人离乡远游,来到北固山下,看到残夜未尽而旭日已经升起、旧年未逝而春意已经显现,生发了_____的感慨。他想托鸿雁捎一封家信到洛阳,问候家乡的亲人。 9.阅读画线诗句,观察下面两幅图画,简要说明哪一幅能够表现这一联诗句所描绘的景象。(图见本附录末备注) 10.这首诗描写了长江的风光。在我国古代诗词中,还有许多含"江"(长江)的诗句,其中,你读过的两句诗是"____①____"和"____②____"。(每句诗中允许有一个不会写的字用拼音替代) 【答案】8.寄回家乡的书信何时才能送达。9.图1,图1描绘了一幅潮水上涨,湖面与两岸齐平,风势正顺,孤帆悬于湖面之上的景象,正体现诗句"潮平两岸阔,风正一帆悬"中"潮平""岸阔""风正""帆悬"的意象,而图2中的潮落水浅帆停的景象与原诗句意不符,因此选择图1。 10.①悠悠,不尽长江滚滚流 ②日暮乡关何处是,烟波江上使人愁! (2018北京中考试题)

学段	诗题	作者	原诗	检测样题
	☆《江南逢李龟年》	杜甫	岐王宅里寻常见，崔九堂前几度闻。正是江南好风景，落花时节又逢君。	
	☆《夜上受降城闻笛》	李益	回乐峰前沙似雪，受降城下月如霜。不知何处吹芦管，一夜征人尽望乡。	古诗文中的声音丰富多彩。……"万籁此俱寂，②_____"营造了禅院清幽的氛围……李益《夜上受降城闻笛》中的笛声寄托了将士的思乡之情：⑤_____，_____。……【答案】②惟闻钟磬音。⑤不知何处吹芦管，一夜征人尽望乡。（2019 宁波中考试题）
	☆《夜雨寄北》	李商隐	君问归期未有期，巴山夜雨涨秋池。何当共剪西窗烛，却话巴山夜雨时。	_____，却话巴山夜雨时。（李商隐《夜雨寄北》）【答案】何当共剪西窗烛（2016 山东省临沂市中考试题）
七年级下册及课外古诗词诵读	《竹里馆》	王维	独坐幽篁里，弹琴复长啸。深林人不知，明月来相照。	请在岑参的《行军九日思长安故园》和王维的《竹里馆》中任选一首，在答题卡上写出题目再默写全诗。(2020 四川成都中考试题)
	《逢入京使》	岑参	故园东望路漫漫，双袖龙钟泪不干。马上相逢无纸笔，凭君传语报平安。	马上相逢无纸笔，_____。（岑参《逢入京使》）【答案】凭君传语报平安（2017 深圳初中毕业试题）依据下面材料，概述中国通讯方式的发展状况。（不少于100字）【材料一】乡书何处达？归雁洛阳边。——王湾《次北固山下》

487

学段	诗题	作者	原诗	检测样题
				烽火连三月,家书抵万金。——杜甫《春望》
				马上相逢无纸笔,凭君传语报平安。——岑参《逢入京使》
				……
				【答案】古代以鸿雁传书,以人捎书,通过驿站传书,比较落后;……
				(2019 吉林省中考试题)
	《登幽州台歌》	陈子昂	前不见古人,后不见来者。念天地之悠悠,独怆然而涕下。	阅读《登幽州台歌》,发挥联想和想象,描绘你体会到的作品情境。
				【答案】诗人自己登楼远眺,思绪万千,想到了过去、现在和未来。茫茫宇宙,虽然无边无际,但看不到一个能赏识人才的君主,不禁感到孤单寂寞,悲从中来,怆然流泪。这首诗抒发了诗人抑郁已久的悲愤之情,深刻地揭示了封建社会中那些怀才不遇的知识分子遭受压抑的境遇,表达了他们在理想破灭后孤寂郁闷的心情。
				(2020 河北中考试题)
				念天地之悠悠,_____!
				【答案】独怆然而涕下
				(2016 山东省临沂市中考试题)
	《望岳》	杜甫	岱宗夫如何?齐鲁青未了。造化钟神秀,阴阳割昏晓。荡胸生层云,决眦入归鸟。会当凌绝顶,一览众山小。	杜甫写诗"语不惊人死不休",请从炼字角度简析"会当凌绝顶"中"凌"的妙处。
				【答案】"凌"有升、登之意,表现出诗人登临的决心和豪迈的气概,贴切传神。
				(2020 襄阳中考试题)
				在杜甫的《望岳》一诗中,"_____,_____"化用孔子名言,表现了诗人不怕困难、敢于攀登人生顶峰的雄心和气概。

学段	诗题	作者	原诗	检测样题
				【答案】会当凌绝顶,一览众山小 (2016 天津市中考试题) 经过三个多小时的攀登,我们终于到达山巅。极目远眺,千山万壑尽收眼底,我顿生"＿＿＿＿,＿＿＿＿"之感。(请在《登飞来峰》《望岳》《黄鹤楼》中选取最恰当的一句作答) 【答案】会当凌绝顶,一览众山小 (2019 重庆中考试题)
	☆《泊秦淮》	杜牧	烟笼寒水月笼沙,夜泊秦淮近酒家。商女不知亡国恨,隔江犹唱后庭花。	＿＿＿＿,隔江犹唱后庭花。(杜牧《泊秦淮》) 【答案】商女不知亡国恨 (2016 重庆中考试题) 杜牧在《泊秦淮》中描绘朦胧夜景,点明时间地点的诗句是＿＿＿＿,＿＿＿＿。 【答案】烟笼寒水月笼沙,夜泊秦淮近酒家 (2020 宁夏中考试题)
	☆《贾生》	李商隐	宣室求贤访逐臣,贾生才调更无伦。可怜夜半虚前席,不问苍生问鬼神。	
八年级上册	《黄鹤楼》	崔颢	昔人已乘黄鹤去,此地空余黄鹤楼。黄鹤一去不复返,白云千载空悠悠。晴川历历汉阳树,芳草萋萋鹦鹉洲。日暮乡关何处是?烟波江上使人愁。	晴川历历汉阳树,＿＿＿＿。(崔颢《黄鹤楼》) 【答案】芳草萋萋鹦鹉洲 (2016 湖北黄冈中考试题)

学段	诗题	作者	原诗	检测样题
及课外古诗词诵读	《渡荆门送别》	李白	渡远荆门外,来从楚国游。山随平野尽,江入大荒流。月下飞天镜,云生结海楼。仍怜故乡水,万里送行舟。	颈联描绘了"水中映月图"和"天边云霞图"两幅画面,请任选一幅进行赏析。 【答案】:选择图画一: 示例一:以静观的视角,描绘朗月映照下的夜景,写出江水的澄澈明净,表现作者喜悦开朗的心境。 示例二:用比喻的修辞手法,描绘明月映入水面,如同飞下的天镜,写出江水的澄澈明净,抒发作者出游的欣喜之情。 示例三:"飞"字状写诗人出蜀入楚时激动、兴奋的心情,是李白浪漫主义诗风的体现。 (2020 十堰中考试题) 在《渡荆门送别》中,李白用游动的视角写群山的渐渐远去,江水向广阔的平原奔腾而去的诗句是:_____,_____。 【答案】山随平野尽,江入大荒流。 (2016 辽宁大连市中考试题) 下列对诗歌赏析有误的一项是( ) A. 首联叙事,直扣诗题,交代了诗人此行的目的:初次离开家乡,从蜀地乘船远至楚地的荆门。 B. 颔联以游动的视角描绘了两岸的地势由山脉过渡到平原,江水向原野奔腾而去的壮阔景色。

学段	诗题	作者	原诗	检测样题
				C. 颈联描写近景,用两幅美丽的画面写江上美景,第一幅是天边云霞图,第二幅是水中映月图。
				D. 尾联"送"字用得妙,突出故乡水送"我"到楚地还不忍分别的情意,含蓄地抒发了诗人的思乡之情。
				【答案】C(C项第一幅画应是"水中映月图",第二幅画应是"天边云霞图"。)
				(2017广西南宁中考试题)
	☆《春望》	杜甫	国破山河在,城春草木深。感时花溅泪,恨别鸟惊心。烽火连三月,家书抵万金。白头搔更短,浑欲不胜簪。	请你发挥想象,描绘"感时花溅泪,恨别鸟惊心"所展现的情景。
				【答案】因为感时伤怀,思念家人,面对鸟语花香的春景,诗人无心观赏,站在花前,不禁流下了眼泪;听到悦耳的鸟鸣声,心里感到阵阵惊悸。
				"家书抵万金"传诵千古,请作简要赏析。
				【答案】"抵万金"运用了夸张的修辞手法,极言家书珍贵、难得,真切地表达了战乱中思念亲人、盼望得到亲人音讯的心情。
				(2017贺州中考试题)
				烽火连三月,_____。(杜甫《_____》)
				【答案】家书抵万金 春望
				(2016江苏无锡市中考试题)

学段	诗题	作者	原诗	检测样题
八年级下册及课外古诗词诵读	☆《赤壁》	杜牧	折戟沉沙铁未销,自将磨洗认前朝。东风不与周郎便,铜雀春深锁二乔。	请解释《赤壁》这首诗中加横线的句子。(折戟沉沙铁未销,自将磨洗认前朝。)【答案】折断的戟沉埋在泥沙中还未销蚀。自己拿起来磨光洗净,辨认出是前朝遗物。(2020 河北中考试题)在下列横线上填写出相应的句子。_____,铜雀春深锁二乔。【答案】东风不与周郎便(2016 南京中考试题)在下列横线上填写出相应的句子。东风不与周郎便,_____。(杜牧《赤壁》)【答案】铜雀春深锁二乔(2018 陕西省中考试题)
	《杜少府之任蜀川》	王勃	城阙辅三秦,风烟望五津。与君离别意,同是宦游人。海内存知己,天涯若比邻。无为在歧路,儿女共沾巾。	这首诗表达了诗人什么样的思想感情?请从炼字的角度,赏析首联中的"辅"或"望"字。【答案】与友人的惜别之情;积极乐观的人生态度。辅:形象地写出了三秦大地护卫着长安的景象,气象雄伟,使诗歌开篇意境开阔。望:将相隔千里的京城和蜀地联系起来,表达了对友人的惜别之情。(2014 河南省中考试题)在下列横线上填写出相应的句子。_____,天涯若比邻。【答案】海内存知己(2016 江西省中考试题)

学段	诗题	作者	原诗	检测样题
				10.这是一首送别诗。朋友将远赴蜀州,离别之际,诗人以两人共同的境遇"___①___"宽解友人,并以"无为在歧路,儿女共沾巾"劝慰鼓励友人。全诗既抒发了诗人送别友人的___②___之情,也表现了诗人___③___的人生态度。 11.李白《闻王昌龄左迁龙标遥有此寄》中的"我寄愁心与明月,随君(一作"随风")直到夜郎西",与本诗的"海内存知己,天涯若比邻",表现的都是对朋友的深厚情谊。请你结合诗句内容,简要说明两位诗人各自是如何抒发内心情感的。 (2019北京中考试题) 【答案】10.①宦游人②不舍、依依惜别 ③乐观豁达 11."海内存知己,天涯若比邻"运用夸张的手法,表现友谊不受时间、空间的限制,抒发作者乐观豁达的情感;"我寄愁心与明月,随君直到夜郎西"运用寄情于景和拟人的手法,作者借"明月"寄托自己对友人的思念,体现了对友人的忧虑、关切、同情和不舍。
	《临洞庭上张丞相》	孟浩然	八月湖水平,涵虚混太清。气蒸云梦泽,波撼岳阳城。欲济无舟楫,端居耻圣明。坐观垂钓者,徒有羡鱼情。	诗人描绘的洞庭湖具有怎样的特点?诗人描绘这样的景象,意图是什么? 【答案】气势磅礴。寄寓自己的理想抱负,希望得到张丞相的举荐。(2019内江中考试题)

学段	诗题	作者	原诗	检测样题
				杜甫诗"吴楚东南坼,乾坤日夜浮"形象地描绘出洞庭湖的壮阔之美,孟浩然《临洞庭上张丞相》颔联"_____,_____"与杜诗有异曲同工之妙。 【答案】气蒸云梦泽,波撼岳阳城 (2017 黄冈中考试题)
	☆《题破山寺后禅院》	常建	清晨入古寺,初日照高林。 曲径通幽处,禅房花木深。 山光悦鸟性,潭影空人心。 万籁此俱寂,惟闻钟磬音。	在下列横线上填写出相应的句子。 _____,禅房花木深。(常建《题破山寺后禅院》) 【答案】曲径通幽处 (2016 江苏无锡市初中毕业升学考试试题)
	☆《送友人》	李白	青山横北郭,白水绕东城。 此地一为别,孤蓬万里征。 浮云游子意,落日故人情。 挥手自兹去,萧萧班马鸣。	1.请将首联所展现的画面用形象生动的语言描绘出来。 2.请简要分析尾联中细节描写的作用。 【答案】1.远远望去,青翠的山峦静静地横亘在外城的北面,波光粼粼的流水绕城潺潺而过,好一幅动静相生、寥廓秀丽的图景。 2.离别时挥手告别的动作表现了依依惜别的心情;马鸣犹作别离之声,衬托了离情别绪。 (2010 湖北省恩施自治州中考试题) 用诗文原句填空。 浮云游子意,_____。 【答案】落日故人情 (2016 南京中考试题)

学段	诗题	作者	原诗	检测样题
九年级上册及课外古诗词诵读	《行路难》(其一)	李白	金樽清酒斗十千,玉盘珍馐值万钱。停杯投箸不能食,拔剑四顾心茫然。欲渡黄河冰塞川,将登太行雪满山。闲来垂钓碧溪上,忽复乘舟梦日边。行路难,行路难。多歧路,今安在?长风破浪会有时,直挂云帆济沧海。	停杯投箸不能食,_____。(李白《行路难》) 【答案】拔剑四顾心茫然 (2016山西省中考试题) 李白《行路难(其一)》中的"_____,_____"启迪我们:即使前路坎坷,未来仍可期待。 美长驻心间:失意时李白高歌"长风破浪会有时,_____";战乱中杜甫低吟"_____,家书抵万金";乡野间陆游笑看"箫鼓追随春社近,_____"。 【答案】长风破浪会有时,直挂云帆济沧海 直挂云帆济沧海 烽火连三月 衣冠简朴古风存 (2020山西中考试题)
	☆《月夜忆舍弟》	杜甫	戍鼓断人行,边秋一雁声。露从今夜白,月是故乡明。有弟皆分散,无家问死生。寄书长不达,况乃未休兵!	"露从今夜白,月是故乡明"历来为人们称道,请从抒情手法的角度加以赏析。 【答案】这两句诗运用融情于景的手法,既写景又点明了时令,更融入了感情,在苦苦思念胞弟的诗人眼中,今晚后就进入白露节气,秋更深了;本来到处一样明亮的月亮,可偏是故乡最为明亮,在自然景物描写中融入了浓厚的主观感受,是诗人深切思念家乡和亲人的自然流露,景随情变,让人动容,因而成为千古传诵的名句。 (2020内江中考试题)

学段	诗题	作者	原诗	检测样题
	☆《长沙过贾谊宅》	刘长卿	三年谪宦此栖迟,万古惟留楚客悲。秋草独寻人去后,寒林空见日斜时。汉文有道恩犹薄,湘水无情吊岂知?寂寂江山摇落处,怜君何事到天涯。	这首怀古诗表面上咏的是古人古事,实际上着眼于今人今事,字里行间处处有诗人的自我存在,请结合具体诗句简要分析。 【答案】作者的借古讽今在这首诗中无处不在,首联表面写贾谊的一生,实则暗寓自己迁谪的悲苦命运;颔联看似写眼前所见,实也正是唐王朝危殆形势的写照;颈联写汉文帝与贾谊,实写自己的一贬再贬,沉沦坎坷,更是必然;尾联更是由古及今,表明自己和贾谊甚至屈原都是无罪而遭受不公的处罚。 (2019山东临沂中考试题)
	☆《无题》	李商隐	相见时难别亦难,东风无力百花残。春蚕到死丝方尽,蜡炬成灰泪始干。晓镜但愁云鬓改,夜吟应觉月光寒。蓬山此去无多路,青鸟殷勤为探看。	蓬山此去无多路,_____。 【答案】青鸟殷勤为探看 (2016辽宁沈阳市中考试题)
九年级下册及课外古诗词诵读	《白雪歌送武判官归京》	岑参	北风卷地白草折,胡天八月即飞雪。忽如一夜春风来,千树万树梨花开。散入珠帘湿罗幕,狐裘不暖锦衾薄。将军角弓不得控,都护铁衣冷犹著。瀚海阑干百丈冰,愁云惨淡万里凝。中军置酒饮归客,胡琴琵琶与羌笛。纷纷暮雪下辕门,风掣红旗冻不翻。轮台东门送君去,去时雪满天山路。山回路转不见君,雪上空留马行处。	岑参《白雪歌送武判官归京》中写在中军营里设置酒宴,用有西域特色的管弦乐器齐鸣和响来增添苍凉悲壮豪气的诗句是:_____,_____。 【答案】中军置酒饮归客,胡琴琵琶与羌笛 (2016黑龙江哈尔滨市中考试题) 古诗词名句填空。 _____,愁云惨淡万里凝。(岑参《白雪歌送武判官归京》) 【答案】瀚海阑干百丈冰 (2016湖北黄冈中考试题) 按要求默写古诗文。

学段	诗题	作者	原诗	检测样题
				(1)我们赞美五岳之尊的泰山:造化钟神秀,_____。我们赞美雪后的西湖:_____,天与云与山与水,上下一白。(2)我们随曹操观大海:日月之行,若出其中;_____,_____。我们跟孟浩然望洞庭:_____,波撼岳阳城。我们同岑参一起欣赏塞外奇景:忽如一夜春风来,_____。(3)除以上句子,你还能想到哪些描写祖国大好河山的诗文?请写出连续的两句。【答案】(1)阴阳割昏晓 雾凇沉砀 (2)星汉灿烂 若出其里 气蒸云梦泽 千树万树梨花开 (3)大漠孤烟直,长河落日圆。(2020武威市中考试题)
高一年级必修上册及古诗词诵读	《梦游天姥吟留别》	李白	海客谈瀛洲,烟涛微茫信难求。越人语天姥,云霞明灭或可睹。天姥连天向天横,势拔五岳掩赤城。天台四万八千丈,对此欲倒东南倾。我欲因之梦吴越,一夜飞度镜湖月。湖月照我影,送我至剡溪。谢公宿处今尚在,渌水荡漾清猿啼。脚著谢公屐,身登青云梯。半壁见海日,空中闻天鸡。千岩万转路不定,迷花倚石忽已暝。熊咆龙吟殷岩泉,栗深林兮惊层巅。云青青兮欲雨,水澹澹兮生烟。列缺霹雳,丘峦崩摧。洞天石扉,訇然中开。	漫步经典,我们可以感受古人的襟抱与情怀:……《梦游天姥吟留别》"_____③_____,_____④_____",道出李白蔑视权贵的傲岸不屈……【答案】③安能摧眉折腰事权贵④使我不得开心颜(2018天津卷高考试题)

497

学段	诗题	作者	原诗	检测样题
			青冥浩荡不见底,日月耀金银台。霓为衣兮风为马,云之君兮纷纷而来下。虎鼓瑟兮鸾回车,仙之人兮列如麻。忽魂悸以魄动,恍惊起而长嗟。惟觉时之枕席,失向来之烟霞。世间行乐亦如此,古来万事东流水。别君去兮何时还?且放白鹿青崖间,须行即骑访名山。安能摧眉折腰事权贵,使我不得开心颜!	
	《登高》	杜甫	风急天高猿啸哀,渚清沙白鸟飞回。无边落木萧萧下,不尽长江滚滚来。万里悲秋常作客,百年多病独登台。艰难苦恨繁霜鬓,潦倒新停浊酒杯。	补写出下列名句名篇中的空缺部分。艰难苦恨繁霜鬓,_____。(杜甫《登高》)【答案】潦倒新停浊酒杯 (2019 江苏高考试题) _____,渚清沙白鸟飞回。_____,不尽长江滚滚来。(杜甫《登高》)【答案】风急天高猿啸哀 无边落木萧萧下 (2019 浙江卷高考试题)
	《琵琶行(并序)》	白居易	元和十年,余左迁九江郡司马。明年秋,送客湓浦口,闻舟中夜弹琵琶者。听其音,铮铮然有京都声。问其人,本长安倡女,尝学琵琶于穆、曹二善才,年长色衰,委身为贾人妇。遂命酒,使快弹数曲。曲罢悯然,自叙少小时欢乐事,今漂沦憔悴,转徙于江湖间。余出官二年,恬然自安,感斯人言,是夕始觉有迁谪意。因为长句,歌以赠之。凡六百一十二言,命曰《琵琶行》。	名句名篇填空。_____,犹抱琵琶半遮面。(白居易《琵琶行》)【答案】千呼万唤始出来 (2018 山东潍坊中考试题) 严格地说,浔阳并非绝对没有音乐,只是声音单调烦杂,实在难以入耳。白居易《琵琶行》中"_____,_____"两句表达了这样的意思。【答案】岂无山歌与村笛,呕哑嘲哳难为听 (2016 全国高考试题卷 3)

学段	诗题	作者	原诗	检测样题
			浔阳江头夜送客,枫叶荻花秋瑟瑟。 主人下马客在船,举酒欲饮无管弦。 醉不成欢惨将别,别时茫茫江浸月。 忽闻水上琵琶声,主人忘归客不发。 寻声暗问弹者谁,琵琶声停欲语迟。 移船相近邀相见,添酒回灯重开宴。 千呼万唤始出来,犹抱琵琶半遮面。 转轴拨弦三两声,未成曲调先有情。 弦弦掩抑声声思,似诉平生不得志。 低眉信手续续弹,说尽心中无限事。 轻拢慢捻抹复挑,初为《霓裳》后《六幺》。 大弦嘈嘈如急雨,小弦切切如私语。 嘈嘈切切错杂弹,大珠小珠落玉盘。 间关莺语花底滑,幽咽泉流水下滩。 水泉冷涩弦凝绝,凝绝不通声暂歇。 别有幽愁暗恨生,此时无声胜有声。 银瓶乍破水浆迸,铁骑突出刀枪鸣。 曲终收拨当心画,四弦一声如裂帛。 东船西舫悄无言,唯见江心秋月白。 沉吟放拨插弦中,整顿衣裳起敛容。 自言本是京城女,家在虾蟆陵下住。 十三学得琵琶成,名属教坊第一部。 曲罢曾教善才服,妆成每被秋娘妒。 五陵年少争缠头,一曲红绡不知数。 钿头银篦击节碎,血色罗裙翻酒污。 今年欢笑复明年,秋月春风等闲度。 弟走从军阿姨死,暮去朝来颜色故。 门前冷落车马稀,老大嫁作商人妇。 商人重利轻别离,前月浮梁买茶去。 去来江口守空船,绕船明月江水寒。	在横线处填写作品原句。 古人送别,常在渡口码头。比如白居易《琵琶行》:"主人下马客在船,举酒欲饮无管弦。_____,_____。" 【答案】醉不成欢惨将别,别时茫茫江浸月 (2018北京卷高考试题) 补写出下列名句名篇中的空缺部分。 今年欢笑复明年,_____。(白居易《琵琶行》) 【答案】秋月春风等闲度 (2018江苏卷高考试题) 补写出下列名句名篇中的空缺部分。 间关莺语花底滑,幽咽泉流水下滩。_____,_____。(白居易《琵琶行》) 【答案】水泉冷涩弦凝绝,凝绝不通声暂歇 (2018浙江卷高考试题) 补写出下列名句名篇中的空缺部分。 白居易的《琵琶行》中"_____,_____"两句写昔日的琵琶女身价很高,引来了众多纨绔子弟的追捧。 【答案】五陵年少争缠头,一曲红绡不知数 (2018全国高考试题卷2)

学段	诗题	作者	原诗	检测样题
			夜深忽梦少年事,梦啼妆泪红阑干。 我闻琵琶已叹息,又闻此语重唧唧。 同是天涯沦落人,相逢何必曾相识。 我从去年辞帝京,谪居卧病浔阳城。 浔阳地僻无音乐,终岁不闻丝竹声。 住近湓江地低湿,黄芦苦竹绕宅生。 其间旦暮闻何物,杜鹃啼血猿哀鸣。 春江花朝秋月夜,往往取酒还独倾。 岂无山歌与村笛?呕哑嘲哳难为听。 今夜闻君琵琶语,如听仙乐耳暂明。 莫辞更坐弹一曲,为君翻作《琵琶行》。 感我此言良久立,却坐促弦弦转急。 凄凄不似向前声,满座重闻皆掩泣。 座中泣下谁最多,江州司马青衫湿。	
高一必修下册及古诗词诵读	☆《登岳阳楼》	杜甫	昔闻洞庭水,今上岳阳楼。 吴楚东南坼,乾坤日夜浮。 亲朋无一字,老病有孤舟。 戎马关山北,凭轩涕泗流。	补写出下列句子中的空缺部分。 杜甫《登岳阳楼》颔联"_____，_____"，描写了洞庭湖浩瀚壮阔的景色,千古传诵。 【答案】吴楚东南坼,乾坤日夜浮 (2016 山东高考试题) 补写出下列句子中的空缺部分。 杜甫《登岳阳楼》中"_____，_____"两句,描画出了洞庭湖水势浩瀚、无边无际的景象。 【答案】吴楚东南坼,乾坤日夜浮 (2020 全国卷高考试题新高考Ⅱ卷)

学段	诗题	作者	原诗	检测样题
高二年级选择性必修上册及古诗词诵读	☆《将进酒》	李白	君不见黄河之水天上来, 奔流到海不复回。 君不见高堂明镜悲白发, 朝如青丝暮成雪! 人生得意须尽欢,莫使金樽空对月。 天生我材必有用,千金散尽还复来。 烹羊宰牛且为乐,会须一饮三百杯。 岑夫子,丹丘生,将进酒,杯莫停。 与君歌一曲,请君为我倾耳听。 钟鼓馔玉不足贵,但愿长醉不用醒。 古来圣贤皆寂寞,惟有饮者留其名。 陈王昔时宴平乐,斗酒十千恣欢谑。 主人何为言少钱,径须沽取对君酌。 五花马,千金裘,呼儿将出换美酒, 与尔同销万古愁。	
高二年级选择性必修中册及古诗词诵读	☆《燕歌行(并序)》	高适	开元二十六年,客有从元戎出塞而还者,作《燕歌行》以示适。感征戍之事,因而和焉。 汉家烟尘在东北,汉将辞家破残贼。 男儿本自重横行,天子非常赐颜色。 摐金伐鼓下榆关,旌旆逶迤碣石间。 校尉羽书飞瀚海,单于猎火照狼山。 山川萧条极边土,胡骑凭陵杂风雨。 战士军前半死生,美人帐下犹歌舞。 大漠穷秋塞草衰,孤城落日斗兵稀。 身当恩遇常轻敌,力尽关山未解围。 铁衣远戍辛勤久,玉箸应啼别离后。 少妇城南欲断肠,征人蓟北空回首。 边风飘飘那可度,绝域苍茫更何有! 杀气三时作阵云,寒声一夜传刁斗。	

学段	诗题	作者	原诗	检测样题
			相看白刃血纷纷,死节从来岂顾勋?	
			君不见沙场征战苦,至今犹忆李将军!	
	☆《锦瑟》	李商隐	锦瑟无端五十弦,一弦一柱思华年。 庄生晓梦迷蝴蝶,望帝春心托杜鹃。 沧海月明珠有泪,蓝田日暖玉生烟。 此情可待成追忆,只是当时已惘然。	名句名篇默写。 锦瑟无端五十弦,_____。(李商隐《锦瑟》) 【答案】一弦一柱思华年 (2017 江苏高考试题)
高二年级选择性必修下册及古诗词诵读	《蜀道难》	李白	噫吁嚱,危乎高哉! 蜀道之难难于上青天。 蚕丛、鱼凫,开国何茫然! 尔来四万八千岁,不与秦塞通人烟。 西当太白有鸟道,可以横绝峨眉巅。 地崩山摧壮士死, 然后天梯石栈方钩连。 上有六龙回日之高标, 下有冲波逆折之回川。 黄鹤之飞尚不得过, 猿猱欲度愁攀援。 青泥何盘盘,百步九折萦岩峦。 扪参历井仰胁息,以手抚膺坐长叹。 问君西游何时还,畏途巉岩不可攀。 但见悲鸟号古木,雄飞雌从绕林间。 又闻子规啼夜月,愁空山。 蜀道之难难于上青天, 使人听此凋朱颜。 连峰去天不盈尺,枯松倒挂倚绝壁。 飞湍瀑流争喧豗,砯崖转石万壑雷。 其险也如此, 嗟尔远道之人胡为乎来哉! 剑阁峥嵘而崔嵬, 一夫当关,万夫莫开。	补写出下列名篇名句中的空缺部分。 _____,下有冲波逆折之回川。 【答案】上有六龙回日之高标 (2016 天津高考试题) 补写出下列句子中的空缺部分。 李白《蜀道难》中"_____,_____"两句,以感叹的方式收束对蜀道凶险的描写,转入后文对人事的关注。 【答案】其险也如此,嗟尔远道之人胡为乎来哉 (2016 全国高考试题Ⅱ卷) 补写出下列句子中的空缺部分。 李白《蜀道难》中"_____,_____"两句,回顾了"五丁开山"的传说。 【答案】地崩山摧壮士死,然后天梯石栈方钩连 (2019 全国高考试题Ⅰ卷) 补写出下列名篇名句中的空缺部分。 _____,枯松倒挂倚绝壁。(李白《蜀道难》) 【答案】连峰去天不盈尺 (2019 天津卷高考试题) 补写出下列名篇名句中的空缺部分。 _____,一夫当关,万夫莫开。(李白《蜀道难》) 【答案】剑阁峥嵘而崔嵬 (2020 江苏卷高考试题) 补写出下列名篇名句中的空缺部分。 地崩山摧壮士死,_____。

学段	诗题	作者	原诗	检测样题
			所守或匪亲,化为狼与豺。 朝避猛虎,夕避长蛇。 磨牙吮血,杀人如麻。 锦城虽云乐,不如早还家。 蜀道之难难于上青天, 侧身西望长咨嗟!	【答案】然后天梯石栈方钩连 (2016 江苏卷高考试题) 补写出下列名篇名句中的空缺部分。 青泥何盘盘,_____。_____,以手抚膺坐长叹。(李白《蜀道难》) 【答案】百步九折萦岩峦。扪参历井仰胁息 (2020 浙江卷高考试题)
	《蜀相》	杜甫	丞相祠堂何处寻?锦官城外柏森森。 映阶碧草自春色,隔叶黄鹂空好音。 三顾频烦天下计,两朝开济老臣心。 出师未捷身先死,长使英雄泪满襟。	在横线处填写原句。 _____,两朝开济老臣心。(杜甫《蜀相》) 【答案】三顾频烦天下计 (2020 天津卷高考试题)
	☆《客至》	杜甫	舍南舍北皆春水,但见群鸥日日来。 花径不曾缘客扫,蓬门今始为君开。 盘飧市远无兼味,樽酒家贫只旧醅。 肯与邻翁相对饮,隔篱呼取尽余杯。	
备注	{{colspan=5}} 【《次北固山下》2018 北京卷中考试题所附图】 图1　　　　　图2			

503

附录二：《唐诗三百首》中非教材篇目近五年中、高考部分试题举隅

诗题	作者	原诗	检测样题
《宣州谢朓楼饯别校书叔云》	李白	弃我去者，昨日之日不可留。 乱我心者，今日之日多烦忧。 长风万里送秋雁，对此可以酣高楼。 蓬莱文章建安骨，中间小谢又清发。 俱怀逸兴壮思飞，欲上青天览明月。 抽刀断水水更流，举杯销愁愁更愁。 人生在世不称意，明朝散发弄扁舟。	古诗文名句默写。 俱怀逸兴壮思飞，_____。 【答案】欲上青天览明月 （2017 黄冈市中考试题）
《送灵澈上人》	刘长卿	苍苍竹林寺，杳杳钟声晚。 荷笠带斜阳，青山独归远。	默写填空。 苍苍竹林寺，杳杳钟声晚。 _____，_____。 【答案】荷笠带斜阳，青山独归远 （2017 大连初中毕业升学考试试题）
《登楼》	杜甫	花近高楼伤客心，万方多难此登临。 锦江春色来天地，玉垒浮云变古今。 北极朝廷终不改，西山寇盗莫相侵。 可怜后主还祠庙，日暮聊为《梁甫吟》。	在横线上填写出古代诗文原句。 锦江春色来天地，_____。 【答案】玉垒浮云变古今 （2017 四川乐山市中考试题） 在横线上填写出古代诗文原句。 _____，玉垒浮云变古今。 【答案】锦江春色来天地 （2018 湖北黄冈中考试题）
《感遇》（其一）	张九龄	兰叶春葳蕤，桂华秋皎洁。 欣欣此生意，自尔为佳节。 谁知林栖者，闻风坐相悦。 草木有本心，何求美人折。	8.对本诗的理解与赏析正确的一项是（　　） A.本诗实写了"兰叶""桂华"等意象，虚写了"春""秋""林栖者""风"等意象。

504

诗题	作者	原诗	检测样题
			B.本诗所描写的几个意象的共同特点是不畏强暴,生机勃勃。
			C.本诗物人合一,情由物生,物为情困,共同表达了诗人遭贬之后的郁闷与超脱。
			D.本诗借物寓意,诗人将人生志趣寄寓在对"兰叶""桂华"等草木的赞美中。
			9.诗人借"草木有本心,何求美人折"表达了怎样的志趣?
			【答案】8. D
			9.草木散发香气源于天性,怎么会求观赏者攀折呢! 运用反问和借物喻人的手法,淋漓尽致地写出了兰逢春而葳蕤,桂遇秋而皎洁,这是它们的本性,而并非为了博得美人的折取欣赏。诗人以此来比喻贤人君子的洁身自好,进德修业,也只是尽他作为一个人的本分,而并非借此来博得外界的称誉提拔,以求富贵利达。表现了诗人不肯廉价赢得美名的清高志趣。
			(2020湖南长沙中考试题)
《丹青引》	杜甫	将军魏武之子孙,于今为庶为清门。 英雄割据虽已矣,文采风流今尚存。 学书初学卫夫人,但恨无过王右军。 丹青不知老将至,富贵于我如浮云。 开元之中常引见,承恩数上南薰殿。 凌烟功臣少颜色,将军下笔开生面。 良相头上进贤冠,猛将腰间大羽箭。	8.如何理解曹霸画的马"一洗万古凡马空"? 曹霸是怎样做到的? 请简要分析。
			9.为了突出曹霸的高超画技,诗人作了哪些铺垫? 请简要分析。
			【答案】:8.诗人用"生长风"形容真马的雄俊神气,作为画马的

505

诗题	作者	原诗	检测样题
		褒公鄂公毛发动,英姿飒爽来酣战。先帝天马玉花骢,画工如山貌不同。是日牵来赤墀下,迥立阊阖生长风。诏谓将军拂绢素,意匠惨淡经营中。须臾九重真龙出,一洗万古凡马空!玉花却在御榻上,榻上庭前屹相向。至尊含笑催赐金,圉人太仆皆惆怅。弟子韩幹早入室,亦能画马穷殊相。幹惟画肉不画骨,忍使骅骝气凋丧。将军画善盖有神,偶逢佳士亦写真。即今漂泊干戈际,屡貌寻常行路人。途穷反遭俗眼白,世上未有如公贫。但看古来盛名下,终日坎壈缠其身。	铺垫,然后写曹霸画的马雄奇雄劲好像从宫门腾跃而出的飞龙,一切凡马在此马前都显得相形失色。曹霸作画前先巧妙运思,然后淋漓尽致地落笔挥洒,之间一气呵成。 9.先说众画工对唐玄宗的御马玉花骢都细细描画过,但各个不同,无一肖似逼真,又用"生长风"形容真马的雄俊神气,作为画马的铺垫,再用来烘托画师的"真龙",着意描摹曹霸画马的神妙,可谓层层铺垫。 (2016 高考语文全国卷 2)
《长恨歌》	白居易	汉皇重色思倾国,御宇多年求不得。杨家有女初长成,养在深闺人未识。天生丽质难自弃,一朝选在君王侧。回眸一笑百媚生,六宫粉黛无颜色。春寒赐浴华清池,温泉水滑洗凝脂。侍儿扶起娇无力,始是新承恩泽时。云鬓花颜金步摇,芙蓉帐暖度春宵。春宵苦短日高起,从此君王不早朝。承欢侍宴无闲暇,春从春游夜专夜。后宫佳丽三千人,三千宠爱在一身。金屋妆成娇侍夜,玉楼宴罢醉和春。姊妹弟兄皆列土,可怜光彩生门户。遂令天下父母心,不重生男重生女。骊宫高处入青云,仙乐风飘处处闻。缓歌慢舞凝丝竹,尽日君王看不足。渔阳鼙鼓动地来,惊破霓裳羽衣曲。九重城阙烟尘生,千乘万骑西南行。翠华摇摇行复止,西出都门百余里。六军不发无奈何,宛转蛾眉马前死。	名句名篇默写。 在天愿作比翼鸟,_____。 【答案】在地愿为连理枝 (2017 江苏高考试题)

诗题	作者	原诗	检测样题
		花钿委地无人收,翠翘金雀玉搔头。 君王掩面救不得,回看血泪相和流。 黄埃散漫风萧索,云栈萦纡登剑阁。 峨嵋山下少人行,旌旗无光日色薄。 蜀江水碧蜀山青,圣主朝朝暮暮情。 行宫见月伤心色,夜雨闻铃肠断声。 天旋地转回龙驭,到此踌躇不能去。 马嵬坡下泥土中,不见玉颜空死处。 君臣相顾尽沾衣,东望都门信马归。 归来池苑皆依旧,太液芙蓉未央柳。 芙蓉如面柳如眉,对此如何不泪垂? 春风桃李花开日,秋雨梧桐叶落时。 西宫南内多秋草,落叶满阶红不扫。 梨园弟子白发新,椒房阿监青娥老。 夕殿萤飞思悄然,孤灯挑尽未成眠。 迟迟钟鼓初长夜,耿耿星河欲曙天。 鸳鸯瓦冷霜华重,翡翠衾寒谁与共? 悠悠生死别经年,魂魄不曾来入梦。 临邛道士鸿都客,能以精诚致魂魄。 为感君王辗转思,遂教方士殷勤觅。 排云驭气奔如电,升天入地求之遍。 上穷碧落下黄泉,两处茫茫皆不见。 忽闻海上有仙山,山在虚无缥缈间。 楼阁玲珑五云起,其中绰约多仙子。 中有一人字太真,雪肤花貌参差是。 金阙西厢叩玉扃,转教小玉报双成。 闻道汉家天子使,九华帐里梦魂惊。 揽衣推枕起徘徊,珠箔银屏迤逦开。 云鬓半偏新睡觉,花冠不整下堂来。 风吹仙袂飘飘举,犹似《霓裳羽衣舞》。 玉容寂寞泪阑干,梨花一枝春带雨。 含情凝睇谢君王,一别音容两渺茫。 昭阳殿里恩爱绝,蓬莱宫中日月长。 回头下望人寰处,不见长安见尘雾。 惟将旧物表深情,钿合金钗寄将去。	

诗题	作者	原诗	检测样题
		钗留一股合一扇,钗擘黄金合分钿。 但教心似金钿坚,天上人间会相见。 临别殷勤重寄词,词中有誓两心知。 七月七日长生殿,夜半无人私语时。 在天愿作比翼鸟,在地愿为连理枝。 天长地久有时尽,此恨绵绵无绝期。	

附录三:主题阅读变视角　品味赏析缘蹊径

——我们也可以这样品读唐诗

前面整本书的阅读和赏析,我们都是按照蘅塘退士编选《唐诗三百首》的依据——诗体来进行的。在读完整本书后,我们还可以根据唐诗所写题材、内容和主题,进行重组归类,大致可以分为以下几类:怀古咏史类、边塞征战类、思乡怀人类、赠友送别类、即事感怀类、咏物言志类、山水田园类。这种分类是综合考量了一些因素进行的大致分类,并不十分严密。

一、怀古咏史:顾名思义,这类诗歌的主要内容集中在怀古和咏史上。诗人追古念古,是缘于古人的身世与际遇和诗人有了某种相似性,触发点在古人,落脚点往往在诗人自己,如:杜甫《蜀相》中诸葛亮的身后寂寞就触发了诗人怀才不遇的情感。诗人们还常借写古迹、古事来表达对现实的关切、热情、不满、警戒。尽管触发点在古,但实际上表现了对现实的强烈关注,如:杜牧《泊秦淮》"隔江犹唱后庭花"一句,表面上是在讽刺陈后主,实际上是对晚唐统治者的绝妙写实。凭吊古迹、追念往事、触景生情、抒发感慨而创作的情景交融的代表作,当推刘禹锡《乌衣巷》,"旧时王谢"已经凝固成了中国文化的一枚纪念章,千百年来引发无数文人的遐思。

怀古诗的写法一般如下:临古地——思古人——忆其事——抒己志,所以,我们只要明确古地之景之事、古人其人其事、作者所抒其情其志就可以明了其义,之后再看诗中使用了何种写作手法,这就能够很好理解其主旨了。

怀古诗的标题中常常会有古迹、古人名;或在古迹、古人前冠以"咏";或在古迹、古人后加"怀古""咏怀"等。有这样集中的内容,又大多运用典故、对比等艺术手法,怀古伤时、借古讽今,其所表达的情感一般来说都比较沉郁苍凉。所以阅读时,语速要放缓,声音可以更加低沉,这样容易把人带入诗中情境。

例如《乌衣巷》的读法:"朱雀桥边野草花"是起句,所以可以读得平一些,之后的"乌衣巷口夕阳斜"读得就要慢一些,因为这里出现的"乌衣巷"就已经带上了历史的沧桑感,"夕阳斜"更用日欲西沉、落霞散乱的情形,烘托出一片落寞之情。慢慢读来,才会把这种落寞之情渲染充分。

下面两句"旧时王谢堂前燕,飞入寻常百姓家",在读的过程中要更加缓慢,声音还要更加沉郁,因为"旧时"一词,虽然平易,却蕴含着无限苍凉惋惜之情,蕴不尽情思于冷静客观的叙述之中。"王谢",曾是那么煊赫的世家贵族,但在历史的斗转星移中,却消尽了贵族之气。"寻常百姓"与"王谢"组合在一起,形成了鲜明的对比。在这一组对比中,家族的没落、繁华萧条的转换,都需要在人们一字一顿的诵读中,逐渐拉成特写镜头。

诵读、吟咏都是体味诗歌的好办法,现在还可以运用诗歌翻唱的形式进行学习。电视节目《经典咏流传》的形式被很多人欣赏,我们也可以尝试着为怀古诗配上乐曲,但是一般需要用些低沉的曲调来配。

二、边塞征战:边塞征战诗最能体现国运兴衰,无论是初唐的雄健——"宁为百夫长,胜作一书生"(杨炯《从军行》),还是盛唐的豪迈——"孰知不向边庭苦,纵死犹闻侠骨香"(王维《少年行》),还是中晚唐的婉伤——"可怜无定河边骨,犹是春闺梦里人"(陈陶《陇西行》),都用最真的情拨动了人们的心弦。在口耳相传中,这一首首诗终于凝成了一枚枚勋章,别在了战士的胸前。

因作者选取的角度不同,这类诗的思想内容异彩纷呈:反映边塞的山川景物和风土人情;表现从军边塞、杀敌报国的意志;讴歌边塞将士不畏辛劳、保卫边陲的战斗精神;抒发御敌建功的愿望和安边定远的思想;描写将士和亲人相互思念的深沉情感;讽刺并劝谏拓土开边、穷兵黩武的统治者。这些诗篇都沸腾着诗人的热血,记录了中华民族昂扬奋发的姿态,其在创作风格上多以雄浑豪放、奔腾峻伟见长。在诵读这类诗歌时，可以根据其不同的表达重点，声调或高亢激昂，或悲愤苍凉，要读出诗人所要表达的情感来。

例如读王昌龄的《出塞》，读第一句"秦时明月汉时关"，声音就要有起伏。这七个字用了互文的手法，意思是"秦汉时的明月照耀着秦汉时的关隘"。虽然只是七个字，却展现出一幅壮阔的图画：一轮明月，照耀着边疆关塞。通过粗笔勾勒，显示出边疆的寥廓和景物的萧条。所以只有用低沉、缓慢的音调才能够渲染出孤寂、苍凉的气氛，才能够加深并表现出其悠久的历史感。

读第二句"万里长征人未还"，要有悲怆的感觉，"万里长征"后面可以停顿，通过停顿来提示大家注意后面所叙述的内容意义深远。这里的"人"，既指已经战死的士卒，也指还在戍守不能回归的士卒。"人未还"，一是说明边防不巩固，二是对士卒表示同情。"人未还"中的"未"字，要重读。这样才能突出其悲怆并能够引发读者的思考。人为何不还？还能不能还？这句整体要读得低沉一些，因为所表达的内容令人心碎：自秦至汉，自汉至唐，多少征人"战骨埋荒外""白骨乱蓬蒿"，多少亲人"望穿双眼，哭断心肠"。

最后两句"但使龙城飞将在，不教胡马度阴山"终于揭示了作者这一顿挫所要推出的重要观点：龙城飞将对于保家卫国的意义所在。这两句既直接抒发戍边战士巩固边防的愿望和保卫国家的壮志，又语带讽刺，表现了诗人对朝廷用人不当和将帅腐败无能的不满。所以在读的时候，"但使"两字一定要读得铿锵有力，充满惋惜之情，这样才能够更好地推出后面的"龙城飞将"。因为这两句是议论抒情句，所以整体上音调还需要高亢，尤其是最后一句"不教胡马度阴山"，要通过铿锵有力的音调展示其强烈的自豪感。

读边塞诗，也需要善于追问自己，在追问的过程中，形成对诗歌的深入思考。我们既可以用非常简练的语言把关于诗歌的感想、疑问等随手批注在书中的空白处,也可以对整首诗进行整体赏析。对边塞诗做批注,一样可以从标题入手,也可以从理解内容、剖析写法、赏析炼字、生发联想等多个角度进行。做整体赏析,可以把几个方面融合在一起,形成一段完整的文字,对诗作进行整体理解。

三、思乡怀人:这类诗歌的主要内容集中在思乡和怀人上。古人因为交通不便,又要求取仕途等原因,经常远离家乡和亲人。出门在外的游客浪子,眼中所见、耳中所闻、心中所感都包含着由此触发的对遥远故乡的眺望、对温馨家庭的憧憬。若逢佳节,登高望远,往往更是愁绪满怀,其思乡怀人之情不可遏制,诉诸笔端,就是一首首佳作。而这一首首诗作中,或者有着温馨的生活细节,或者想象美好的生活场景,用丹青墨笔勾勒出来就是非常生动的画面。所以读这一类诗,可以采用为诗配画的形式来表达自己的理解。

这类诗作所选取的地点常常为自己的故乡,诗歌所选取的时间常常为特定的时节,例如寒食、清明、重阳、中秋等,所选取的意象往往有明月、杨柳、大雁、浮萍等。这样集中的内容,又大多寄寓诗人对家乡和亲人朋友的一片赤诚之心,所表达的情感一般来说都比较忧愁缠绵。

因为思乡怀人诗充满了生活的气息,所以还可以运用结合生活实际场景进行追问的方式进行鉴赏阅读,先想作者写了哪些"眼中景"?借此抒发怎样的"心中情"?这类诗在感情的抒发上有何特点?诗人是怎样把思乡的感情与所见所闻的一些事物巧妙地融合在一起的?通过回答这些追问,我们也更能够理解诗歌,也更容易与诗人形成共鸣。

四、赠友送别:江淹在《别赋》中曾这样说道:"黯然销魂者,唯别而已矣。"在古代,因为交通不便、社会动荡,往往意味着下一次的相逢无期,因此,每一次的离别都牵动着诗人的心。因此,在数以万计的唐诗中,别离就成了母题之一。而对于仕宦之中的贬谪之人来说,贬谪之所人生地不熟,远离故土和亲朋,心中更难免悲伤。

在很多场合,人们更愿意用古诗来表达自己的感情,也使这些离别的名句更受大多数人喜爱。

"多情自古伤别离",诗人王维送别好友元二时说:"劝君更尽一杯酒,西出阳关无故人。"(《渭城曲》)而诗人王勃在与好友杜少府分别时却没伤感,只有宽慰,他说:"无为在歧路,儿女共沾巾。"(《杜少府之任蜀川》)

赠友送别诗还可以细分为以下几种:或表达对友人的劝慰激励,如王勃《杜少府之任蜀川》;或表达离别时的留恋不舍和伤感愁绪,如王维《渭城曲》;或借送别来表明心志,如王昌龄《芙蓉楼送辛渐》。理解这类诗,要重视理解诗歌选取的意象,如用"城阙""三秦"入诗,原本就大气磅礴,所别亦为壮别;而用"柳色青青"来作陪衬,所抒之情自然清新俊逸。

《唐诗三百首》中李白的《金陵酒肆留别》《宣州谢朓楼饯别校书叔云》《赠孟浩然》《送友人》《黄鹤楼送孟浩然之广陵》、孟浩然《临洞庭上张丞相》、韦应物《赋得暮雨送李胄》、卢纶《送李端》、李益《喜见外弟又言别》、司空曙《喜外弟卢纶见宿》、高适《送李少府贬峡中王少府贬长沙》、李颀《送魏万之京》、刘长卿《送灵澈》等,均是赠友送别诗。我们可以从中选择两篇来读,并进一步思考,这些送别诗之间又有何不同。

五、即事感怀:这类诗歌的主要内容集中在叙事和抒怀上。诗中所抒的情怀一般由事件引起,所抒发的情感与事件有着紧密的关联。而且,由于往往是作者偶有所见所感时脱口而出的,或者是在某些特定的场合一挥而就的,不像许多诗那样精雕细琢,但是所抒发的情感因有事件为依托,反而更加真挚、深沉。批注、赏析这类诗,需要寻找触发诗人的事件,之后再找寻因事件而所抒发之情感。

杜甫《闻官军收河南河北》一诗表达作者因为听到了官军收复"蓟北"的消息,而喜出望外,情感难以自抑。陈子昂《登幽州台歌》则写诗人因登上幽州台,想到古今过客之命运,引发悠悠感伤之情和浩然叹息。李白《月下独酌》因作者独酌,而与月与影生发了深沉的情感。因事不同,情感或喜或悲,情怀各自不同,所以,循事而明情是体味这种诗歌的最好路径。

《唐诗三百首》中杜甫的《望岳》、李颀的《听安万善吹觱篥歌》、元结的《石鱼湖上醉歌(并序)》、李白的《行路难》、白居易的《问刘十九》、朱庆余的《近试上张水部》、杜牧的《秋夕》、韦庄的《金陵图》等诗均为即事感怀诗,请从中选择自己喜欢的一首诗进行自读。

六、咏物言志:又称"托物言志"及"借物喻人"。"咏"是描绘、赞颂的意思,"物"是客观事物,"言"是表达、抒发的意思,"志"指作者的意愿、情怀。咏物言志诗通过对客观事物的具体描绘、赞美,来表达作者的某种意志(或某种理想、愿望、要求),抒发作者的某种感情。

咏物言志诗中,诗人不直接表露自己的思想、感情,而是采用象征、兴寄等手法,把自己的某种理想和人格融于某种具体事物。咏物言志的"物"是表情述志的依凭,"志"是描绘赞美物的目的,二者互相依赖,密不可分。在选准了物象之后,就要描绘它。描绘物象时,不仅要描绘出它的外在特征,还要深入挖掘出它的内在意蕴,使之成为令人喜爱、引人深思的艺术形象。如杜甫《古柏行》紧扣古柏的特点,通过写古柏"材大难为用"来表达自己"宏图难展"的情怀;《孤雁》一诗通过紧扣孤雁只影无依之特点,写出其凄凉寂寞之状,都能够做到"物"与"志"完美交融。

对于同一个物象,由于写作者的身份与情感不同,所表达的感情也往往不同。品析咏物诗还可以进行同题材比较阅读,其意义在于,通过比较诗人在文中运用的表现手法及所蕴含的情感来更深刻地理解诗意,也能更加准确理解作者所述之志。在本书李商隐《蝉》一诗之后,我们已经做了该诗与骆宾王《在狱咏蝉(并序)》的比较阅读,可作参考。

七、山水田园:中国山水田园诗源远流长,诗人众多,风格各异。陶渊明等诗人形成东晋田园诗派,谢灵运、谢朓等诗人形成南朝山水诗派,王维、孟浩然等诗人形成盛唐山水田园诗派。唐代山水田园诗主要表达对大自然的喜爱之情,对田园生活的向往和热爱,对官场仕途的厌倦,对归隐生活的憧憬。因其大多歌咏隐逸情趣,往往都有一种悠闲适意的情调。

在唐代诗人中,山水田园诗创作最有特色的当推诗佛王维,《唐诗三百首》中共选取了他29首诗,占了总量将近十分之一的比例,足以见出编选者对这位作家的重视。这些诗作中就有很多山水田园诗,其中有的在描绘自然美景的同时,流露出闲居生活中闲散的生活情趣;有的在描绘田园农家、山中生活的过程中,流露出对农家生活、归隐生活的向往之情。作者用画家的眼光来看待田园和山水,将绘画的构图、线条和色彩等技法巧妙地运用到诗句中。在细致的景物刻画中,寄托了高雅脱俗的审美情趣。我们也可以给每一首诗配上一幅画,来更加深刻地感受其中的诗意和作者要表达的情感。

唐代山水田园诗的另一位领军人物孟浩然,也为我们贡献了许多脍炙人口的佳作。他的《过故人庄》为我们展现了唐代诗人特有的生活画面,它不同于纯然幻想的桃花源,而是更富有盛唐社会的现实色彩。正是在这样一个天地里,这位在政治追求中遇到挫折,曾为名利得失烦恼的诗人忘却了一切,被农庄的淳朴生活深深地吸引。他的风格,我们在诗坛佳话"放歌田园"中也有总结。

这一类诗内容集中在描绘山色和田园风光上,又大多运用比兴等艺术手法,色彩或明丽或淡雅,所表达的情感一般来说都比较闲逸。所以,为诗配画来进行鉴赏,是很好的一种方法。

在欣赏唐诗的过程中,我们还可以根据自己的认识、喜欢的主题进行重组,并结合重组的内容寻找出新的规律。无论怎样读,一定要读到与诗人形成共鸣,能够把诗句内化在我们的生活中,才能够更好地继承在唐诗中蕴藏的优秀古代文化遗产。